CW01665069

LEGENDA KELLA

fabryka słów
WWW.FABRYKA.PL

LEGENDA KELLA

Andy Remic

Pierwszy tom
Kronik Mechanicznych Wampirów

TŁUMACZYŁ
Dawid Repeczko

fabryka słów

Lublin 2012

Książkę dedykuję człowiekowi,
który w pierwszej kolejności zainspirował mnie
do pisania powieści fantasy:
świętej pamięci wielkiemu Davidowi Gemmellowi.
Niech odpoczywa w spokoju
w Auli Bohaterów.

Prolog

Rzeź

Wiem, że uważasz mnie za sadystę. Nie masz racji. Kiedy wymierzam karę, to bez przyjemności. Kiedy torturuję, to dla wiedzy, postępu i prawdy. A kiedy zabijam... – Generał Graal oparł dłonie na oblodzonych blankach, wpatrując się rozmarzonym wzrokiem w odległe szczyty Czarnych Grotów: wielkie, wyzywające, dumne i niezdobyte, otulone mgłą skrzyły się niemalże nierealne. Wyszczerzył zęby w uśmiechu, który upodobnił go do szkieletu. – ...zabijam, żeby jeść.

Graal odwrócił się i spojrzał na klęczącego mężczyznę. Komendant pułkownik Yax-kulkain był doświadczonym wojownikiem w czterdziestej ósmej wiośnie życia, dowodzącym garnizonem w Jalder – największym północnym mieście Falanoru, ośrodku handlowym, w którym zbiegały się drogi zaopatrzenia ze wschodu, południa i zachodu, znanym także jako Północne T.

Yax-kulkain klęczał skulony, zaciskał pięści i patrzył w niebieskie oczy Graala. Ten zaś, spoglądając w rozszerzone źrenice, miał pewność, że pomimo paraliżu dowódca garnizonu jest cały czas świadomy. Generał uśmiechnął się wąskimi wargami, tak bladymi, że ich kontur zlewał się z niezwykle jasną, prawie że albinoską skórą. Równie charakterystyczną dla generała, co i delikatne – w opinii niektórych wręcz kobiece – rysy.

Graal przegarnął włosy alabastrowej barwy, po czym westchnął głośno i wolno skinął głową Yax-kulkainowi.

– Widzę, że mnie rozumiesz, dowódco.

W gardle Yax-kulkaina zawibrował niski, niemalże zwierzęcy dźwięk. Skuty lodem w tej upokarzającej pozycji dowódca zadygotał, niewiarogodnym wręcz wysiłkiem uniósł powoli zbłękitniałą od zimna twarz i warknął wściekle wprost w twarz generała zdobywcy. Rozległ się suchy trzask, kiedy udało mu się rozewrzeć zamarznięte szczęki, a z brody posypał się szron. Wściekłość pozwoliła mu przełamać okowy lodu.

– Zgnijesz w piekle. – Splunął.

Graal odwrócił się, obrzucając zlodowaciałe blanki spojrzeniem wręcz nostalgicznym. Wykonał obrót na pięcie, szybko i płynnie, cienkie ostrze opadło ciężko, strącając głowę pułkownika z karku. Czerep potoczył się po kamiennych płytach, rozbijając lodową skorupę, jaką były pokryte. Zakołysał się i zatrzymał, martwe oczy spoglądały pusto na ponure, zaśnieżone niebo.

– Raczej nie – powiedział Graal, spoglądając na długą linię uwięzionych w lodzie żołnierzy, którzy klęczeli wzdłuż blanek. – Wygląda na to, że już tam jestem.

Jego głos spotężniał nagle i zmienił się w ryk:

– Żołnierze Armii Żelaza! – Zamilkł, po czym, już ciszej, warknął gardłowo: – Zabić wszystkich.

Niczym maszyny lub owady, żołnierze albinosi równocześnie stanęli za szeregami zamrożonej piechoty głównego garnizonu Falanoru. Białe włosy powiewały na wietrze, a czarne pancerze kontrastowały z upiornie bladym, woskowatym kolorem ciał. Obnażone czarne miecze – osiemset lśniących olciście, cichszych od szeptu ostrzy z doskonałej stali – czekały na znak. Generał Graal, odwracając się, skinął od niechcenia dłonią.

Miecze opadły, przecinając mięso i kości, a osiemset głów spadło z drżących ramion i potoczyło się z głuchym odgłosem. Z zamarzniętych ciał nie popłynęła krew. To była czysta rzeź.

Lodowy opar wirował, gęstniał, nadpływając znad leżącego poniżej wspaniałego i pogrążonego w nieświadomości miasta wprost nad zdobytą twierdzę garnizonu. Schludne i przemyślnie rozlokowane uliczki oraz miłe dla oka domy rozciągały się od szerokich, na wpół skutych lodem wód rzeki Selenau w górę stromego zbocza.

A gdy Graal zmrużył swoje niezwykłe oczy w wąskie szparki, nie było już wątpliwości, że lodowe kłęby znad miasta nie są niczym naturalnym, lecz tylko kolejnym złowieszczym elementem gry.

Generał kroczył wzdłuż linii martwych ciał, zatrzymując się od czasu do czasu, żeby wsadzić palec w zmrożony kikut karku. Wirujący dym gęstniał. Po wąskich schodach prowadzących na blanki sunęli...

Żniwiarze.

Wysocy, wyżsi niż jakikolwiek człowiek, ubrani w cienkie białe szaty wyszywane złotą nicią, udrapowane na kościstych, zbyt smukłych sylwetkach.

Twarze mieli płaskie, okrągłe i bezwłose, oczy maleńkie i czarne, a nosy były zaledwie dwoma pionowymi szparami, w których powietrze syczało w szybkim rytmie serca. Ręce ukrywali w szerokich mankietach, poruszali się powoli i tylko ich głowy poderwały się jak na komendę, gdy zatrzymali się, by zlustrować zastaną scenę. Szeregi nieruchomych dotąd albinoskich wojowników teraz cofnęły się o krok. Na twarzach żołnierzy Graala nie było widać strachu, ale wyraźnie czuli respekt. Żaden nie odważył się stanąć Żniwiarzom na drodze. Nie jeśli cenił własną duszę.

Pierwszy ze Żniwiarzy zatrzymał się przy Graalu, patrząc na niego z góry wzrokiem krótkowidza. Generał założył ramiona na piersi i uśmiechnął się ponuro.

– Spóźniłeś się, Hestalt.

Hestalt skinął głową, a kiedy się odezwał, jego głos był niczym leniwe westchnienie wiatru:

– Przygotowywaliśmy lodowy dym dla miasta. Musieliśmy się skomunikować z Nonterrazake. Teraz jednak nadszedł czas. Czy twoi ludzie ze swoją prymitywną żelazną bronią są gotowi?

– Moi ludzie zawsze są gotowi – powiedział niewzruszony Graal i obnażył smukłe ostrze. Żniwiarz nawet nie drgnął, zamiast tego spod jego białej szaty wychynęła dłoń. Każdy palec miał dziesięć lub dwanaście cali długości i zwężał się ku migoczącemu punktowi w kolorze kości słoniowej.

Żniwiarz obrócił się, pochylił i zanurzył wszystkie pięć kościstych palców w ciało pułkownika Yax-kulkaina. Pojawiło się delikatne drżenie i odgłos jakby ssania. Graal patrzył z zaciśniętymi ustami, jak ciało zaczyna się zapadać w sobie, kurczyć, obłazić z kości i czaszki, aż zęby martwego dowódcy wyszczerzyły się w uśmiechu właściwym dla wszystkich poddanych śmierci.

Hestalt cofnął dłoń, pozostawiając za sobą małą, pomarszczoną łupinę, i przesunął się w kierunku kolejnego martwego żołnierza z Falanoru. Ponownie jego dłoń zanurzyła się w ciele, głęboko aż do serca, i Żniwiarz rozpoczął żniwa.

Nie mogąc patrzeć na to bezczeszczenie zwłok, generał Graal wykrzyczał komendę, która rozdzwoniła się wśród otulonych mgłą blanek. Lodowy dym wirował wokół jego kolan, kłębiąc się i wydymając, kiedy Graal kroczył w kierunku schodów na dziedziniec. Jego pułk albinosów podążał za nim w ciszy, gotowy, z obnażonymi mieczami, niczym przypływ, którego generał był pierwszą falą. Sunęli ku gigantycznym dębowym wrotom, za którymi rozpoczynała się główna brukowana arteria wiodąca w dół, wprost do serca Jalder.

Dwóch albinosów pobiegło przodem. Smukli, idealnie zbudowani, z gracją poruszali się po oblodzonym bruku. Każde skrzydło wielkich wrót otwierane było oddzielnie, żelazne zawiasy zajęczały, a Graal odwrócił się, by rzucić okiem na wysokie, przygarbione postaci poruszające się metodycznie pomiędzy blankami, drenujące martwych żołnierzy garnizonu Falanoru. Jak robactwo, pomyślał i z oddali pochwycił spojrzenie Hestalta. Żniwiarz dał mu znak skinieniem głowy. Rozkaz. Wskazał w kierunku miasta... Jego instrukcje były zrozumiałe.

Przygotuj ścieżkę.

Lodowy dym zbierał się na dziedzińcu, tworzył wielką pulsującą kulę, która wirując, rosła z każdym obrotem wśród roztańczonych błysków srebra, by w końcu popłynąć przez rozwarte bramy, jak lotna rtęć, do miasta, wciąż rosnąc, wciąż się zwiększając, powódź upiornej ciszy, miękkiej jak wata śmierci, zaraza lodowego dymu dryfującego, by pogrążyć nieświadome miasto w grobowym całunie krwawej magii.

Rozdział 1
Śmiercionośny chłód

Kell stał przy oknie na pięterku o niskim suficie i spoglądał z melancholią i niepokojem w kierunku odległych gór. Za jego plecami ogień trzaskał w palenisku, płomienie pożerały sosnowe polana, a garnek gęstego bulionu warzywnego bulgotał na żeliwnym trójnogu. Kell uniósł pękaty kubek do ust i z westchnieniem upił mocnego trunku, czując żywiczny smak głęboko w gardle i ciepło w żołądku.

A mimo to wstrząsnął nim dreszcz. Pomyślał o śniegu, lodzie i o martwych, przerażająco zimnych górach: głębokich kanionach, wysokich, samotnych skalnych półkach, stokach, skalistych stromiznach wiodących ku natychmiastowej śmierci. Zimne wspomnienia skuły lodem jego duszę. Czasem Kell był pewien, że nigdy nie zdoła przepędzić ze swojej przeszłości tych wspomnień... i tych ciemnych dni polowania w świecie Czarnych Grotów. Lód był w jego sercu, uwięziony niczym diament w skale.

Na zewnątrz śnieg unosił się na lekkim wietrze, wirując w dół brukowanych ulic i kreśląc w powietrzu skomplikowane wzory. Ze swojego punktu obserwacyjnego Kell widział straganiarzy nad brzegiem Selenau i, po prawej, wybudowane z czarnej cegły skupisko wielkich garbarni, magazynów i nadrzecznych rzeźni. Z dreszczem obrzydzenia przypomniał sobie, jak podczas gorącego lata fetor resztek unosił się tu aż do nieba; dlatego Kell dostał to miejsce tak tanio. Ale teraz... teraz zima zacisnęła lodowate szpony, trzymając smród w szachu.

Kell zadrżał ponownie, oglądanie tańczącego śniegu przejęło chłodem stare kości. Obrócił się, cofnął do ognia i zupy. Przemieszał zawartość garnka, pochylając się do przodu, z dłonią wspartą o mocną belkę obramowania kominka.

Schody zadudniły krokami obutych stóp i Kell prędko odstawił kubek na wysoką półkę, obok wiekowego zegara, pod przerażającymi motylkowymi ostrzami Ilanny. W środku czasomierza wirowały jednostajnie niewielkie, warkoczące elementy mechanizmu zegarowego; skomplikowany i doskonały przykład miniaturowej inżynierii.

– Witaj, dziadku.

– Nienna. – Podszedł do niej, a ona go uścisnęła. Śnieg z długich brązowych włosów zwilżył szarą brodę. Kell cofnął się o krok, trzymając Niennę za rękę. – Przysięgam, że każdego dnia jesteś wyższa!

– To przez ten świetny bulion. – Z zaciekawieniem zajrzała mu przez ramię. – Dzięki niemu jestem silna i w świetnej formie. Co dziś ugotowałeś?

– Daj spokój. Zdejmij płaszcz i dostaniesz miskę. Jest warzywny, po letniej zarazie bydła wołowina jest nadal zbyt droga. Aczkolwiek mam obiecaną półtuszę za dwa, trzy tygodnie. Od przyjaciela, przyjaciela, rozumiesz? – Mrugnął do niej.

Nienna zdjęła płaszcz, podeszła do dębowego stołu, usiadła na ławie okrakiem. Kell postawił przed nią ręcznie wykonany drewniany talerz, dziewczyna sięgnęła z zapałem po łyżkę. Długim, zakrzywionym nożem odkroił kromkę czarnego, orzechowego chleba.

– Dobry.

– Może powinien być bardziej słony.

– Nie, jest doskonały. – Pochłaniała rosół z wilczym apetytem.

– No cóż – powiedział Kell, siadając naprzeciw wnuczki z uśmiechem, który odmłodził pomarszczoną, brodatą twarz i sprawił, że nie wyglądał na swoje sześćdziesiąt dwa lata – nie powinnaś być tak zaskoczona. W końcu jestem najlepszym kucharzem w Jalder.

– Hmm, może, ale myślę, że byłby jeszcze lepszy z wołowiną – stwierdziła Nienna z na wpół podniesioną łyżką, marszcząc czoło w udawanym grymasie.

Kell uśmiechnął się.

– Jestem tylko starym, biednym żołnierzem. Prawdopodobnie nie mógłbym sobie na nią pozwolić.

– Biednym? Z fortuną schowaną pod podłogą? – zaprotestowała Nienna z opuszczoną głową. Oczy skierowane w górę błyskały psotnie. – Tak mówi mama. Że jesteś skąpcem i kutwą i że chowasz pieniądze w sekretnym schowku pod podłogą, owinięte w swoje śmierdzące skarpety.

Kell uśmiechnął się cierpko, część jego dobrego nastroju nagle się ulotniła.

– Twoja matka zawsze potrafiła prawić komplementy. – Rozpogodził się nieco. – W każdym razie, moja dziewczynko, jesteś bezczelną małpką. I masz niewyparzony języczek.

– Jestem trochę za stara, żebyś mnie tak nazywał, dziadku.

– Nie, panienko, cały czas jesteś małą dziewczynką. – Pochylił się i zmierzwił jej włosy. Skrzywiła się z niesmakiem.

– Dziadku! Nie jestem dziewczynką! Mam prawie siedemnaście lat!

– Dla mnie zawsze będziesz małą dziewczynką. A teraz jedz swój bulion.

Zamilkli, a jedynym dźwiękiem były odgłosy ognia skaczącego po polanach, podczas gdy wiatr na zewnątrz przybierał na sile, wzbijając tumany śniegu i wyjąc żałośnie na zamarzniętych brukowanych ulicach. Nienna skończyła jeść i wyczyściła miskę ostatnim kawałkiem czarnego chleba. Rozsiadła się wygodnie i westchnęła.

– Dobre! Za dużo soli, ale dobre, jak zwykle.

– Tak jak mówiłem, najlepszy kucharz w Jalder.

– Widziałeś kiedyś małpę? Naprawdę? – spytała niespodziewanie. Niewątpliwie była jeszcze bardzo młoda.

– Tak. W gęstych dżunglach Południa. Tutaj jest za zimno dla małp. Przypuszczam, że wolą być tam, gdzie ich banany.

– Co to są banany?

– Delikatne żółte owoce.

– Czy naprawdę jestem do nich podobna?

– Do owoców czy do małp?

Szturchnęła go w ramię.

– Wiesz, co miałam na myśli!

– No, może – odparł Kell, kończąc swoją porcję i żując w zamyśleniu ostatnie kawałki chleba. Znów zaczynały go boleć zęby. – Są pewne podobieństwa: owłosiona twarz, pchły, tłusty tyłek.

– Dziadku! Nie mówi się w ten sposób do damy! Jest taka rzecz, o której uczyliśmy się w szkole, nazywa się ety... etyko...

– Etykieta. – Jeszcze raz zmierzwił jej włosy. – Kiedy dorośniesz, Nienna, będę cię traktował jak dorosłą.

Jego uśmiech był zaraźliwy. Nienna pomogła mu wyczyścić miski. Zatrzymała się przy oknie, patrząc w dół, na odległe fabryki i rynek.

– Walczyłeś w dżunglach Południa, prawda, dziadku?

Kell poczuł, jak pryska jego dobry nastrój, i zagryzł wargi, powstrzymując agresywną odpowiedź. Dziewczyna nie rozumie, uspokajał się. Wziął głęboki oddech.

– Tak, to było dawno temu. Byłem wtedy innym człowiekiem.

– Jak to było? Walczyć w wojsku z królem Searlanem? To musiało być tak strasznie... romantyczne!

Kell parsknął.

– Romantyczne? Dzisiejsze szkoły napełniają wam głowy gównem. Nie ma nic romantycznego w oglądaniu swoich zabitych przyjaciół. Nic bohaterskiego w oglądaniu, jak nad polem bitwy kruki walczą o oczy zabitych. Nie – jego głos ścichł do szeptu – wojny są dla głupców.

– A jednak – nie ustawała Nienna. – Myślę, że chciałabym wstąpić do armii. Moja przyjaciółka Kat mówi, że kobiety też mogą się zaciągnąć. Albo można zostać pielęgniarką i pomagać rannym na polu bitwy. Dobrze cię wyszkolą. Był u nas sierżant sztabowy, przyszedł do szkoły i próbował nas zwerbować. Kat chciała podpisać, ale ja pomyślałam, że wcześniej powinnam porozmawiać z tobą.

Kell przemierzył pokój tak szybko, że na moment stał się niewyraźną plamą. Nienna była wstrząśnięta. Poruszał się zbyt szybko, jak na grubego i starego człowieka; to było nierealne. Z zadziwiającą delikatnością złapał ją za ramiona niedźwiedzimi łapami. Potrząsnął.

– Posłuchaj mnie teraz, Nienna. Masz dar, rzadki talent, dawno już nie miałem okazji spotkać kogoś takiego. Muzyka jest w twojej krwi, dziewczyno, i jestem pewien, że kiedy anioły usłyszą, jak śpiewasz, zzielenieją z zazdrości. – Wziął głęboki oddech, wpatrując się z bezwarunkową miłością w jej zielone oczy. – Posłuchaj dobrze, Nienna, i postaraj się zrozumieć staruszka. Nieznany darczyńca opłacił twoje czesne. Ta osoba oszczędziła ci trudów życia, pracy w garbarni albo w fabryce przy maszynie tkackiej tak podstępnej, że tylko czeka, żeby oberżnąć ci te cholerne palce. Zresztą łajdacy właściciele prędzej pozwolą na to, niż zdecydują się na przerwę w produkcji. Więc idź, dziewczyno, na ten swój uniwersytet i tam pracuj ciężko jak jeszcze nigdy dotąd albo dam ci takiego kopa w tyłek, że mój but wybije ci zęby.

Nienna pochyliła głowę.

– Tak, dziadziu, przepraszam, to tylko...

– Co? – Jego oczy były jak żarzące się węgle.

– Ja tylko... nudzę się! Chciałabym odrobiny emocji, przygody! Wszystko, co kiedykolwiek widziałam, to dom, twoje mieszkanie i szkoła. Wiem, potrafię śpiewać, wiem. Ale to nie zapowiada przyszłości pełnej wrażeń, prawda? To nie jest coś, od czego zawrze mi krew!

– Emocje są przeceniane – warknął Kell, obracając się i ruszając z grymasem do swojego niskiego, pokrytego skórą krzesła. Siadł, krzywiąc się z bólu, który zagnieździł się w dolnej części pleców, i to mimo że stara pani Graham nacierała go gęstą, zieloną, śmierdzącą maścią. – Emocje to jedna z tych rzeczy, które mogą spowodować, że zostaniesz zabita.

– Ale jesteś zrzędą! – Nienna przeskoczyła przez pokój i szarpnęła za swoje buty. – Muszę iść. Po południu mamy wycieczkę po uniwersytecie. Szkoda, że śnieg spadł tak grubo. Mówią, że ogrody są pieruńsko ładne.

– Tak, zima przyszła wcześnie. Takie jest dziedzictwo Czarnych Grotów. – Zapatrzył się w dal, na odległe, zamglone czarno-białe zęby. Góry wzywały go. Zawsze będą to robić.

– Tego lata kilku moich przyjaciół zamierza zbadać Czarne Groty. Oczywiście po tym jak skończą studia.

– Głupcy – kłapnął Kell. – Groty są bardziej niebezpieczne niż cokolwiek, co mogłabyś sobie wyobrazić.

– Byłeś tam?

– Trzy razy. I trzy razy byłem pewien, że już tam zostanę – jego głos stał się cichy, odległy, zagubiony. – Myślałem, że umrę tam, w górze, na tych ciemnych skalistych stokach. Dziewczyno, to cud, że ciągle żyję!

– To było w czasach, kiedy służyłeś w wojsku? – próbowała go znowu namówić do zwierzeń, ale machnął ręką, jakby odpędzał muchę.

– Idź. Dołącz do swoich przyjaciół, ciesz się wycieczką po uniwersytecie i żebyś im na pewno zaśpiewała! Pokaż im swój anielski głos. Nigdy nie usłyszą czegoś takiego jak to.

– Tak zrobię, dziadziu. – Nienna obciągnęła płaszcz i przeczesała swoje długie brązowe włosy. – Dziadku?

– Tak, małpko?

– Ja... dzisiejszego ranka prawie powiedziałam mamie o tobie. Mam na myśli to, że tu przychodzę. Tak bardzo chcę jej powiedzieć... Nie cierpię mieć tajemnic.

Kell potrząsnął głową ze srogą miną.

– Jeżeli jej powiesz, dziewczyno, ona upewni się, że więcej mnie nie zobaczysz. Nienawidzi mnie. Możesz to zrozumieć?

Nienna kiwnęła głową, ale Kell widział w jej oczach, że młodość i brak doświadczenia nie pozwalają jej w pełni pojąć, jak bardzo nienawidzi Kella własna córka.

Lecz pewnego dnia, pomyślał z ponurym okrucieństwem, pewnego dnia się nauczy. Wszyscy się nauczymy.

– Tak, dziadku. Postaram się. – Otworzyła drzwi i gorzki chłód wpadł z falą kłębiącego się śniegu. Zrobiła krok, zatrzymała się i obróciła, ale tak, że nie mógł dostrzec jej twarzy. – Kell?

– Tak, wnuczko? – Mrugnął zaskoczony, że zwraca się do niego po imieniu.

– Dziękuję, że zapłaciłeś moje czesne. – Odchyliła się do tyłu, pocałowała go w policzek i odeszła, owinięta w szalik i płaszcz, zostawiając go zawstydzonego na szczycie schodów.

Potrząsnął głową, obserwując, jak ślady jej stóp z chrzęstem pojawiają się na świeżym śniegu. Skierowała się ku delikatnej mgle unoszącej się nad rzeką Selenau.

Jak się domyśliła? – zastanawiał się, mocując z drzwiami, które nie chciały zmieścić się we framudze. Domknął je uderzeniem niedźwiedziej pięści i zamyślony przesunął ciężką zasuwę. Cofnął się do kominka po zostawiony tam trunek i pociągnął spory łyk. Alkohol rozlał się po żyłach jak stary przyjaciel i spowił mózg słodyczą. Kell odetchnął głęboko, cofnął się do szerokiego okna i siadł na niskiej ławie, żeby obserwować kupców targujących się na placu pełnym trzepoczących straganów. Mgła wpełzała na rynek, wirując wokół butów i drewnianych słupków. Kell wpatrywał się w góry, w Czarne Groty, i wspominał tamtejsze polowanie, tak jak to robił wiele razy w ciągu dnia.

– Dołącz do armii. Taa... – wymamrotał, marszcząc brwi, i ponownie napełnił kubek z glinianego dzbana.

Kell zbudził się z bólem głowy, przytępionymi zmysłami i suchością w ustach. Zastanawiał się nie tylko nad tym, co go obudziło, ale jak, na Piekielne Zęby, w ogóle zasnął?

– Przeklęty grog – mamrotał, przeklinając swoją słabość i starość. Przysięgał sobie w duchu, że odstawi alkohol, chociaż w głębi serca wiedział, że tych ślubów na pewno nie dotrzyma.

Usiadł na ławie przy oknie i przetarł oczy, ziewając. Spojrzał przez niskie okno, ale widział jedynie mgłę – gęstą i białą, zalewającą ulice. Dostrzegał trochę zamglonych kamiennych murów, odrobinę pokrytego śniegiem bruku i to było wszystko. Przerażająca biel rozrosła się, by wypełnić cały świat.

Podszedł do beczki z wodą i łapczywie opróżnił trzy pękate butle. Strumyki wody ściekały po jego siwej brodzie, mocząc bawełnianą koszulę. Ponownie przetarł oczy, pokręcił głową i odwrócił się, by spojrzeć na mgłę wciskającą się szparą pod drzwiami. Dziwne, pomyślał. Rzucił okiem na Ilannę – swój topór zawieszony nad kominkiem – która jaśniejąc matową czernią, odbijała blask ognia. Nagle okno pękło z trzaskiem, jakby pod wielkim naciskiem, odłamki szkła posypały się z metalicznym szelestem. Mgła wdarła się do środka.

Kell błyskawicznie złapał ręcznik, zamoczył go, owinął dookoła ust i nosa, zawiązał z tyłu głowy. Co robisz, stary głupcze? – krzyczał do siebie w myślach. Przecież to nie dym! Nie zadusi cię! Ale jakiś instynkt, jakaś pierwotna intuicja kazały mu wyciągnąć rękę i szarpnąć za długi trzonek bojowego topora. Zatrzaski pękły, a wsporniki z grzechotem posypały się w ogień.

Lodowy opar zawirował wokół jego butów, przewędrował przez pokój i stłumił ogień w kominku. Płomień zamigotał i zgasł, za oknem rozległ się przytłumiony krzyk kobiety, który przeszedł w bulgot. Kell zmrużył oczy i szybko podszedł do drzwi. Z zewnątrz dobiegł go dźwięk kroków zbliżających się szybko po pokrytym lodem wzniesieniu. Kell przywarł do ściany. Drzwi zagrzechotały, a Kell bezszelestnie odsunął zasuwę. Kopnięcie wyważyło zawiasy i dwóch żołnierzy wsunęło się ostrożnie do środka, trzymając przed sobą czarne miecze. Ich twarze były trupio blade, a długie, splecione włosy białe jak lodowa mgła, która zdusiła ogień w kominku. Kell uśmiechnął się szeroko.

Żołnierze rozdzielili się, stając po dwóch stronach pokoju, podczas gdy on cofnął się kilka kroków. Pierwszy ruszył na niego, szerokim cięciem mierząc w gardło, ale Kell wywinął się i wyprowadził straszliwy cios zewnętrzną stroną ostrza, odcinając szeroki na dwa cale kawał nieosłoniętej głowy albinosa. Ten zatoczył się do tyłu, biała krew tryskała spomiędzy zaciskających się kurczowo palców. Drugi z mężczyzn skoczył w kierunku Kella. Lecz ten był na to przygotowany. Zahaczył butem ławę i przesunął ją szybkim, mocnym ruchem wprost pod nogi atakującego. Żołnierz potknął się i podparł rękami, a Kell zamachnął się szeroko i przyszpilił go do ławy. Albinos zwinął się, bulgocząc, zadygotał i znieruchomiał. Pod nim rozlewała się kałuża białej krwi. Kell oparł but o zbroję zabitego i szarpnięciem uwolnił topór.

– Biała krew? – Zmarszczył brwi. Rzucił okiem na rannego, który pozbawiony ćwierci głowy, dyszał ciężko na kupie szmat.

Kell podszedł do niego.

– Co jest, chłopcze?

– Idź do diabła! – wycharczał żołnierz. Strużki śliny zmieszanej z krwią kapały z jego zębów.

– A więc to atak? – Kell uniósł topór z namysłem. Nagle pobladł i sięgnął ręką do wilgotnego ręcznika na twarzy. – Co to za czarna magia? Komu służysz? Powiedz, to cię oszczędzę. – To kłamstwo zostawiło gorzki posmak w ustach Kella. Wcale nie zamierzał oszczędzić żołnierza.

– Wolałbym zdechnąć, stary głupcze!

– Niech więc tak będzie.

Topór strącił głowę z ramion albinosa, a Kell odwrócił się od zmasakrowanych, bezgłowych zwłok. Zalała go fala czarnego przygnębienia. Nie tak miało wyglądać jego życie. Miał skończyć z zabijaniem! Był emerytowanym żołnierzem, starym wojownikiem. Nie wędrował już po górach z bojowym toporem, skąpany we krwi i posoce. Potrząsnął głową z ponurą miną. Bogowie szydzili z niego, prawda?

Kapryśni Bogowie dopilnowali, aby wytęsknioną emeryturę zrujnowało nieszczęście.

– Nienna! Niech będą przeklęci. – Kell ruszył na schody i spojrzał w lodowy dym. – To musi być jakaś magiczna sztuczka – mruknął. Prawdziwa mgła nie porusza się, jakby żyła, niczym węże kłębiące się w wiadrze.

Ruszył szybko w dół schodów. Krzyknął, kiedy lodowy opar ukąsił go w rękę. Kell wrócił do mieszkania i zaczął naciągać kolejne warstwy ubrań. Gruby kapelusz z nausznikami podbitymi futrem, kaftan z niedźwiedziej skóry, który jeszcze bardziej poszerzył jego imponującą klatkę piersiową, skórzane rękawice dobrej jakości. Dopiero wtedy cofnął się ku mgle. Zszedł po drewnianych schodach, stanął na bruku pokrytym śniegiem. Drżał, a policzki szczypał mu mróz. Dookoła mgła okrywała świat ciszą, wszystko było jak z waty. Powietrze przytłumione. Zredukowane. Skurczone. Podszedł do ściany, a surowa realność czarnego kamienia podziałała na niego uspokajająco. Przynajmniej to nie jest jakiś pijacki koszmar. Zaśmiał się, bo czuł się, jakby to jednak był zły sen.

Ignorując ból głowy, ruszył ostrożnie ulicą w kierunku rynku. Brukowana droga opadała ku Selenau, nad brzegiem rzeki zakręcała szerokim łukiem na wschód i w górę, prowadząc do rzędu drogich willi i stojącego za nimi uniwersytetu. Kell zatrzymał się na granicy rynku. Na ziemi leżało ciało, mgła tańczyła wokół wykręconych kończyn starego człowieka. Marszcząc brwi, Kell zbliżył się i przyklęknął. Dotknął suchego, kruchego ciała i krzyknął wstrząśnięty. Z bieli dobiegł go głuchy odgłos butów i świst miecza. W ostatniej chwili uniósł topór i sparował cios. Metal zadzwonił o metal.

Kell z siłą tarana rąbnął pięścią w przeponę napastnika. Tamten stęknął głośno, wypuszczając powietrze, i zwinął się wpół. Kell zerwał się i ciężkim butem zmiażdżył czaszkę albinosa. Kolejni nadbiegali z mgły. Kell wzdrygnął się. Zrozumiał, że przeciwnik przewyższa go liczebnie.

Zmarszczył brwi, czarne myśli opadły go jak kruki. Krew pulsowała w żyłach płonącym, głębokim rytmem. Nie chciał tego. Zostawił to za sobą, ale teraz przeszłość wróciła i próbowała go pochłonąć, ciągnęła ku ostrej krawędzi...

Śmierć.

Kolejny miecz pomknął ze świstem w kierunku jego głowy. Kell zrobił unik przez ramię i przetoczył się w lewo. Topór z furkotem wbił się w ciało. Jednocześnie łokieć wystrzelił do tyłu, trafiając prosto w twarz napastnika. Otoczyli go. Miecze i noże połyskiwały we mgle. Ale to ułatwiało sprawę. Kell uśmiechnął się szeroko, każdy z nich był wrogiem. Odzyskał zimną krew i uspokoił myśli. Wyciszył się. Zmienił w jednej nieuchwytnej chwili.

Ubyło mu lat, uleciały jak rozrzucone konfetti. Stara, ciemna magia popłynęła w żyłach jak narkotyczny miód. Pokonał ją kiedyś, a teraz wróciła, a on przyjął ją z zadowoleniem.

Zawirował płynnie. Topór zagrzmiał, zataczając łuk i wlokąc za sobą krople białej krwi. Żołnierz albinos stracił głowę. Ostrze płynęło dalej, by nagle zmienić kierunek i zgruchotać napierśnik kolejnego napastnika. Rozłupało stal, roztrzaskało mostek i przebiło pulsujące białe serce. Kell uderzeniem pięści powalił żołnierza na ziemię, uchylił się przed ostrzem miecza, który zagwizdał mu koło ucha. Ilanna trafiła trzeciego między oczy, rozłupując mu czaszkę jak owoc. Grube palce Kella zacisnęły się wokół gardła następnego wroga. Podniósł go, nie zważając na wierzganie smukłego albinosa, i przyciągnął do swego oblicza – pogodnego i śmiertelnie spokojnego. Uderzeniem głowy zmiażdżył tamtemu nos, rozpłaszczając go na białej twarzy. Pozwolił, by ciało osunęło się na bruk.

Ruszył biegiem, przebijając się przez rynek i wymijając łupiny zamrożonych zwłok. W ustach mu zaschło, nie ze strachu, lecz z pierwotnego przerażenia, gdy pojął ogrom masakry, której był świadkiem.

Tego nie zrobiło kilku bandytów. To był atak na pełną skalę, zaś napastnicy byli doskonale uzbrojonymi, bezwzględnymi i świetnie wyszkolonymi zawodowcami. Kiedy Kell ich zabijał, żaden nie spanikował, żaden nie starał się wycofać. To byli prawdziwi wojownicy. A jednak, mimo wszystko, Kell czuł, że jak dotąd miał okazję spotkać wyłącznie nowych rekrutów. Pokarm dla mieczy – łatwy do zastąpienia i z góry spisany na straty.

Pobiegł dalej przez rynek i zatrzymał się, opierając o stragan Braska Piekarza, żeby złapać oddech. Zapach świeżego chleba wypełnił jego nozdrza, ale kiedy wyciągnął rękę, dotarło do niego, że bochenki są zamarznięte na kość. Tak jak Brask, sztywny i siny, klęczący z rękoma na krawędzi straganu.

– Skurwysyny – warknął Kell, uspokajając oddech.

Odzwyczaił się już od biegania, nadużywał alkoholu i fajki, od dekady wiódł życie cywila, siedział tylko i gapił się na śnieg i góry. Cóż, zdecydowanie nie był w dobrej formie.

Poczekał, aż kolka ustanie, zignorował promieniujące ukłucia gorących igieł w krzyżu i kolanach. W prawym łokciu i barku odzywały się bolesne pamiątki po dziesięcioleciach władania ciężkim bojowym toporem i rzeźbienia ciał miażdżącymi ciosami.

Dni Krwi – szeptało do niego coś z zakamarków umysłu.

Do diabła!

Kell spojrzał na mgłę. Nie, poprawił się w myślach. Na dym, na lodowy dym.

Do uniwersytetu w Jalder nie było daleko, ale stał on na wzgórzu, cholernie stromym wzgórzu. Zaciskając zęby, z twarzą zlaną potem pod ciężkim kapeluszem, Kell rozpoczął szybki marsz. Trzymając się za żebra, modlił się gorąco do wszystkich Bogów, którzy chcieliby go wysłuchać, aby Nienna wciąż znajdowała się na terenie uniwersytetu... i wciąż żyła.

Saark wpatrywał się w jej piękną twarz. Blask śniegu piętrzącego się za oknem opromieniał miękką skórę. Mężczyzna uniósł dłoń i przeczesał swoje długie czarne i kręcone włosy lśniące od aromatycznych olejków. Kobieta uśmiechnęła się do niego, jej oczy płonęły miłością. Koniuszek języka zwilżył rozchylone wargi.

Saark pochylił głowę, nie był w stanie dłużej nad sobą panować, opierać się płomiennemu pożądaniu. Pocałował ją namiętnie, rozkoszując się słodkim smakiem miodu. Zatopił się w niej, delektując się jej oddaniem, wdychając zapach, chłonąc perfumy, zatracając się w miękkiej kołysance ich pocałunku, w ich połączeniu, zjednoczeniu. Pogładził jej plecy, a ona przywarła do niego namiętnie. Z gardła kobiety wydobył się jęk, a w piersiach zawibrował pierwotny, zwierzęcy ton. Saark pocałował ją, mocniej, bardziej dziko, czując, jak głęboko w jego trzewiach budzi się bestia, która chwyta za gardło, przejmuje kontrolę nad umysłem i nie ma już nic poza łomoczącym pożądaniem, rozgrzaną krwią, chucią i desperacką potrzebą pieprzenia.

Zrzuciła sukienkę i błyszczącą jedwabną bieliznę. Saark patrzył na nią jak zaczarowany. Zdjął kurtkę, ostrożnie, tak, aby przy odkładaniu na wyszywane złotem krzesło nie zabrzęczały klejnoty, które przed chwilą ukradł ze szkatułki tej pięknej damy.

– Nareszcie prawdziwy mężczyzna – westchnęła ochryple.

Saark pieścił kształtne piersi, bawił się, językiem smakując sutki. Słowa mu się pogubiły, myśli rozpłynęły. Jak ktokolwiek mógł trzymać tak zachwycającą istotę zamkniętą na klucz w zimnej wieży? Ale przecież jej mąż był stary, traktował kobietę jak zdobycz, wyposażenie leżącej na uboczu willi. Piękna wieśniaczka kupiona dla przyjemności jak każdy inny element wystroju.

Saark całował jej kark, szyję i piersi, które wyszły mu na spotkanie. Jęknęła, kiedy przygryzł sutki, przywarła do niego nagim ciałem.

– Dlaczego trzyma cię tu zamkniętą, cukiereczku? – mruknął, sięgając ręką między rozpalone uda. Naparła cipką na jego dłoń, gorąca, wilgotna, miękka, zapraszająca. Każdym ruchem przynaglała go, by ją wziął... wziął ostro...

Zanurzyła ręce w jego długich, kręconych czarnych włosach.

– Dlatego – wysyczała – że wie, że byłabym jak dzika kotka, gdyby tylko spuścił mnie ze smyczy.

Pchnęła go na ziemię, siadając na nim okrakiem. Saark patrzył, jak nad nim góruje, agresywna, potężna, dominująca. Jej dłonie, całe w klejnotach, na nagich, kołyszących się biodrach. Uśmiech strażnika malujący się na słodkich ustach, kiedy obserwowała go, jak kot obserwuje osaczoną mysz. Uwaga Saarka powoli przesuwała się od słodkości kapiącej z drżącej cipki ku wielkim rubinom w pierścieniach na jej palcach. Zwilżył usta, bo podniecenie na widok takiego bogactwa wysuszyło je doszczętnie.

– Myślę... – powiedział całkiem uczciwie i bez śladu subtelnego cynizmu, którym zwykle się szczycił. – Myślę, że to mój szczęśliwy dzień.

Upłynęło sporo czasu. Słabe światło sączyło się przez zaszronione okno. Saark oparł się na łokciu i wpatrywał w leżącą przy nim namiętną lisiczkę. Oddychała głęboko, zatracona we śnie i całkowitym spełnieniu. Bogowie, pomyślał, uśmiechając się ironicznie. Jestem kurewsko dobry. Tak, naprawdę, muszę być najlepszy. Delikatnie przesunął swe długie palce po jej szyi, ku delikatnemu wgłębieniu przy mostku, tuż ponad rytmicznie kołyszącymi się piersiami i dalej, ku bujnym loczkom na wzgórku łonowym. Jęknęła, unosząc biodra w nieświadomej odpowiedzi. Saark łagodnie odsunął rękę. Nie, nie teraz, nie znowu. W końcu miał interes do załatwienia. Nie mógł sobie pozwolić na to, by ją rozbudzić, jakkolwiek była to kusząca alternatywa. Jednak interes to interes, złoto to złoto, a Saark swoje interesy traktował niezwykle poważnie.

Wstał i ubrał się cicho. Na koniec wciągnął wysokie kawaleryjskie buty i spojrzał z tęsknotą na piękną kobietę śpiącą z odrzuconą głową. Och, zostać tu na cały dzień i noc! Przeżyliby wspólnie tyle wspaniałych seksualnych przygód. Ale... nie, jednak nie. Podszedł do mahoniowej komody i z łatwością otworzył najwyższą szufladę. Znajdował się tam mieszek wypełniony ciężkimi złotymi monetami, które Saark z przyjemnością zaprosił do swojej sakiewki. Kolejna szuflada zawierała jedynie jedwabną bieliznę. Zastanowił się, czy czegoś z niej nie uszczknąć, ale pragnienie bogactwa zwyciężyło nad tym, by posiadać trofeum. Nie chciał być zbyt perwersyjny.

W trzeciej szufladzie znajdowały się dokumenty związane sznurkiem. Saark przejrzał je w poszukiwaniu obligacji, udziałów i umów. Zaklął pod nosem, gdy okazało się, że to tylko listy. Na szczycie komody znalazł długi, wysadzany kamieniami sztylet, używany – jak sądził – do otwierania korespondencji. Doskonałej jakości szmaragdy osadzone w złotej rękojeści. Schował broń do kieszeni i ruszył ku szafie na ubrania. Otworzył ją wolnym, ostrożnym gestem, starając się uniknąć skrzypnięcia starego drewna i pokrytych nalotem zawiasów. Prędko przeszukał szafę, znajdując z tyłu zamkniętą torbę. Opadł na kolana, wyciągnął wysadzany klejnotami sztylet i przeciął rzemienie. Wewnątrz znajdował się zwitek obligacji. Saark gwizdnął cicho. Trzymał w ręku małą fortunę. Uśmiechnął się szeroko, to były papiery Seckena & Jalberga, mógł je spieniężyć w każdym mieście Falanoru. Uzmysłowił sobie, że to nie jest po prostu dobry dzień. To był prawdopodobnie pierwszy dzień jego zasłużonej emerytury...

– Ty... łajdaku – niski głos brzmiał jak warknięcie.

Powoli, cały czas klęcząc, Saark odwrócił się i ujrzał kołyszący się czubek własnego rapiera.

– Nie bądź taka, kochanie. – Chciał zwrócić się do niej po imieniu, jednak za żadne skarby nie potrafił go sobie przypomnieć. Jak to było, Marryanne? Karyanne? Do diabła.

– Nie kochaniuj mi, ty złodziejska kupo końskiego gówna.

– Hej, nie jestem złodziejem!

– I gwałcicielu – dodała z błyszczącymi oczyma i ustami zwilżonymi nienawiścią, tak jak niedawno pożądaniem.

– Prr! – Saark uniósł ręce i zrobił kilka kroków na klęczkach. Rapier poruszył się za nim, prawie wykłuwając mu oko. – O czym ty, do diabła, mówisz, Darienne?

– Marianne, idioto! Wiesz, co Królewska Straż robi z gwałcicielami, kiedy ich aresztuje?

Spojrzała na jego genitalia i wolną ręką wykonała poziomy ruch imitujący cięcie.

– Marianne! Było nam ze sobą tak wspaniale! Jak możesz mi to robić?

– To podłe. Podłe! – wrzasnęła. – Najpierw mnie wykorzystujesz, a potem chcesz jeszcze oskubać z każdego pensa, którego zachomikowałam przed tym starym, skwaśniałym łajdakiem, którego nazywam mężem! Zdajesz sobie sprawę, na co musiałam się godzić, poślubiając tego starego, bezzębnego kozła? Jego zepsuty oddech? Jego owłosione łapska macające moje cycki? Jego cholerne niemyte nogi?!

Saark zdołał stanąć, nie tracąc przy tym oka. Złożył ręce, a jego głos był niczym uspokajająca kołysanka. Rozpaczliwie poszukiwał jakiegoś rozwiązania.

– Posłuchaj, Marianne, cały czas możemy wyjść z tej sytuacji pachnący różami...

– Nie – pisnęła. – Ja mogę z tego wyjść pachnąca drogimi perfumami i zadowolona, ale ty... – dźgnęła go ponownie, rysując cienką krwawą linię na jego policzku – ty wyjdziesz z tego pozbawiony jaj.

Szybkim ruchem Saark uwolnił wysadzany klejnotami sztylet, uniósł ramię i zamarł. Drzwi za Marianne otworzyły się, ukazując wysokiego, smukłego wojownika z białymi włosami do ramion i karmazynowymi oczami. Albinos postąpił do przodu w nagłym, gwałtownym ruchu i czubek jego miecza w fontannie buchającej krwi wyszedł z piersi Marianne, która cały czas patrzyła w oczy Saarka. Jej wzrok był pełen zaskoczenia i bólu.

Przez krótką chwilę zawiązało się między nimi połączenie głębsze niż słowa, głębsze niż dusza, pełna symbioza. Otworzyła usta, lecz zamiast dźwięku wypłynął z nich strumień krwi, zalewając jej piersi, plamiąc płaski brzuch i rozbryzgując się deszczem kropel na spaczonej, nierównej podłodze. Marianne upadła, wyrywając białowłosemu miecz z dłoni. Ręka Saarka wystrzeliła do przodu i wysadzany klejnotami sztylet pogrążył się w oku napastnika.

Albinos cofnął się i ciężko opadł na podłogę. Ku zdumieniu Saarka uniósł rękę, uwolnił ostrze przy wtórze ohydnego dźwięku i z ogłuszającym brzękiem upuścił je na drewniane deski. Saark skoczył do przodu, kopnął białego w twarz i wyszarpnął swój rapier z martwego uścisku Marianne. Albinos wciąż usiłował wyrwać z jej ciała własny miecz. Ze zmasakrowanego oczodołu kapała biała krew. Saark uderzył z mocą w szyję żołnierza, na wpół odrąbując mu głowę, i zatoczył się do tyłu, patrząc, jak mlecznobiała posoka płynie ze zwiotczałych nagle zwłok. Poślizgnął się, przechodząc nad ciałem Marianne, i przewrócił. Przez chwilę znów patrzyli sobie w oczy, jej twarz była spokojna i nadal zachwycająco piękna, jak zamarznięta porcelana.

– Do licha z tobą!

Wstał mokry i śliski od ciepłej krwi swojej kochanki. Ruszył przez pokój i, do końca złodziej, zabrał po drodze wysadzany klejnotami sztylet, który uratował mu życie. Z rapierem w zaciśniętej pięści wyszedł na klatkę schodową i spojrzał w dół, tam gdzie leniwie unosił się lodowy opar. Krzywiąc się, zszedł ze schodów i srogie zimno ukąsiło go w łydki. Zawrócił do pokoju dziewczyny, do szafy, w której widział grube futra i skóry. Opatuliwszy się szczelnie, zszedł na dół i opuścił pogrążoną w ciszy budowlę. Bogactwo stojących tu budynków wręcz kłuło w oczy, domy, posesje i wille pyszniły się luksusami jak kobiety klejnotami. Wszędzie panowała cisza i spokój. Nawet przez grube ubranie Saark czuł zimno szczypiące skórę. Pośpieszył w głąb ulicy, kierując się w stronę rzeki.

Zatrzymał się przy drobnym ciałku leżącym na bruku twarzą w dół. Podszedł i ostrożnie klęknął obok chłopca, który mógł mieć nie więcej niż pięć lat, obrócił go na plecy i szarpnął się w tył zszokowany. Twarz i kończyny chłopca były skurczone i pomarszczone. W rozcięciu koszuli, na wysokości serca, Saark dostrzegł głębokie kłute rany. Wyciągnął rękę i naliczył ich pięć.

– Kto ci to zrobił, dziecko? – szepnął, walcząc z ogarniającym go przerażeniem. Zacisnął szczęki, wzrok mu stwardniał. Wstał, unosząc swój rapier. – Ktokolwiek to zrobił, znajdę go i zabiję. – Wściekłość burzyła mu krew, gniew płonął w piersi. Nienawiść stała mu się drogowskazem, a śmierć kochanką.

Saark wyrzutek.

Saark złodziej biżuterii.

Niegdyś dumny i honorowy. Nie! Jakże nisko upadł. Przehandlował swój honor, dumę i męskość za garść bezwartościowych świecidełek. Zaśmiał się, a jego śmiech był głuchy i pusty... Jak jego poczucie własnej wartości. Tak, był urodziwy, potężny, muskularny i olśniewająco przystojny. Kobiety ustawiały się w kolejce, by iść z nim do łóżka. Ale w głębi duszy... W głębi duszy Saark sobą gardził.

– Zabijesz go? Nie będziesz musiał zbyt daleko szukać, mały człowieczku – usłyszał miękki, zawodzący głos.

Obrócił się. Tuż za nim, w śnieżnobiałych szatach, owinięty lodowatymi wężami mgły niczym żywymi łańcuchami, stał nieludzko wysoki i przerażający Żniwiarz.

Czarne oczka płonęły, wpatrując się w człowieka. Żniwiarz uniósł rękę, pozwalając, by rękaw zsunął się z nadgarstka i odsłonił pięć długich, kościanych palców celujących w Saarka. W jego niechronioną klatkę piersiową i serce, pompujące słodką rzekę krwi. Saark cofnął się mimowolnie. Nagle zdjął go potworny strach.

– Chodź do mnie, mały. – Żniwiarz się uśmiechnął, świecąc czarnymi oczami. – Chodź i ciesz się swoją nagrodą.

Rozdział 2
Ciemny całun opada

Kell dotarł do olbrzymich żelaznych drzwi Uniwersytetu Jalderskiego i zatrzymał się zdyszany, ocierając pot zalewający mu oczy. Nasłuchiwał przez chwilę, rozglądając się niespokojnie. Krzyki odbijały się głuchym echem, stłumione przez lodowy dym. Dochodziły z prawej strony wzgórza, z kierunku, z którego nadbiegł Kell. Zacisnął zęby, pod skórą na linii szczęki pojawiły się supły napiętych mięśni. Skurwysyny mordują wszystkich! I dlaczego? Z samej potrzeby mordowania? W imię podboju? Dla bogactwa? Z chciwości? Żądzy władzy? Kell splunął i otarł usta wierzchem dłoni.

Myślałem, że Dni Krwi zostawiłem za sobą.

Myślałem, że moja wojaczka dobiegła końca. Uśmiechnął się ponuro, odsłaniając odbarwione kawą zęby. Tak, wygląda na to, że ktoś ma wobec ciebie inne plany, chłopcze!

Podnosząc swój matowoczarny topór, Kell zerknął przez chwilę na bliźniacze ostrza o kształcie zakrzywionych motylich skrzydeł. To byłby bardzo mroczny motyl: trujący, śmiertelnie niebezpieczny, pozbawiony litości. To była jego więź krwi. Ilanna. Siostra Duszy, połączona z nim przez starożytne obrzędy i ciemną magię krwi, płynącą w żyłach esencję jego istoty. Ilanna, która miała do opowiedzenia wiele historii, lecz to nie był odpowiedni moment na wysłuchiwanie krwawych opowieści.

Kell ruszył ostrożnie w górę starannie utrzymanej ścieżki. Niewiele mógł dostrzec przez niskie krzaki i zimowe kwiaty, rosnące wzdłuż ścieżki za schludnie przystrzyżoną trawą. Zatrzymał się, gdy mgła odsłoniła przed nim jakieś kształty. Krąg zwłok, młode kobiety, a każda pomarszczona niczym stara łupina, z twarzą wykrzywioną przerażeniem, zmienioną w upiorną maskę grozy, o skórze kruchej jak szkło. Puls Kella załomotał, przyspieszył, a dłonie zacisnęły się jeszcze mocniej na wygładzonym stylisku topora.

Jeżeli skrzywdzili Niennę, pomyślał. Jeżeli skrzywdzili Niennę...

Dotarł do wejścia, mijając kolejne ciała, od których odwracał oczy. Na szczycie kamiennych schodów szarpnął za klamkę ogromnych dębowych drzwi. Zamknięte na klucz. Jego spojrzenie prześlizgnęło się po falach mlecznego oparu, zmysły śpiewały; byli tam, żołnierze wroga. Mógł ich wyczuć, nawet wywąchać. Ale... Zmarszczył brwi. Było tam coś jeszcze. Coś starożytnego skradało się w białej mgle.

Podążając za przeczuciem, Kell ruszył ostrożnie wzdłuż krawędzi budynku. Znalazł niskie okno, ostrzem topora podważył okiennicę i nie bez trudu wślizgnął się do środka. Pomieszczenie było chłodne i ciemne. Lodowy opar wirował nad podłogą. Kell kroczył po bogatych dywanach, mijał wspaniałe ekspozycje srebrnej zastawy i sięgające sufitu półki dźwigające prawdziwą orgię książek. To chyba jakieś biuro.

Dotarł do drzwi ze zdobioną łukowatą framugą i ostrożnie przeszedł do wyłożonego chodnikiem korytarza, pełnego małych posążków ustawionych wzdłuż ścian. Nasłuchiwał. Nic... Nagle krzyk. Tuż obok, tak głośny, że serce podskoczyło mu do gardła. Rzucił się naprzód i za pierwszym zakrętem zobaczył ją. Młodą dziewczynę. Klęczała, unosząc dłonie w obronnym geście. Twarz miała błękitną z zimna. Nad nią stał żołnierz albinos z krótkim nożem w dłoni. Mimo iż stary wojownik poruszał się bezdźwięcznie, żołnierz podniósł głowę, w chwili gdy padł nań wzrok Kella.

Albinos uśmiechnął się.

Kell cisnął toporem, który zaśpiewał, gdy pokonywał krótki dystans, po czym z głuchym odgłosem roztrzaskał zbroję i mostek przeciwnika, zwalając go ogłuszonego na ziemię. Ogromny motyl rozpruł mu pierś i zmiażdżył serce. Usta otworzyły się i mlecznobiała krew popłynęła na podbródek z bladych warg. Kell podszedł i przykucnął przy białowłosym.

– Przecież... przeciw nam powinieneś być bezsilny – szepnął tamten, mrugając gwałtownie oczami.

– Nie mów? – Kell chwycił za stylisko, postawił stopę na piersi żołnierza i wyszarpnął topór w fontannie woskowatej krwi. – Myślę, że szybko odkryjesz, że jestem trochę inny. – Wyszczerzył zęby w trupim uśmiechu. – Powiedzmy, bardziej... doświadczony.

Kell przykucnął przy kobiecie, ale ta była już martwa. Skóra jej posiniała, pod oczyma pojawiły się fioletowe kręgi, z ust wysunął język i kiedy Kell go dotknął, zrozumiał, że jest zamrożony na kość. Czuł chłód przez rękawice. Wtedy szarpnęło nim odległe wspomnienie. Lodowy dym. Widział to kiedyś, jako młody żołnierz na równinach Selenau. Jego jednostka natknęła się na stare koszary garnizonowe, w których stacjonowali ludzie króla Drefana. Tylko że byli martwi, zamrożeni na kość, ich oczy zmieniły się w lodowe kulki, ciała przymarzły do kamieni. Gdy kawalerzyści weszli do koszar, małe wstęgi mgły, obecne mimo jasno świecącego słońca, zaczęły się ulatniać i rozpraszać. Sierżant Kella, barczysty brutal o imieniu Heljar, zrobił znak Wilka Opiekuna, a wszystkie żółtodzioby z oddziału natychmiast poszły w jego ślady, słusznie zakładając, że to na pewno nie zaszkodzi.

– Krwawa magia – szepnął Heljar i wycofali się spod koszar, a lód chrzęścił im pod stopami.

Kell potarł brodę dłonią w rękawicy i spojrzał w dół, na swój topór. Ilanna – pobłogosławiona krwawym olejem. Będzie go chronić przed lodowym dymem, wiedział to. Pozwoli mu pozabijać tych nosicieli przeklętej magii. Pozwoli? Kell uśmiechnął się gorzko. Ona go będzie do tego zachęcać.

Teraz. Gdzie mogła być Nienna? W akademiku? Gdzie pobiegłaby w razie ataku? Kell, kierując się instynktem, kierując się zewem krwi, kroczył przez długie korytarze i sale budynków uniwersytetu, mijając zwłoki i, kilka razy, żołnierzy skupionych na poszukiwaniach. Na drugim piętrze natknął się na stosy ciał, wszystkie zmrożone i ułożone, jakby na coś oczekiwały. Czego oni, do diabła, chcą? – zastanawiał się skołowany.

Krzyk. Gdzieś wyżej. Kell zerwał się do biegu wzdłuż rzędu ciał leżących z rozrzuconymi ramionami, z twarzami pogodnymi w zimnie i śmierci. Zacisnął dłonie na Ilannie, oddychał chrapliwie i nierówno. Wyczuwał, że wnuczka jest gdzieś niedaleko. Pędził schodami w górę, a im bardziej szalał z obawy, tym mniej był ostrożny. Przez akademik, obok starannie posłanych łóżek, pozamykanych drewnianych kufrów, i znów w górę, spiralnymi schodami, przeskakując po dwa stopnie. Jego stare nogi krzyczały w proteście, mięśnie stanęły w płomieniach, stawy dźgały bólem, ale to wszystko utonęło w fali adrenaliny, kiedy wdarł się do pokoju.

Na podłodze leżały cztery martwe dziewczyny, ich włosy wydawały się spływać po zmrożonych policzkach. Nienna i dwie inne studentki stały uzbrojone w ozdobne piki, które zapewne zerwały ze ścian. Przed nimi stali trzej białowłosi wojownicy zbrojni w krótkie miecze. Ich czarne zbroje stanowiły lśniący kontrast dla porcelanowej skóry.

Obrócili się jednocześnie, kiedy Kell wpadł do środka. Skoczył na nich z wrzaskiem, topór zafurkotał i odrąbał jednemu z białowłosych ramię, rzucając go na kolana z kikutem tryskającym mleczną krwią. Nienna zaatakowała, przebijając piką gardło kolejnego z napastników, lecz on błyskawicznie i podstępnie wykręcił jej broń. Cofnęła się, chwytając za skręcony nadgarstek, i ze zdumieniem spoglądała na albinosa, ponieważ nadziany wróg uparcie nie chciał umrzeć.

– Magia – syknęła.

Albinos kiwnął potakująco głową z uśmiechem, który rozpadł się nagle, gdy topór Kella rozłupał jego czaszkę. Trzeci z żołnierzy rzucił się do ucieczki, ale Ilanna zaśpiewała, roztrzaskując mu obojczyk. Drugi atak, dzikie przekątne cięcie oderwało głowę białowłosego.

Świat zamarł gwałtownie. Klatka piersiowa Kella uniosła się wolno, ruszył do przodu.

– Jesteś ranna?

– Dziadku! – Opadła w jego ramiona. Jej przyjaciółki trzymały się blisko. Ich twarze ściągało przerażenie. – To potworne! Oni wpadli tu, zaczęli wszystkich zabijać tymi swoimi mieczami i... i...

– I magią – wyszeptała młoda kobieta o krótkich rudych włosach i oczach koloru topazu. – Jestem Katarina. Dla przyjaciół Kat. Pan jest Kell. Czytałam o panu wszystko, proszę pana, o życiu, o wyczynach i... o przygodach! Pan jest bohaterem! Bohaterem *Legend Kella*!

– Nie mamy teraz na to czasu – mruknął Kell. – Musimy wydostać się z miasta. Ci żołnierze wszystkich zabiją!

Katarina pochyliła się i podniosła jeden z mieczy należących do albinosa.

– Zwykła broń jest przeciw nim nieskuteczna, prawda?

Kell kiwnął głową.

– Szybko łapiesz, dziewczyno. Żołnierze są pobłogosławieni lub być może przeklęci przez krwawą magię. Tylko odpowiednio pobłogosławiona i wyświęcona broń może ich zgładzić. Albo to, albo obciąć im głowy.

– Czy to ich zabije?

– Jest tylko jeden sposób, żeby się przekonać.

Nienna i trzecia z dziewczyn, Yolga, uzbroiły się też w oręż zabitych żołnierzy. Kell poprowadził je w kierunku spiralnej klatki schodowej. Poruszał się jak polujący kot, ostrożnie, zmysły miał wyczulone do granic, a po lumbago i artretyzmie nie został nawet ślad. Wyczuwał lęk kobiet i to nie było dobre. Coś mrocznego dotknęło jego duszy, czyste zło usadowiło się w głowie. Nie chciał czuć się za nie odpowiedzialny. Były dla niego niczym. Kłopotem. Zależało mu tylko na tym, żeby ocalić Niennę. Pozostałe dwie? Mogły...

Mogę je zabić, jeśli chcesz.

Idea pojawiła się nie tyle jako słowa, co jako prymitywny, pierwotny obraz, płynący niczym całun przez jego myśli. Pozostawała uśpiona przez dekadę. A teraz, dzięki świeżej krwi, świeżej magii i świeżej śmierci, otrzymała nowe życie...

– Nie!

Zatrzymali się, a Nienna dotknęła ostrożnie jego ręki.

– Dobrze się czujesz, dziadku?

– Tak – odparł głucho i przez chwilę spoglądał z bezkresnym przerażeniem na topór połączony z nim więzami krwi. Ilanna była potężna i zła, a jednak... Jednak wiedział doskonale, że nie przeżyje bez niej tego dnia. Nie przeżyłby tej godziny. Zawdzięczał to jej – TEMU, psiakrew! Zawdzięczał życie. Zawdzięczał wszystko... – Nic mi nie jest – z wysiłkiem cedził słowa przez zaciśnięte zęby. – Chodźcie, musimy dotrzeć do rzeki. Spróbujemy ukraść łódź i znaleźć się jak najdalej od tych... okropności.

– Myślę, że odkryjecie, że rzeka jest zamarznięta – powiedział niski, miękki głos.

Wyleźli niczym larwy z rany, wysypali się ze schodów do długiej sali pełnej wypolerowanych mebli, połyskujących w lodowym blasku wysokich okien. Wszystko wokół było szare i srebrzyste niczym lodowa płaskorzeźba. Kell zatrzymał się, usta miał zacięte, w głowie nie pozostała żadna istotna myśl.

Mężczyzna był wysoki i gibki. Nosił czarną zbroję bez oznaczeń. Był albinosem jak pozostali żołnierze, skórę miał nienaturalnie jasną, włosy śnieżnobiałe – ale różnił się od reszty. Kell skrzywił się, rozpoznając, z czym ma do czynienia: naturalnym, niewymuszonym autorytetem. Dowódca. Kellowi nie trzeba było tego mówić. Dostrzegł jeszcze jedną różnicę. Oczy mężczyzny były niebieskie. Lśniły jak szafiry.

– A tyś kto?

– Generał Graal. To jest moja armia. Armia Żelaza, która zdobyła, a teraz kontroluje miasto Jalder. Opanowaliśmy garnizon, wzięliśmy szturmem Letni Pałac, ujarzmiliśmy żołnierzy i mieszkańców. Wszystko przy bardzo małych stratach własnych. A jednak... – Generał uśmiechnął się, obnażając zęby, i postąpił krok naprzód. Dwaj osłaniający jego boki żołnierze pozostali na swoich pozycjach, więc generał znalazł się na przedzie, tam gdzie stawiał go zawsze wrodzony autorytet. – A jednak ty, starcze, stałeś się cierniem w moim oku.

Kell uważnym spojrzeniem badał kolejne ujścia korytarzy prowadzących do sal, poszukując jakiejś drogi ucieczki. Powoli przesunął się w prawo i zajrzał w przejście w poszukiwaniu wrogów. Korytarz był pusty. Obrócił się, wbijając stalowy wzrok w generała, który obserwował go z nieskrępowanym rozbawieniem. Czy może raczej pogardą, jaką piranie rezerwują dla rannych ryb.

– Najmocniej przepraszam – warknął Kell – że nie przewróciłem się, żeby umrzeć jak pozostałe szczenięta. – W oczach zalśniła mu nienawiść. – Wygląda na to, że tutejszych mieszkańców pokonałeś przez zaskoczenie, Graal, mając na swoich usługach krwawą magię. Jestem pewien, że czujesz się teraz jak wielki skurwysyn, kurewski mistrz, żartujący na temat tego, jak zabijał dzieci w łóżeczkach i żołnierzy we śnie. To robota tchórza.

Zniewaga nie zrobiła na generale wrażenia. Pochylił głowę, obserwując Kella; na jego kobiecej twarzy malował się świetny nastrój.

– Jak ci na imię, żołnierzu? – jego słowa były jak kołysanka, słodkie i czarujące.

Przyjdź do mnie – szepnął głos. *Dołącz do mnie.*

– Jestem Kell. Zapamiętaj to dobrze, chłopcze, bo zamierzam wyciąć ci to imię na tyłku.

– Nie dziś, obawiam się. Zabić ich. Zabić ich wszystkich.

Dwaj albinoscy żołnierze lekko ruszyli do przodu, poruszając się z wdziękiem lekkoatletów. Oczy Kella zwęziły się. Natychmiast zorientował się, że ci dwaj byli wyjątkowi. Śmiertelnie niebezpieczni zawodowcy. Nie miał żadnych wątpliwości, zabijał wystarczająco długo podczas swego okrutnego życia. Dwaj żołnierze rozdzielili się. Jeden ruszył w stronę Kella, drugi w kierunku dziewcząt. Przyspieszyli płynnie, Kell skoczył na spotkanie swojego przeciwnika, opuszczając ostrze topora, ale albinos umknął w piruecie. Jego miecz zamigotał, wycinając linię na osłoniętym niedźwiedzią skórą bicepsie. Wielkolud zatoczył się oszołomiony. Z twarzą jak grom, zgrzytając zębami, ściskał topór w dłoniach.

– Niezła sztuczka, chłopcze.

Albinos zaatakował bez słowa. Szybki, śmiertelnie niebezpieczny, uderzył gwałtownie, najpierw z lewej, potem z prawej, ale klinga tylko zadzwoniła o metalowe skrzydła

Ilanny. Albinos okręcił się i ciął, mierząc ostrzem w szyję Kella. Topór odbił ostrze z brzękiem. Odrzut posłał siostrę krwi na spotkanie z korpusem wroga, ale ten przetoczył się szybko, unikając ciosu, i błyskawicznie stanął na nogach, szczerząc zęby w szerokim uśmiechu.

– Jesteś szybki, staruszku – jego głos był jak srebro.

– Niewystarczająco – odburknął poirytowany Kell. Zaczynał sapać, w piersiach czuł ból. Za stary, szydził z niego ból. O wiele za stary na taki taniec.

Białowłosy skoczył ponownie, wyprowadzając uderzenie w gardło Kella. Ten uchylił się, ostrze minęło jego tchawicę o cal. Błyskawicznie uniósł topór, wkładając w to całą siłę. Miecz żołnierza poszybował przez pokój i odbił się z brzękiem od ściany.

– Kell! – rozbrzmiał krzyk. Zawirował błyskawicznie. Nienna była w niebezpieczeństwie.

Trzy młode kobiety cofały się z uniesionymi mieczami, podczas gdy drugi albinos nacierał, bawiąc się z nimi. Ale nagle jego postawa uległa zmianie. Skończył się bawić. Dokładnie w momencie, gdy padło nań spojrzenie Kella, jego miecz zamigotał złowieszczo. Nienna, z twarzą skrzywioną strachem, niezdarnie machnęła zdobyczną klingą. Cios został odbity, a powracające po łuku ostrze albinosa głęboko rozcięło brzuch Yolgi. Ubranie rozchyliło się, mięśnie i skóra rozstąpiły i wnętrzności młodej kobiety wylały się z brzucha. Yolga opadła na kolana z pobielałą twarzą, bezdźwięcznie poruszając wargami, próbując przytrzymać własne jelita. Krew rozlewała się na bogato zdobionym kobiercu.

– Nie! – wrzasnęła Nienna i zaatakowała z dziką furią, nieprzystającą do jej rozmiarów i wieku. A kiedy miecz albinosa sunął w kierunku jej gardła w powolnym, absolutnie zabójczym uderzeniu, Kell cisnął toporem, wkładając w to wszystkie siły. Broń pofrunęła, kończąc lot z głębokim, dudniącym dźwiękiem. Uderzenie było tak potężne, że oba ostrza przeszły przez klatkę piersiową białowłosego i wyszły plecami.

Przeciwnik z roztrzaskanym kręgosłupem osunął się na ziemię. Biała krew rozlała się szeroką kałużą. Kell odwrócił się ponownie, omiatając oczyma pokój. Pierwszy z żołnierzy odzyskał swój miecz. Po Graalu nie było śladu. Albinos popatrzył na martwego towarzysza i skoncentrował się na Kellu. Widok kompana w kałuży krwi nie był zbyt przyjemny i żołnierz przestał się arogancko uśmiechać. Wolno zbliżył się do przeciwnika.

Niech to szlag... Kell uświadomił sobie nagle, że rzucił swoim toporem. Cofnął się powoli. Nigdy nie powinien odrzucać swojej broni.

– Graal nic nie wspominał, że śmierć ma być szybka – warknął albinos i Kell wyczytał w tych szkarłatnych oczach okrucieństwo i upodobanie do tortur. Oto człowiek z narzędziami medycznymi w plecaku, który czerpie radość z patrzenia, jak iskierki życia gasną niczym zachód jakiegoś wypaczonego słońca.

Kell uniósł dłonie, na brodatej twarzy pokazał się swobodny uśmiech.

– Nie mam broni. – To było kłamstwo, miał swój sviański sztylet w pochwie pod lewym ramieniem. Broń o wąskim ostrzu, mało skuteczna w starciu z mieczem.

Albinos zbliżał się, a Kell złożył ręce w błagalnym geście.

– O co chodzi?

– Ciężko to nazwać walką, brachu. Myślałem, że jesteś żołnierzem, nie rzeźnikiem.

– Wszyscy mamy swoje pasje – odpowiedział albinos, uśmiechając się łagodnie.

Miecz Nienny zagłębił się w jego karku od tyłu, niezdarnie, ale skutecznie, aby w końcu utkwić w jego prawym płucu. Albinos zakaszlał, jednocześnie skręcił się i opadł na kolano. Machnął mieczem, wykonując cięcie do tyłu, jednak Nienna zdążyła odskoczyć.

Skrwawiona broń wyślizgnęła się z jego rąk. Zakaszlał ponownie, ciężko, rzężąco, czuł krew pieniącą się i bulgoczącą w uszkodzonym płucu. Świat zaczął odpływać. Nie było bólu. Nie, pomyślał. To nie może się tak skończyć. Czuł mrowienie krwawej magii w żyłach i palce zadrgały w odpowiedzi. Opadł na drugie kolano. Krew wezbrała mu w gardle, wypełniła usta niczym wymiociny i rozlała się po czarnej zbroi, nadając jej połysku. Głowa kiwała się bezwładnie jak u pijanego, olejowa krew zalała werk.

Próbował coś powiedzieć, kiedy osunął się na dywan. Jego oczy śledziły skomplikowane wzory, które tam odkrył. Nadchodziła ciemność. I ciężar. Wszystko strasznie go przytłaczało. Nie był w stanie podnieść głowy, spojrzał więc tylko w górę i zobaczył buty. Wyprężył się, biała krew pociekła mu z ust, ciągnąc się jak gęsta ślina.

Kell stał, trzymając topór luźno oparty na dywanie. Ostrza, pokryte strzępkami ciała, ociekały krwią. Stary pochylił głowę, oczy albinosa były ciemniejsze niż zmierzch, niczym bezdenne kałuże atramentu. Kell uniósł broń. Białowłosy próbował krzyknąć i skręcił się na dywanie w jakimś ostatecznym prymitywnym odruchu, wspólnym wszystkim organizmom walczącym o życie. Ilanna zatoczyła łuk. Albinos ucichł.

Kell obrócił się i spojrzał na Niennę. Kołysała głowę Yolgi, ranna dziewczyna, w ubraniu przesiąkniętym własną krwią, mamrotała coś niewyraźnie. Kat, z rozszerzonymi oczami i rozchylonymi ustami, stała zszokowana z boku. Yolga zadygotała spazmatycznie i skonała w ramionach Nienny.

– Dlaczego?! – krzyknęła Nienna, potrząsając głową. W spojrzeniu, które rzuciła Kellowi, płonął gniew. Kell wzruszył ramionami i podniósł jeden z mieczy albinosów. Klinga różniła się od pozostałych. Stal była czarna i zawile inkrustowana szkarłatnymi runami. Widział wcześniej tak wykonaną broń. Jak mówiono, metal został wytrawiony krwawym olejem, pobłogosławiony przez siły prawdziwie mroczne, przez obrządek Vaszynów. Kell zdarł z albinosa skórzaną pochwę, płynnym ruchem schował w niej klingę i ruszył w stronę Nienny.

– Weź swój miecz. Musimy ruszać.

– Zadałam ci pytanie: dlaczego?

– I moja odpowiedź brzmi: bo tak. Nie wiem, dziewczyno. Może Bogowie z nas kpią. Świat jest zły. Mężczyźni są źli. Yolga była w złym miejscu w cholernie złym czasie, ale ty żyjesz i Kat żyje, więc podnieś ten miecz i chodź za mną. Oczywiście – uśmiechnął się paskudnie – jeżeli nadal chcesz żyć.

Nienna zbliżyła się do poległego żołnierza. Chwyciła ostrze zagłębione w ciele i ciągnęła dotąd, aż uwolniła je z ohydnym chlupnięciem. Zadrżała, łzy pociekły jej po policzkach, ale bez słowa poszła za Kellem w kierunku korytarza. Kat położyła rękę na jej ramieniu, jednak Nienna odtrąciła ten gest pocieszenia.

– Jak się czujesz?

Nienna parsknęła śmiechem.

– Myślę, że straciłam wiarę w Bogów.

– Ja swoją straciłam dawno temu – odparła Kat, spoglądając na nią zmęczonymi oczami.

Nienna utkwiła wzrok w przyjaciółce.

– Dlaczego?

– Teraz nie ma na to czasu. – Kat uniosła skradziony miecz. – Dobrze sobie poradziłaś, Nienna. Ja zamarłam, widząc Yolgę w tym stanie... – Wzięła głęboki oddech i raz jeszcze poklepała przyjaciółkę. – Szczerze, poradziłaś sobie genialnie. Ty... uratowałaś nas wszystkich.

– Jak to?

– Ten żołnierz zabiłby twojego dziadka. Bez broni Kell stałby się jadłem dla ich ostrzy.

Nienna rzuciła przyjaciółce nieodgadnione spojrzenie i popatrzyła na Kella, który rozglądał się po długiej, majestatycznej sali. Zerknął w tył, przez ramię, w ogromnych łapach trzymał okrwawiony topór. Z gęstą szarą brodą, potężny w niedźwiedziej skórze, w tym jednym momencie, przez mgnienie oka, wydawał się być w swoim żywiole. Wojownik. Nic więcej. Zwierzęcy i surowy duch.

– Za mną – polecił, wyrywając ją z zamyślenia. – I bądź cicho, jeżeli chcesz żyć.

Nienna kiwnęła głową i razem z Kat, następującą jej na pięty, podążyły za Kellem, opuszczając salę.

Saark gapił się sparaliżowany, gdy Żniwiarz to schylał się, to prostował, krocząc rytmicznym i rozhuśtanym krokiem. Z białych szat unosił się lodowy dym, oczy jak żarzące się węgle wciągały Saarka w świat słodyczy, szczęścia i podnoszącego na duchu miłosierdzia.

Przyjdź do mnie, aniele,
Przyjdź do mnie, o święty,
Pozwól mi posmakować twojej krwi,
Pozwól mi cię zabrać w ostateczną podróż,
Pozwól mi skosztować twojego życia...

Długie, kościste palce sięgnęły Saarka, który stał z mięśniami napiętymi niczym struna mandoliny. Zatrzepotał powiekami i w chwili gdy pięć długich białych szpiców sięgnęło jego klatki piersiowej, dostrzegł zakapturzonego mężczyznę skradającego się za plecami Żniwiarza.

Koszula Saarka rozchyliła się jakby na rozkaz i pięć rozżarzonych do białości igieł przypiekło mu skórę. Usta otworzyły się do krzyku, bo ciało zaczęło się topić jak wosk, ale Saark utracił zdolność wydawania dźwięków, formowania słów i panowania nad sobą. Ból uderzył obuchem, ogłuszając go i przyprawiając o miękkość w kolanach. Lód i wiatr chłostały jego duszę. Zakapturzony wydał bojowy okrzyk i zaszarżował. Nad głową trzymał wielki tasak, a jego brodata twarz, zaczerwieniona pod wpływem gryzącego wściekle lodowego dymu, zamieniła się w szaloną maskę.

Żniwiarz obrócił się, delikatnie i niespiesznie, a gdy ostrze opadło, jego dłoń podniosła się nagle i broń z klekotem odbiła się od kości, wypadając z wykręconych rąk atakującego. Palec Żniwiarza przebił klatkę piersiową napastnika tuż nad sercem. Trafiony wrzasnął.

Saark, uwolniony z zaklęcia, runął na kolana. Krztusił się i kaszlał, gwałtownymi, nieskoordynowanymi ruchami łapał się za palącą bólem pierś. Spojrzał w dół, na pięć głębokich ran otoczonych koncentrycznymi purpurowymi sińcami.

Ciągle kaszląc, walcząc z potwornym wrażeniem, że młot kowalski zmiażdżył mu mostek, patrzył też bezradnie, jak Żniwiarz uniósł wysoko w powietrze dzielnego napastnika. Jak tamten rzuca się, wrzeszcząc, nabity na pięć kościanych włóczni. Jak jego ciałem targają spazmy. Mężczyzna krzyczał i krzyczał. Oczy Saarka rozszerzyły się z przerażenia, gdy zorientował się, że ciało tamtego marszczy się, jakby wysysane. Ręce i nogi trzaskały, wykrzywiając się pod niemożliwymi kątami, podobnie jak skóra na twarzy, która marszczyła się, dopóki nie stała się suchą, bezoką łupiną. Zwłoki uderzyły o ziemię z upiornym grzechotem, niczym kości w papierowej torbie.

Żniwiarz odwrócił się do Saarka, kierując ku niemu płaskie, owalne oblicze. Cienkie usta otworzyły się, ukazując czarną czeluść okoloną rzędami małych zębów. Saark kwiknął, przetoczył się, wsparł na rękach i kolanach i szybciej niż jakikolwiek człowiek rzucił się do ucieczki. Popędził. Płuca palił ogień, serce łomotało dziko, w uszach huczał puls, usta miał suche jak pustynny wiatr. Czuł, jak niekontrolowany strumień moczu płynie w dół nogawek.

Uciekał długą aleją, a ani jeden dźwięk nie świadczył o ewentualnej pogoni. Obrócił się i niemal zadławił z przerażenia. Żniwiarz podążał za nim, tak blisko i w takiej ciszy, że szok prawie zbił Saarka z nóg. Rzucił się w prawo, w wąską alejkę, która kiedyś prowadziła ku rzece. Wpadł w poślizg na oblodzonym bruku, zakręcił jeszcze raz i znowu, nurkując w wąską przestrzeń pomiędzy wozami, boksami i furgonami. Przeciskał się między paczkami, by nagle wyważyć barkiem drzwi po lewej i wpakować się do opuszczonego domu. W garnkach wciąż bulgotała strawa, a on po wąskich schodkach skierował się w górę, na poddasze.

Zatrzymał się, nasłuchując.

Nic.

Jego przerażone oczy lustrowały schody poniżej. Przesunął się do okna i wpatrywał w ulicę. Zgubił to?

Starał się uspokoić oddech. Stanął na parapecie. Sięgnął okapu, lodowy dym wirował wokół jego butów. Stęknął, podciągając się na zmarzniętych palcach ku gładkim łupkowym dachówkom. Ostrożnie wspiął się na dach i bez zwłoki ruszył szybko wzdłuż szczytu domu, po czym przeskoczył nad wąską uliczką, zerkając w przelocie na ciemny, okryty lodem bruk. Owszem, to było straszne, ale nie tak boleśnie przerażające i potworne jak stworzenie, które go ścigało. Potwór, który wysysał życie, krew i płyny z ciał. Bestia, która wypijała ludzkie dusze. Saark zadrżał. Co, do diabła, opanowało ten świat? – pomyślał. Jakie prawa złamałem, że zostałem tak straszliwie przeklęty?

Od domu do domu, od dachu do dachu, Saark skakał i ślizgał się, wielokrotnie prawie spadając na bruk i stragany poniżej. Biegł przez unoszącą się mgłę, duch dachów, nocny włóczęga. Tylko tym razem nie chodziło o proste zlecenie czy banalną kradzież. Tym razem Saark biegł, żeby przeżyć i ocalić swą duszę.

– Czekajcie – cicho nakazał Kell, a jego głos zabrzmiał zaskakująco czysto. Nienna i Kat posłusznie znieruchomiały. Obie kobiety szły tak, jakby musiały utrzymywać równowagę na zawieszonej wysoko linie. Ślizgały się na cienkim lodzie i były niemal sparaliżowane atmosferą oblężonego i konającego miasta. Raz za razem mijali pomarszczone jak łupiny trupy, stosy mężczyzn i kobiet, sterty rozczłonkowanych zwłok dzieci, tulących się do siebie jakby w poszukiwaniu ciepła. W rzeczywistości wszystko, czego obie pragnęły, to przeżyć.

Kell opuścił rękę i gestem dał dziewczynom znak, by do niego dołączyły. Dreptali brukowaną drogą, ręce w rękawiczkach przytrzymywały kołnierze, starając się osłonić zamarzającą skórę twarzy. Miecze przy pasach były w rzeczywistości bardziej symbolem niż uzbrojeniem. Obie dziewczyny zdawały sobie sprawę z tego, że z chwilą gdy znajdą się w centrum prawdziwej walki, ich życie zawiśnie na włosku. Ten włosek miał na imię Kell.

– Widzicie? – syknął, wskazując gestem rzekę Selenau. Pod kłębiącymi się kosmykami lodowego dymu jej fale zdawały się mieć barwę atramentu. – Nieprzyjaciel ma tu przyczółek. Kradzież łodzi jest cholernie niemożliwa.

Nienna przyglądała się albinoskim żołnierzom, kolejne maszerujące setki spływały w dół dzielnicy nadbrzeżnej. Wielu z nich wlekło więźniów, niektórzy bronili się zajadle, ale wszyscy kończyli zamknięci w wielkich żelaznych klatkach wzniesionych obok ospałej rzeki. Równie wielu białowłosych ciągnęło zwłoki, które gromadzono na stosach, jak gdyby... Nienna zmarszczyła brwi. Jak gdyby na coś czekały?

Jej oczy przeszukiwały widnokrąg. Czasami lodowy dym rozstępował się i wtedy mogła spojrzeć w dół rzeki. Wzdłuż niej ciągnęły się olbrzymie zakłady z czarno-czerwonej cegły, głównie farbiarnie, rzeźnie i garbarnie. Przeznaczeniem Nienny była praca w takim miejscu, ale jej „nieznany darczyńca" zaangażował się w opłacanie czesnego na uniwersytecie. Na obu brzegach stały rzędy wielkich żelaznych żurawi służących do rozładunku i wyładunku towarów. Olbrzymie rury wypluwały wprost do rzeki chemiczne ścieki, barwniki, krew z rzeźni i odpadki. Nawet zimą miejsce to strasznie cuchnęło, a latem granicę nabrzeża wytyczała linia wymiocin nieuważnych podróżników. Kat wysunęła się do przodu i przykucnęła obok Kella. Jej wzrok napotkał spojrzenie starego wojownika.

– Może jest jakieś inne wyjście z miasta? Tu jest za dużo tych łajdaków. – Splunęła na ziemię.

– Będą pilnować bram. Cała ta sytuacja cuchnie, Kat. Kiedyś już widziałem taką... rzeź. Armia Żelaza nie ma zamiaru komukolwiek pozwolić się stąd wydostać. Nie chcą, żeby ktoś zniweczył ich główny plan. Na przykład zaniósł wieści królowi Leanoricowi...

– To powinno być naszym zadaniem! – powiedziała Katarina.

– Nie, dziewczyno. Nasze zadanie to przeżyć. Na pozostałe sprawy przyjdzie czas później.

W rzeczywistości Kell cały czas czuł się głęboko zaniepokojony. Jaka armia podbija po to, żeby po prostu mordować i popełniać potworności? To nie miało sensu. Rzeź piekarzy, którzy wypiekaliby chleb dla żołnierzy? Mordowanie dziwek i tancerek – kto więc zapewni rozrywkę? Żeby maszerować, żołnierze potrzebują pełnych żołądków, a najlepiej walczą, kiedy są zadowoleni. Tylko obłąkany generał decyduje się na bezcelową rzeź. Kell już raz to widział, podczas Dni Krwi. Złych dni. Złych miesięcy. Wspomnienie spowodowało suchość w ustach. Gorzką jak udręka.

Dni Krwi.

Gniewny szept w jego duszy.

Zadra. Nienawiść. Wyrzuty sumienia.

Wziąłeś w nich udział, Kell. Zabiłeś ich wszystkich.

Wspomnienia wróciły echem. Kolejne obrazy mieniące się szkarłatem. Ukośne cięcia, refleksy przerażających czasów. Wrzaski. Spazmy. Rzeź. Skowyt. Stal przecinająca metodycznie ciało i kości. Robaki pożerające skórę. Wyjadające oczy. Krew płynąca rynsztokami. Płynąca w rzekach. I twarze żołnierzy, wykręcone w krwiożerczym szaleństwie. Nadzy i wysmarowani krwią, moczem i gównem, zarzygani, skaczący po ulicach z mieczami i nożami. Ozdabiający swoje ciała trofeami z ofiar... dłońmi, oczami, uszami, genitaliami.

Kell osłabł, czuł się chory. Odpędził straszliwe wizje i potarł gęstą brodę dłonią w rękawicy.

– Niech was wszystkich cholera, do diabła – mruknął. Okropny ciężar przenikał go od mózgu do żołądka, niczym ciężki metalowy odważnik ściągający jego duszę ku butom, z których wypływała ze szczynami i krwią.

– Wyglądasz na chorego. – Kat położyła dłoń na jego szerokim, niedźwiedzio odzianym ramieniu.

– Nie, dziewczyno, wszystko ze mną w porządku. – Odetchnął, drżąc, i dodał pod nosem: – W dniu mojej śmierci. – I rzekł głośniej: – Chodźcie. Widzę tunel pod garbarnią.

– To złe miejsce – powiedziała Kat, cofając się. – Mój mały brat bawił się naczyniami po sikach używanymi w garbarni, zaraził się przy tym paskudną chorobą i umarł. Przysięgam, że nigdy nie wejdę do miejsca takiego jak to.

– Albo to, albo też umrzesz – grzecznie odpowiedział Kell.

Kat pokiwała głową i podążyła za nim i Nienną w dół ulicy, jak oni skulona, na ugiętych nogach, wolno, z dłonią na rękojeści broni, czujnie się rozglądając. Kiedy zbliżyli się do tunelu, na spotkanie wypełzł im niesłychany smród. Mieszanina posoki i tłuszczu, psich odchodów, moczu i roztworu ze zwierzęcych mózgów, używanych w procesie oczyszczania.

Kell skierował się do środka, krocząc przez gęsty szlam na ceglanych schodach, do pomieszczenia pełnego skór przygotowanych, by oczyścić je z włosów, juchy i tłuszczu. Skóry huśtały się na hakach pokrytych zaschłą krwią, wyglądało to niesamowicie. Było ich około setki, czekających na obróbkę, która zmieni je w bukłaki, zbroje, pochwy i buty. Kell przestąpił nad kanałem, w którym gęstym strumieniem płynął roztwór z mózgów.

– Co to? – wykrztusiła Nienna.

– Kiedy przybywają skóry, najpierw muszą zostać oskrobane do czysta z tłuszczu i mięsa. Potem garbarze moczą je w kadziach, wymieszane ze zwierzęcym mózgiem i zagniecione z psim gównem, co nadaje im miękkość. – Kell uśmiechnął się do Nienny. Jego twarz wyglądała demonicznie w półmroku, cienie delikatnie poruszających się skór tworzyły niezwykłe kształty na jego brodatej twarzy. – Teraz wiesz, ile miałaś szczęścia, zostając przyjęta na uniwersytet. To nie jest miejsce dla dzieci.

– A jednak w tym miejscu dzieci pracują – powiedziała Kat zimnym głosem.

– Tak jak mówisz.

Poruszali się ostrożnie pomiędzy bujającymi się skórami. Kobiety z obrzydzeniem uchylały się przed muśnięciami owłosionych skór, pokrytych sczerniałym mięsem i płatami żółtego tłuszczu. W pewnej chwili Kat poślizgnęła się i Nienna chwyciła ją, ratując od upadku do kanału wypełnionego mieszaniną rozgniecionych zwierzęcych mózgów i zakrzepłej krwi.

– To miejsce to czyściec – stwierdziła Nienna słabym głosem.

Kat odwróciła się, a jej ciałem wstrząsnęły mdłości.

Kiedy Kell wyłonił się zza ściany powieszonych skór, zamarł, rzucając na boki badawcze spojrzenia spod przymrużonych powiek. Przed sobą miał jakieś dwadzieścia dużych miedzianych kadzi. Pod czterema nadal palił się ogień. Tutaj resztki mięsa i skór wrzucano do wody, gdzie gniły miesiącami, zanim zostały ugotowane i przerobione na klej. To miejsce śmierdziało najbardziej. Kell błogosławił szmatę, którą zasłaniał twarz. Nagle obrócił się, marszcząc brwi, i przeszedł w kierunku kadzi zawierającej cuchnący bulion. Uniósł topór.

– Wychodzisz czy ja wchodzę, zaraz za moim toporem?

– Stój. Powstrzymaj się, starcze – usłyszeli głos kogoś wykształconego i z cienia wyślizgnął się wysoki, wysportowany mężczyzna. Nienna popatrzyła na niego z natychmiastowym zainteresowaniem, do czego zresztą ów elegant musiał być przyzwyczajony. Rysy jak wyrzeźbione, czarne, kręcone, zaczesane do tyłu włosy, elegancko przystrzyżone wąsy i długie bokobrody, które były ostatnim krzykiem mody wśród szlachty. Nieznajomy nosił bogatą niebieską koszulę, czarne dopasowane spodnie, wysokie kawaleryjskie buty i krótki, kosztowny, podbity futrem płaszcz. Na palcach miał drogie pierścienie z kontrastującymi ze sobą diamentami i rubinami. Oczy lśniły niesamowitym błękitem nawet w tym ciemnym, mrocznym, potwornym miejscu. Miał to, co Nienna zwykła nazywać uśmiechniętym obliczem.

Kat parsknęła. Nienna też prawie się roześmiała – tak niedorzecznie wyglądał ten arystokrata w śmierdzącej złem, piekielnej garbarni – wcześniej jednak zauważyła miecz. A zaraz potem posturę nieznajomego: szerokie ramiona, wąskie biodra, postawę doświadczonego wojownika. Nienna skarciła się w myślach. Nie miała wątpliwości, że wiele razy nie doceniano możliwości tego człowieka.

– Dlaczego się tam czaisz, głupcze?

– Czaisz? Czaisz? Stary koniu, mam na imię Saark, a Saark się nie czai. A jeżeli chodzi o głupca, to biorę to za żart, jak mniemam, zgodnie z twoją intencją. Dobry dowcip i kpinę z tej przykrej sytuacji i kłopotów, w jakie wpadliśmy.

– Ładnie ubrane w słowa – parsknął Kell, obracając się do Nienny i Kat. Odwrócił się i zdał sobie sprawę, że Saark był blisko, za blisko. Rapier dotknął gardła Kella. Nastąpiła długa chwila napiętej ciszy.

– Wystarczająco ładnie, żeby uśpić twoją czujność – w miękkim głosie Saarka brzmiała groźba.

– Myślę, że mamy wspólnego wroga – powiedział Kell, nie odrywając wzroku od mężczyzny.

– Ja także! – Saark cofnął się, chowając ostrze do pochwy. Wyciągnął rękę. – Jestem Saark.

– Już to mówiłeś.

– Myślę, że to tak dobre imię, że zasługuje, aby je wymienić dwa razy.

Kell chrząknął.

– Jestem Kell. To moja wnuczka Nienna i jej przyjaciółka Kat. Planujemy ukraść łódź i spieprzać jak najdalej z tej kostnicy, w którą zamieniło się miasto.

Saark kiwnął głową, przysuwając się do Nienny i Kat.

– Witajcie, panie. – Obie młode kobiety spłonęły rumieńcem. Saark roześmiał się śmiechem dźwięczącym jak muzyka i zlustrował spojrzeniem młode sylwetki.

– Saark – warknął Kell – mamy teraz ważniejsze sprawy na głowie. Na przykład zbliżające się zagrożenie.

Saark cmoknął niezadowolony i rozejrzał się wokół. Pomimo ujmującego uśmiechu, ładnego ubrania i jeszcze ładniejszych słów Nienna dostrzegała w nim napięcie. Jak aktor w teatrze odtwarzający scenę, którą powtarzał tysiące razy, Saark grał z upodobaniem, ale teraz jego rola nosiła ślad innego uczucia, widocznego nawet mimo maski.

Strachu.

Był w jego oczach, w postawie, delikatnym drżeniu dłoni. Nienna to widziała. Lubiła obserwować ludzi i była w tym dobra. Saark wziął głęboki oddech.

– Skąd wiedziałeś, że tu jestem?

– Czułem twój zapach.

– Mój zapach? – Saark uśmiechnął się, potrząsając głową. Wyraz jego twarzy mówił jednoznacznie: „Nie wierzę, że dałeś radę wyczuć mnie przez ten smród. Lubię myśleć, że mam lepsze nawyki pielęgnacyjne".

Kell przeszedł do okna i zza drewnianych okiennic obserwował żołnierzy kręcących się przy rzece. Obrócił się i spojrzał na Saarka z rezerwą.

– To twoje perfumy.

– Aaa, Eau du Petale, najlepsze z najlepszych, ekscytująco delikatne...

– Oszczędź sobie. Ruszamy. Możemy uciec rurą, którą do rzeki spuszczana jest tanina. Jeżeli zejdziemy do piwnic, to jestem pewien, że...

– Poczekaj. – Saark minął szybko Kella i stanął z jedną z wypielęgnowanych dłoni na okiennicy, a drugą na rękojeści rapiera. Nagle jego fircykowaty wygląd nie wydawał się już taki komiczny.

– Co to jest?

– Powóz. Znam go.

Kell wpatrywał się na zewnątrz. Powóz podjechał pod klatkę pełną płaczących jeńców. Kobiet. Był czarny, błyszczący, a na drzwiach miał misternie namalowany herb. Konie ciężko stąpały i gryzły swoje wędzidła, zaniepokojone przez smród garbarni lub jęki uwięzionych. Woźnica walczył, żeby zapanować nad czterema bestiami, ich kopyta stukały na oszronionym lodem bruku.

– A ja znam jego – warknął Kell, kiedy generał Graal podszedł do powozu i skrzyżował ręce na piersi. Jego zbroja lśniła. Dłoń przegarnęła długie białe włosy, wyglądał jak czyszczący piórka ptak. – To bękart, który dowodzi tą armią. Nazwał ją Armią Żelaza.

– Znasz go? – Saark napotkał spojrzenie Kella.

– Skurwysyn wysłał kilku swoich żołnierzy, żeby zabili mnie i dziewczyny.

– Jak widzę, niewiele mu z tego wyszło.

– Niełatwo mnie zabić.

– Jestem pewien, że niełatwo, stary koniu. – Saark uśmiechnął się i wrócił do oglądania przedstawienia. Lokaj otworzył drzwi powozu, pozwalając wysiąść mężczyźnie w futrze, z twarzą osłoniętą przed chłodem lodowego dymu, który zresztą rozproszył się na ich oczach. Jego praca była skończona. Mężczyzna w futrze miał lśniące, sięgające ramion czarne włosy.

– Kim on jest? – zapytał Kell.

– To – powiedział Saark, patrząc na Kella twardo – jest Dagon Trelltongue.

– Doradca króla?

Saark kiwnął głową.

– Najbardziej zaufany człowiek króla Leanorica. Wystarczy powiedzieć, że to on obejmuje stanowisko regenta, kiedy król wyjeżdża.

– A Alloria?

– Królowa? – Saark uśmiechnął się. – Widzę, Kell, że niewiele wiesz o szlachcie i władzy królewskiej. Byłoby niestosowne, gdyby podczas nieobecności króla rządziła kobieta. Miałaby się spotykać z prostym ludem? Załatwiać interesy z kapitanami i generałami? Nie sądzę.

– Z jakiego powodu Trelltongue miałby być tutaj? – spytał Kell wzburzony.

Saark przeniósł swoją uwagę na dwóch mężczyzn przy powozie.

– Dobre pytanie, mój nowy i wiekowy przyjacielu w łachmanach. Jakkolwiek byłbym zachwycony, mogąc poznać na nie odpowiedź już teraz, obawiam się, że twój plan ucieczki musimy zrealizować natychmiast. Czy zechciałbyś poprowadzić nas do tej rury wypluwającej ścieki?

Kell uniósł swój topór, spojrzał na Niennę i Kat i spiął się, uginając kolana, na widok tego, co pojawiło się za plecami dziewcząt.

– Co to jest? – syknęła Nienna i obróciła się.

Z wiszącej ściany skór, poruszając się spokojnie i dostojnie, wyłonił się Żniwiarz. Na jego płaskiej, owalnej twarzy nie dało się zauważyć żadnych emocji, tylko oczy – wyglądające jak węgle imitujące oczy bałwana – przeszukiwały pomieszczenie. W pionowych szczelinach nozdrzy świszczało powietrze, jakby odrażający stwór... węszył. Na twarzy Żniwiarza pojawił się grymas, który można było wziąć za uśmiech.

– Podążałem za tobą przez miasto – głos przywodził na myśl wielkie oceaniczne fale leniwie toczące się po złocistym piasku plaży.

Saark dobył swojego rapiera i dał kobietom znak, żeby ruszyły się z miejsca. Wziął głęboki oddech i patrzył, jak Żniwiarz unosi rękę. Haftowana szata opadła, ukazując pięć szpiczastych, kościanych palców...

– Myślałem, że to wyjaśniłem, kochanie. Po prostu nie jesteś w moim typie – powiedział. Jednak za jego butnymi słowami kryło się czyste przerażenie.

Rozdzielili się, Kell rozluźnił ramiona, topór delikatnie kołysał się w jego rękach.

– Uważaj na jego palce. Za ich pomocą wysysa życie z ciała – mruknął Saark półgębkiem.

Kell zachwiał się, trafiony uderzeniem panicznego lęku. Stał ogłuszony przez przerażenie, które całkowicie opanowało jego umysł. Zobaczył siebie leżącego w dziurze w ziemi. Robaki wyjadające jego oczy, jego płuca, jego skórę, jego serce.

Chodź do mnie – usłyszał w swojej głowie. Piosenka. Kołysanka. Wezwanie silniejsze niż chęć życia. *Chodź do mnie, maleńki. Sprawię, że ból odejdzie.*

Żniwiarz ruszył do przodu. Saark zaatakował z krzykiem, jego rapier poruszał się z niesamowitą prędkością. Leniwy, skierowany w jego stronę gest wroga odrzucił go dobre dwadzieścia stóp. Przeleciał przez garbarnię i wylądował, tocząc się. Trzasnął z jękiem w kadź. Pięć kościanych palców uniosło się, zmierzając w stronę serca Kella. Ze łzami na policzkach stary żołnierz sprawiał wrażenie, jakby je serdecznie witał.

Rozdział 3
Smak mechanizmu

Anukis obudziła się śpiąca, lecz przecież to wszechobecne zmęczenie, jak ołowiany ciężar w sercu, w duszy, było czymś, co przez wszystkie te lata nauczyła się znosić, czymś, co miało jej towarzyszyć już zawsze... Ponieważ była tym, czym była. Przeciągnęła się sennie pod grubą pierzyną wypchaną gęsim puchem. Kręcone jasne włosy posypały się w poprzek wypchanych poduszek, smukłe białe kończyny wyciągnęły się, jakby wołając cicho, przez wieki, o przebaczenie.

Zerknęła na zegar na odległej ścianie. Podłużny, gładki jak czarny granit. Za szybką widziała małe, skomplikowane tryby, koła zębate obracające się i wirujące. Zęby pasujące do siebie idealnie, gdy maleńkie przekładnie wpasowywały je w siebie nawzajem. Wahadło kołysało się miarowo i kojące tik-tik-tik niosło się przez pokój. Anukis wpatrywała się w zegar, kochając go i zarazem nienawidząc. Kochała zegar, ponieważ zrobił go jej ojciec, Kradek-ka, który tak jak jego ojciec był jednym z najlepszych Zegarmistrzów w Dolinie Silvy. Ręce miał mocne, precyzyjne i niewiarygodnie dokładne. Oko bystre i nie chodziło tu jedynie o dokładność charakterystyczną dla jego zawodu, potrafił bowiem dostrzec i zrozumieć delikatną złożoność materiału, co było bardzo przydatne przy jakiejkolwiek pracy z maszynami. Ale tym, co rzeczywiście czyniło go geniuszem, był jego umysł. Dziadek Anu przyspieszył rozwój i był pionierem, który zmienił stosunkowo prostą sztukę tworzenia zegarów i mechanicznego mierzenia czasu w coś bardziej... zaawansowanego. W ten sposób Kradek-ka stanął na straży rodzinnych tradycji, pomagając ocalić, przedłużyć i ulepszyć ich rasę.

Vaszynów...

Anukis przetarła oczy i wstała, chłód w pokoju wydarł z jej ust ciche westchnienie. Gęsia skóra pokryła ramiona, więc Anukis szybko ubrała grubą jedwabną suknię, która otuliła ją do kostek. Podeszła do porcelanowej miski i zaczęła się myć. Długimi, delikatnymi palcami łagodnie podnosiła wodę do oczu, a następnie ostrożnie do ust. Potarła zęby, zimna woda aż kłuła boleśnie, i przesunęła się do okna w wysokiej wieży, z którego rozpościerał się widok na Dolinę Silvy. Jej spojrzenie prześlizgnęło się po wysokich górach, które zamykały się wokół wielkiego, ułożonego warstwami miasta jak drapieżnik wokół ofiary. Anukis uśmiechnęła się. Ofiara. Jakże trafnie. Może przyjdą po mnie dzisiaj, pomyślała. A może nie.

Była więźniem Episkopatu Wysokich Mechaników, od kiedy umarł jej ojciec (zamordowany, pomyślała pusto), bez pozwolenia na opuszczenie pokojów znajdujących się w kompleksie wysokiej wieży. Jednakże, z czego nie zdawali sobie sprawy religijni Mechanicy wysokich rang i Główni Kardynałowie, Anukis nie miała w swych żyłach czystej olejowej krwi jak większość mieszkańców pokrytego świeżym śniegiem miasta, krystalicznie pięknego, wyglądającego jak pastelowy obraz, który mogła oglądać z okna. Uśmiech zniknął z jej twarzy. Nie. Do czystości było jej bardzo daleko. Prawdę mówiąc, nosiła w sobie nasienie nieczystości. Oznaczało to, że nie mogła pić olejowej krwi. Nie mogła zaprzyjaźnić się z magią. Nie mogła... jeść tak, jak pożywiali się Vaszyni.

Anu nie zazna nigdy radości polowania.

Rozległo się pukanie do drzwi i weszła służąca z niewielką srebrną miseczką, którą postawiła na łóżku Anukis. Wycofała się z nisko opuszczoną głową, zamykając za sobą drzwi. Bezszelestnie, bo Anukis naoliwiła zawiasy w ramach przygotowań do odzyskania wolności. Anu podeszła do miski i spojrzała na niewielką jak moneta kałużę olejowej krwi, która pływała na dnie. Purpura pokryta tęczowymi olejowymi smugami. To był pokarm Vaszynów. Ich paliwo. To, co czyniło z nich nieświętych.

Anukis nie mogła pić krwawego oleju. W oczyszczonym stanie, takim jak ten, działał on na nią jak trucizna i powodował potworne nudności. Chorowałaby tygodniami. Dla Zegarmistrzów, Głównych Biskupów i Mechaników była to herezja, drwina z ich maszynowej religii karana wygnaniem lub – co bardziej prawdopodobne – śmiercią. Ojciec Anu dołożył ogromnych starań, by przez lata chronić córkę, ukrywając ją daleko, układając się z niemoralnymi Czarnoustymi z Południa i zdobywając szmuglowaną przez nich substancję zwaną Karakanią Czerwienią. Tylko ona, nieoczyszczona, wprost ze źródła – prosto z żył – mogła podtrzymać życie Anukis...

Była pewna, że właśnie to było przyczyną przedwczesnej śmierci ojca. W jej myślach pojawiła się twarz. Vashell! Wysoki, dobrze zbudowany, z małymi mosiężnymi kłami nad dolną wargą. Był ekstrawagancko rozrzutny i pełen energii płynącej z fizycznej doskonałości. Jeden z najmłodszych Kapłanów w dziejach. Jego przeznaczeniem była wielkość. Jego przeznaczeniem było przywództwo! Pewnego dnia mógł zostać wyniesiony do rangi Głównego Kardynała lub nawet samego Zegarmistrza.

Dwa razy starał się o rękę Anukis i dwa razy jej ojciec odrzucił jego awanse, obawiając się, że będzie to dla Anu wyrokiem śmierci. Ale ona widziała, w jaki sposób Vashell na nią patrzył. Kiedy się uśmiechał, mogła dostrzec małe zębatki i kółka w jego głowie, błysk stopionego złota wirujący w oczach. Był prawdziwym i czystym Vaszyną, godnym i prawdziwym krwawo-olejowym sługą Religii Vaszynów. Vashell – rozpieszczony książę, nowobogacki członek królewskiego rodu – miał wszystko, czego zapragnął. I – co z dreszczem przyznawała – wiedziała, że nie spocznie, dopóki Anu nie stanie się jego własnością.

Co się wtedy stanie? Uśmiechnęła się do siebie smutno. Będzie musiała go zabić. Lub, jeżeli się nie uda, popełnić samobójstwo. O wiele lepsza śmierć od tego, co zrobiliby Mechanicy, gdyby odkryli, że jest skażona. Anukis otworzyła okno i zimny wiatr wpadł do środka, ochładzając ją gwałtownie. Uśmiechnęła się. W dole rozległe granitowe drogi lśniły świeżym śniegiem, którego większość została zamieciona w zaspy wzdłuż krawędzi schludnych, połyskujących przejść. W oddali tłoczyły się budynki wysokie na sześć albo siedem pięter, zbudowane z gładkiego białego marmuru wydobytego w górach Czarnych Grotów.

Każdy szczegół architektury miasta był oszałamiający. Łuki i kanelury, rzeźby i ozdobne podpory, wiele z nich wysadzanych szlachetnymi kamieniami, żeby przyozdobić najbardziej gołe budynki Doliny Silvy. Dar od wszystko dających Grotów.

Samo miasto było olbrzymie i rozciągało się daleko w głąb Doliny. Po obu stronach, na wzór strażników, wznosiły się góry, tak daleko, jak Anukis mogła sięgnąć wzrokiem. A ten miała doskonały. Jej ojciec się o to postarał.

Dotarł do niej zapach śniegu, wciągnęła go, delektując się zimnem. Rasa Vaszynów kochała się w zimnie, ale Anukis, jako nieczysta i skażona, wolała odrobinę cieplejsze temperatury. To także był sekret, którego strzegła zazdrośnie. Jeżeli Mechanicy odkryliby, czym była... i poznali rzeczy, które robiła, gdy zapadał zmrok...

Pomimo dobrze naoliwionych zawiasów Anukis usłyszała otwierające się drzwi. Wyczuła również zmianę ciśnienia w pomieszczeniu. Jej oczy srebrzyły się łzami i nadal przyglądały ukochanemu miastu, dla którego postępu tyle poświęcili jej dziadek i ojciec.

– Co mogę dla ciebie zrobić, Vashell? – powiedziała bezbarwnie, nie odwracając się.

– Chciałbym z tobą porozmawiać, Anukis – jego głos był miękki, naturalny i prawie uległy. Ale Anukis nie dała się zwieść. Słyszała, jak karcił służących, wiele razy przyglądała się w przerażeniu, jak katował ich na śmierć lub kopał, aż krwawili z potwornych ran. Potrafił zmienić się jak na pstryknięcie mosiężnego przełącznika. Zamienić w morderce i jak metalowy jastrząb spaść na swoją ofiarę...

– Wciąż jestem pogrążona w żałobie. Niewiele jest do powiedzenia.

– Proszę, spójrz na mnie, Anu.

Anukis odwróciła się, ocierając łzę, która pociekła jej po policzku. Z delikatnym odgłosem kliknięcia zmusiła się do uśmiechu. Ostatecznie jej ojciec chciałby, żeby żyła, a nie poświęciła się niepotrzebnie w imię smutku, nieszczęścia i własnej nieczystości. Wzięła głęboki oddech.

– Patrzę, Vashell, ale wybrałeś zły moment, żeby zakłócać moje myśli. Do tego jestem ledwie ubrana. To nie najlepsza chwila na przyjmowanie gości. Lecz skoro Episkopat Wysokich Mechaników więzi mnie, podejrzewam, że moje ciało należy do nich i mogą z nim zrobić, co im się podoba...

– Ciszej! – Vashell postąpił do przodu, lecz zatrzymał się, kiedy Anukis, kuląc się, cofnęła się do szerokiego parapetu okiennego. – Jeżeli ktoś usłyszy, jak mówisz takie rzeczy, twoje życie będzie stracone. Spuszczą z ciebie krwawy olej. Zrobią z ciebie łuskę! – Byłaby to największa hańba.

– Dlaczego miałbyś się o to troszczyć? – jej głos stał się szorstki. Cała gorycz po śmierci ojca i trucizna, jaką było przetrzymywanie w zamknięciu, podniosły się jak pęcherzyki i osiadły jadem na języku. – Bierzesz udział w tym wszystkim, Vashell! Dwa razy powiedziałeś, że mnie kochasz. I dwa razy prosiłeś mojego ojca o dar małżeństwa. Ale jesteś z Mechanikami, podczas gdy oni trzymają mnie tu zamkniętą. – Jej oczy pociemniały, a złoto wirujące w źrenicach w nagłym wybuchu gniewu zmieniło się niemal w szkarłat. – I jesteś częścią spisku, który doprowadził do pojmania mojej siostry.

Vashell przełknął ślinę i przestąpił nerwowo z nogi na nogę.

– Shabis ma się dobrze, Anu. Przecież wiesz. Znajduje się pod opieką Mechaników i wszystko z nią w porządku.

– Jest młodą dziewczyną, Vashell, której ojciec właśnie zmarł i której siostra została uwięziona. Kiedy będę mogła ją zobaczyć?

– Spotkanie zostanie zorganizowane.

Anukis zeskoczyła ze swojego miejsca przy oknie, podeszła do Vashella i wbiła w niego wzrok. Był wyższy o głowę od smukłej Anu, a ona miała prawie sześć stóp wzrostu.

– Powiedziałeś to tydzień temu – warknęła, wpatrując się w jego oczy.

Vashell wił się.

– Nie tak łatwo to zaaranżować.

– Jesteś Mechanikiem Kapłanem?! Możesz zrobić cokolwiek!

– Ale nie to – jego głos zniżył się o oktawę. – Nie masz pojęcia, o co prosisz. Tak wielu w Wysokiej Radzie przewyższa mnie stopniem. – Wziął głęboki oddech. – Ale... zobaczę, co da się zrobić. Obiecuję.

– Na krwawy olej twej duszy?

– Tak, na moją wieczną duszę.

Anukis odwróciła się od niego i podeszła do okna. Wpatrywała się w miasto, ale jego piękno gdzieś uleciało, zniknęło. Nagła fala nienawiści przetoczyła się przez nią jak lodowe tsunami przez zamarzniętą wulkaniczną plażę. Pragnęła zobaczyć miasto zniszczone! Dolinę Silvy zmasakrowaną i zamienioną w straszną pustynię.

– Przyszedłeś tu, aby mnie prosić o rękę, prawda?

– Mogę ci pomóc, Anu.

– Poślubiając mnie?

– Tak! Jeżeli zostaniesz żoną Mechanika Kapłana, będziesz uświęcona i nietykalna. Mechanicy nie mogą cię wtedy więzić! To byłoby niezgodne z Dębowym Testamentem. Wiesz o tym.

– A jednak odpowiedź cały czas brzmi: nie.

Anukis nie musiała się odwracać, by wyczuć, że Vashell sztywnieje. Pozwoliła sobie na delikatny uśmiech. To była jedyna rzecz, której mogła mu odmówić. Jednak kiedy książę odezwał się znowu, uśmiech powoli spłynął z jej twarzy jak brąz z tygla.

– Posłuchaj uważnie tego, co powiem, ślicznotko. Ponieważ powiem to tylko raz. Twój ojciec został uznany przez Patriarchę za winnego herezji. Nie wiem, co się z nim stało, ale oboje mamy pewność, że on nie żyje, nie musimy nawet oglądać zwłok. Mechanicy chcieli także śmierci twojej i twojej siostry. Jestem jedyną przeszkodą między wami obiema a Wiecznym Stosem. Więc przemyśl wszystko dokładnie, zanim udzielisz niemądrej odpowiedzi... Ponieważ jeżeli przestanę trzymać twoją stronę, to rozłąka z siostrą będzie najmniejszym z twoich zmartwień.

Vashell z godnością wyszedł z pokoju, trzaskając drzwiami tak mocno, że ciężko zaklekotały o dębową framugę. Kurz posypał się spomiędzy dobrze obrobionych kamieni. Klatka schodowa odpowiedziała echem. Drżąc, Anukis obróciła się i zapatrzyła na rzeźbioną framugę, po czym wróciła spojrzeniem do panoramy za oknem. Zadrżała znów, ale tym razem nie miało to nic wspólnego z zimnem. Ponad nią tykał zegar jej ojca. Każda sekunda przypominała o roztapiającym się nieustannie życiu.

Anukis oblizała lodowate usta.

Myślała o krwi.

I o tym, czego jej zabroniono.

Dziś wieczorem...

Dziś wieczorem odwiedzi Czarnoustych.

Słońce zaszło za górami, rzucając długie szkarłatne cienie na granitowe przejścia. Anukis nasłuchiwała, a jej wrażliwe uszy słyszały straże stojące u wejścia do wieży. Przytłumioną rozmowę, dźwięk zapalanej fajki, prostacki żart i gromki śmiech. Anukis wdziała swoją czarną suknię do kostek, przytroczyła pas i nasunęła kaptur, aby ukryć swoje złote loki i pastelowe rysy. Podeszła do ciężkiej szafki stojącej obok drzwi, podniosła ją z łatwością, przeniosła przez gruby dywan i nachyliła, by zaklinować klamkę. Cofnęła się do okna i patrzyła na karmazynowe promienie zachodzącego słońca, wyglądające jak rozłożone palce ponad postrzępionymi szczytami Czarnych Grotów. Skoczyła lekko na szeroki parapet i otworzyła okno, podważając je. Podmuch lodowatego wiatru wtargnął do środka. Anukis zaczęła wspinaczkę, wykorzystując wąskie szczeliny w marmurze i zwykłym kamieniu, głęboka przepaść poniżej budziła niepokój.

– Nie patrz w dół – szeptała, ale to nie pomagało. Przepaść, a na jej dnie twarde granitowe koleiny, gładko wypolerowane mosiężnymi kołami. Anukis przesuwała się powoli wzdłuż niewielkich szczelin, przestawiając tylko jedną kończynę na raz, aby mieć zawsze co najmniej trzy punkty podparcia. Zimny wiatr szarpał ją zębami. Z dala od okna ciemność otuliła ją jak płynny aksamit.

Czuła się całkowicie odizolowana. Samotna.

Przez kilka niebezpiecznych minut przesuwała się ostrożnie nad flanką wieży, zdążając do miejsca, w którym odkryła wyżłobioną pionową szczelinę. Ponad nią dachówki zbiegały się w koryto, co z kolei pozwoliło wodzie żłobić marmurową fasadę poniżej, dzięki czemu powstały głębsze uchwyty dla dłoni. Prawie schody, po których Anukis mogła wspiąć się kilka pięter w kierunku opadającego grzbietu dachu.

Kilkukrotnie niemal się ześlizgnęła, raz zakołysała z dala od ściany, dysząc, starając się znaleźć podparcie dla butów po omacku, gdyż pot zalał jej oczy. Poczuła, jak pękł jej paznokieć. Ale uspokoiła oddech, przestała panicznie machać nogami i podciągnęła się na krwawiącym koniuszku palca, odzyskując pewny chwyt i ratując życie. Spokojnie, cal za calem, podczas gdy wiatr naśmiewał się z niej przeraźliwie. Poniżej rozciągała się Dolina Silvy. Niektóre dzielnice były dobrze oświetlone, inne pogrążone w całkowitych ciemnościach.

Pomimo reguły Zegarmistrza nie wszyscy Vaszyni byli sobie równi. Istniała wśród nich złożona religijna hierarchia, co czasami prowadziło do morderstw lub niepokojów społecznych. Co potworniejsze akty świętokradztwa karane były torturami. Vaszyni byli potężni, dumni i fizycznie doskonali. Tylko Maszynowy Bóg utrzymywał ich przy zdrowych zmysłach.

Anukis lekko zeskoczyła na dachówki, lądując w przysiadzie. Jej oczy, w których wirowało złoto, lustrowały otoczenie, szukając patrolujących Mechaników Diakonów z ich sługusami. Wypatrywała ich tak jak wcześniej z okna swojej celi. Ostrożnie przesunęła się w poprzek nachylonych dachówek, zgodnie z misternie zaplanowaną trasą, i opadła na balkon na drugim piętrze. Zaklekotała trącona doniczka. Anukis szybko wspięła się na balustradę, zawisła na rękach i zeskoczyła na balkon poniżej akurat w momencie, kiedy nad nią zapaliło się światło. Słyszała niewyraźne głosy przeklinające wiatr.

Wylądowała na gładkiej granitowej drodze i szybko sprawdziła, czy wygląda normalnie, po czym naciągnęła głęboko kaptur i pospieszyła w dół ciemnej, wijącej się wokół wzgórza ulicy, do Mosiężnych Doków.

Dolina Silvy była ni mniej, ni więcej, a właśnie doliną, w której sercu płynęła rzeka Silva, wypływająca z ogromnego kompleksu jaskiń i systemu podziemnych tuneli nazywanych jaskiniami Deshi, znajdujących się pod Czarnymi Grotami. W młodości ojciec Anukis, Kradek-ka, dokładnie zbadał te tunele w ramach kilku fachowych ekspedycji, kiedy to Vaszyni starali się stworzyć mapy labiryntu pod górami. Nigdy nie zdołali tego dokonać, ponieważ wydarzyło się coś dziwnego, co bardziej religijni Vaszyni określali słowami *bo adesh*. Czasami tunele poruszały się i zmieniały, przesuwały w obrębie górskich podziemi. Niektórzy twierdzili, że to za sprawą magii krwawego oleju, według innych Czarne Groty żyły od zawsze, żyły dłużej niż jakikolwiek człowiek i miały w pogardzie Vaszynów i ich najścia. Jakkolwiek wiele z podziemnych szlaków zostało oznaczonych i były używane do spławiania mosiądzu na długich barkach lub jako szlaki podróżne prowadzące do odległych dolin, to istniały też takie przejścia, których używanie było zakazane. Niebezpieczne. Śmiercionośne.

Wielu zaginęło w jaskiniach Deshi. Anukis pamiętała długie, zimne wieczory, kiedy siedząc na kolanach ojca, wpatrywała się w tańczące płomienie, podczas gdy on wspominał swoje wyprawy do podziemi. To, jak krwawym olejem znaczyli kamienie, używali lin, by przejść pod wodą, i magicznych ogni, by oświetlić drogę przed sobą. Jednak ciągle wielu z nich ginęło, setkami. Tonęli lub po prostu znikali bez śladu. Czasem mosiężna barka dryfowała wśród kłębów porannej mgły. Pusta. Bez śladów walki. W opinii Kradek-ka pod Czarnymi Grotami żyły przerażające bestie, jakich nikt wcześniej nie widział... a jeżeli widział, to nie miał już okazji o tym opowiedzieć.

Anukis zadrżała, ale nie z zimna. Zatrzymała się przy skrzyżowaniu, starając się pozostawać poza kręgiem światła rzucanego przez kiwającą się mosiężną lampę. Dwaj strażnicy minęli ją i zatrzymali się pod żółtą kulą, zapalając długie fajki i wymieniając uprzejmości. Anu obserwowała ich uważnie. To nie byli prawdziwi Mechanicy Diakoni. Nie mieli ogolonych głów ani twarzy pokrytych królewskimi tatuażami, ale byli cholernie blisko. I na pewno mieli prawo zabić Anukis po godzinie policyjnej. Szeroki uśmiech zagościł na jej twarzy. Powód, dla którego wprowadzono godzinę policyjną? Vaszynom brakowało krwawego oleju. Vaszyni wykrwawili bydło do sucha... Co za ironia! Strażnicy ruszyli się, a wraz z nimi Anukis. Przesadziła ulicę kilkoma susami i zapadła w ciemności. Skierowała się w dół, okryta ściśle przylegającą peleryną, a jej oddech, niczym u smoka, unosił się obłoczkami pary.

Skręciła za róg i otworzył się przed nią widok na Silvę, ogromną, szeroką rzekę szklącą się na dnie doliny. Budynki były rozproszone w nieregularnych skupiskach daleko u podnóża stromego stoku, zaraz przy hebanowej linii wody.

Anukis spieszyła tylnymi, wąskimi ulicami tego ogromnego, pięknego miasta, coraz bardziej zagłębiając się w niezbyt przyjazne okolice. Trzykrotnie dostrzegła złodziei, zanim oni ją zauważyli, i opłynęła ich pozycje. Choć tak naprawdę wiedziała, że nawet nie potrzebuje broni, żeby sobie z nimi poradzić. Z wyrzutkami. Nieczystymi...

Takimi jak ja, uświadomiła sobie.

Ale przecież, pomijając jej niedoskonałość, była... wyjątkowa.

Ojciec o to zadbał.

Dotarła do długiego nabrzeża Mosiężnych Doków i zatrzymała się kilka stóp od wody, wsłuchując się w melodyjne uderzenia fal o mosiężne falochrony. Czekała cierpliwie, wypatrując strażników. W końcu ruszyła szeroką, zataczającą łuk drogą, pociągniętą równolegle do zakola rzeki i kierującą się do... Czarnych Grotów. I ku Gębie, która wypluwała krystalicznie czystą, bogatą w minerały wodę z huczących echem podziemnych jaskiń.

Poczuła Oddech, zanim zobaczyła wzburzone fale. Syczał, czasem śpiewał, obmywał chłodnym, pachnącym minerałami powietrzem każdego w promieniu pięciuset jardów. Anukis weszła w bryzę, która denerwująco szarpała ją za kaptur, i zatrzymała się przy dużym magazynie Mosiężnych Doków. Spojrzała w prawo, na kołyszące się na kotwicach transportowce, statki kupieckie i mniejsze okręty floty. Niektóre ciche i bez załóg, na innych widać było maleńkie żółte światełka lamp olejowych.

Ostrożnie zeszła wąską uliczką i wkroczyła do labiryntu, umiejętnie pokonując skomplikowaną drogę, która prowadziła do ciemnej klatki schodowej. Z głębi powiała chłodna bryza i Anu zjechała w dół po śliskim granicie, zatrzymując się dopiero na dnie. Z ciemności wyłoniła się kusza, a za nią nerwowy i spięty Czarnousty. Zęby błysnęły zza warg pokrytych czarnymi ranami.

– Wybierasz się dokądś, ślicznotko?

– Mam interesy z Preyshanem.

Czarnousty wyszedł z cienia i Anu zorientowała się, że był jednym z tych, których nazywali między sobą Głęboką Krwią. Potężny narkotyk zabarwił na czarno nie tylko jego wargi, ale nawet żyły nosiły ślady skazy, ukazując rozciągającą się jak mapa sieć naczyń pod bladą skórą. Anukis wzdrygnęła się lekko, musiał być bliski śmierci, skoro tak wyglądał. Gotowy na Podróż Duszy. Widząc drżenie, mężczyzna uśmiechnął się.

– Nie obawiaj się o mnie, ślicznotko. Miałem dobre życie. Czeka mnie raj.

– Wypełniony krwawym olejem?

Kusza szarpnęła się ku niej, a jego oczy zwęziły.

– Nie powinnaś być taka skora do potępienia, śliczna banitko.

Tylko że ona nie była banitką.

Ponieważ nie wiedzieli... Jak dotąd.

A jeżeli Zegarmistrzowie odkryją jej nieczystość?

Słyszała, że mieli specjalną celę tylko dla takich przypadków.

Anukis zadrżała i przecisnęła się obok Czarnoustego, czując na twarzy jego cuchnący stężeniem pośmiertnym oddech. Przycisnął się do niej, zaskakując twardością mięśni ukrytych pod pokrytą pajęczynami żył skórą. Przyspieszyła, schodząc po niezliczonych stopniach w głąb labiryntu korytarzy o mosiężnych ścianach, które ostatecznie przechodziły w gładko ociosane tunele, niektóre pełne wody. Kilkakrotnie zaczepiali ją Czarnouści i kilkakrotnie Anukis użyła swojej karty przetargowej, imienia Preyshana. Jednego z trzech książąt Czarnoustych.

Kiedy weszła do części labiryntu pod rzeką Silvą, zaczął do niej dochodzić daleki, grzmiący dźwięk. Mówiono, że to dusze topielców łomoczą w dno rzeki, błagając o wyzwolenie. Anukis ruszyła do przodu z ręką na gładkiej ścianie, na której można było wytropić żyłki kryształów i krwistoczerwone złoża minerałów lśniące w ogniu nieregularnie rozmieszczonych lamp.

Korytarz kończył się żelazną bramą. Opowiedziała się i wrota otworzyły się, odsłaniając długą, niską komnatę, a w niej pięćdziesięciu mężczyzn i zaledwie garstkę kobiet. Większość Czarnoustych, jednak było tu też kilku przybyszy z Południa, zza gór. Kurierzy Falanoru, którzy przysięgali zrezygnować z krwawego oleju i jego pochodnych na rzecz wielkich zysków z przemytu. Pieniądze, a nie krwawy olej, były dla nich szczególnym narkotykiem.

– Anu! – zagrzmiał Preyshan, przesuwając się do przodu. Stanął nad nią ogromny i szeroko uśmiechnięty. Jego wargi były całkowicie czarne, oczy szeroko otwarte i niebieskie. Nosił gęstą czarną brodę, a pod tanimi szatami kryła się postać ogromnych rozmiarów. – Minęło tyle czasu, od kiedy odwiedziłaś mnie po raz ostatni. Jak się ma twój ojciec?

– Mój ojciec nie żyje – powiedziała Anukis cicho, wbijając oczy w ziemię, aby ukryć ich wilgoć, bo nie było to miejsce na okazywanie słabości.

– Sądzę, że zamordowali go Mechanicy. – Preyshan wyciągnął ogromną, nakrapianą czernią rękę i delikatnie uniósł jej podbródek, aż ich oczy się spotkały. – Naprawdę, Anukis, jest mi szczerze przykro, był wielkim człowiekiem.

– Teraz jest martwym człowiekiem.

– Uciekłaś od ich intryg?

– Na chwilę. Ale muszę wrócić. Przychodzę po... – nie powiedziała tego, nie mogła powiedzieć, jednak Preyshan rozumiał bez słów. W końcu jedyni Vaszyni, którzy odwiedzali Preyshana i jego podziemne sługi, to ci potrzebujący nieczystej i nielegalnej Karakaniej Czerwieni; przemycanej zza Czarnych Grotów. Świeżej krwi. Preyshan skinął ręką, mógł wyczuć w Anukis potrzebę. Człowiek z małym mosiężnym cylindrem pojawił się obok nich, po czym podał Anu naczynie. Odkręciła pokrywkę i ostrożnie zażyła małą ilość jego zawartości. Czerwień zalśniła na jej wargach.

Preyshan patrzył, jak krew lśni na maleńkich, wydłużonych zębach samicy Vaszynów. Wyczuwał ruch głęboko w jej ustach – wirujących kółek, małych zębatek łączących się i zazębiających, unoszących się wałków równoważników, obracających się cylindrów i pompujących tłoków. Uśmiechnął się; to był cierpki uśmiech.

Paradoksalne, pomyślał wielki Czarnousty, tak jak Vaszyni żywią się ludźmi, tak tu i teraz, w ironicznym zrządzeniu losu i nauki, człowiek żywiący się Vaszynami staje się Czarnoustym. Pokrętna symbioza? Ha! Mógł rozprawiać o filozofii całą noc.

Anukis wzięła głęboki oddech. Złote chmury jak złoty olej wirowały w jej oczach. Szybko spojrzała ku górze, letarg minął, kiedy napełniła ją energia, napełniła ją krew.

– Będę musiała wziąć więcej – powiedziała cicho.

Preyshan pokiwał głową.

– Dlaczego z nami nie zostaniesz? Wiesz, że będziesz tu bezpieczna.

Przez chwilę w oczach olbrzyma widziała tęsknotę, która zniknęła, zastąpiona maską niczym kratą zamykającą drzwi. Anukis oblizała usta, zdejmując z nich ostatnią kropelkę czerwieni. Przepełniało ją cudowne uczucie nasmarowania. Naoliwienia. Znów była całością.

– Nie mogę. Mechanicy przetrzymują Shabis.

Preyshan pokiwał głową, ujął ją pod łokieć i poprowadził w stronę niskiego pokoju. Tu, gdzie dęła bryza z głębokich podziemnych górskich tuneli, nikt nie mógł ich podsłuchać. Preyshan oparł się o ścianę i splótł swoje palce.

– Jeżeli zostaniesz, Anukis, przyprowadzę dla ciebie Shabis.

– Jak?

Wyciągnął rękę i położył jej palec na ustach.

– Ty jesteś potężna, to prawda. Ale nie rozumiesz mojego dziedzictwa ani mojej historii. – Jego oczy zalśniły. – Nie obawiam się Mechaników ani Vashella.

Anukis potrząsnęła głową.

– Gdybym pozwoliła ci to zrobić, sprowadziłabym na ciebie niebezpieczeństwo. Cały twój świat...

– Ja to wiem. My to wiemy. Nasze życie jest niebezpieczne, w najlepszym wypadku. Ale nadal... – Dotknął jej ramienia. – Wiesz, że zrobiłbym to dla ciebie. Dla twojego ojca, wspaniałego człowieka, ale głównie... dla ciebie.

– Rozumiem. – Anukis postąpiła do przodu, uniosła się na palcach i pocałowała jego czarne, nekrotyczne wargi. – Jesteś wspaniałym człowiekiem, Preyshan. Mam szczęście być... kochaną przez kogoś takiego jak ty.

Preyshan otworzył usta, żeby odpowiedzieć, lecz jego spojrzenie powędrowało ponad ramieniem Anukis i źrenice zwęziły się nagle.

– Wyłom! – ryknął głos, po czym dało się słyszeć metaliczny zgrzyt i brzęk, gdy pięć kusz wypluło bełty.

Trzej Vaszyni – wysocy, dobrze zbudowani, o palcach zakrzywionych jak szpony, o twarzach powykrzywianych, bo ściągnięta skóra odsłaniała metalowe kły – wrzeszcząc, wyskoczyli z tunelu. Bełty kusz poszybowały w ich stronę, jednego cisnęły na ścianę, drąc ciało na strzępy; zawisł tam, drgająca marionetka zbudowana z ciała i zębatych kółek, zniszczony mechanizm zegarowy.

Pozostali skoczyli pomiędzy ludzi. Szpony tnące w lewo i prawo, wysyłające w powietrze odcięte kończyny i długie kły spadające na gardła i wyrywające tchawice w nagłych, bezlitosnych atakach. Miecze z sykiem wysunęły się z pochew, podczas gdy dwaj Vaszyni zatrzymali się, kucając na czworakach jak zwierzęta. Obracające się głowy, błyszczące oczy, małe zębatki i kółka brzęczące w ich czaszkach. Czarnouści zebrali się w kupę, miecze i topory, włócznie zaciśnięte w wilgotnych dłoniach, ponure twarze, na których malowała się żądza pokonania najeźdźcy.

Preyshan pobiegł do przodu, dzierżąc swój miecz w wielkiej łapie, jego twarz zastygła w bezlitosną maskę. Napastnicy skoczyli, kły poczęły szarpać ramiona i gardła w dzikiej furii okrucieństwa i nieludzkiej prędkości. Miecze uderzyły, włócznie dźgnęły, a Preyshan, wiedziony jakimś pierwotnym instynktem, odwrócił się w kierunku otwartych teraz żelaznych wrót wyłamanych potężnym uderzeniem. Poczuł, jak uchodzi z niego dusza. W tunelu lśniły oczy wielu wrogów. Z rykiem zalali komnatę, dziesięć, dwadzieścia, pięćdziesiąt mechanicznych wampirów przetoczyło się przez szeregi Czarnoustych, szarpiąc ciała, zrywając głowy z karków. Stalowe kły z łatwością rozrywały nieopancerzone członki, tnąc mięso do kości... Preyshan poślizgnął się, obrócił i pobiegł w kierunku Anukis, która stała jak skamieniała. Umysł nie mógł zaakceptować tego, co widziały oczy.

– Musimy się stąd wydostać! – wrzasnął Preyshan. Lecz gdy dotarł do niej, zakrztusił się i popatrzył w jej oczy wzrokiem, w którym malowało się niedowierzanie oraz nieoczekiwany ból. Spojrzał w dół, na mosiężne ostrze wychodzące z jego klatki piersiowej. Krew spieniła się wokół rany, a czerwony strumień płynący z ust poplamił gęstą brodę. Wyciągnął rękę w kierunku Anukis i ich palce spotkały się na chwilę, lecz Preyshan kontynuował swą drogę w kierunku podłogi, na którą osunął się z ciężkim klapnięciem. Znieruchomiał.

Pośród odgłosów rzezi, ze łzami na bladych policzkach, Anukis opadła na kolana i pogłaskała brodę Preyshana. Przez jej oszołomienie i bolesne zmieszanie stopniowo przebiła się świadomość czyjejś obecności.

Szlochając, Anu spojrzała w górę.

Vashell z uśmiechem postawił but na plecach Preyshana i pociągnięciem uwolnił swój krótki mosiężny miecz, podnosząc go zapobiegliwie.

– Co za niespodzianka, znaleźć cię tu w tym gnieździe rozpusty. Widzę, że wypiłaś swoją dawkę Karakaniej Czerwieni. I nic dla mnie nie zostawiłaś? Oj, oj, ukochana. – Potrząsnął głową i spojrzał na nią kpiąco. – Nic dziwnego, że nie mogłaś wyjść za mnie, Anukis.

Wyprostował ramiona. Wciągnął powietrze przez zęby oblepione poszarpanym mięsem.

– Teraz rozumiem, że z twoją nieczystością, skazą i pieprzonymi świętokradztwami, które popełniasz, nigdy do siebie nie pasowaliśmy.

– Niech cię szlag, Vashell! Co cię tu przyniosło? Dlaczego zabijasz tych...

– Czarnoustych? Dlaczego? Pytasz mnie dlaczego? – Przycisnął ciężkie ostrze do szyi Anukis, dławiąc ją i zmuszając do podniesienia się z kolan. – Ponieważ są nielegalnymi przemytnikami, moja droga. Ponieważ, kochanie, podważają istotę naszego społeczeństwa. I dlatego, moja piękna, mała Anukis, że są bezbożni, nieczyści i potępieni.

Spojrzał za siebie, tam gdzie dzicy wojownicy Vaszynów dożynali ostatnich Czarnoustych z okrucieństwem, które zrosiło ściany krwawym deszczem. Komnata była usiana poszarpanymi zwłokami. Mechaniczni żołnierze z wysuniętymi kłami zaczęli zawodzić metalicznie, delektowali się zabijaniem. Vashell pochylił się nisko do Anukis.

– Dokładnie jak ty – powiedział.

Rozdział 4
Zgnilec

Kell dryfował w ciemności, w morzu mrocznego oleju, oleju do lamp, rybim oleju, krwawym oleju, nieoczyszczonym jak smolisty i gęsty syrop, podroby i zwarta maź, z której rzeźnicy tworzą smaczne kaszanki. Jego powieki zamknęły się i otworzyły; oddychał leniwie, bo to był tylko sen, wiedział, że to sen i że jako taki nie może być prawdziwy. Lecz jeżeli nie był prawdziwy, to, do diabła, dlaczego czuł chłód Ilanny w zaciśniętych dłoniach?

Musisz mnie wpuścić – powiedziała.

Jej głos był zimny niczym tchnienie metalu, brzęk pszczół w ulu, szelest mrówek w kopcu i Kell zadrżał, poczuł strach. Nie taki, jaki niesie adrenalina w momencie nagłej rozróby w barze, i nie ten łapiący za serce, kiedy zwisa się zbyt wysoko nad ziemią, a stopy szukają po omacku podparcia na śliskiej skale i wiesz, to pewne jak piekło, że twarde głazy i wyszczerbione kamienne szpice nie okażą łaski i litości, oferują wyłącznie szybką śmierć. Ten strach był inny, dziwny. To była obawa przed wiedzą i obawa przed stratą. To była Ilanna, topór połączony z nim więzami krwi, i to ona sprawowała kontrolę. Mało tego, nie tylko była świadoma swej władzy, ale i tego, że wygra każdą bitwę.

Nie – powiedział Kell, ściągając gniewnie brwi i zwierając pięści. Odetchnął nią, wciągnął zapach metalu, piżmo żelaznego oleju i smrodu starej krwi, który niczym pasożyt trzymał się styliska, ostrzy i krawędzi. Wdychał aromat topora. Aromat śmierci. Trupi oddech Ilanny.

Ale musisz – argumentowała – *jestem Ilanna, jestem słodyczą w twojej duszy, masłem na twoim chlebie, cukrem w twoim jabłku. Czynię cię kompletnym, Kell, wydobywam to, co w tobie najlepsze, wydobywam z ciebie wojownika.*

Nie – warknął. *Wydobywasz ze mnie zabójcę.*

Tego chciałeś – odpowiedziała.

Nigdy nie chciałem tego, co mi oferowałaś.

Kłamiesz! Jeżeli miałabym ciało i krew, znalazłbyś się ze mną w łóżku szybciej niż pijany mąż po wizycie u dziwki. Ale jestem stalowa, mam ostrza i apetyt na krew. Wziąłeś, co miałam do zaoferowania, mój słodki Kellu. Wziąłeś mój dar ciemności, dar okrucieństwa, i ocaliłeś swoje życie. Lecz jest cena, cena za wszystko i wiesz, że ponownie musisz mnie wypuścić na świat.

Kell zaśmiał się.

Muszę? Słowa takie jak „muszę" brzmią cierpko w mojej głowie, cierpko jak trącące korkiem wino. Trzaskają w mojej czaszce tym... – delektował się słowem – *tym poleceniem. A co, gdybym wszedł na najwyższy szczyt Czarnych Grotów, Ilanno? Wrzucił cię w szczelinę, jedną z tych głębokich na milę, upewniając się, że nikt już cię nie zobaczy, chyba że jakiś obłąkany poszukiwacz? Byłabyś udupiona, moje dziewczę, nieprawdaż? Nigdy więcej smaku krwi. Nigdy więcej potrzaskanych kości. Tylko ciemność, lód, kapanie wody i upływający czas.*

Więc chcesz umrzeć, Kell? – jej głos był jak cudowna kołysanka, tak melodyjna, że w lepszych, szczęśliwszych czasach ukołysałaby go do snu. Kell często wyobrażał sobie kobietę o takim głosie. Nie, nie kobietę, poprawił się. Demona. Ilanna nie miała w sobie nic z człowieczeństwa i śmiertelność była jej całkowicie obca. Wyobrażał ją sobie jako wysoką, piękną i elegancką, ale również hardą, arogancką i samolubną, co kazało jej gardzić innymi. Byłaby okrutną kobietą. Śmiertelnym przeciwnikiem.

Nie pragnę śmierci – powiedział i te słowa go zawstydziły.

Żniwiarz jest straszliwym, śmiertelnym wrogiem – odrzekła Ilanna i Kell poczuł wibrowanie topora, który stawał się coraz cieplejszy. *Nie możesz go zabić, więc nawet nie próbuj. Nawet ja nie mogę strącić mu głowy i pogruchotać kości. Co najwyżej możesz go spowolnić. Najdrobniejsza cząsteczka jego obcego ciała jest wypełniona krwawym olejem magii. On jest stworzeniem krwi i nic, co śmiertelne, go nie złamie.*

Jak go spowolnię?

Jest wysoki, chwiejny, napędza go mechanizm. Celuj w nogi, uderzaj w kolana i kostki, z całą siłą, na jaką cię stać. Może zyskasz minutę. Ale bądź szybki, Kell – jej głos rósł z każdym słowem, gdy odłamek czasu, część ich pokręconej rzeczywistości, zaczął przyspieszać gwałtownie, by dogonić realny świat.

Kościane rurki uderzyły, mierząc w serce. Kell przetoczył się szybko, uderzając o ziemię i podnosząc się w mgnieniu oka, z zębami obnażonymi w potwornym grymasie i toporem przyciśniętym do piersi. Żniwiarz zatrząsł się od cichego śmiechu i obrócił w kierunku szarżującego Kella. Stary wojownik zamierzył się, celując w klatkę piersiową wroga. Tamten nawet nie próbował się bronić, tylko sięgnął starego szponiastymi dłońmi. W ostatniej chwili Kell zmienił cel, jego atak płynnie zamienił się w unik i topór zatoczył łuk, trafiając Żniwiarza w kolana. Kości poddały się z chrzęstem, Żniwiarz wrzasnął, wygiął się i wywrócił jak worek suchych gałązek. Kell już biegł, popychając Niennę i Kat w kierunku ogłuszonego Saarka, który pełzał na kolanach, trzymając się za głowę. Twarz miał chorobliwie szarą, z rozcięcia na czaszce ciekła mu krew.

– Czy to jest martwe? – wydyszała Nienna i wszyscy spojrzeli za siebie. W mroku garbarni Żniwiarz podniósł się i skierował ku nim twarz. Jego oczy były teraz żarzącymi się kulkami nienawiści. Wycelował paluch w Kella i ruszył do przodu.

Uciekali pomiędzy wielkimi zbiornikami, zardzewiałymi i wysmarowanymi gównem, co sprawiało, że dziewczęta dławiły się i wymiotowały. Zbiegli ceglaną pochylnią i Kell bez słowa wskazał kierunek, jakby wzdragał się mówić. Był tam szeroki tunel prowadzący w dół i na zewnątrz.

– Nie wczołgam się tam – jęknęła Nienna.

– Będziesz musiała, wiewióreczko – odparł Saark, posyłając jej uśmiech, którego nie rozumiała. I skoczył.

Gówno i chemikalia zachlapały jego spodnie i jedwabną koszulę, mieszając się z krwią i wymiocinami i zamieniając jego elegancki wygląd w kiepski żart. Wejście nie było tak szerokie, jak wydawałoby się na pierwszy rzut oka. Kell, chlapiąc, skoczył przodem, dziewczyny niechętnie ruszyły za nim. Zwolnili, żeby wcisnąć się w rurę odprowadzającą ścieki. Kell prowadził, a Saark z ponurymi oczami i dobytym rapierem zamykał pochód.

Żniwiarz zatrzymał się, wydając cichy, przeszywający dźwięk. Z mankietów jego szaty uniósł się lodowy dym. Stworzenie patrzyło, jak czworo ludzi znika. Obróciło się w ciszy i opuściło garbarnię.

Rura prowadziła w dół, do wąskiego kanału ściekowego z czarnej cegły, pełnego odpadów. Kell zsunął się, obcierając sobie skórę na rękach, goleniach i brzuchu, a potem pomógł Niennie i Kat zejść po nierównym, rozpadającym się ceglanym murze. Obrócił się i patrzył spod przymrużonych powiek na dalekie światło, kiedy obok niego wylądował przeklinający Saark.

– Dziękuję za pomoc – powiedział jawnie sardonicznym tonem.

– Nie ma za co.

– Cholera. Spójrz tylko na tę jedwabną koszulę! Nigdy nie dam rady tego doczyścić. Wiesz, ile taka rzecz kosztuje?! To najświetniejszy splot, od Jedwabnych Tkaczy z Vor... Takie same noszą na dworze Leanorica!

– Są ważniejsze rzeczy niż jedwabne koszule, Saark.

– Nie bądź śmieszny. Zdajesz sobie sprawę, ile kobiet uwiodła ta koszula? Jak wiele smukłych palców pogłaskało jej gors? Jest jak magiczny klucz. Najpierw otwiera serce, potem otwiera pas cnoty.

Z ciemności dobiegł ich głos Nienny:

– Co to jest pas cnoty, dziadku?

Kell rzucił Saarkowi gniewne spojrzenie.

– Nic, nie słuchaj tego rozpieszczonego, umazanego gównem głupca. Chodź za mną. Musimy się szybko stąd ruszać.

Szli, chlapiąc, przez tłuste, wirujące ścieki, starając się z całych sił nie myśleć o bebechach i śmieciach, farbach i psim gównie, które tworzyły tę maź. W pewnym momencie Nienna otarła się o na wpół zanurzonego zdechłego kota. Wrzasnęła i zasłoniła ręką usta. Wstrząsnęły nią nudności, a wątłe ciało zadrżało ze wstrętem. Kat objęła ją w geście pocieszenia i w milczeniu szli dalej. Nie było czasu, żeby się zatrzymać, ani czasu na chwilę słabości. Żniwiarz mógł przecież zmierzać do drugiego końca tunelu, by tam na nich zapolować.

Tunel był długi, kolejne spadki zbliżały go do poziomu rzeki Selenau. Od czasu do czasu pionowe tunele wentylacyjne – szczeliny szerokości pięści – wrastały w górę przez kamienie i cegły, mamiły przebłyskami zewnętrznego świata. Nagle Kat krzyknęła, opadając na kolano. Breja podeszła jej do podbródka. Dziewczyna zacharczała, zamykając oczy, z twarzą wykrzywioną wstrętem.

– Nienna! – zawyła.

Kell obrócił się do niej, popychając Niennę w kierunku Saarka, który mamrotał gniewne przekleństwa. Twarz miał umazaną wnętrznościami i starą krwią; ich smród dawno już stłumił zapach perfum dandysa.

– Co jest nie tak? – warknął Kell.

– Skręciłam kostkę.

– Możesz chodzić?

– Nie wiem.

– Idziesz albo umierasz – powiedział niskim głosem Kell, błyskając oczami.

Kat zmusiła się, żeby wstać. Krzywiąc się, opierając na ramieniu Kella i kulejąc, podążała za Nienną i Saarkiem. Była głęboko zaskoczona żelazną siłą mięśni starego człowieka i jeszcze bardziej jego lodowatą postawą.

Czy mógłby mnie zostawić? – zastanawiała się.

Bohater Pola Jangir?

Czarny Topornik Drennach?

Zacisnęła zęby, myśląc o swoim życiu, pełnym goryczy i niepowodzeń, o ludziach, którzy odeszli i – co ważniejsze – o ludziach, którzy wrócili. Oczywiście, że by ją zostawił, pomyślała i pod sercem poczuła szczególne ukłucie goryczy. Właśnie dlatego zawrócił sam, zamiast pozwolić Niennie pomóc swojej przyjaciółce. Gdyby złamała kostkę, spowalniała ich, robiła zbyt dużo hałasu... Spojrzała w górę, na jego szarą brodę, szerokie, krępe ramiona, niedźwiedzi kożuch, który nadawał Kellowi prawdziwie zwierzęcy wygląd. No cóż, pomyślała. Była przekonana, że ostrze noża wślizgnęłoby się między jej żebra, kładąc kres problemom i likwidując zagrożenie. Zadrżała, gdy chłodny wiatr owionął jej duszę. Po raz pierwszy spojrzała na Kella nie jak na starego człowieka, lecz jak na zabójcę.

Saark zatrzymał się, dając pozostałym znak ręką. Odwrócił się i spojrzał na Kella. Ich oczy spotkały się.

– To rzeka – powiedział.

Kell kiwnął głową, przepychając się do przodu. Przez dłuższy czas przyglądał się kręgowi światła, w którym wirował lodowy dym. Wreszcie mocniej chwycił topór i wyjrzał na zewnątrz.

Ścieki spadały przez szereg wybetonowanych kanałów i poniżej drewnianego pomostu trafiały do Selenau. W tym miejscu rzeka brała ciasny zakręt, zwężając się pomiędzy dwoma kamiennymi ścianami i pieniąc na kilku kupach kamieni, by potem, biała i wzburzona, popędzić przez miasto. Drewniany pomost opierał się o skały i wspierał na palach wbitych w dno rzeki. Drewno było czarne od środków konserwujących. Na jednym końcu stało kilka beczułek i baryłek, a małe, spokojne odgałęzienie nieruchomej wody mieściło pięć niewielkich łódek. Saark zbliżył się do starego.

– Bierzemy łódź?

– Wygląda na to, że to dobry pomysł, brachu.

– No to ruszajmy.

– Poczekaj. – Kell położył dłoń na piersi Saarka. – To... coś, stworzenie, które zwą Żniwiarzem, paliło się do wyssania naszej krwi, tak?

Saark kiwnął głową.

– Są szanse, że to tam jest. Musimy się ruszać szybko, Saark. Żadnych błędów. Trzymaj w pogotowiu swój piękny mały mieczyk.

Saark kiwnął głową ponownie i grupa, brodząc, weszła w szare światło. Niebo zasnute było wstęgami i kosmykami lodowego dymu, rzadszymi niż wcześniej, jednak wciąż ograniczającymi widzialność do stu jardów. Kell rozglądał się czujnie, kiedy gramolili się po zlodowaciałych betonowych rampach. Wreszcie jego buty z hukiem uderzyły w drewniany pomost i stanął tam, wielki jak niedźwiedź, z uniesionymi ramionami, toporem wyciągniętym przed sobą. Uważnym spojrzeniem lustrował okolicę.

Nienna i Kat ześlizgnęły się z rampy na tyłkach, Saark podążał za nimi, jego postawa była nienaganna, czego nie dało się powiedzieć o ubraniu, całkowicie zniszczonym przez farby i gówno. W garści trzymał miecz, a oczy miał zwężone, skupione i czujne.

Kell podszedł do łodzi i ostrzem topora odciął węzeł. Złapał linę w jedną rękę, drugą ponaglił dziewczęta oraz Saarka. Obrócili się ku końcowi drewnianego pomostu, na wpół zatopionemu we mgle, z której wypłynął Żniwiarz.

Wstrętne ślepia jarzyły się nienawiścią, a pięć kościanych palców zwróconych było w kierunku grupy.

– Włazić – warknął Kell.

Saark zagarnął dziewczyny i skoczyli do łodzi, krusząc dookoła niej lód, który cienką warstwą pokrywał spokojną wodę kanału. Nurt szarpnął, Saark pochylił się do przodu, przytrzymując się pomostu.

– Właź, Kell – warknął.

Ale Kell, kręcąc swoimi mocarnymi ramionami, obrócił się akurat w chwili, gdy Żniwiarz przyspieszył. Pędził w kierunku wojownika, korpus trząsł mu się, a z owalnych nozdrzy wydobywał się wysoki, przeszywający świst. Kell rozpędził się i skoczył, uderzając toporem, lecz Żniwiarz błyskawicznie uniknął ostrych skrzydeł i ciął kościanymi palcami. Ale topór już wracał po łuku i odrzucił ramię przeciwnika.

Kell poślizgnął się i wyprostował. Żniwiarz pochylił ku niemu głowę.

– Zginiesz powolną i bolesną śmiercią, mały człowieczku.

– Pokaż mi, co masz najlepszego, chłopcze – warknął Kell, podnosząc ramiona.

Topór skoczył do ataku, Żniwiarz zdołał odbić ostrze, ale Kell już nurkował, wirował w niskim piruecie. Ilanna śpiewała w zimnym powietrzu, mierząc w nogi wroga. Żniwiarz cofnął się, a topór zawrócił błyskawicznie, wzleciał ponad głową Kella i w lśniącym łuku spadł na ramiona przeciwnika. Rozległ się dźwięk jakby pękającego drewna i skrzydła topora siłą odrzutu poleciały w prawo, wytrącając Kella z równowagi. Pięść trafiła go w żebra, posyłając na ziemię. Palce Żniwiarza sięgnęły ku jego sercu, ale wojownik przetoczył się i ciął w wyciągnięte palce, wbijając je wraz z ostrzem topora w pomost, łapiąc w drewnianą pułapkę.

Żniwiarz szarpnął uwięzioną dłonią, wydając ciche warczenie o wysokim tonie. Jego głowa chybotała się, a czarne oczy groźnie patrzyły na Kella, który sięgnął pod kurtkę i wyciągnął swój sviański nóż. Skoczył, chlastając gardło Żniwiarza. Ostrze przecięło białe ciało, które rozdzieliło się niczym rybie, lecz nie było krwi ani wrzasku, a Żniwiarz trzepnął Kella grzbietem dłoni, aż wojownik potoczył się po deskach.

– Właź do łodzi! – wrzasnął Saark. Prąd spychał ich coraz brutalniej, a trzaskanie lodu zamieniło się w prawdziwą kanonadę.

Kell podniósł się, twarz zmieniła mu się pod wpływem mrocznej, kontrolowanej furii. Patrzył, jak Żniwiarz szarpnięciem uwalania palce, odłupując przy tym solidną drzazgę z pomostu. Ilanna brzęknęła, uderzyła o deski. Żniwiarz trzymał głowę wysoko, poruszając nieuszkodzonymi palcami. Kell przełknął nerwowo ślinę. Ostrze powinno dokonać ich amputacji, tymczasem nie pozostawiło nawet śladu. Spojrzał na gardło wroga i zobaczył, że rozdarcie w rybim ciele zasklepiło się bez śladu.

Zrozumiał. To była moc krwawego oleju. Nie mógł zabić tej istoty. Ilanna miała rację i to przyprawiało go o mdłości.

Rzucił się do biegu, a Żniwiarz skoczył ku niemu z piskiem, palcami mierząc w serce wojownika. Lecz Kell wykonał unik, z biegu przeszedł w ślizg na zlodowaciałym drewnie, pod kościanymi szponami Żniwiarza, i chwycił swój topór.

Młócąc ramionami, biegł szybko w kierunku łodzi, nie zwolnił, nawet gdy Saark przegrał bitwę o jej utrzymanie w miejscu i łódź ruszyła ku rwącym falom głównego nurtu, roztrzaskując lód. Kell skoczył, ciężko lądując w łodzi, która przez chwilę kołysała się jak szalona. Stanął, wpatrując się w Żniwiarza i jednocześnie chowając swojego sviana w pochwie pod lewym ramieniem. Powoli zanurzali się w gęstniejącej mgle.

– Niezła próba – powiedział Saark, uśmiechając się uprzejmie do Kella. – Gdyby ten bękart był człowiekiem, już by nie żył.

– Ale nie jest – mruknął Kell, siadając i chwytając za wiosła. – A to sprawia, że chce mi się rzygać. Dalej, wynośmy się z tego zapomnianego przez Bogów miasta. Dostaję od niego sraczki.

Generał Graal zmierzał do pokoju w wieży, prezentując Dagonowi Trelltongue'owi szeroki cel, jaki stanowiły jego plecy.

Dagon – wysoki, ale smukły mężczyzna o szarych włosach do ramion i małych oczach, odziany w najprzedniejsze jedwabie i najdoskonalszą wełnę Południa – był boleśnie wręcz świadom zdobnego miecza u pasa, wysadzanego klejnotami sztyletu pod ramieniem i trucizny ukrytej w pasie. Mógł zabić Graala, jeden sztych i patrzyłby, jak pieniąca się krew uchodzi z generała wprost na bogaty dywan, po którym szli. Dagon mógłby odesłać Armię Żelaza z powrotem na północ. Bez przywódcy, bez nadziei, bez ducha walki. Mógł zapobiec nadciągającej wojnie, ocalić swojego przyjaciela, władcę i króla Leanorica, i tak naprawdę wszystkich ludzi z Falanoru.

Zmrużył oczy. Bękarty!

Nie. Zapłacą. Będą cierpieć. Niech ich wszystkich szlag.

Weszli do dużej komnaty, kiedyś mieściło się tu biuro Rady Jalder. Grube chodniki chroniły przed chłodem kamiennych posadzek, ściany były otynkowane i pomalowane na biało. Wszystkie meble wykonano z czarnego drewna inkrustowanego złotem. Wystroju dopełniały rozmieszczone ze smakiem piękne dzieła sztuki. Wśród biurek i kamiennych rzeźb, prezentujących kilku bohaterów Falanoru, rozstawiono wiele wygodnych kanap. Dagon bywał tu wcześniej przy wielu okazjach, zwykle służbowo, kiedy wykonywał zadania dla króla Leanorica. Teraz atmosfera była znacznie bardziej ponura i chłodna.

Graal dotarł do długiego, polakierowanego biurka i odwrócił się niespodziewanie. Jego długie białe włosy unosiły się przez moment wokół głowy, a niebieskie oczy wbiły się w Dagona, który na widok uśmiechu generała nerwowo przełknął ślinę, uświadamiając sobie, że Graal odczytał jego myśli. Odsłonił plecy w ramach testu, wystawiając się na cel. Ten człowiek był potężnym wojownikiem i Dagon zrozumiał doskonale, że gdyby odważył się go zaatakować i próbował ocalić swoich ludzi... teraz byłby martwy.

– Brandy?

– Nie, nie powinienem – odparł Dagon głębokim głosem. Był urodzonym mówcą, ale tu, w tym towarzystwie, czuł się jak dziecko. Wszystkie starannie wyćwiczone przemowy unosiły się w powietrzu niczym smród gotowanej kapusty.

– Doceniam wstrzemięźliwość, ale lodowy dym nie każdemu jest miły. Zmraża kości. Nie krępuj się, Dagonie, przebyłeś do nas długą drogę, długą drogę – zaśmiał się cicho – żeby ocalić życie. Odrobina brandy nie zaszkodzi. Z tego, co wiem, jest destylowana z brzoskwiń z sadów króla Leanorica.

Dagon wziął szklankę, a jego oczy odbiły się w królewskim herbie zręcznie wyrzeźbionym na powierzchni fasetowanego kryształu. Wziął duży haust i patrzył, jak Graal przygląda się jego trzęsącym się palcom. Dopił i poczuł, jak zalewa go ciepło, jak mrowienie alkoholu w mózgu dodaje mu chociaż odrobinę odwagi.

– Więc powiesz mi wszystko? – upewnił się Graal, sącząc swój napitek.

Dagon zauważył, że palce mężczyzny były długie, zwężone i nawet paznokcie miały białe. Popatrzył w utkwione w nim niebieskie oczy. Dziwne, że są niebieskie, pomyślał. Obserwował. Graal nie mrugnął.

– Tak – wychrypiał w końcu, przerażony do szpiku kości, czując miękkość w kolanach i parcie na pęcherz.

– Liczba piechoty, kawalerii, łuczników, pikinierów? Gdzie stacjonują dywizje? Nazwiska dowodzących nimi generałów? Generałów brygad? Liczba koni, linie zaopatrzeniowe, szlaki wojskowe przez Falanor? Wszystko?

– Tak.

– I oczywiście – Graal podszedł do Dagona i pochylił się, by spojrzeć z bliska w oczy urzędnika – Leanoric. Powiadają, że jest wielkim wodzem. Że nie można go pokonać w polu. Wielokrotnie udowodnił, że ma błyskotliwy umysł i jest taktykiem, który nie ma sobie równych. Jest silny, hojny i cieszy się szacunkiem i poważaniem swoich żołnierzy. Czy to wszystko prawda?

– Tak... mój panie.

– Jestem generałem, nie panem – warknął Graal, zgniatając kryształową szklankę. Trzasnęło szkło, długie, postrzępione odłamki wbiły się w dłoń Graala i mętna brandy popłynęła po ranie, mieszając się z krwią i kapiąc na dywan. Graal nie wzdrygnął się, nawet nie spojrzał na pokaleczoną dłoń, tylko cały czas wpatrywał się w Dagona.

– Tak, generale – wyszeptał Trelltongue.

– Jeszcze jedna sprawa.

– Tak? – głos Dagona był niewiele głośniejszy od szeptu.

– Alloria, królowa. Matka jego dwóch synów. Jest jego podporą, prawda? Jego miłością, życiem i siłą. Chcę wiedzieć, gdzie jest, dokąd podróżuje zimą, kim są jej damy dworu i której ręki używa, żeby podetrzeć dupę.

– Alloria? Ale... zgodziłem się zdradzić ci sekrety armii, strategii i opowiedzieć o Leanoricu...

Ręka Graala poderwała się i chwyciła Dagona za gardło. Odłamki kryształu, cały czas tkwiące w ciele generała, przebiły jego skórę. Dagon zapiszczał i uniesiony w górę bezradnie wierzgał nogami.

– Powiesz mi wszystko. Leanoric jest godnym przeciwnikiem, ale jeżeli pozbawię go chęci życia, zmącę jego myśli, zabierając mu królową, będę miał w ręku potężne narzędzie. Powiedzmy, że zdobędę doskonałą pozycję strategiczną, którą doceni mój taktyk. Nie mogę sobie pozwolić na stratę czasu podczas tej... – generał uśmiechnął się niemal sardonicznie – inwazji. Rozumiesz, Trelltongue?

– Ta-ak – zdołał wykrztusić Dagon, choć gardło zalewała mu krew.

Graal upuścił go na dywan, obrócił się i ospałym ruchem nalał sobie kolejny kieliszek brandy. Uniósł głowę, gdy coś pojawiło się w drzwiach, a Dagonowi oddech zamarł w piersi, kiedy obserwował zbliżającego się Żniwiarza. Widział, jak pracują, widział ich wysysających ciała kobiet i dzieci. Te stworzenia napełniały go strachem jak z najgorszych koszmarów, strachem tak wielkim, że nie był w stanie go opisać.

– Jest jakiś problem, Hestalt?

Żniwiarz pokiwał głową, jego czarne oczy skierowały się na Dagona i świdrowały królewskiego doradcę. Graal machnął poranioną ręką.

– Nie zwracaj na niego uwagi, on nie ma znaczenia. – Zaczął usuwać odłamki ze swojej dłoni, niektóre długie na dwa cale. Nie skrzywił się przy tym ani razu. – Co jest nie tak?

– Człowiek. Bohater. Kell.

– On ciągle żyje?

– Więcej niż żyje. Był jak... drzazga w tyłku. Uciekł.

– Wyślij oddział. Poradzą sobie z jednym starcem.

– Nie, Graal. On jest bardziej niebezpieczny, niż mógłbyś sobie wyobrazić... Dzięki temu toporowi. Poznaję broń związaną krwią, gdy tylko ją zobaczę. Trzeba się z nim rozprawić natychmiast. Rozumiesz?

Graal potarł podbródek, patrzył niewidzącym spojrzeniem.

– Był tam? Podczas Dni Krwi? Jeżeli posiada związaną krwią broń, musiał doświadczyć tych wydarzeń w ten lub inny sposób. – Oczy mu błysnęły. Zapomniał o poranionej dłoni. – W tej broni drzemie wielka siła. Potęga, którą moglibyśmy wykorzystać, prawda?

Żniwiarz pokiwał głową.

– Wyślij zgnilca – powiedział.

Graal zmarszczył brwi.

– Odrobinę kosztowne, przyjacielu.

– Chcę, żeby został powstrzymany. Żeby jego życie zgasło. Natychmiast!

Graal kiwnął głową. Rzadko można było ujrzeć Żniwiarza tak poruszonego. Podszedł do okna, zastanawiając się, czy nie było w tym niepisanej więzi, tajemnicy, do której nie został dopuszczony. Dał znak żołnierzowi albinosowi, który zniknął natychmiast.

Dagon Trelltongue wykorzystał ten czas, by stanąć na nogi i chusteczką wyciągniętą z kieszeni przetrzeć zakrwawione gardło. Ciało miał stłuczone, pokaleczone i spuchnięte, przez najbliższe kilka dni czekały go problemy z mówieniem.

Z oddali nadszedł dźwięk, straszny, dziki, brzmiący jak ryk wielkiego kota, tylko wypaczony, wynaturzony i połączony z metalicznym brzmieniem. Dagon mimowolnie zadrżał i zauważył, że Graal po raz kolejny mu się przygląda. Uśmiechnięty generał skinął leniwie w kierunku wejścia.

– Zgnilec – powiedział w ramach wyjaśnienia, podczas gdy sześciu żołnierzy wepchnęło klatkę przez wysokie, ozdobione ornamentami, podwójne drzwi.

Dagon poczuł strumień moczu płynący mu po nogach, ale nie był w stanie oderwać wzroku od obrazu, który się przed nim malował.

Stwór w klatce był wielki, rozmiarów lwa, ale na tym kończyły się podobieństwa. To coś kiedyś było człowiekiem. Teraz wściekało się na czworakach, a pod białą skórą, pokrytą kępkami szarego i białego futra, prężyły się mięśnie. Czoło było nienaturalnie duże, ale nie wysokie, bo opadało ku tyłowi głowy, paszcza pięć razy większa niż ludzkie szczęki, czaszka otwarta, rozłupana poziomo jak melon, wielkie zakrzywione kły sięgały za podbródek jak ostrza brzytew. Na całym ciele stworzenia otwierały się szkarłatne rany otoczone żółtym tłuszczem, jak martwicze odmrożenia. W środku Dagon mógł dostrzec maleńkie wirujące kółka, zazębiające się przekładnie, wałki poruszające się i zmieniające położenie, jak, jak...

Jak mechanizm zegarowy, uzmysłowił sobie.

Dagon mrugnął i spróbował przełknąć ślinę. Nie mógł. Stworzenie warknęło, wrzasnęło i rzuciło się na ścianę klatki. Potężne pręty zajęczały i potwór usiadł na tyłku, przechylił dziwacznie otwartą głowę i wlepił w Dagona spojrzenie oczu, z których każde było na innej wysokości, posyłając tym samym lodowatą szpilę prosto w serce szlachcica. Wewnątrz czaszki Dagon dostrzegł jeszcze więcej mechanizmów zegarowych, przekładni i dźwigni, unoszących się w górę i w dół, oraz wirujących kółek. Był gotów się założyć, że gdyby wsłuchał się dokładnie, mógłby usłyszeć w tle delikatne tik-tak zegara.

– Co to jest? – wyszeptał.

– Zgnilec – powtórzył Graal, podszedł do klatki i włożył rękę do środka.

Dagon miał ochotę krzyknąć: „Nie rób tego, to ci, kurwa, urwie rękę!". Ale tego nie zrobił. Gapił się tylko w strasznym, pełnym zafascynowania milczeniu.

– Kiedy Vaszyni są młodzi, gdy tylko kończy się okres ich niemowlęctwa, trafiają do pałacu Inżyniera na pewne konieczne modyfikacje. Jednakże ciało Vaszynów bywa czasami kapryśne i staje się źródłem, jak by to powiedzieć, komplikacji. Mięśnie, kości i werk nie łączą się, nie scalają i gdy taki Vaszyna dorasta, traci człowieczeństwo, wyzbywa się emocji, traci empatię i staje się czymś pośledniejszym niż rasa Vaszynów. Jego ciało się wypacza, deformuje. Proces dorastania staje się wieczną bitwą pomiędzy ciałem a mechanizmem zegarowym, a każda strona stara się zdobyć przewagę. Każda nowa bitwa napełnia dorastającego zgnilca niesamowitym bólem i nienawiścią. I, niestety, obłędem. W końcu jedno lub drugie, ciało lub mechanizm, wygra bitwę i zgnilec umrze. Do tego czasu wykorzystujemy je do polowania na nieczystych. Heretyków, bluźnierców i Czarnoustych.

Graal obrócił się. Jego słowa były echem tradycji Rady Inżynierów, Dębowego Testamentu. Mrugnął, jakby się zbudził ze snu.

– To Zalherion. Niegdyś był moim bratem. Ja przeszedłem doskonale przez proces tworzenia. Ale obawiam się, że on nie.

Zgnilec ruszył do przodu i polizał rękę Graala jak pies dłoń swego pana, po czym warknął i obrócił głowę w stronę Dagona. Graal zaśmiał się melodyjnie, a jego niebieskie oczy zalśniły.

– Nie, nie jego, Zal. Mamy dla ciebie innego.

Zgnilec warknął zniekształconym lwim dźwiękiem, a Graal przy wtórze pisku rygli otworzył klatkę. Potwór wyskoczył, jego mosiężne pazury darły bogate wykładziny. Poruszał się z budzącą strach siłą i kocim wdziękiem pomimo poskręcanego szkieletu i otwartych ran. Górując nad mężczyznami, nawet nad Żniwiarzem, spoglądał w dół, na Graala, a w oczach miał coś na kształt miłości. Graal odwrócił głowę, a Żniwiarz ruszył z zamkniętymi oczami, wyciągając kościane palce w kierunku zgnilca. Ten warknął, cofając się o krok i przykucając. Chwilę później zerwał się i wypadł z pokoju, pozostawiając bruzdy w kamieniach.

– Co zrobiłeś? – szepnął Dagon, świadomy, że jeżeli przeżyje to spotkanie i kolejne, które wkrótce nastąpi, to będzie to absolutny cud, zwycięstwo życia nad rozsądkiem, szczęścia nad prawdopodobieństwem.

– Żniwiarz odcisnął wizerunek Kella w umyśle zgnilca. Teraz Zal nie spocznie, dopóki Kell nie będzie martwy.

Dagon opuścił głowę. Po jego policzkach płynęły łzy.

Niewielka łódź pędziła w dół rzeki, której brzegi w końcu rozszerzyły się, prąd zwolnił i szalone kołysanie ustąpiło.

Nienna usiadła zaszokowana, przylgnęła do Kat, żeby się ogrzać i zaczerpnąć siły z ich przyjaźni.

Obserwowała swojego dziadka, starego Kella, jego walkę ze Żniwiarzem, jakby we śnie. Z jednej strony była świadoma, że to stworzenie może w jednej chwili zmiażdżyć go i wyssać życie swymi długimi, ostrymi, kościanymi palcami... Z drugiej miała wrażenie, że obserwuje występ na scenie, walczący dziadek był czymś absolutnie nierzeczywistym, surrealistycznym, czymś nieskończenie nienaturalnym. Był stary. Gotował zupę. Opowiadał historie. Narzekał na kręgosłup i na ceny ryb na targu. To nie było normalne.

– Dobrze się czujesz? – spytała Kat, przytulając się do niej. Nienna spojrzała na twarz przyjaciółki, umazaną krwią i odpadami, i pokiwała głową, uśmiechając się miękko. Wzięła głęboki oddech.

– Tak, Kat. Myślę. Po prostu. Wszystko jest takie szalone. Zwariowane! Nie mogę uwierzyć, że dziadek jest tak... śmiertelnie niebezpieczny,

Kat przypomniała sobie. Nie miała wątpliwości, że Kell zostawiłby ją na pewną śmierć, dlatego nic nie powiedziała, tylko kiwnęła głową. Lodowaty welon spowił jej serce, tłamsząc kolejny mały kawałek człowieczeństwa i zastępując go gorzkim cynizmem.

– Wszystko będzie z nami w porządku – powiedziała Nienna, biorąc zmieszanie Kat za strach, mylnie zakładając, że to świat, nie człowiek w łódce, jest źródłem lęku przyjaciółki. – Przejdziemy przez to, zobaczysz. Wrócimy na uniwersytet, wszystko będzie w porządku.

Kat roześmiała się gorzko.

– Czyżby, Nienna? Ty, z twoim wychowaniem pod kloszem, twoją kochającą matką, mającym na twoim punkcie bzika dziadkiem, kiedy wszyscy się o ciebie troszczą i dla ciebie żyją... Ja nigdy nie doświadczyłam niczego takiego – ton jej głosu był uszczypliwy, przepojony żółcią. – Byłam sama na tym świecie, w pojedynkę, taki szmat czasu, moja mała, rozpieszczona Nienno. Walczyłam na każdym kroku tylko po to, by uzyskać wstęp na uniwersytet w Jalder. Kłamałam, oszukiwałam i kradłam, próbując wypełznąć ze śmierdzącego rynsztoka i zapewnić sobie lepsze życie i jakąś przyszłość. Nigdy nikt nie istniał tylko dla mnie, Nienno.

– A twoja ciotka? Ta, która zajęła się tobą po śmierci rodziców? Ta sama, która piekła dla ciebie chleb, prała twoje ubrania i ozdabiała twoje włosy koralikami?

Kat ponownie się zaśmiała, wpatrując w zmarzniętą linię brzegową. Drzewa pokrywał śnieg, a powietrze było pełne mgły unoszącej się z pól. Spływali rzeką Selenau na południe, szybko pozostawiając miasto za sobą.

– Moja ciotka? Nigdy nie istniała. Mieszkałam w tawernach i na strychach, korzystając z każdego miejsca, jakie udało mi się znaleźć. Zakradałam się do domów kupców, żeby skorzystać z ich łazienek, podkradać ubrania służących, chleb z pieców i zupę z bulgoczących garnków. Byłam duchem. Złodziejem. Ekspertem w złodziejskim fachu. – Ponownie się zaśmiała, a po jej policzkach płynęły łzy. – Zawsze byłam sama, Nienno. Zawsze walczyłam. A teraz... to przepadło, nieprawdaż? Uniwersytet, życie w Jalder, wszystko, co zbudowałam swoją walką, zostało mi odebrane jak na pstryknięcie nikczemnymi palcami jakiegoś dyktatora.

– Teraz ja jestem tu dla ciebie – powiedziała cichym głosem Nienna i przytuliła Kat.

– Wszyscy w końcu mnie opuszczają – odpowiedziała jej przyjaciółka.

– Nie! Ja będę dla ciebie. Na zawsze. Aż umrzemy.

– Aż umrzemy?

Nienna ścisnęła swoją przyjaciółkę, ścisnęła jej dłonie, zimną skórę i zmarznięte palce i przytuliła jak siostrę, której nigdy nie miała.

– Przysięgam na swoją duszę – szepnęła.

Ich rejs zwolnił tempo. Po kilku godzinach opuścili w końcu zasłony lodowego dymu i mgły. Przed nimi otwierał się nowy świat, który wydawał się świeży i jasny, bo przecież wypłynęli ze skłębionych oparów w krajobraz pofałdowanych pól, ufryzowanych szronem i łatami śniegu. Na horyzoncie piętrzyły się wysokie wzgórza pokryte grubymi bliznami iglastego lasu, jałowcami, cisami i niebieskimi świerkami. Szczyty opatulone były wspaniałą zielenią i bielą, która rozciągała się w poprzek pofalowanych zboczy. Pokrywały je zęby skał i plamy zimowych, różowych wrzosów oraz fuksji rozchlapanych jak ciepłe, kolorowe plamy.

W końcu Kell skierował łódź do brzegu pokrytego wznoszącymi się wysoko srebrnymi jodłami. Przez jakiś czas płynęli w ciszy, każde z nich owinięte w przemoczone ubrania i smród garbarni, zatopione w myślach na temat ostatnich potwornych wydarzeń, które spadły na Jalder.

– Tam – wskazał Saark.

Kell kiwnął głową, spostrzegłszy niewielki kamienny domek otoczony cisami, i poprowadził łódź ku kamienistej plaży, gdzie wyskoczył na płyciznę i stękając, wciągnął łódkę na kamyki. Stał, trzymając topór w zaczerwienionych z zimna dłoniach, podczas gdy pozostali wyskakiwali z łodzi. Saark z obnażonym rapierem dołączył do niego chwilę później i też rozglądał się czujnie, wypatrując potencjalnego zagrożenia.

– Myślisz, że będą za nami podążać? – spytał Saark.

– A widziałeś kiedykolwiek taką istotę jak Żniwiarz?

– Nie.

– Ja też nie. Nie mam pojęcia, co zrobią, mój przyjacielu. Ale teraz przynajmniej dobre dwadzieścia mil dzieli nas od tego... szaleństwa w Jalder – mówiąc to, Kell ujrzał, jak Nienna zadrżała, podszedł więc do niej i położył dłonie na jej drobnych ramionach. – Chodź, Nienno, rozpalimy ogień. – Przytulił ją.

– Myślałam. O mamie.

Kell zmarszczył brwi.

– Poszła do pracy na farmę Keenana, prawda? Żeby pracować nad ceramiką.

Nienna pokiwała głową, buzię wykrzywił jej strach.

– To osiem mil poza miastem – powiedział Kell uspokajająco. – Wszystko z nią będzie dobrze. Zaufaj mi. Wróg chciał zdobyć garnizon, przeczesywanie okolicy w poszukiwaniu każdego małego obejścia nie jest warte ich wysiłku.

Nienna kiwnęła głową, ale Kell widział, że nie była przekonana.

Ostrożnie zbliżyli się do kamiennego domku. Była to niewielka chałupka, jednopiętrowa, o prostej konstrukcji i dachu ze słomy. Jednak z komina nie unosił się dym, a na podwórku nie było widać żywiny, jak to zwykle miało miejsce w tych skromnych, ale przytulnych domostwach.

– Jest opuszczony – powiedział Saark i kopnął wiadro, które zaklekotało, tocząc się przez błoto.

Kell rzucił mu ponure spojrzenie i ruszył do wejścia.

– O co chodzi? Jest ci przykro, że nie ma pod ręką żadnych służących dziewek, które spełniałyby każdy twój najdrobniejszy kaprys?

Saark wzruszył ramionami. Stał, opierając rękę na biodrze, czubek rapiera skierował w ziemię. Poprawił postrzępiony i poplamiony mankiet.

– W rzeczy samej, żałuję, że nie ma tu dziewek pod ręką, Kell, stary koniu. W towarzystwie wiele mówiono na temat tego, że potrafię zapewnić najbardziej wyrafinowane rozkosze nawet najdorodniejszym świnkom z twarzą jak tyłek konia. – Uśmiechnął się, pokazując ładne zęby. – Umiem się właściwie obchodzić z kobiecym ciałem. Z męskim też, jeżeli się nad tym zastanowić.

– Zatrzymaj swoje przemyślenia dla siebie – powiedział Kell złowieszczo – albo moja pięść obejdzie się z tobą właściwie – obiecał i wszedł do domku. Pojawił się chwilę później i gestem zaprosił ich do środka.

Skromna izba miała kamienną podłogę. W pokoju stały stare i obite, lecz fachowo wykonane krzesła oraz stół. Wzdłuż jednej ściany biegła ława kuchenna, na niej stały talerze, kubki i duży dzban. W drugim pomieszczeniu znajdowało się ogromne łóżko, wciąż zasłane starymi pledami. Saark przyjrzał się i cmoknął z niezadowoleniem.

– Co znowu? – warknął Kell.

– Brak jedwabnej pościeli. – Dandys uśmiechał się i potarł zmęczone oczy. Ziewnął i przeciągnął się. – Jednak wystarczająco dobre na dzisiejszą noc. Zdrzemnę się.

– Nie, nie zdrzemniesz – odparł Kell.

– Przepraszam?

– Powiedziałem – warknął Kell – że nie położysz głowy, zostawiając nam całą pracę. Potrzebujemy drewna na opał, wody na zupę, zauważyłem tu też zagon warzywny z kapustą i ziemniakami. Trzeba je wyrwać z zamarzniętej ziemi i oskrobać do czysta.

– Jestem pewien, że poradzisz sobie wspaniale z tak niewdzięczną robotą. – Saark się uśmiechnął, złość Kella najwidoczniej nie robiła na nim wrażenia. – To z pewnością nie jest praca dla szlachcica i eleganta o mojej reputacji.

– Jesteś głodny?

– Oczywiście! Ale, niestety, nie potrafię gotować, nigdy nie rąbałem drewna, a mój krzyż jest odrobinę obolały od romantycznych wysiłków. Niestety, prace, które wymieniłeś, jakkolwiek chwalebne i niezbędne, są poza możliwościami takiego prostego pyszałka jak ja.

Saark obrócił się, zamierzając przejść do zatęchłej sypialni.

– Nie pracujesz, nie jesz – stwierdził Kell niskim głosem.

– Przepraszam?

– Masz jakiś problem ze słuchem? Może dolega ci coś, co może wyleczyć ostrze mojego topora?

Saark ściągnął brwi.

– Może i nadmiernie poświęcam się zapasom w łożnicy, może i ubieram się w jedwab tak drogi, że osobnicy twojego pokroju nie mogliby sobie na niego pozwolić, nawet gdyby pracowali tysiąc lat, ale nie dam się zastraszyć, Kell, i nie waż się nigdy wątpić w moje umiejętności szermiercze.

– Nie wątpię w twoją biegłość w posługiwaniu się ostrzem, tylko w biegłość w posługiwaniu się mózgiem. Idź i narąb trochę drewna albo przysięgam, że kopniakiem poślę cię do rzeki jak starego, śmierdzącego psa i utopię.

Nastąpił moment napięcia, po czym Saark rozluźnił się i uśmiechnął. Przekroczył próg, mijając obserwujące go w ciszy kobiety, odwrócił się i kiwnął głową do Kella.

– Jak sobie życzysz, starcze. Ale zrobiłbym coś z tym seksualnym napięciem, to cię zżera od środka i, na litość! zamienia w kłótliwego, zrzędliwego nudziarza. – Jego spojrzenie pomknęło ku Kat, zwlekał przez chwilę, potem uśmiechnął się lekko i wyszedł.

Po chwili usłyszeli odgłos rąbania. Najwyraźniej Saark znalazł szopę na drewno. Nienna zbliżyła się do dziadka i dotknęła jego ramienia.

– Nie miał nic złego na myśli – powiedziała. – Taki ma sposób bycia.

– Pff – prychnął stary. – Znam takich jak on. Widziałem ich pełno w Vor i Fawkrin. Są jak pasożyty, zawsze tylko biorą i nigdy nie dają. Zbyt wielu jest takich jak on nawet w Jalder. Rozplenili się na północy jak zaraza.

– Nie na długo – powiedziała Kat z udręczonymi oczami. – Żołnierze albinosi zabili ich wszystkich.

Wzięła dzban z długiej ławy i wyszła, kierując się do rzeki po wodę.

Kell westchnął i delikatnym ruchem położył Ilannę na stole. Chwycił Niennę za ramiona i popatrzył jej w oczy, głęboko, póki nie uciekła spojrzeniem zaczerwieniona.

– Dobrze się spisałaś, dziewczyno.

– Na uniwersytecie?

– We wszystkim – powiedział Kell. – Byłaś silna, dzielna i nieustraszona. Nie lamentowałaś i nie jęczałaś. – Spojrzał na zewnątrz, a jego aluzja była jasna. – I sprawdziłaś się w walce. – Uśmiechnął się ciepło, znów stając się jej dawnym dziadkiem. – Zabawne, powiedziałaś, że pragniesz przygody, i twoje marzenie się spełniło, mała Nienno.

Zmierzwił jej włosy, a ona się zaśmiała. Lecz śmiech przygasł, zadrżał i zamilkł niezręcznie.

To nie był dzień na śmiech.

Kat umyła się najlepiej jak mogła, a następnie napełniła dzban. Wracając do chałupki, zatrzymała się i spojrzała na Saarka. Długie, kręcone czarne loki związał w kitę na karku, zdjął koszulę, odsłaniając szczupły i dobrze umięśniony tors. Miał szerokie ramiona i wąskie biodra. I choć twierdził, że nigdy nie rąbał drzewa, robił to fachowo, doskonale wyważonymi uderzeniami, każdy zamach precyzyjnie dzielił kloc na połowy, ćwiartki i ósemki, przygotowane na podpałkę. Kat obserwowała przez chwilę ruch ciała, mięśnie pracujące pod jasną skórą i spokój na jego przystojnej twarzy, skupionej i skoncentrowanej. Nie, zdecydowała, nie przystojnej, lecz pięknej. Saark był oszałamiający. Prawie kobiecy w swej delikatności i symetrii. Oblizała usta.

Odwrócił się i przywołał ją ruchem ręki. Mimo zimna ciało miał zroszone potem. Powoli zbliżyła się z opuszczonymi oczami, nie wiedzieć czemu przepełniona nagłym onieśmieleniem.

– Witaj, śliczna – powiedział z szerokim, przyjaznym uśmiechem. – Czy istniałaby możliwość, abym ugasił swoje pragnienie?

– Słucham?

– Woda. – Zaśmiał się. – Czy mogę się napić?

Kat kiwnęła głową, Saark uniósł dzban i wziął dużego łyka. Woda popłynęła po jego klatce piersiowej, przez lśniące kropelki potu. Pierś również pokrywały czarne loki. Gdy opuścił dzban, wyszczerzył się do Kat i błysnął oczami.

– Podoba ci się to, co widzisz?

– Co masz na myśli?

– Obserwowałaś mnie, gdy rąbałem drewno.

– Nie robiłam tego.

– Ile masz lat, dziewczyno?

– Osiemnaście. Jestem kobietą, a nie dziewczyną.

Saark spojrzał na nią rozszerzonymi źrenicami.

– No cóż, widzę to, moja piękna – jego głos stał się głęboki. – Jesteś bez wątpienia kobietą.

– Skończyłeś z tym dzbanem?

Uśmiechając się ponownie, Saark wręczył jej naczynie i Kat odwróciła się, by odejść.

– Możesz spać ze mną tej nocy, jeśli chcesz. Ogrzeję cię mimo śniegu wokół, ochronię przed złym człowiekiem w ciemności.

– Jedynym złym człowiekiem w ciemności byłbyś ty – warknęła Kat, nie obracając się i dumnie krocząc w kierunku domku. Jej policzki płonęły czerwienią, lecz nie przestawała się uśmiechać.

Kell rozpalił ogień i w ciągu godziny ciepło wypełniło chałupkę. Na zewnątrz zapadła noc, przynosząc śnieg i grad grzechoczący, gdy wiatr wył pośród stojących na zewnątrz cisów. Nienna i Kat ugotowały wielki kocioł gulaszu z kapusty i ziemniaków, z dużą ilością soli, którą Kell znalazł w kredensie, pomiędzy wysuszonymi ziołami, tymiankiem i rozmarynem, z których także skorzystali. Siedli wokół stołu.

Wszyscy najlepiej jak mogli umyli się w lodowatej rzece, a Nienna znalazła trochę starych ubrań w skrzyni w sypialni. Pomimo zimna i delikatnego zapachu wilgoci przewyższały znacznie złachmanione ubrania, które doświadczyły garbarni. Przebrali się więc po kolei, wciągając wełniane portki i szorstkie w dotyku bawełniane koszule, a zniszczone odzienie powrzucali w ogień. Saark był ostatni i gdy Nienna wręczyła mu grube spodnie i koszulę, trzymał je na odległość ramienia z widocznym obrzydzeniem.

– Co, twoim zdaniem, mam z tym zrobić? – spytał.

Zaśmiała się krótko.

– Załóż je, idioto!

– Jesteś pewna? Sądzę, że służyły do oporządzania świń. – Spojrzał na Kella i skrzywił się. – Widzę, że rozsiadłeś się wygodnie w nowej garderobie, stary koniu.

– Ubraniom nic nie brakuje – odpowiedział Kell szorstko, bez podnoszenia oczu.

– Nie gryzą?

Kell zerknął znad swojego gulaszu.

– Mnie nie – powiedział. – Ale dla ciebie, z tą skórą miękką jak u dziecka, wypielęgnowanymi dłońmi i zmiękczoną przez krem dupą, mogą być nieco szorstkie.

– Ha! To jest ubranie dla wieśniaka. Nie włożę go.

– Więc będziesz śmierdział psim gównem, starymi mózgami i bydlęcym tłuszczem przez następny tydzień.

Saark rozważył to.

– Jesteś pewien, że nie spowodują żadnego świerzbu? – zapytał. – Nie ma nic gorszego niż pchły wieśniaków. Oczywiście poza syfilisem dziwki. – Zaśmiał się ze swojego żartu i zaniósł ubranie do sypialni.

Kell gapił się za nim z oczami pałającymi żarem. Drzwi zamknęły się i znów otworzyły.

– Jest jakaś szansa, że któraś z pań pomoże mi się przebrać? Wiecie, jakie to jest męczące dla nas, szlachetnych.

– Ja to zrobię – powiedział Kell, z szurnięciem odsuwając krzesło.

– Ach, w porządku, wielkoludzie. Ja... myślę, że dam radę.

Saark zniknął, a Kell wrócił do swojego gulaszu, zachwalając kuchnię dziewcząt.

– Dziadku? – odezwała się Nienna, gdy skończyli jeść.

– Tak, małpko?

– Czy... – Robiła wrażenie, jakby biła się z myślami. – Czy ci albinosi przyjdą tu za nami? Tak daleko od Jalder?

– Nie, dziewczyno – odpowiedział Kell. – Zdobyli garnizon i miasto. Jeżeli mają zamiar kontynuować podbój Falanoru, wtedy najbardziej logiczna trasa wiedzie w dół Wielkiej Północnej Drogi. W końcu król Leanoric zbudował ją, aby transportować swoje oddziały. – Uśmiechnął się, ale ponuro. – To ironia losu. Myślę, że budował ją dla własnej armii, a nie wroga.

– Skąd pochodzą ci albinosi? – chciała wiedzieć Kat. Odchylała się do tyłu z rękoma wyciągniętymi w kierunku ognia, z pełnym brzuchem, nareszcie delektując się odrobiną zadowolenia.

– Z Północy, zza Czarnych Grotów. Już ich kiedyś widziałem, ich cywilizacja jest naprawdę rozwinięta.

– Dlaczego w Jalder nikt o nich nie mówi? Dlaczego nie prowadzimy z nimi handlu?

Kell wzruszył ramionami.

– Szlaki przez góry są naprawdę zdradliwe. Przez większość roku nieprzejezdne. Niemożliwe, żeby przebyła je jakakolwiek armia, i to bez względu na porę roku. Musieli odkryć jakiś nowy szlak, o którym nic nie wiem.

– Czy to prawda, że pod Czarnymi Grotami są tunele?

Kell kiwnął potakująco głową.

– Wiele. I są znacznie bardziej podstępne niż górskie szlaki. Tego jestem pewien. – Zapatrzył się przed siebie niewidzącym wzrokiem, jakby przeżywał raz jeszcze dawne czasy. – Widziałem wielu ludzi umierających na szlakach Czarnych Grotów. Góry nie biorą jeńców.

– Mówisz o nich, jak gdyby żyły.

– Może tak właśnie jest. – Zmęczony Kell potarł oczy. – Może tak właśnie jest.

Saark wybrał ten moment na swoje wielkie wejście, z uśmiechem wykonał obrót w drzwiach sypialni.

– Teraz, ludzie, wyglądam jak wy – powiedział, związując do tyłu swoje długie loki.

– Powiedziałeś, że to ubrania wieśniaków – przypomniał mu Kell.

– Dokładnie – uśmiechnął się Saark. – Zostało jeszcze trochę gulaszu? Zgłodniałem.

– Zjadłeś już dwie miski – powiedziała Kat.

– Jestem rosnącym chłopcem, który potrzebuje dużo energii. – Mrugnął do niej, usiadł i nalał sobie kolejną porcję strawy. – Na Bogów, jak to śmierdzi kapustą.

– Zawsze możesz głodować, chłopcze – odparł Kell.

– Nie, nie. Zaczynam się cieszyć... aromatem kapusty. Sądzę, że za rok lub dwa mógłbym się do niego przyzwyczaić.

Gdy dziewczyny zasnęły, Saark machnął małą butelką w kierunku Kella.

– Napitku, stary koniu?

– Przestań nazywać mnie starym koniem, nie jestem tak stary.

– Ach, więc nie będziesz chciał tej whisky leżakującej piętnaście lat w dębowych beczkach, nieprawdaż?

– Może kropelkę – złagodniał Kell. – Żeby się rozgrzać w tym zimnie.

Wziął butelkę, mocno pociągnął i zwrócił ją Saarkowi, cmokając ustami.

– Na Bogów, to porządna whisky. – Przyjrzał się dandysowi. – Musiała słono kosztować.

– Ukradziona moją własną zręczną ręką.

– „Świat gardzi złodziejem..." – zacytował Kell, wpatrując się w Saarka. – W pewien sposób podzielam to zdanie.

– Wszystko ładnie i pięknie, gdy w portfelu masz pieniądze. Spytaj tych bez pieniędzy. Kupiec, który podzielił się swoim produktem, nie będzie go potrzebował. Albinosi zabili jego i jego żonę.

– Jak rozumiem, właśnie ją... oczarowałeś.

Saark parsknął śmiechem i wziął kolejny łyk.

– Oczarowałeś? Daj spokój, Kell, obaj jesteśmy światowcami. Możesz do mnie mówić jak mężczyzna do mężczyzny. Tak, wypieprzyłem ją. Był z niej kawał fajnej cipy. Nigdy wcześniej nie próbowałem takiej mięsistej słodyczy.

Wzrok Kella stwardniał, a jego pięści zacisnęły się mimowolnie.

– Masz niewiele szacunku dla kobiet, chłopcze.

– Cóż, one mają bardzo mało szacunku dla mnie. Teraz posłuchaj, Kell. – Pochylił się do przodu, blask ognia tańczył w jego czarnych oczach. – Musimy zdecydować, jaki będzie nasz następny ruch. Wiesz jak ja, że Armia Żelaza skieruje się na południe. Mamy tylko kilka dni, zanim umocnią swoją pozycję, zostawią własny garnizon, zabezpieczając Jalder, i ruszą Wielką Północną Drogą. Do tego czasu nie powinno nas tu być. Ich zwiadowcy rozproszą się i z pewnością nas znajdą. Łatwo nas zauważyć. – Zastanowił się. – Cóż, ciebie.

Kell kiwnął głową, a kiedy odpowiedział, głos miał zimny. Z trudnością ukrywał niesmak, jaki budził w nim ten strojniś. Sam był prostym człowiekiem, który miał emocje wymalowane na twarzy i pięściach.

– Co masz na myśli, Saark?

– Jakkolwiek boli mnie, że muszę to powiedzieć, ponieważ widzę w tym dla siebie niewiele korzyści, ale... powinniśmy ruszyć na południe. Powinniśmy ostrzec króla Leanorica. To jest to, co trzeba zrobić.

Kell wybrał ostry nóż do chleba i obracał go w palcach. Wyglądał na zaniepokojonego.

– Chyba król już wie? Jego północna stolica została obrócona w perzynę.

– Może, a może nie. Jeżeli Armia Żelaza zaskoczy Leanorica... cóż, przeorają Falanor jak nóż oko śpiącego. Nasze armie upadną. Ludzie pójdą w niewolę. Mógłbyś żyć, mając to na swoim sumieniu, Kell?

– A ty akurat przejmujesz się sumieniem.

– W przypadku męża z przyprawionymi rogami? Nie. Ale gdy mówimy o wymordowaniu całego narodu? Pomyśl, Kell. Poza tym... w Auli Bohaterów może znajdzie się ciepłe miejsce dla tych, którzy zachowają się jak bohaterowie. Trzeba zawsze starać się przypodobać Bogom. Tak na wszelki wypadek.

– Jesteś robakiem, Saark.

– Być może. Ale człowiek potrzebuje wszelkiej możliwej pomocy. Musimy ostrzec Leanorica. Będzie musiał zebrać Orle Dywizje, a zaskoczony poniesie porażkę. Jakie życie czeka wtedy eleganta z poczuciem misji?

Kell przytaknął i spojrzał Saarkowi w oczy.

– Jesteś z Południa, prawda, chłopcze?

– Tak. Ciężko ukryć wymowę z Iopan.

– Spotkałeś króla?

– Raz – odpowiedział Saark. Jego głos zmiękł, w oczach pojawił się blask rozmarzenia. – Wiele miesięcy temu, stary koniu.

Ogień dogasał powoli. Na zewnątrz wył wiatr, a grad grzechotał, uderzając garściami w okna. Kell ocknął się, w głowie miał zamęt, jedno ramię mu zdrętwiało. Whisky uczyniła mu kilka przysług. Rzadko się to zdarzało.

Co go obudziło?

Usiadł tam, gdzie leżał, przed ogniem. Słyszał rytmiczne chrapanie Nienny w sypialni. Naprzeciw niego Saark obrócił się we śnie, ale się nie przebudził. Kell wstał i sięgnął po swój topór, a potem kucnął przy Saarku.

– Mmm?

– Pst, coś słyszałem.

– Pewnie szczura.

– Sprawdziłem, tu nie ma szczurów.

– Prawdopodobnie kurczak. – Saark strząsnął rękę Kella. – Daj mi zasnąć.

– To może być albinos ze sztyletem idący po twoje gardło – szepnął Kell Saarkowi do ucha.

Saark obrócił się, wciągnął buty i dobył rapiera.

– Jesteś duszą towarzystwa, Kell, zdajesz sobie sprawę? Srać to. Chodźmy sprawdzić.

– Obudź dziewczyny.

– Dlaczego? Moim zdaniem, najlepiej zostawić kobiety śpiące, gdy nocna robota jest skończona.

– Może będziemy musieli szybko opuścić to miejsce.

Saark ruszył do sypialni, obudził dziewczyny, a potem, oparłszy się o framugę, bez śladu zażenowania patrzył, jak ubierają się w mroku, oczyma błądził po ich piersiach. Kell przesunął się do drzwi prowadzących na zewnątrz i zatrzymał. Wpatrywał się w drewniane deski grzechoczące na wietrze. Na zewnątrz grad bombardował świat. Kell pochylił głowę, mrużąc oczy i marszcząc brwi. Nagle odskoczył, przekręcając się i uchylając błyskawicznie, gdy drzwi implodowały z trzaskiem i łomotem.

Całość poleciała przez pokój, chybiając Kella o cale, by roztrzaskać się na kawałki i drzazgi na przeciwległej ścianie. Kell uniósł topór, a Saark zawirował z wykrzywioną twarzą. Trzymał wysoko uniesiony rapier.

W drzwiach stał... zgnilec, Zalherion. Warknął niskim, metalicznym dźwiękiem, podszytym stukotem delikatnych mosiężnych przekładni.

– Co, do kurwy... – syknął Saark.

Zgnilec skoczył, rozbijając kamienną futrynę. Kell zwinął się w prawo, topór zagrzmiał, zataczając łuk, i uderzył z łoskotem, rozpylając jaskrawą krew. Rapier Saarka ciął z flanki, ryjąc długą cienką linię w napiętym mięśniu. Stwór zaryczał, rzucił głową i obrócił się, miażdżąc krzesło. Wielki i potężny. Saark zwrócił się do Nienny i Kat, sycząc:

– Przez okno! Biegnijcie do łodzi, natychmiast, jak gdyby zależało od tego wasze życie!

Skoczył, gdyż zgnilec skierował się ku niemu, a wielka łapa na końcu poskręcanego, niemalże nieludzkiego już ramienia wystrzeliła w jego stronę. Szpony rozcięły ubranie, zostawiając trzy poszarpane linie. Siła tego uderzenia obróciła Saarkiem w locie i z głuchym odgłosem cisnęła nim o ścianę. Osunął się, jęcząc. Ilanna uderzyła w kręgosłup potwora, zagłębiając się w ciele.

Kell uwolnił ją szarpnięciem, a zgnilec wrzasnął, stając dęba, rozbijając głową sufit. Z góry posypał się tynk i drzazgi z belek podtrzymujących strop. Kell cofnął się o krok dla równowagi i ponuro uderzył jeszcze raz w to samo miejsce, jakby rąbał drewno. Ostrze przegryzło się przez ciało i mięśnie, a ze zgnilca wyleciało kilka mosiężnych kółek. Potoczyły się po podłodze z grzechotem.

Stworzenie obróciło się w kierunku Kella. Ogromna paszcza pełna była zgrzytających zębatek i szkarłatnej ropy.

Potwór zawył i zaszarżował w ograniczonej przestrzeni. Kell rzucił się do tyłu, by uniknąć uderzenia masywnych szponów na końcu ludzkiej ręki. Toporem sparował drugi cios i uchylił się przed trzecim, który roztrzaskał znajdujący się za nim kominek.

Kell spojrzał głęboko w oczy zgnilca. Czaiła się w nich nieopisana wściekłość... ból, cierpienie, udręka i nienawiść. Ciężko przełknął ślinę, jego ramiona napięły się i zdał sobie sprawę, że to coś rozsmaruje go na ścianie domku samą siłą i wagą, a on nie ma miejsca, by porządnie uderzyć Ilanną. Nie mógł nic zrobić.

Rozdział 5
Kościół Błogosławionych Mechaników

Anukis budziła się powoli jakby z długiego, złego snu. Czuła w ustach smak krwi. Miała wybite dwa zęby. Sięgnęła do ust i wzdrygając się, wyciągnęła małe odłamki kości. Chciało jej się płakać, lecz przemogła przeszywający ból, zdusiła łzy. Miała ważniejsze rzeczy na głowie.

Kaszląc, usiadła i otworzyła powieki. Była naga, nadgarstki zakuto jej w łańcuch. Pomieszczenie tonęło w półmroku. Jednak jej niezwykłe oczy, oczy Vaszynów, rozpoczęły pracę z delikatnym warkotem mechanizmu zegarowego i powoli zaczęła dostrzegać kształty. Znajdowała się w celi. To była dobra cela. Czysta, szczelna i wykonana w całości z metalu.

Anukis rozejrzała się. Podłoga była stalowa, żłobienia miały pomóc w utrzymywaniu równowagi, a do tego odprowadzały używaną do jej zmywania wodę. Ściany były z czarnego żelaza pokrytego płatami rdzy, a w suficie znajdowały się mosiężne kratki wpuszczające przytłumione dzienne światło.

Anukis wstała, testując swoje ciało i sprawdzając, jak dużo obrażeń jej zadano. Vaszyni pobili ją, och, jak oni lubili tę zabawę. Pobić nieczystą pięściami i skopać butami. Ale nie użyli zębów. O nie, Vashell nie pozwolił, by rozerwali ją na strzępy kłami i pazurami.

W każdym razie jeszcze nie teraz.

Anukis otrzymała solidne lanie, które mogło trwać około godziny. Zdała sobie sprawę, że bili ją jeszcze długo po tym, jak straciła przytomność. Powoli zbadała swe kości, szukając złamań. Znalazła pęknięcie w lewej łopatce i skrzywiła się boleśnie, kiedy nią poruszyła. Zignorowała naciągnięte i protestujące mięśnie oraz siniaki po uderzeniach i skupiła się na bólu, który świadczył o poważniejszych obrażeniach.

Jeden z palców został złamany. Jak na ironię był to ten, na którym miała nosić obrączkę. Sądzę, że Vashell nie będzie mnie ponownie prosił o rękę, pomyślała i poczuła, jak w piersiach zbiera się histeryczny chichot. Zdusiła go brutalnie. Nie, nie tutaj. Nie możesz stracić głowy. Ponieważ stracić zmysły oznacza...

Umrzeć.

Takie proste słowo. Zrozumiała koncepcja. Naturalny porządek wszystkich rzeczy: żyć i umrzeć. Tylko Vaszyni byli inni, ponieważ za pomocą swej hybrydowej zegarmistrzowskiej techniki wprowadzili trzeci stan. Wykreowany przez jej dziadka, a następnie dopracowany, ulepszony i wdrożony przez jej ojca, Kradek-ka. To był stan życia, w którym życie częściowo znikało. Ale nie była to jeszcze śmierć. Przynajmniej niezupełna. Jedynie krok na długiej, mrocznej drodze.

Anukis zdała sobie sprawę, że ma pęknięte dwa żebra. Zagryzła z bólu wargi, kiedy przesunęła punkt ciężkości ciała. Przesuwała rękami po swej nagiej, bladej skórze w górę i w dół. Od nóg po biodra i brzuch głaskała się po bokach, szukając rozdartego ciała oraz uszkodzeń mięśni i ścięgien. W końcu zadowolona Anukis obeszła celę dookoła, badając dłońmi kształty na ścianach. Czasem zatrzymywała się przy dziwnie ukształtowanych otworach i gniazdach. Służyły do mocowania narzędzi tortur Mechaników i Kardynałów. Słyszała o nich, ale nigdy nie miała okazji ich zobaczyć. Przeszedł ją lodowaty dreszcz, gdy zrozumiała, w jakiej sytuacji się znalazła. Uświadomiła sobie, że może ich zobaczyć szybciej, niż jej się wydawało.

Anukis zbadała drzwi celi. Były mosiężne, grube i bardzo, ale to bardzo ciężkie. Solidna płyta z otworem wielkości dłoni, przeznaczonym do podawania jedzenia więźniom. Jej palce wykryły połączenie pomiędzy drzwiami a metalową ścianą, było precyzyjne i dokładne. Jak religia oraz kultura mechaników i rzemieślników tworzących w metalu.

Usłyszała dźwięk otwieranego zamka i szybko się cofnęła. Drzwi otworzyły się cicho do wewnątrz i w wejściu zarysowały się kontury postaci. Vashell. Źródło światła było za nim, tak więc twarz pozostawała ukryta w ciemności i cieniu.

– Przychodzisz się chełpić, łajdaku?

Cios pięści posłał Anukis na podłogę. Vashell zrobił krok do przodu i butem rozbił jej twarz. Gdy leżała ogłuszona, stanął jej na piersiach i przydepnął głowę.

Ściągnął parę rękawic, zszedł z niej i usiadł na posłaniu. Pochylił się, a ręce objęły opancerzone kolano. Uśmiechnął się. Mosiężne kły wystawały znad dolnej wargi, a w ciemnych, jakby wypełnionych olejem oczach zalśniła najpierw odraza, a potem zadowolenie, gdy dostrzegł cierpienie Anukis.

Leżała i rzęziła, potrząsając głową. Upłynęło sporo czasu, zanim minęły efekty ciosów. W końcu usiadła i zakaszlała krwią, która cienkim strumieniem popłynęła po piersiach na łono, barwiąc jej krocze niczym miesiączka.

– Dziesięć lat temu bawiliśmy się w ogrodzie mojego ojca – powiedział Vashell. – Biegaliśmy przez wysoką trawę. Chichotałaś, a twoje oczy lśniły w zimowym słońcu. Spacerowaliśmy nad rzeką, siadaliśmy, obserwując dziką, wartką wodę, wypełnioną topniejącym lodem spod Czarnych Grotów. Trzymałem cię w ramionach i powiedziałaś, że mnie kochasz i że nadejdzie dzień, kiedy będziemy razem.

– Nie.

– Tak.

– Mieszają ci się wspomnienia, Vashell. To nie było tak. – Zakaszlała, trzymając się za pierś. Krew plamiła jej brodę jak jakiejś przerażającej marionetce. – Goniłeś mnie, a ja się wyrywałam. Prosiłam, żebyś zostawił mnie w spokoju.

– Kłamiesz! – Zerwał się na nogi, a twarz wykrzywiła mu się w odsłaniającym kły grymasie. W środku jego ust przekładnie wpadały w rytm, a koła wirowały.

Anu płakała, gdy podniosła wzrok.

– Vashell – powiedziała łagodnie – nigdy nie powiedziałam, że cię kocham. Nigdy cię nie kochałam. Widziałeś to, co chciałeś ujrzeć. Goniłeś za mną przez dekadę i nigdy nie dałam ci powodu, byś uwierzył, że odwzajemniam twoje uczucie. Byłam ostrożna, ponieważ byłeś Mechanikiem Kapłanem. Wiedziałam, że twój gniew może być dla mnie śmiertelny.

Vashell opadł i ponownie usiadł, wpatrując się w nią. Jego myśli były nieodgadnione.

– Kochałem cię – powiedział wprost.

– Schwytałeś mnie i pobiłeś. Dopiero co skopałeś jak psa. Jak możesz siedzieć i mówić, że mnie kochałeś?

– Zdradziłaś mnie! – warknął. Z jego kłów pociekła ślina. – Zrobiłaś ze mnie pieprzone pośmiewisko przed Mechanikami. Podważyłaś mój autorytet, obniżyłaś moją rangę. I zastanawiasz się, dlaczego cię uderzyłem? To jest moje prawo, kurwo. Zasłużyłaś na bicie i na znacznie więcej. Jesteś nieczysta. Zła krew. Heretyczka. Żadna prawdziwa Vaszyna nie uwiodłaby Kapłana Mechanika w taki paskudny sposób.

– Nie uwiodłam cię! Jesteś kretynem, Vashell. Słabym, głupim, brutalnym i okrutnym. Co mogłabym w tobie pokochać? A wiesz, co jest najgorsze? – jej głos ścichł i delikatnie opuściła głowę. Ciemne oczy wpatrywały się w niego ulegle i służalczo, a jednocześnie całkowicie się kontrolowała. – Jeżeli ja, zwykła, chora krew, nie chciałam być twoją żoną, matką twoich dzieci, to która Vaszyna czystej krwi chciałaby choćby dotknąć takiej zepsutej i zboczonej skorupy?

Vashell nie odpowiedział słowami, tylko działaniem. Klęknął przy niej. Popatrzył w dół, na jej blade, białe ciało, smukłe kończyny, jej kobiece kształty, i ciasno zwiniętymi pięściami uderzał ją raz za razem w twarz. Chwycił za głowę i walił nią w podłogę.

Gdy już leżała, krwawiąc, nie rozumiejąc, co się dzieje, nagle zatrzymał się i zakołysał na piętach. Płakał. Pochylił się do przodu i pocałował jej rozbite wargi. Krew pociekła mu po ustach jak najlepsza karakania kontrabanda. Pocałował ją. Język wsunął się pomiędzy jej wargi, a ręka przesunęła z gardła na piersi i niżej. Głaskał jej brzuch, po czym wsunął rękę między nogi. Leżała, ciężko dysząc, a jej pierś unosiła się w spazmatycznym rytmie. W końcu zakaszlała i zamrugała, otwierając oczy.

– Złaź ze mnie – wrzasnęła. Vashell odchylił się, wstał i prędko opuścił celę.

Zatrzasnęły się drzwi i Anukis została sama. Płacząca, samotna, krwawiąca, wykorzystana i przerażona, na podłodze komórki. Teraz mnie zabij, pomyślała. Ponieważ nie jestem niczym więcej niż niewolnikiem.

Po dniu wypełnionym koszmarnymi snami w celi pojawiła się kobieta Vaszynów z miską wody i ręcznikiem. Gdakając uspokajająco, delikatnymi pociągnięciami oczyściła ciało Anukis z krwi. Anu otworzyła oczy i przyjrzała jej się. Brzydki okaz. Mechanizm był z lekka nierówny, niewycentrowany, połączył się z ciałem w taki sposób, że przekładnie i koła zębate wypychały jej policzki i wykręciły kości. Wciąż była jedną z Vaszynów, ale odsłonięty mechanizm uznawano za wyjątkowo wulgarny. Jednak, jak i w przypadku innych chorób, nie dało się tego kontrolować.

– Gotowe, mała pani – powiedziała kobieta.

– Dziękuję – odparła Anukis.

– Wkrótce będziesz jak nowa.

– Jak ci na imię?

Vaszyna uśmiechnęła się.

– Jestem Perella. Zostałam przydzielona przez Torto, jednego z pięciu Zegarmistrzów, żeby opiekować się tobą podczas twojego pobytu.

– Gdzie jestem?

– W Pałacu Mechaników, rzecz jasna.

Anukis jęknęła. Kiedy wchodzisz do Pałacu Mechaników w taki sposób jak ona, to rzadko się zdarza, że go opuszczasz. Przynajmniej nie z tą samą liczbą kończyn, kółek zębatych czy półkul mózgowych.

– Nie przejmuj się – powiedziała Perella uprzejmie. – Jestem pewna, że wszystko będzie w porządku.

– Jesteś miła – głos Anu był chłodny. – Ale czy mogę zapytać, czy wiesz, dlaczego tu jestem? Bo jestem nieczysta. Nie mogę używać krwawego oleju. Jestem heretyczką. – Pochyliła się, akceptując swą hańbę.

– Dla mnie jesteś tylko jednym z Vaszynów. – Perella uśmiechnęła się. – W moim rozumieniu twój... stan nie bierze się z twoich błędów. To po prostu nieporozumienie. Coś, nad czym nie masz kontroli. Niezależnie od tego, co myślą religijni fanatycy. Pst. Ktoś się zbliża.

Kroki rozbrzmiały w metalowym przejściu i pojawił się Vashell. Uśmiechnął się ciepło do Anukis.

– Dobrze widzieć, że masz się lepiej.

– Co? – prychnęła. – Pobiłeś mnie do nieprzytomności i pojawiasz się, żeby prawić mi komplementy? Zdechnij, Vashell, i niech robaki wyżrą ci oczy.

Vashell wykonał gest i Perella szybko opuściła celę. Jego twarz pociemniała i dopiero wtedy Anu zauważyła obrożę i smycz, które przyniósł. Podszedł i zapiął obrożę wokół jej gardła. Bliźniacze, brzęczące łańcuchy owinął wokół swojej zbrojnej rękawicy.

– Chodź ze mną. Idziemy na spacer.

– Chcesz, żebym paradowała nago?

– Heretycy nie zasługują na to, by zachować godność – odpowiedział.

Anu warknęła głosem typowym dla Vaszynów, a jej zęby wydłużyły się, błyskając mosiądzem. Vashell zaśmiał się i pociągnął łańcuch, sprawiając, że Anukis potknęła się i z trudem odzyskała równowagę. Pociągnął ją korytarzem, gdzie tworząca podłogę metalowa kratownica wbijała jej się brutalnie w gołe stopy.

Twarz Anu płonęła czerwienią zażenowania, ponieważ Vashell prowadził ją jak psa, szarpiąc od czasu do czasu dla zabawy. Opuszczali kompleks więzienny i wracali do centralnego punktu Pałacu Mechaników. Gdy wychodzili z odnogi więziennej, spotykali coraz więcej Vaszynów. Kilku Mechaników i Kardynałów, którzy patrzyli na Anukis ze wstrętem i otwartą nienawiścią, obnażając w agresji kły. Anu trzymała głowę wysoko, patrzyła czystym prosto w oczy, odpowiadała warkotem, pokazując własną nienawiść i wstręt.

W centralnym punkcie znajdowała się wysoka kopuła z mosiężnym sufitem i ogromna okrągła ława wykonana z jednego gigantycznego bloku srebrokwarcu. Doskonale wypolerowana powierzchnia, błyszcząca i piękna, pokryta była tysiącem rzeźbionych scen z historii Vaszynów, ich podbojów i zwycięstw. Za okrągłą, pokrytą znakami ławą siedzieli Mechanicy i podlegający im Mechaniczni Kapłani pracujący nad skomplikowanymi mechanizmami. Każde indywidualne stanowisko pełne było delikatnych narzędzi i aparatów mechanicznych. Niektóre z nich były napędzane przez płonący olej, inne działały dzięki energii srebrokwarcu. Minerał, kosztem wielkich strat, albinosi wydobywali spod Czarnych Grotów. Srebrokwarc był jednym z trzech legendarnych składników doskonałości Vaszynów. Tworzył mechanizm zegarowy ich serc, czyli tak naprawdę ich dusze.

Vashell stanął przed olbrzymią srebrną ławą i uśmiechnął się do pozostałych Mechaników. Z dumą chełpił się swoją zdobyczą. Przekaz był jasny. To, czego nie był w stanie zdobyć miłością i małżeństwem, zdobył za pomocą strachu i przemocy. Odzyskał dzięki temu reputację, na którą padł cień w związku z niedawno odkrytą nieczystością Anu. Miał rację. Zrobiła z niego głupca.

Mechanicy – wszyscy byli mężczyznami – odłożyli swoje precyzyjne narzędzia i wstali. Było ich prawie trzystu, elita społeczności Vaszynów, doskonale wyszkolona w sztuce zegarmistrzostwa i magii krwawego oleju. Oczy Anu prześlizgnęły się wzdłuż szeregów obejmujących niskich i wysokich Mechaników oraz Kapłanów Mechaników. Wszyscy nosili na ramionach srebrne religijne emblematy i wszyscy skupiali swój nienawistny wzrok na kobiecie. Na nieczystej, córce jednego z najwspanialszych. Kradek-ka. Zegarmistrza.

– Widzicie? – zagrzmiał Vashell, pociągając mocno łańcuch, a ponieważ był wyjątkowo wysoki, zmusił tym Anu, by stanęła na palcach. – Oto ta, która mnie zhańbiła! Teraz jest moją niewolnicą. Dopóki nie uznam za stosowne się jej pozbyć.

Mechanicy stali, mrużyli oczy i nagle zaczęli syczeć. Hałas wypełnił nakrytą kopułą komnatę, gdy stalowe i mosiężne zęby wysunęły się z pochew w szczękach. Ich oczy skupiły się na nieczystej, co więcej, nieczystej z wysokiego rodu, która zhańbiła Kapłana Mechanika. Sprawa nie była skończona.

Stojąc przed nimi, naga i skuta, Anukis zdała sobie w pełni sprawę ze stopnia swojego zniewolenia. Zalała ją pustka. To się nie skończy zwykłymi torturami i egzekucją. Tu nie chodziło jedynie o honor Vashella. Cała kultura Mechaników została oszukana, znieważona i zhańbiona. Anu z ciężkim sercem zdała sobie sprawę, że zatroszczą się, by żyła tak długo, jak to jest możliwe... i sprawią, że czeka ją upokorzenie, upodlenie i ból, jakiego nie doświadczył dotąd żaden nieczysty.

Zadrżała, a jej ciało przebiegły dreszcze. Stojący przed swoimi braćmi Mechanikami Vashell przygarnął ją mocno, a jego zęby nagle urosły. W komnacie zaległa cisza. Głowa Vashella opadła, a kły zatonęły w szyi Anu, prosto w arterii. Pił krew Anukis, unosząc ją w swych mocarnych ramionach jak szmacianą lalkę. Pił z niej. Pił jej nieczystość. Anu zwiotczała oszołomiona. Naga, w jego pełnym przemocy uścisku, zamknęła oczy i opadła w ciemność.

Zatańczył w niej rytm, przeskakując przez każde naczynie krwionośne, każdą żyłę, każdą tętnicę aż do serca. Dudnił tam własnym echem. Był niczym sobowtór pulsu, przelewał się przez jej hemoglobinę i gęstą tęczową mieszaninę olejowej krwi z krwią obcą. Jej umysł przesłaniało zakłopotanie, jak sieć pająka rozpięta na oknie. Usta były pełne nalotu, oczy zlepione krwią, a w uszach szumiał ocean, którego fale rozbijały się o kościaną plażę rozpaczy. Zakaszlała, zadławiła się i zacharczała, na siłę otworzyła lepiące się powieki i wpatrywała się w jedwabne prześcieradło.

Zakaszlała ponownie i ślina poplamiła biały jedwab. Zajęczała, ból uderzył z każdego zakątka ciała. Spojrzała przed siebie, na skalną ścianę pełną drobnych żyłek srebrokwarcu, i od razu zrozumiała, że znajduje się wewnątrz góry. Przekręciła się i usiadła, jej złote loki rozsypały się na plecach. Została oczyszczona, dokładnie wymyta, oskrobana z krwi oraz brudu i odziana w lekką bawełnianą suknię, która nie stanowiła żadnej osłony. Uniosła dłonie i dotknęła szyi, pogładziła podwójny znak po przebiciu.

Pogryzł mnie, pomyślała, mrużąc oczy.

Najbardziej obrzydliwa rzecz, jaką jeden Vaszyna mógł uczynić drugiemu.

Gwałt ostateczny. Milcząca i wyraźna zniewaga, jaką mógł uczynić osobnik czystej krwi wobec nieczystego. Żaden Vaszyna nie gryzł innego. To jeszcze nie koniec.

Zimowe światło wpadało przez długie, wąskie okno do pokoju. Anukis delikatnie opuściła nogi z łóżka. Była obolała, poobijana, posiniaczona i słaba. Czuła do siebie obrzydzenie i splunęła na piękny, gruby czerwony dywan.

– Bydlak.

Stała chwilę na drżących nogach, po czym zataczając się, ruszyła w kierunku marmurowego stojaka, na którym znajdował się mosiężny dzban. Nalała sobie odrobinę wody i wypiła. Zrobiło jej się po tym niedobrze.

Przez okna mogła dostrzec panoramę Doliny Silvy. Widok był piękny. Jak pogodny pastelowy obrazek przedstawiający cywilizację doskonałą. Ogromną i doskonałą kulturę w rozkwicie.

Gdzie jestem? – pomyślała i odpowiedź przyszła z łatwością. To była wiejska rezydencja rodziców Vashella. Byli bogaci. Byli Mechanikami. Byli szlachtą. Górskie rezydencje zostały zbudowane na szczycie rosnącego miasta, u krańca Doliny, w idealnym miejscu dla wymyślnej architektury. Te rezydencje wznosiły się nad światem Vaszynów i oferowały najwspanialsze widoki na Dolinę Silvy, jakie można było kupić.

Anukis stała przez chwilę, rozkoszując się widokiem. Był ranek i świat właśnie się budził. Na ulicach widziała około tysiąca Vaszynów, pochłoniętych handlem i transportowaniem towarów. Gdyby się wychyliła, mogłaby dostrzec ogromną bryłę Pałacu Mechaników po lewej i zakrzywiony szlak prowadzący do Ciemnych Ust. Długa kolejka Vaszynów stała wzdłuż wijącej się ścieżki. Wielu z nich trzymało w rękach pakunki. Były w nich wynalazki albo zepsute mechanizmy, które chcieli naprawić. Niektórzy przybywali do pałacu z prośbami, inni z informacjami.

Anukis przygładziła rękami boki bawełnianej szaty i pomyślała o Shabis, swojej młodszej siostrze. Shabis była prawdziwą przedstawicielką rasy Vaszynów. W jej żyłach płynęła najczystsza krew, smarując przekładnie i koła zębate. Anukis wiedziała, że nawet własna siostra nie miała pojęcia o jej nieczystości. Wyłącznie Kradek-ka był powiernikiem tajemnicy, której oboje żarliwie strzegli. Przecież gdyby cokolwiek wyszło na jaw, straciłaby życie.

Uśmiechnęła się po raz pierwszy od stu lat. Pomyślała o Shabis, młodej Shabis, mającej tylko szesnaście lat i długie, złote loki. Była szczuplejsza niż Anukis, bardziej delikatna i dostojna. Miała czarne oczy i nieco ostrzejsze rysy. Była oszałamiającą boginią Vaszynów!

Uśmiech spełzł z twarzy Anu. Jeżeli wciąż żyła...

Rozległ się delikatny stuk. Pojawił się Vashell. Miał na sobie pełną bojową zbroję, olśniewający zestaw broni i wypolerowane buty. Głowę trzymał wysoko, a spojrzenie miał nieodgadnione. Nagle uśmiechnął się i ruszył do przodu, stając przed Anukis, by spojrzeć na Dolinę Silvy i największy klejnot imperium Vaszynów.

– Nie mogę uwierzyć, że do tego doszło – powiedział Vashell. W jego głosie brzmiał szczery ból.

– Odejdź i umrzyj po cichu – szepnęła Anukis.

Vashell obrócił się i ujął jej ręce. Trzymał ją delikatnie, ale Anukis nie dała się zwieść, wiedząc, jak cholernie brutalny potrafi być. Jego delikatność była pozą. Jego uległość fasadą.

– Gdybyś zapytała mnie o naszą przyszłość trzy miesiące temu, byłbym tak pewny, tak nieugięcie przekonany, że się pobierzemy i przeżyjemy życie w bogactwie. Byliśmy doskonałą parą, Anukis.

– Maltretowałeś mnie – syknęła, patrząc na niego, a jej oczy błyskały ciemnością. – Przed Mechanikami i Kapłanami! Zabrałeś moją krew, upokorzyłeś mnie, biłeś. Jesteś zgnilcem, Vashell. Może nie masz otwartych ran i nie widać tego na pierwszy rzut oka. Ale gdzieś głęboko w sercu twój mechanizm odkształcił się, wypaczył i pożarł tę część, która była człowiekiem.

Vashell stał ogłuszony usłyszaną zniewagą. Nazwanie Vaszyny zgnilcem było... niewyobrażalne.

Wziął głęboki oddech. Anukis widziała, jak opanowuje swój gniew i furię.

– Mogę to wyjaśnić.

– To kompletnie niemożliwe.

– Wciąż cię kocham.

Anukis chciała odwrócić się w stronę Doliny. Jednak Vashell nadal ją trzymał. Poczuła, jak jego chwyt staje się coraz ciaśniejszy, odbiera jej nawet ostatnią odrobinę wolności.

– Jedyną osobą, którą kochasz, jesteś ty sam – stwierdziła.

– Posłuchaj – w jego głosie zabrzmiała niecierpliwość. – Zostałaś przyłapana na gorącym uczynku z samym królem Czarnoustych. Świadkowie widzieli, jak pijesz Karakanią Czerwień. Obserwowaliśmy tę kryjówkę od miesięcy, tropiąc dostawców Preyshana, i nagle pojawiłaś się ty, głośno informując o swojej nieczystości. To było wszystko, co mogłem zrobić, żeby powstrzymać Mechaników przed zabiciem cię na miejscu. Uwierz, że pod Mosiężnymi Dokami ryzykowałem własne życie. Od tego czasu byłem obserwowany. Dokładnie pilnowany przez Zegarmistrzów, którzy sprawdzali, jak się zachowam. Jak cię potraktuję. Rozumiesz, Anukis? Gdybym nie zachował się tak, jak się zachowałem, nasze życia byłyby stracone! Nigdy nie ucieklibyśmy ze szponów Doliny Silvy! Lecz teraz... teraz mam plan.

– Wyjaśnij mi go – powiedziała cicho. Ciągle nie patrzyła na Vashella. Jej gniew był niewypowiedziany.

– Od czasu upokorzenia w Pałacu Mechaników panuje przekonanie, że cię złamałem i sprowadziłem tu jako swoją seksualną zabawkę. Wierzą, że będziesz tu, dopóki się tobą nie znużę, nie zamorduję cię i nie odeślę twojego ciała do pałacu na sekcję. Teraz ich obserwacja stała się niedbała. Czuję, jak ślady krwawo-olejowej magii słabną z każdą mijającą sekundą, z każdym uderzeniem serca. W ciągu kilku dni będziemy wolni i będziemy mogli opuścić to miejsce. Razem. Jeżeli chcesz.

– Co z Shabis?

– Pójdzie z nami. Musisz mi uwierzyć, Anukis. To była tylko gra! Kocham cię szczerze, bardziej niż życie. Starałem się uratować naszą wolność, żebyśmy mogli wymknąć się z sieci Vaszynów.

Anukis obróciła się i spojrzała mu w oczy.

– Mówisz szczerze?

– Tak – odpowiedział. – Pocałuj mnie.

– Co?

– Pocałuj mnie. Daj to, czego tak mi brakowało.

Anukis skrzywiła się. Czuła, że coś jest nie tak. Słowa Vashella były całkowicie niewiarygodne i tłukły się po jej głowie. Dlaczego wysoko urodzony szlachcic, Kapłan Mechanik mający wszelkie zadatki na Zegarmistrza, miałby się dla niej poświęcać? Jej niska samoocena ukąsiła ją boleśnie.

– Nie wiem, czy mogę ci zaufać – odezwała się cichym, drżącym głosem. – Zrobiłeś mi straszne rzeczy, Vashell. Wydarłeś mi serce. Upokorzyłeś mnie, odebrałeś resztkę dumy, która mi pozostała!

– Nie. – Potrząsnął głową. – Nie miałaś już dumy, odeszła. Ja uratowałem ci życie. To takie proste. Wiesz, że mówię prawdę. Wiesz, jak byliśmy pilnowani. A teraz mogę uratować zarówno ciebie, jak i twoją siostrę. Jeśli tylko mi zaufasz. Dostałaś ode mnie lanie, bo byłem obserwowany. To była fatalna konieczność. Teraz mam dla ciebie tylko miłość.

Zbliżył się, uciszając ją. Jego usta musnęły jej ucho, a potem powoli przesunęły się i pocałował ją delikatnym, pełnym miłości pocałunkiem. Ręce łagodnie przesuwały się po jej włosach i muskały ciało. Wiła się w jego uścisku, czując mieszaninę żądzy, miłości, zakłopotania i nienawiści, a wszystko to łączyło się z niepewnością i strachem. Pocałował ją, a ona oddała pocałunek i opadła w jego ramiona, jego świat. Przytulił ją, kładąc twarz na jej ramieniu, a pochwy w jego ustach uwolniły mosiądz. Zamknął oczy. Na jego twarzy malował się zachwyt i satysfakcja.

Przyszedł do niej tej nocy i w blasku latarni poluźniła swą szatę, która ześlizgnęła się z doskonałych, posiniaczonych ramion. Vashell stał z szeroko otwartymi oczami, rozkoszując się jej pięknem, zachwycając szczupłą sylwetką. Zbliżył się, uniósł dłonie i położył je delikatnie na ustach Anukis. Uśmiechnęła się do niego, a on odwzajemnił uśmiech. W jego oczach była miłość. Warknął z pożądaniem i popchnął ją do tyłu na łóżko. Całował ją, ręce pieściły jej ciało. Pazury badały jej krągłości. Anukis jęknęła, oddając mu się. Pieprząc się z nim po części dlatego, że chciała, a po części by uratować życie swoje i siostry. Pozostała jednak zmieszana i niepewna.

Dopiero później zastanowiła się nad miłością, którą widziała w jego oczach. Była prawdziwa czy to tylko odbicie?

Anukis śniła. Śniła o Kradek-ka. Był wysoki i potężny, szlachetny Zegarmistrz w polowym mundurze. Stał nad nią, a następnie usiadł, krzyżując nogi. Jego miecz szorował po podłodze. Płonął ogień. Stary, dobry ogień płonącego drewna. Dym unosił się w powietrzu. W wirujących złotych oczach jej ojca mieniły się płomienie.

– Anukis? – powiedział łagodnym głosem.

– Ojcze! – Padła mu w ramiona. Uścisnął ją mocno. Popłakała się złotymi i krwawymi łzami. Wiedziała, że teraz wszystko będzie w porządku, świat będzie dobry i nie będzie musiała stawiać czoła jego okropnościom sama. – Tak za tobą tęskniłam, tatusiu. Byłam taka samotna i przerażona bez ciebie.

– Musisz mnie posłuchać, dziewczyno. – Choć był tak wielki, głos miał łagodny. – Jestem w dziwnym miejscu i myślę, że mogę być martwy.

– Jak zjawiłeś się w moich snach?

– Nie wiem, córko. Natomiast wiem, jaka jest twoja sytuacja. Dowiedzieli się, tak?

– To było straszne. – Chlipnęła.

Starł jej łzy, a na jego srebrnych kłach błysnął ogień. Ze wszystkich Vaszynów, z całej liczącej osiemdziesiąt tysięcy populacji Doliny Silvy, jedynie Kradek-ka mógł używać czystego srebra. Czyste srebro uszkadzało pozostałe elementy mechanizmu zegarowego. Wypaczało każdy najmniejszy okruch srebrokwarcu i wprowadzało bałagan w rytm serca. Ale nie u Kradek-ka. Dla Mechaników był tajemnicą. Zagadką dla pozostałych Zegarmistrzów, a nawet samego Patriarchy.

– Mam dla ciebie radę.

– Powiedz mi, co robić.

– Wyjdź za Vashella.

– Co?

– To twoja jedyna szansa na przeżycie. A ja chcę cię widzieć żywą, Anukis. Tak bardzo mocno chcę widzieć, jak żyjesz.

Obudziła się. W pokoju było ciepło i pachniało olejem. Narkotycznym, krwawym olejem. Vashell leżał nagi obok łóżka. Wspaniale było patrzeć na jego erekcję. Na jądra wypełnione małymi przekładniami, malutkimi zazębiającymi się kółkami, które mełły i wirowały. Całość lśniła odbitym światłem setki świec. Anukis leżała, wzdychając, a jej złote loki podkreślały jej białe kształty.

– Tak bardzo cię pragnąłem – powiedział.

– Kocham cię, Vashell – odparła, pamiętając strach w oczach swego ojca. Kłamstwo przeszło przez jej usta z łatwością. Kłamstwo, by istnieć, by przetrzymać, kłamstwo, by przeżyć. Ponieważ jeżeli przeżyje, będzie mogła znaleźć ojca i ocalić siostrę.

– A ja ciebie. – Dotknął jej. Dłonie od piersi przez biodra ześlizgnęły się delikatnie do jej śliskiej cipki. Zamknęła oczy i pozwoliła, by ją wziął, i znowu, i znowu. Jedynym dźwiękiem były jego jęki i delikatne tik-tak jego mechanizmu wewnątrz niej.

– Shabis!

Shabis przebiegła przez pokój. Bose stopy zaplątały się w grubym dywanie i padła Anu w ramiona.

– Nuki – powiedziała, trącając nosem starszą siostrę. Trzymały się mocno w ramionach, czując swoje zapachy oraz przepływ siostrzanej miłości. Więź silniejszą niż jakakolwiek inna.

Shabis cofnęła się, po jej policzkach płynęły łzy.

– Jak się masz?

Anu spojrzała przez ramię na Vashella.

– Jestem zdrowa i zakochana! A co u ciebie? Mechanicy nie zrobili ci krzywdy? Dobrze się czujesz?

– W porządku. – Shabis się roześmiała. – Byłam traktowana jak członek rodziny królewskiej i rozpieszczana. Poważnie. Wyglądasz na szczęśliwą, Anukis, chociaż odrobinę potłuczoną. – Spojrzała nad jej ramieniem na Vashella. – Powiedział mi o tobie, poinformował o twoim stanie zdrowia. Jestem tak zadowolona, że wasza dwójka jest zakochana! To będzie małżeństwo doskonałe, a twoje dzieci będą piękne.

Zachichotała, popychając Anukis na łóżko. Obróciła się i gestem odprawiła Vashella. Odszedł.

– Naprawdę zaopiekowali się tobą?

– Tak – odpowiedziała Shabis i pocałowała policzek Anu. – A tobą?

Twarz Anu stwardniała.

– Zostałam potępiona, Shabis. Byłam traktowana gorzej niż pies. Gorzej niż zgnilec. – Odsunęła się, wstała i podeszła do okna, za którym rozciągał się piękny widok. W Dolinie Silvy zaczął padać śnieg i grube zaspy opatulały świat.

– Co masz na myśli? – Shabis stała za nią. Przytuliła się, w jej oczach świeciło zatroskanie.

– Vashell mnie pobił. Poranił mnie, Shabis. Ciężko. Paradował ze mną przed Mechanikami jak z niewolnicą. A potem... wziął moją krew. – Usłyszała syk wciąganego powietrza. – Pił ze mnie, Shabis. Pił z moich żył, uczynił mnie całkowicie nieczystą publicznie. A potem mnie wziął... fizycznie, zmysłowo. Nie miałam wielkiego wyboru, jeśli chciałam nas ocalić – zamilkła i złowieszczo patrzyła na śnieg.

Dolina Silvy straciła jakoś swój urok i piękno. Była jak urokliwe pastelowe malowidło obramowane srebrokwarcem, ale dla Anukis – po tym wszystkim, co się wydarzyło – wyglądała niczym piekło. Gorzej. Piekło pełne zrakowaciałych zgnilców.

– Co zrobisz? – głos Shabis był szeptem.

– Mam plan. – Anu złapała siostrę i potrząsnęła nią z wściekłością. – Zabiję Vashella i uciekniemy. Opuścimy Dolinę Silvy. Opuścimy ten świat na dobre. Przekroczymy Czarne Groty i zaczniemy nowe życie.

– A co z werkiem? – powiedziała Shabis miękko. – Co, jeśli mechanizm zacznie się psuć? Kto nas naprawi?

– Mam trochę umiejętności – odrzekła Anu, przyglądając się swojej siostrze. Wyczuwała strach, grymas tchórzostwa zmieniający jej twarz, jak trzęsienie zmienia powierzchnię ziemi. – Nie rozumiesz, Shabis, oni zabili naszego ojca! Jesteśmy teraz same. Same na świecie.

– Zabili... nie! Nie zrobili tego! On wciąż żyje! Przemierza Czarne Groty, wróci za kilka miesięcy.

– Wierzysz im?

– Dlaczego nie miałabym wierzyć?

– Co jeszcze ci powiedzieli?

– Nic. Przerażasz mnie. Przestań.

– Przepraszam, mała. Ale musimy opuścić to miejsce, słodka Shabis. Chcę, żebyś była gotowa, rozumiesz?

– Tak, rozumiem.

Anu potrząsnęła nią, a włosy Shabis opadły rozczochrane.

– Robisz mi krzywdę!

– To jest poważna sprawa, mała. Rozumiesz to?

– Tak! Tak, Anu!

– Dobrze.

Zapadła cisza. Shabis bawiła się swoimi włosami i obie patrzyły na śnieg. W końcu Shabis odezwała się:

– Anu?

– Tak, siostro?

– Jak go zabijesz? Mam na myśli Vashella.

– Mam tajną broń.

– Co to jest?

Oczy Anu błysnęły mrokiem.

– Zobaczysz.

Zapadła noc. Anu zbudził potworny cios, który złamał jej nos i zalał gardło krwią. Oślepiona przekręciła się instynktownie i osłoniła twarz. Jej szpony cięły dzikim łukiem, lecz w nic nie trafiły. Po kilku chwilach znowu mogła widzieć. Stała naga, z piersiami pokrytymi własną krwią, naprzeciw Vashella trzymającego trzonek kilofa zabarwiony na czerwono. Jego oczy świeciły.

– Co to znaczy? – warknęła, a strach dotykał najgłębszych zakątków jej serca.

– Pokaż mi swoją tajną broń! No dalej, Anukis, pokaż, jak zamierzałaś mnie zabić. Pokaż natychmiast!

Anu cofnęła się. Vashell ruszył za nią, okrążając łóżko.

– Gdzie jest Shabis? Co zrobiłeś z moją siostrą?

– Shabis? – Vashell uśmiechnął się i z mroku wyłoniła się Shabis. Uśmiechała się szeroko. Splecione ręce wsparła na ramieniu Vashella. Zakołysała biodrami i przyjęła władczą postawę.

– Co robisz? – zapytała Anu. Zrozumienie było tak odległe jak wolność.

– Vashell jest mój, suko. Poślubi mnie. Powiedział mi, co mu zrobiłaś. Jak próbowałaś go zatruć swoją nieczystą krwią. Jesteś zgnilcem, Anu, chorym i trującym. Nie należysz do prawdziwych Vaszynów. Zgnijesz w piekle.

Anu ze zdumienia otworzyła usta. W jej głowie pulsował tępy ból, rozbity nos kłuł boleśnie, a ona gapiła się z całkowitym, totalnym niedowierzaniem na scenę, która się przed nią rozgrywała. Patrzyła, jak Vashell obraca się i całuje Shabis, wsuwając język w jej usta.

– On nigdy cię nie poślubi – wykrztusiła w końcu.

– Kłamiesz! Jesteśmy zaręczeni. Zegarmistrzowie przeprowadzą obrzędy w ciągu najbliższych trzech tygodni. Kłamałaś, mówiąc, że cię wziął. Kłamałaś, żebym myślała, że jest gorszy, i pomogła ci w chwili, kiedy będziesz chciała go zabić. Vashell jest pełen honoru. Nigdy nie posunąłby się do tego, żeby pieprzyć nieczystą – ostatnie słowo Shabis warknęła, wysuwając odrobinę kły. Jej ciemne oczy błyskały spod przymrużonych powiek.

Anu nie mogła uwierzyć w to, co się działo. Nie mogła pojąć nienawiści, która emanowała z jej siostry. Nie mogła tego zrozumieć. Vashell przesunął rękę po boku Shabis, głaszcząc ją, i powiedział miękko:

– Zabij ją, Shabis. Zabij Anukis.

Warcząc, Shabis wysunęła szpony i kły z delikatnym sykiem stali i mosiądzu. Przypadła do ziemi i ruszyła dookoła łóżka. Jej zmrużone oczy utkwione były w siostrze, a twarz miała pełną nienawiści. Język oblizywał wargi, jakby czując smak świeżej krwi.

– Nie – powiedziała Anu głosem bliskim histerii. – Shabis! Nie rób tego! Vashell kłamie!

– Mówisz jak nieczysta! – warknęła Shabis i z dzikim, wampirycznym warknięciem skoczyła na siostrę.

Rozdział 6
Trująca krew

Kell spiął się, gdy zgnilec sztywno pochylił łeb. Stwór miał napięte mięśnie, a z otwartej głowy i spomiędzy szeroko kłapiących szczęk wydobywał się niski, metaliczny warkot. Kell wpatrywał się w rozwartą paszczę, w świdrujące ślepia zatopiony w fali nieoczekiwanych wspomnień dawnego życia – prześladujących go wspomnień z czasów Dni Krwi. Poczuł żal i nienawiść do samego siebie. Rozpacz, że nie dał rady wszystkiego poukładać i że nie znalazł wybaczenia u innych, a co ważniejsze, u samego siebie...

Zgnilec zawył i stanął dęba. Ze zniszczonego sufitu posypało się więcej kamieni i kurzu. Ogromna poprzeczna belka spadła prosto na ohydnego stwora i przygwoździła go do ziemi ogromnym ciężarem. Potwór rzucał się i warczał. Przez opadający kurz Kell dostrzegł, jak Saark zatapia ostrze w boku zgnilca.

– Dach się wali! Musimy się stąd wydostać! – wrzasnął dandys.

Kell przytaknął. Uderzył z łomotem toporem w głowę zgnilca, co wywołało kolejny napad rzucania się i wściekłego ryku. Następnie przecisnął się blisko ściany. Wokół niego spadało coraz więcej kamieni i drewna. Dał nura w drzwi, a uderzenie brzuchem o śnieg wyrwało mu z płuc powietrze. Za nim domek jęknął niczym ranna bestia. Zadrżał, jakby potrząsnął w agonii głową, i dach zapadł się, grzebiąc monstrum pod gruzami.

Czarny od pyłu Saark pomógł Kellowi stanąć na nogi.

– Nie sądzę, że to zatrzyma skurwysyna.

Kell westchnął głęboko. Wokół niego, jak popiół nocy, wirował śnieg. Stary obrócił się i spojrzał na domek, który uniósł się, by ponownie znieruchomieć jak wielki umierający niedźwiedź. Przez sekundę trwał zastygły, a potem gdzieś ze środka dobiegł dźwięk. Kamienie, gruz i drewno zaczęły się poruszać i unosić. Saark już biegł w kierunku kamienistej plaży i łodzi, z której ponaglały ich Nienna i Kat. Kell podążał za nim. Skrzywił się, czując ból przeszywający żebra, ramię, głowę i kolana. Czuł się stary, znużony, poobijany i jeszcze bardziej poobijany.

Potknął się na kamykach, gdy w tej samej chwili ze szczątków domu – z wściekłym rykiem, w fontannie kamieni – wyprysnął zgnilec. Niebo zagrzmiało i w dali zamigotała błyskawica. Grzmot warknął jak bestia w klatce burzy, za elektrycznymi kratami, i ciężki grad zaczął uderzać w kamienie dookoła. Kell wlókł się ku łodzi, ku rzece. Przeciął toporem linę cumowniczą i wskoczył na pokład. Oddalali się od brzegu, gdy zgnilec rozglądał się zdezorientowany.

– Nie widzi nas – szepnął Saark. – Pst... – Położył palec na ustach.

Prąd unosił ich coraz dalej, a oni czujnie obserwowali potwora. Bestia uniosła głowę, a wielka paszcza otworzyła się, jakby przeszukując niebo. I nagle potwór obrócił się i popędził przez kamienie, błoto i śnieg prosto w ich kierunku...

Nienna jęknęła.

– W porządku – wychrypiał Saark. Gardło wysuszył mu strach. – Rzeka powstrzyma skurwysyna.

Zgnilec dobiegł do krawędzi szalejącej wody i nie zwolniwszy nawet na sekundę, odbił się i skoczył, wyciągając się w niemal elegancki, koci sposób. Uderzył w bombardowaną gradem czarną toń i zniknął pod powierzchnią. W ułamku sekundy stracili go z oczu.

Kell wstał, kołysząc łodzią, i uniósł topór.

– A jednak nie – dodał Saark i uniósł własną broń. Rozglądał się gwałtownie dookoła. Obecna ich pozycja była właściwie nie do obrony.

– Jest gdzieś poniżej – mruknął Kell. – Bądź gotów.

Zapadła głucha cisza. Grad bębnił o rzekę jak nawałnica z kamyków. Kolejne grzmoty przetoczyły się przez góry i jaskrawy blask rozdarł burzowe chmury i przez deszcz ze śniegiem oświetlił okolicę.

– Ktoś to wysłał, prawda? – Saark wpatrywał się w ciemną toń.

– Tak – odparł Kell, a jego oczy ani na chwilę nie przestawały szukać.

– Jak nas znalazło?

– Podążało za smrodem twoich perfum, młodzieniaszku.

– Ha! Prędzej za smrodem twoich cuchnących rybą spodni.

Zapadła cisza.

Czekali w napięciu.

Nagle łódź gwałtownie się kiwnęła i poczuli uderzenie od dołu. Zakołysało nimi dziko i łódź obróciła się dokoła. Coś prześlizgnęło się pod nimi, po czym z łatwością, jak drewniane wykałaczki, złamało wiosła.

– Nie podoba mi się to – zawodziła Nienna.

– Zamknij się – warknął Kell. – Weźcie miecze i jeżeli cokolwiek zobaczycie, dźgajcie w oczy.

Łódź została uderzona z dołu ze straszliwą siłą. Uniosła się w powietrze, po czym opadła, podskakując, kołysząc się i obracając bezładnie jak podczas burzliwej nawałnicy. Następne uderzenie sprawiło, że łódka zadrżała, wręgi zaskrzypiały, a na rufie pojawiło się długie pęknięcie.

– Musimy wracać na brzeg – krzyknął Saark.

– Nie mamy wioseł – odparł Kell spokojnym głosem. Ściskał topór w żelaznym uścisku. – Będziemy musieli to zabić.

Zgnilec nagle wynurzył się z wody. Jego potężne szczęki rozdzierały dziób łodzi. Saark skoczył w tamtym kierunku z obnażonym mieczem. Potwór nagle puścił łódź. Sięgnął łapą, zahaczył nogę mężczyzny i pociągnął go do siebie. Ciało grzmotnęło w wodę, spadło z dziobu i błyskawicznie zniknęło pod powierzchnią.

Wszystko znieruchomiało.

Woda wzburzyła się i opadła.

– Saark! – wrzasnęła Nienna. Lecz było już po nim.

Klnąc, Kell upuścił topór na dno łodzi i wskoczył do czarnej rzeki. Woda zamknęła się nad nim i natychmiast ogarnęły go ciemności. Pochłonął go szalejący prąd wymieszany z odpadkami z Jalder – głównego miasta Północy. Kell zanurzył się głębiej, ale wciąż nie mógł dostrzec ani Saarka, ani zgnilca.

Mocno pracował ramionami, nurkując w głąb rzeki. Z pochwy pod ramieniem wysunął sviana. Tu, na dole, Ilanna byłaby bezużyteczna. To, czego Kell potrzebował, to krótka, ostra, kłująca broń.

Gdzie on jest?! – krzyczał w myślach.

Płuca zaczynały palić ogniem.

Rzucał się i obracał dookoła, ale wszystko tonęło w czerni. Czuł, jak panika spowija go niczym trujący bluszcz. Jeszcze tylko kilka sekund i zgnilec utopi dandysa. O ile wcześniej nie rozerwie go na strzępy kłami i pazurami.

Kella uratowała błyskawica. Trzasnęła w górze, nad łodzią. Na jedną chwilę pieniącą się rzekę prześwietlił blask. Stary dostrzegł zgnilca wciągającego Saarka w głębinę i pośpieszył za nimi ze svianem zaciśniętym w zębach. Jego włosy i broda wyglądały jak bujne kępy wodorostów.

Znalazł ich w ciemności, ciął w dół i czuł, jak ostrze wchodzi w ciało, przekładnie i kółka zębate. Zgnilec uderzył go, odrzucił w tył i wszystko stało się mieszaniną bąbelków, szaleństwa i ciemności. I było coś jeszcze. Coś za nim. Poczuł, jak coś wielkiego, ściana gładkiego zimna, prześlizgnęło się obok.

Kell bardziej poczuł, niż zauważył opadającego obok niego Saarka i złapał nieprzytomnego mężczyznę. Jego płuca napełniły się płynną lawą. Nogi trafiły na prześlizgującą się ścianę, odbił się od niej i popłynął ku powierzchni.

Uderzyła kolejna błyskawica. Plątanina kanciastych łuków zmieniła niebo w obwód elektryczny. Kell spojrzał w dół i zobaczył pojedynek toczący się pod wodą pomiędzy zgnilcem, wyglądającym jak chaotyczna plątanina kłów i pazurów, a cichym czarnym węgorzem. Ryba musiała mieć z pięćdziesiąt jardów długości, ciało o średnicy trzech mężczyzn i trójkątny, klinowaty łeb wypełniony rzędami ostrych zębów.

Węgorz opasał zgnilca, ściskając trzepoczącego się potwora. Szczęka zacisnęła się z trzaskiem, a zęby rozerwały ciało. Kellowi wydawało się, że widział ślady krwi ciągnące się jak fontanny konfetti, i w tej samej chwili wynurzył się na powierzchnię, łapczywie chwytając powietrze. Trzymał ramieniem zwiotczałego Saarka i rozglądał się w poszukiwaniu łodzi.

Zniknęła w dole rzeki, z połamanymi wiosłami, niesiona potężnym prądem i szalonymi górskimi roztopami. Kell zaklął i na wpół płynąc, na wpół wlokąc Saarka, skierował się do stromego brzegu. Zatrzymał się, drżąc i dzwoniąc zębami. Kołysał się na wodzie pod skarpą zbyt wysoką, by mógł się na nią wspiąć. Ruszył dalej, wciąż holując Saarka ciężkiego jak wór ołowiu przez ciemność, przez wodę wypełnioną lodem do miejsca, gdzie brzeg był niższy.

Zmęczony Kell wtoczył się na błotnisty brzeg i wciągnął dandysa za sobą. Leżał przez chwilę, dysząc. Z ust wydobywała się para, jak z paszczy smoka, a w głowie pulsowały światła.

W końcu ukąszenia zimna dały mu się we znaki. Potrząsnął Saarkiem, który zajęczał, powoli odzyskując przytomność, po czym zakaszlał i zwymiotował czarną wodą. W końcu rozejrzał się dookoła zdezorientowany.

– Co się stało?

– Stwór wciągnął cię pod powierzchnię. Zanurkowałem po ciebie. Jestem cholernie pewny, że nie byłeś tego wart.

– Czarujące, Kell. Bez trudu ściągnąłbyś gacie z każdej córki wieśniaka. Gdzie łódź?

– Zniknęła.

– Gdzie jesteśmy?

– Czy wyglądam jak pieprzony kartograf?

– Szczerze mówiąc, stary koniu, to tak, nieco go przypominasz.

Coś z pluskiem przecięło fale rzeki i zobaczyli wielki czarny grzbiet, który potem zniknął pod wodą. W ślad za nim pojawił się zgnilec, a dokładniej, połowa zgnilca. Unosiła się przez kilka chwil, podskakując na falach. Ciągnęła za sobą sznury ścięgien i poszarpanych chrząstek, po czym wolno zatonęła.

– Przynajmniej jeden problem rozwiązany – powiedział Saark zdławionym głosem. Sięgnął w dół i podwinął nogawki. Jego kolana i golenie krwawiły, pokryte dziurkami ran. Dotknął ich i skrzywił się. – Mam nadzieję, że nie jestem zatruty.

– Jest martwy. Póki co. – Kell stanął, schował do pochwy sviana i zaklął. Ilanna została na łodzi. Przepadła. Kell przeczesał rękoma mokre włosy i ponownie zadrżał. Jakby było mało, zaczął padać śnieg, pogarszając jeszcze jego i tak parszywy humor.

Saark znalazł coś w jednej z punktowych ran i przy wtórze delikatnego mlaskającego dźwięku wyciągnął z niej ząb.

– Uch.

– Musimy znaleźć Niennę – powiedział Kell.

– I Kat – dodał Saark, rzucając okiem na starego.

– I Kat – zgodził się Kell. – Chodźmy.

– Hej! Poczekaj, może ty jesteś w nastroju, żeby biegać po okolicach w ciemności cały pokryty lodem. Ja umrę, jeżeli jeszcze chwilę zostanę na zewnątrz. I ty też, biorąc pod uwagę to, jak wyglądasz. Robisz się siny!

– Przekroczyłem Czarne Groty – warknął Kell. – Potrzeba wiele więcej niż pieprzonego zimna, żeby mnie zabić.

– Ile lat temu to było? Człowieku, popatrz na siebie. Trzęsiesz się bardziej niż piracki statek podczas szkwału. Potrzebujemy ognia i suchych ubrań. Chodźmy. Te niziny są zaludnione, znajdziemy jakieś schronienie.

Szli. Saark kulał. Starali się trzymać blisko rzeki, dopóki gęsty, wiecznie zielony, sosnowo-cedrowy las nie zmusił ich do wejścia w głąb lądu. Przedzierali się z trudem przez śnieg i zmarznięte kępy traw, aż trafili na małą chłopską chatkę. Zaledwie cztery ściany i dach, sześć stóp na sześć. Używano jej w nagłych wypadkach. Z wdzięcznością wpadli do środka i zatrzasnęli drzwi przed wiatrem i śniegiem.

Zgodnie ze zwyczajem ostatni gość chałupki przygotował ognisko pod rozpałkę, a na wysokiej półce Kell odnalazł krzesiwo. Trzęsącymi się rękami rozpalił ogień i obaj pochylili się nad płomieniami, które rosły jak małe demony. W końcu – po chwili, która wydawała się wiecznością –

niewielka chatka wypełniła się ciepłem. Ściągnęli przemoczone ubrania i by wyschły, zawiesili je na hakach wbitych w ściany. Czekali w samej bieliźnie i butach. Wyciągali ręce do ognia z ponurymi minami.

– Co ja bym dał za dużą whisky – powiedział Kell, obserwując parujące ubrania.

– Co ja bym dał za tłustą dziwkę.

– Myślisz czasem o czymś poza pieprzeniem?

– Czasami – odparł Saark. Obrócił się i spojrzał w ogień. – Czasami, w chwili zadumy, myślę o honorze, lojalności i przyjaźni. Myślę o miłości, rodzinie, wesołych dzieciach, hołubiącej mnie żonie. O wszystkich dobrych sprawach, które cię mogą spotkać w życiu, przyjacielu. Wtedy przypominam sobie, kim jestem i wszystko to, co zrobiłem. I jestem po prostu wdzięczny za tłustą dziwkę siedzącą na mojej twarzy. Teraz ty.

– Co ja?

– Opowiedziałem ci swoją skróconą biografię. Teraz twoja kolej. Jesteś bohaterem, zgadza się?

– W twoich ustach słowo „bohater" brzmi jak „dupek".

– Wcale nie. – Saark uśmiechnął się szeroko. Melancholia opadła z niego, jak jastrząb opada z bezkresnego nieba. – Słyszałem o tobie poemat. Był zatytułowany *Legenda Kella*. To ty, prawda? Ty jesteś bohaterem z legendy.

– W twoich ustach „bohater" brzmi jak „dupek".

– Bardzo zabawne. Daj spokój, Kell. To był dobry poemat.

– Ha! Niech wszystkich poetów trafi szlag. Niech dopadnie ich ospa i mają paskudne dzieci.

– Poemat był dobry – upierał się Saark. – Kawał niezłej bohaterskiej sagi. I miał przyzwoite rymy. Świetnie się go wybijało stopami po knajpach, gdzie recytują go faceci z harfami, a w oczach mają blask miodowego piwa i marzeń.

Kell dobył sviana i skierował ostrze ku Saarkowi. Oczy mu błyszczały.

– Nawet o tym, kurwa, nie myśl. Wszyscy poeci powinni zostać wypatroszeni jak ryby. Ich wnętrzności powinny wyschnąć wywleczone, a potem należałoby ich zmusić, żeby komponowali ballady o tym, jak sami, bękarty, cierpieli. Niech ich szlag!

Saark zaśpiewał miękkim głosem, na wszelki wypadek unosząc rękę w obronnym geście:

Przez życie swe całe Kell rzeką krwi żeglował,
W wirze bitewnym toporem cnie wiosłował,
Wierząc przeznaczeniu, snami głupiec zmylony,
Bohater ten wielki, bohater ten szalony.

Pod Moonlake i Skulkrą z rycerstwem wojował,
U boku Searlana wkrótce miejsce zajmował,
Bo król, pyszny bogacz, co nie znał, co to litość,
Zapragnął natychmiast mieć taką znakomitość.

Kell parsknął.

– Poeci robią sobie żarty z rzezi. Oderwani od rzeczywistości, zarozumiali onaniści. Wstydzę się, że jestem częścią tej pieśni. – Kell wykrzywił się ponuro. – A ty śpiewasz to jak pijaczyna! Potrafię to zaśpiewać znacznie lepiej, a mam głos, który brzmi jak pierdnięcie z oślej dupy... I jestem z tego dumny! Mężczyzna powinien śpiewać tylko wtedy, gdy ma brzuch pełen whisky, garści pełne monet, a w głowie tylko nadciągającą walkę. Wsadź sobie gdzieś swoją przeklętą poezję, ty idioto. Niech was dopadnie ciężki tryper! Śmierć poetom!

– Śmierć wszystkim poetom? – zachichotał Saark. Odprężył się, gdyż Kell schował długiego sviana o srebrzystym ostrzu. – To chyba trochę zbyt surowa kara za zwykłe powtarzanie podań i rozrywkę dla prostych ludzi. Ale czy to prawda? Treść poematu? Saga?

– Nie.

– Nawet po części?

– Cóż, imienia nie przekręcili. Słuchaj, Saark, musimy iść za Nienną i Kat. Mogło je wyrzucić mile stąd. Mile! Mogą być w niebezpieczeństwie, gdy my tu siedzimy, marnując czas, jak dziwka marnuje swoje ciężko zarobione pieniądze.

– Umrzemy, jeżeli wyjdziemy podczas burzy – zaprotestował łagodnie Saark.

– Gdzie podziała się twoja odwaga?

– Chowa się za moją chęcią pozostania przy życiu. Nie przydasz jej się martwy, Kell. Poczekaj, aż wzejdzie słońce, wtedy poszukamy.

– Nie. Idę teraz! – Wstał i sięgnął po mokre ubranie.

Saark zaśpiewał:

I tak to Kell dzielny ruszył poprzez śnieg biały,
Taszcząc łuk potężny, ciężar przecież niemały.
Szczęściem z głową lekką, bo tam pustki w skorupie,
Bohater szalony, co swój rozum miał w dupie.

Kell zawahał się. Spojrzał ciężko na Saarka, który wzruszył ramionami i dorzucił drew do ognia.

– Nie myślisz racjonalnie, przyjacielu. Może i ubieram się jak kretyn, ale wiem, kiedy żyć, a kiedy umrzeć. To nie jest czas na śmierć.

Kell westchnął głęboko zrezygnowany i wrócił do ognia. Siadł i wpatrzył się w migoczące płomienie.

– Powiedz to – powiedział Saark.

– Co?

– Przyznaj, że miałem rację.

– Miałeś rację.

– Widzisz? Nie bolało tak bardzo, stary koniu.

– Ale powiem ci coś, Saark. Jeżeli cokolwiek stanie się Niennie, to obwinię o to ciebie i potrzeba będzie czegoś więcej niż poezji, żeby usunąć mój topór z tej twojej durnej, roztrzaskanej głowy.

Saark zaśmiał się i poklepał Kella po plecach.

– Ale z ciebie kawał zrzędliwego, starego gnojka. Przypominasz mi mojego ojca.

– Gdybym był twoim ojcem, już bym się obwiesił.

– A gdybym ja był twoim synem, tobym ci w tym pomógł. Słuchaj, dosyć tych żartów, musimy się przespać. Mam dziwne przeczucie, że jutro czeka nas ciężki dzień. Może przesadzam, ale sądzę, że może być gorzej niż dziś.

– Ciężki dzień? – zakpił Kell. – Cięższy niż wczoraj? To wydaje się mało prawdopodobne. Jednak, młody człowieku, skorzystam z twojej rady. Jakkolwiek ciężko mi zgadzać się z kimś, kto ubiera się niczym podróżujący kurak.

– Przynajmniej ta bestia... to coś, co nas zaatakowało, jest już martwe. Bo jest martwe, prawda?

– Zgnilec.

– Co?

– Zgnilec. To był zgnilec.

– Skąd wiesz?

– Widziałem jednego. Kiedyś. W połowie drogi na górę, w Czarnych Grotach. Próbował nas zabić.

– Co się stało?

– Poślizgnął się na lodzie i spadł sześć tysięcy stóp na skały ostre jak włócznie. – Oczy Kella lśniły, odległe, zamglone, o dalekim i nieodgadnionym spojrzeniu. – Nie zapomnij o tym wspomnieć w swoim poemacie, brachu. Ponieważ zgnilec, cóż, to dzieło Vaszynów. Tam, skąd pochodzi, jest więcej takich skurwysynów.

Saark zadrżał i rzucił Kellowi spojrzenie spode łba.

– Cóż, dziękuję za to wesołe opowiadanie na noc. Tobie też życzę słodkich snów, stary capie!

Łódź obracała się w ciemności, zupełnie pozbawiona kontroli.

– Co robimy?! – krzyczała Nienna, chwytając się Kat.

– Wiosłujemy!

– Czym?! Wiosła są połamane!

Dziewczyny rozglądały się gorączkowo za czymś, czego można by użyć jako wioseł. Niennie rzucił się w oczy jedynie topór Kella. Sięgnęła po broń. Spodziewała się potwornego ciężaru niemal nie do podniesienia. Jednak broń była zaskakująco lekka, biorąc pod uwagę jej rozmiar. Dziewczyna podniosła Ilannę, a ta jakby się zażarzyła, rozgrzewając się na chwilę w jej rękach. A może to było tylko złudzenie?

– Nie możesz tym wiosłować – rzuciła Kat.

– Bardziej myślałam o uderzeniu w głowę bestii.

– O ile wróci – odpowiedziała Kat.

Obie pomyślały o Saarku i Kellu, którzy w zamarzniętej rzece walczyli z ogromnym potworem. Zadrżały. Każda obawiała się myśleć, jaki będzie rezultat tej walki. Łódź ponownie obróciła się i odbiła od przegniłej drewnianej belki niewidzialnej w ciemnościach. Rzeka rozszerzała się, stawała coraz płytsza. Dziewczęta poczuły, że dno łodzi szoruje po skalistym gruncie, woda burzyła się wokół nich.

– Co robimy?! – wrzasnęła Kat, przekrzykując rwącą rzekę.

– Nie wiem!

Ruszyły w kierunku rufy i chwyciły ster dwoma parami rąk, próbując skierować łódź w stronę brzegu. O dziwo, ich wysiłek zaczął przynosić efekt i łódka, podskakując i ślizgając się na falach, powoli kierowała się ku ciemniejącej w mroku linii brzegowej. Wreszcie z trzaskiem osiadła na lodzie i kamieniach. Nienna wyskoczyła i starając się naśladować Kella, trzymając topór, próbowała wciągnąć łódź na plażę. Jednak nie miała dość siły. Kat dołączyła do niej i przez chwilę wysilały się obie, lecz dziki nurt wyrwał im łódź i poniósł gdzieś we wzburzoną ciemność. W ciągu kilku sekund zniknęła im z oczu.

Zaczął padać śnieg.

Dziewczyny wycofały się kawałek w las i zatrzymały, przerażone nieprzeniknioną ciemnością. Pod stopami czuły miękki dywan sosnowych igieł, a w powietrzu unosił się uderzający do głowy zapach żywicy.

– Tu jest strasznie – szepnęła Nienna.

Kat skinęła potakująco głową, tylko że jej przyjaciółka nie mogła tego zobaczyć. Ich dłonie odnalazły się, jakby powodowane tą samą myślą, i dziewczęta skierowały się w głąb lasu. Pchał je strach przed zgnilcem, potężniejszy niż strach przed ciemnością. Próbowały spoglądać w górę, ponad ogromne pnie wznoszących się wokół srebrnych jodeł, ale dostrzegały jedynie nieprzeniknioną czerń. Gdzieś tam musiało być niebo. Zabłąkane płatki śniegu płynęły miękko w dół. Przynajmniej nie czuć było wiatru, otaczał je nieruchomy spokój.

– Myślisz, że to stworzenie wróci? – spytała Kat.

– Mam topór Kella – odpowiedziała Nienna.

– Kell i Saark nie mogli tego zabić – powiedziała Kat.

Nienna nie odpowiedziała.

Zatrzymały się, ich stopy miażdżyły sosnowe igły. Otaczały je wykręcone kształty martwego lasu. Ścieżkę przed nimi blokowały przewrócone drzewa. Przeklinając i narzekając, przecisnęły się pod niską barykadą i wyszły na niewielką polanę.

– Spójrz – powiedziała Nienna. – Tam było ognisko.

Pobiegły do miejsca, gdzie krąg kamieni otaczał żarzące się węgle. Kat rozejrzała się dokoła i znalazła suche drewno do podtrzymania płomienia. Nakarmiły żar gałązkami i czekały, aż zapłoną, przed dołożeniem do stosu grubszych gałęzi. Wkrótce zahuczało ognisko. Dziewczyny grzały się i napawały swoim szczęściem.

– Kto, twoim zdaniem, tu obozował? – spytała Nienna.

– Chyba drwale – odparła Kat. – Ale nie ma ich od dawna. Ogień może się dopalać w ten sposób nawet kilka dni.

Wzięła kij i szturchnęła żar. Trzasnęły płomienie i sypnęły iskry, unosząc się w powietrzu niczym małe świetliki. Chłód lasu i zapach gnijącej roślinności zawładnęły zmysłami dziewcząt.

– Co my zrobimy, Kat? – odezwała się Nienna, wypowiadając pytanie, nad którym obie rozmyślały.

– Nie mam pojęcia. Kell nas znajdzie.

– Może on... – Nienna nie zdołała głośno wyrazić swych obaw.

– Czytałam o twoim dziadku – odparła Kat, gapiąc się w ogień. – On potrafi przetrwać. On jest... zabójcą.

– Nie jest. To mój dziadek. – Nienna ściągnęła brwi i spojrzała na Kat. – Co masz na myśli, mówiąc „zabójca"?

– Jego legendę – powiedziała Kat, unikając spojrzenia Nienny. – Zobaczysz, odszuka nas. To znaczy ciebie.

– Powróci po nas obie – poprawiła ją Nienna, krzywiąc się na sugestię zawartą w tonie głosu przyjaciółki. – To człowiek honoru! Stary żołnierz. Zawsze postępuje właściwie!

Kat nie odpowiedziała.

– Proszę, proszę – dobiegł ich głos od drzew. Był dziwny. Pełen przyjaznego humoru, a zarazem szyderczy. – Co my tu mamy?

Dziewczyny zerwały się wystraszone, a Nienna złapała za topór. Z mroku lasu wyszło sześciu mężczyzn, wynurzając się powoli z ciemności. Wyglądali jak kupki łachmanów, odziani w niewiele więcej niż szmaty i poplamione, sfilcowane futra. Nosili ciężkie, zdarte buty i zmatowiałe miecze. Dwóch z nich trzymało doskonałe, długie cisowe łuki.

– Czego chcecie? – burknęła Kat.

Mężczyzna, który mówił, był wysoki i szczupły. Jego twarz poznaczona była śladami krost. Miał duże i niewinne oczy oraz długie ciemne włosy, związane do tyłu pod myśliwskim kapeluszem o futrzanych brzegach. Uśmiechał się do dwóch młodych kobiet, ukazując szpary po brakujących zębach.

– Niczego od was nie chcemy, cukiereczki. Rozgościłyście się w naszym obozie. To wszystko.

– Jesteście rabusiami?

Mężczyzna rozłożył ręce i zauważyły, że nie ma broni.

– Tss, to, że żyję w puszczy, nie czyni ze mnie od razu rabusia, kochanie. To był ciężki czas dla nas wszystkich. Ta zima z pewnością do łagodnych nie należy. Dopiero co byliśmy na polowaniu, żeby zdobyć mięso.

Wskazał gestem na jednego z leśnych ludzi, który trzymał kij z zawieszonymi na nim dwoma martwymi szarakami.

– Zdobycz jest chuda – powiedział, mrużąc oczy, potem ponownie szeroko się uśmiechnął. – Nie macie powodu się nas obawiać. Podtrzymałyście ogień, zasłużyłyście na kęs strawy.

Kat kiwnęła głową i mężczyźni zakrzątnęli się, oparłszy broń o drzewa. Dwóch siadło przy ognisku, wyciągając ku niemu zziębnięte ręce. Przywódca także usiadł i gestem zaprosił wciąż stojące dziewczyny, by zajęły miejsce obok.

– Nie ugryzę, cukiereczki. Słowo. Podejdźcie, usiądźcie. Rozgrzejcie się. Wyglądacie, jakbyście miały umrzeć z zimna! Jestem Barras i idę o zakład, że znajdujecie się daleko od domu. Miastowe, prawda?

– Z Jalder – odpowiedziała Nienna, a Kat kopnęła ją w kostkę. Nienna rzuciła jej gniewne spojrzenie.

– Jalder to piękne miasto – odparł Barras, uśmiechając się szeroko, przyjaźnie, podczas gdy jeden z jego towarzyszy zaczął skórować i patroszyć króliki. – Wielu moich przyjaciół tam mieszka. Cóż, w każdym razie ludzi, którym jestem winien pieniądze.

– Zostało najechane! Przez armię! Armię albinosów! – pisnęła Nienna, szeroko otwierając oczy.

Barras tarł swoją brodę, która wydawała szeleszczący dźwięk.

– Więc tak się sprawy mają. To byłyby złe wiadomości, gdybym nie pożyczył tak dużo srebra od pana Siekierki.

– Kto to jest pan Siekierka? – zapytała Kat zaciekawiona.

– Kręci nielegalnym hazardem. Jeżeli nie płacisz, odcina ci jedną rękę siekierą. Buch! – wrzasnął ze śmiechem.

Jeden z jego ludzi przyniósł wielki garnek z wodą i ustawił go na ogniu. Barras pochylił się do przodu, a jego wargi wydęły się, jakby chciał zadać pytanie. Odruchowo Kat nachyliła się, by lepiej słyszeć, ale Nienna poczuła, jak jej ręce zaciskają się na Ilannie. Coś było nie w porządku. Atmosfera... po prostu coś było nie tak.

Nienna rozejrzała się i wreszcie to do niej dotarło. Wszyscy mężczyźni ciągle mieli broń. Część odłożyli, żeby zrobić dobre wrażenie, jednak zachowali krótkie miecze. Wydawali się rozluźnieni, jakby interesowało ich tylko rozbijanie obozu, ale kto skóruje królika z mieczem przypasanym do boku? Ale może po prostu doszukiwała się problemów tam, gdzie ich nie było?

Wpatrywała się w Barrasa. Jego twarz była ordynarna, ale szczera... Dlaczego nie miałaby mu ufać? Był prostym drwalem zmagającym się z ostrą zimą... Z pewnością miał w pobliżu chatkę lub domek. Być może żonę? Albo trójkę dzieci do wykarmienia?

Barras przysunął się trochę bliżej i oblizał usta.

– Jak masz na imię, mój cukiereczku?

– Kat.

– Zastanawiałem się, Kat, czy smakujesz tak dobrze, jak wyglądasz.

Zapadła głucha cisza. Dziewczyny zerwały się na równe nogi. Jeden z drwali zaszedł je od tyłu. Pałka trzasnęła w czaszkę Nienny, posyłając ją na ziemię. Ilanna wysunęła się z jej uścisku.

Dwaj mężczyźni złapali Kat i przewrócili ją na ziemię. Krzyczała głośno, dopóki jeden z nich nie uciszył jej potężnym ciosem. Ostatnim, co zobaczyła Nienna, był Barras, który ze zmarszczonymi brwiami przyglądał się wyblakłym runom ciągnącym się na czarnej rękojeści Ilanny. Lekko potrząsnął głową i spojrzał na Niennę z zaciekawieniem. Sekundę po tym kolejne brutalne uderzenie w tył głowy pozbawiło ją świadomości.

Nienna obudziła się obolała. Czuła ból w palcach i dłoniach, biegł gorejącymi ścieżkami przez przedramiona i bicepsy, by zapłonąć głęboko w ramionach. Jęknęła i otworzyła oczy, mrugając. Jej głowa pulsowała. Gorzki smak wypełniał usta i dziewczyna zrozumiała, że zwymiotowała na koszulę. Poruszyła się i świat się zakołysał. W pierwszym momencie pomyślała, że to efekt uderzenia w głowę. Chwilę później dotarła do niej gorzka prawda. Została związana i zawieszona na gałęzi drzewa.

Skrzywiła się. Narastała w niej wściekłość. Gnoje, powiesili ją jak kurczaka! Usłyszała śmiech, krzyki i trzask ognia. Delikatnie obróciła się na swojej linie i ujrzała Kat. Rozebraną. Sześciu mężczyzn zdarło z niej koszulę i spodnie. Stała w bieliźnie i butach, z długim kijem w rękach. Na jej twarzy malowała się mieszanina nienawiści i strachu. Próbowała kijem odgonić otaczających ją mężczyzn.

– Przyglądasz się im, cukiereczku?

Nienna spojrzała w dół, obok stał Barras. Nie patrzył na nią, ale na spektakl z udziałem Kat.

– Puśćcie nas – powiedziała.

– Dlaczego? Będziemy mieli z was masę radości, powiedzmy, przez następny miesiąc. Z takiej młodej kobiety jak ty jest wiele pożytku. Macie tyle sił, tyle namiętności i gniewu. Lecz gdy w końcu cię wypieprzymy, pobijemy i ujeździmy jak najświetniejszego ogiera, kiedy nie będziesz już krzyczeć podczas orgazmów, nie będziesz więcej drapać po twarzach i ciągnąć za włosy... Kiedy twój duch odejdzie, moja cukierkowa laleczko, wtedy i tylko wtedy poderżniemy ci gardło.

Nienna gapiła się w dół, na mężczyznę, smakując wymiociny i zastanawiając się, jak mogłaby go zabić. Jego słowa przeraziły ją bardziej niż cokolwiek, co do tej pory słyszała. A nawet widziała. Bardziej niż armia albinosów, bardziej niż jakikolwiek zgnilec. Tu i teraz chodziło o nią, a nie o jakąś inwazję. Ten człowiek był zły, totalne zepsucie w ludzkiej powłoce. Wciąż była zszokowana, że nie dostrzegła tego wcześniej. Nie wyczuła. To była gorzka lekcja życia.

– Jak możesz nam to robić? – spytała cicho.

Barras spojrzał w górę i wyciągnął rękę, która wpełzła do nogawki jej spodni. Dotyk był szorstki. Wiła się, ale on był silniejszy, niż na to wyglądał. Uśmiechnął się szeroko, podczas gdy jego palce błądziły po wewnętrznej stronie jej uda. Po delikatnym, młodym ciele. Jego oczy były stare, mroczne i złe.

– Nie każdy na tym świecie ma takie same zasady jak ty, cukiereczku. Cóż, wy, małe, bogate dziewuchy, zasługujecie na całe to pieprzenie, które was czeka.

Rozbawieni mężczyźni odebrali Kat kij i obalili ją na ziemię. Jeden z nich ją pocałował. Ugryzła go w język, który trysnął jasną krwią. Mężczyzna uderzył ją w twarz otwartą ręką, a potem ponownie wierzchem dłoni. Krew ciekła z jej nosa. Leżała ogłuszona, zaciskając i prostując palce. Mężczyzna rozerwał jej podkoszulek, uwalniając małe, twarde piersi. Ścisnął je, a przyglądający się temu kompani zarechotali.

– Odwołaj ich – powiedziała Nienna z gardłem tak wysuszonym, że ledwo mogła mówić.

– Dlaczego, cukiereczku?

– Widziałeś topór – powiedziała Nienna, podnosząc głos. – To Ilanna.

Barras zmrużył oczy i rzucił jej groźne spojrzenie.

– Gdzie usłyszałaś to imię?

– To prawda – syknęła. – To topór mojego dziadka. On nadchodzi. Wkrótce tu będzie. Pozabija was wszystkich.

– Jak ma na imię?

– Znasz je, ty kupo końskiego gówna.

– Wymów jego imię! – warknął drwal.

– Kell i powyrywa wam serca.

To sprawiło, że Barras zaklął i ruszył do działania. Przeklinając głównie siebie, bo wiedział, że widział ten topór wcześniej. Zrobił krok do przodu, by przemówić do kompanów. Nie zdążył. Ruch tak szybki, że Barras aż zamrugał. Rozbryzg krwi zachlapał mu policzki i brudny zarost.

Stwór przedarł się na polankę w mgnieniu oka. Błyskawicznie chwycił jednego z mężczyzn ogromnymi szczękami, uniósł wysoko, trzymając ofiarę w pasie, i zmiażdżył jego mięśnie, kości i kręgosłup. Mężczyzna krzyczał. Przeraźliwie. Strasznie. Potwornie. Zgnilec potrząsał nim przez chwilę jak pies kością, a potem odrzucił w kierunku drzew. Przekładnie kręciły się, kółka klikały i obracały, zębatki wydawały hałaśliwe tik-tak, tik-tak.

Barras pobiegł do przodu, wrzeszcząc i wznosząc miecz. Zgnilec obrócił się błyskawicznie i skoczył, chwycił za głowę zbója. Odgryzł ją jednym kłapnięciem szczęk. Ciało stało przez chwilę, wciąż ściskając w dłoni miecz. Krew trysnęła fontanną. Nagle kolana martwego ciała ugięły się z wolna. Czerwień chlusnęła na dywan sosnowych igieł i mężczyzna zwalił się jak przekłuty balon.

Nienna mocowała się z więzami. Mogła dostrzec płaczącą Kat, wciągającą podkoszulek i spodnie.

– Kat! Tutaj! Weź topór!

Pozostałych czterech mężczyzn chwyciło za broń. Stanęli ramię przy ramieniu, wznieśli bojowy okrzyk i – co wskazywało na wojskowe doświadczenie – jednocześnie przez ogień zaszarżowali na zgnilca. Potwór warknął, przykucając nisko. Szkarłatne oczy obserwowały atak z zainteresowaniem, z jakim kot obserwuje patroszoną mysz. Kat chwyciła topór i wciąż płacząc, na wpół czołgała się, na wpół biegła w kierunku Nienny.

Machnęła, próbując trafić linę, ale chybiła. Machnęła jeszcze raz i ostrze Ilanny przecięło sznur z łatwością. Nienna uderzyła o ziemię. Kat pomogła jej pozbyć się więzów z nadgarstków. Cała okolica rozbrzmiewała krzykami, głuchymi odgłosami uderzeń i bulgotem. Najgorzej jednak brzmiał ciągły trzask chrząstek i łamanych kości.

Dziewczęta nie mogły do końca zdusić nadziei, że drwale wygrają. W takiej sytuacji perspektywą był gwałt i śmierć z rąk gwałcicieli.

Ale co groziłoby im ze strony zgnilca?

Kat wciągnęła buty. Coś minęło ich z łoskotem. Zgnilec złapał jednego z drwali, ten jednak nie ustawał i raz za razem uderzał toporem w plecy bestii. Stwór szarżował przez las, zaciskając szczęki na nogach swojej ofiary. Przyjaciółki usłyszały uderzenie i trzask łamiącego się drzewa. Bulgotanie. Kolejny trzask, tym razem kości.

Nienna i Kat stały, dygocząc, i zastanawiały się, co robić. Powoli z ciemności wyłonił się zgnilec oświetlany przez płomienie ogniska. Jego białe futro plamiła krew. Zaschnięta posoka zachlapująca nierówne, nabrzmiałe oczy kontrastowała z doskonałymi zębatkami i przekładniami. Z pazurów długimi wstęgami ciągnęły się porwane flaki i skóra. Wydawał niski, bulgoczący dźwięk, jakby miał gwałtownie zwymiotować.

– Cofnij się – wymamrotała Kat.

Nienna uniosła topór i zaczęły wycofywać się w kierunku lasu. Jedna z nich stanęła na gałęzi, która złamała się z trzaskiem. Bestia obróciła się powoli, obserwując dziewczyny czerwonymi ślepiami.

– Czy to zamierza zaatakować?

– Nie wiem.

– Nie ruszaj się!

– To już nas zobaczyło!

– Przestań gadać!

– Ty też gadasz!

Zatrzymały się. Zgnilec także stanął. Przyglądali się sobie nawzajem przez dzielące ich pięćdziesiąt jardów. Nagle z szerokim uśmiechem, który wyglądał, jakby stworzeniu odpadało pół głowy, zawył. Do ognia, do lasu, do księżyca. Pochylił głowę, warknął ostro i przy dźwięku przeskakujących przekładni, z mechanicznym chrzęstem zębatek zgnilec skoczył na dziewczyny...

Rozdział 7
Zegarmistrzowie

Nie rób tego – powiedziała Anu, cofając się. Jej twarz wykrzywiło przerażenie, bo Shabis błysnęła kłami i wysunęła pazury. I skoczyła.

Anu wywinęła salto w tył i wylądowała miękko, unikając ataku. Shabis znów rzuciła się do przodu, drąc pazurami dywan, a olej lśnił w jej oczach. Anukis też skoczyła, odbiła się od ściany, przeleciała nad głową siostry i wylądowała w przysiadzie. Nie odsłoniła kłów, nie wysunęła pazurów. Nie chciała z nią walczyć.

– Shabis!

Shabis zawirowała opętana już bez reszty.

– Umrzesz, dziwko!

– Jaką truciznę wlał ci do głowy? Jakie kłamstwa?

Shabis zaatakowała, mierząc szponami w krtań. Anu uchyliła się, a mosiądz i stal minęły jej gardło o włos. Uderzyła pięścią w klatkę piersiową siostry, odrzucając ją do tyłu. Shabis poszorowała twarzą po dywanie, zakaszlała i chwyciła się za piersi. Ból gwałtownie przeszył jej serce, przekładnie i mechanizm.

Anu podniosła oczy na Vashella.

– Odwołaj ją!

Vashell cofnął się i zwilżył językiem usta. Anukis zauważyła wybrzuszenie w jego spodniach. Podniecał się, patrząc, jak siostry walczą na śmierć i życie.

– Zatrzymaj ją! – wrzasnęła Anu, podczas gdy Shabis wolno podnosiła się na nogi. Z kącika ust ciekła jej krew.

– Nie – było to bardziej warknięcie niż słowo. – To ostateczny test. Rozumiesz? To ostatnia... rozgrywka. Odpłata, jeśli wolisz. Za cały ból i cierpienie, które spowodowałaś. Shabis!

Shabis spojrzała na niego i gniew w jej oczach zastąpiła miłość.

– Jeśli ją zabijesz, pobierzemy się i spędzimy całą wieczność razem. Już nigdy nie będziesz musiała pracować. Będziemy omdlewać w rozkoszach krwawego oleju. Tylko ty i ja, moja ukochana.

Shabis zwróciła się ku Anu i nisko opuściła głowę. Ciemne oczy zalśniły. Warknęła i ruszyła ku płaczącej Anukis, której po policzkach spływały wielkie łzy i moczyły złote loki. Shabis skoczyła jak tygrys, szponami obu rąk sięgając, by rozbić głowę Anu.

Anukis zakołysała się, wysunęła tylko jeden pazur i cięła z ukosa przelatującą obok Shabis. Coś błysnęło lekko, rozległ się niemal niesłyszalny, grzechocący dźwięk i Shabis uderzyła ciężko o ziemię. Potoczyła się, wyjąc żałośnie. Uzbrojone w pazury dłonie uniosła do ust, gdzie krwawy olej mieszał się z krwią.

Anu odcięła kły Shabis. To, co czyniło z niej prawdziwą przedstawicielkę rasy Vaszynów.

– Nie! – jęknęła Shabis. Mechanizmy w jej sercu i głowie pompowały, wyrzucając cenny płyn. – Co ty mi zrobiłaś, Anukis? – Podniosła się i pobiegła w kierunku Vashella, który wyciągnął ramiona. Przytulił rozpaczającą Shabis do piersi, krwawy olej plamił mu ubranie. Jednak spoglądał na Anukis, która stała z ponurą twarzą.

– Teraz potrzebujesz nowego zabójcy – powiedziała z triumfem w oczach, chowając pazur.

Vashell przytaknął.

– Masz rację. – Brutalnie odepchnął Shabis, dobył swego mosiężnego miecza i szybkim płaskim cięciem odrąbał jej głowę. Krew i krwawy olej bluznęły, chlapiąc na sufit i ściany, polały się na łóżko nagłym, dzikim strumieniem. Głowa Shabis uderzyła o splamiony dywan. Szeroko otwarte oczy, usta rozwarte w szoku i piękne rysy twarzy oblane krwią.

W rozerwanej szyi Anu widziała mechanizm zegarowy. Tkwiący pomiędzy tłuszczem, mięśniami, żyłami i kośćmi. Zagnieżdżony, skomplikowany i złączony z ciałem. Cały czas wesoło wirował, poczynając dopiero zwalniać. W końcu zębatki nie zaskoczyły, a główny, delikatnie obracający się wał stanął. Oczy Shabis zamknęły się, a bezgłowe ciało osunęło na podłogę, jakby uszło z niego powietrze. Werk się zatrzymał. Shabis umarła.

– Nie! – wrzasnęła Anu, upadając na kolana przy ciele siostry. Szarpnęła głową. – Umrzesz za to! – krzyknęła z wściekłością.

– Chciałbym to zobaczyć. – Vashell wciąż trzymał obnażony miecz. To było wyjątkowe ostrze. Zaprojektowane specjalnie, by zabijać Vaszynów, zabijać braci i siostry. Mordować swoich. Składało się z wielu warstw i zawierało ładunek zakłócający. Nie chodziło o to, że było jakoś szczególnie ostre, ale mogło unicestwić mechanizm zegarowy. Anu zmrużyła oczy.

– Jesteś V-łowcą? – zapytała.

– Tak. – Uśmiechnął się. To był słaby uśmiech, w połowie dumny, a w połowie... był czymś innym. Wśród Vaszynów V-łowcy cieszyli się niezmienną pogardą. Był to stopień nadawany przez Zegarmistrzów. Jedyną rolą V-łowców było polowanie i tępienie odstępców wśród Vaszynów... By oczyszczać społeczeństwo, przede wszystkim ze zdrajców. Ludność bała się ich i nienawidziła. Ich tożsamość była trzymana w tajemnicy, by umożliwić im działania w Dolinie Silvy. Składali raporty bezpośrednio przed Zegarmistrzami i, rzecz jasna, przed Patriarchą. Nie odpowiadali przed żadnym Mechanikiem.

– Przez cały czas na mnie polowałeś?

Vashell zaśmiał się i schował miecz. Obrócił się, przeczesał rękami włosy skropione rzęsiście krwawym olejem Shabis. Obrócił się ponownie i popatrzył na Anu.

– Nie bądź naiwna. Po co miałbym na ciebie polować, mała, piękna zabaweczko?

– Więc czego chcesz?

– Czegoś o wiele cenniejszego niż ty. Chcę twojego ojca, Anukis. Chcę Kradek-ka. Zniknął, uciekł. Zostawił cię, żebyś cierpiała razem z... tym. – Prychnął pogardliwie, spoglądając na zwłoki Shabis. – Teraz zaprowadzisz mnie do niego. Na wszystko, co święte, na wszystkie relikwie przodków, zaprowadzisz mnie do Kradek-ka.

Anukis przemogła swój strach, warknęła, wysunęła kły i skoczyła. Vashell opuścił szybko ramię i niesamowitym, potężnym uderzeniem posłał ją przez pokój. Zderzyła się ze ścianą, krusząc tynk. Uderzyła głową o ziemię i zwinęła się w kłębek. Jęknęła połamana. Powieki zatrzepotały, gdy próbowała zogniskować wzrok.

– Zostawię cię, żebyś posprzątała ciało – powiedział Vashell i odciskając ślady stóp w krwi Shabis, dumnie wyszedł z pokoju.

Przez długie, pełne udręki chwile Anu patrzyła w martwe oczy siostry. Po jej policzkach płynęły łzy. Wreszcie powieki opadły i Anukis z radością powitała przynoszącą ulgę ciemność.

Zaczęło się od kuli. Twardej, białej, czystej i gorącej jak słońce. To był gniew. Nienawiść i wściekłość tak czysta, tak gorąca, że pochłaniała wszystko. Pochłonęła pojęcie rodziny, nazwiska, honoru, obowiązku, miłości. Połknęła miasto i Dolinę, i Czarne Groty. I w końcu cały świat, słońce, gwiazdy i Galaktykę. Wszystko roztapiało się bezpowrotnie w tej rozżarzonej kuli wściekłości. Anu zamrugała i otworzyła oczy. Było ciemno i chłodno i była za to wdzięczna.

Leżała na stalowej ławie. Ubrana w proste ubranie i buty. Spojrzała w dół i zaczęła płakać. Jej szpony zostały usunięte. Na końcach zakrwawionych palców sterczały tylko kikuty. Sięgnęła w górę i skrzywiła się, czując dziury w miejscach, w których znajdowały się kły. Wewnątrz czuła ciężkie tik-tak mechanizmu zegarowego, rezonujące w głowie i w piersiach. Przeklinała Vashella i Mechaników za to, że pozbawili ją broni. Wolałaby umrzeć. To właśnie robiono przestępcom przed nastaniem Praw Sprawiedliwości i zanim zaczęła być orzekana kara śmierci. To była najwyższa forma poniżenia. Najwyższy stopień hańby. Gorszy nawet od transformacji w zgnilca. Nawet zgnilec miał kły.

Zimowe słońce krwawiło blaskiem przez wysokie okno. W drzwiach pojawił się zadowolony z siebie Vashell. Pod wełnianymi spodniami, grubą koszulą i peleryną miał na sobie misterny mundur polowy Vaszynów zwany pancerną skórą. Jego broń pozostawała ukryta, a oczy lśniły.

– Wstawaj.

– Nie.

– Wstawaj! – Wysunął szpon i przycisnął go do jej oka. – Anukis, rozprawię się z tobą, kończyna po kończynie, oko po oku, ząb po zębie. Zmasakruję cię, ale twój mechanizm, twój skundlony werk, utrzyma cię przy życiu. Wiemy, że

Kradek-ka uczynił cię wyjątkową. Sądzisz, że jesteśmy głupcami? Myślisz, że Mechanicy nie zajrzeli do twojego wnętrza? Nie zbadali każdej zębatki, każdego kółka, każdej najmniejszej przekładni i pompy? Kradek-ka zrobił ci kilka bardzo ciekawych rzeczy, Anukis. To technologia, z której istnienia nie zdawaliśmy sobie sprawy. Najpierw chcieliśmy cię zabić. To wydawało się właściwym rozwiązaniem. Jesteś odrażająca. Ale wtedy specjaliści odkryli w tobie... zaawansowaną technologię. Pomożesz mi znaleźć Kradek-ka. Obiecuję ci to.

– Nie wiem, gdzie szukać – powiedziała cichym głosem, wpatrując się w ostry czubek szpona Vashella.

– Wiem, gdzie zacząć. Ale najpierw chcę ci coś pokazać.

Vashell pociągnął za cienką złotą smycz, niemal przezroczystą, pokrytą siateczką z dziwnego kwarcu. Czasami wyglądała niczym strumyczek ciekłego kamienia, czasem była całkowicie niewidoczna. W zależności, jak padało na nią światło. Anukis poczuła szarpnięcie i zdała sobie sprawę, że smycz jest połączona z jej gardłem. Kolejne upokorzenie. Kolejna zniewaga Vaszynów.

Vashell szarpnął, zmuszając Anu do wstania. Warknęła, instynktownie starając się wysunąć kły, lecz poczuła jedynie ból w okaleczonych szczękach. Zapłakała, stojąc tak na smyczy. Płakała nad utraconą wolnością, lecz bardziej rozpaczała nad zabitą siostrą i zaginionym ojcem.

– Chodź za mną.

Anukis nie miała wyboru.

– Gdzie jesteśmy?

– Głęboko. W Pałacu Mechaników.

– Nie wiedziałam, że te korytarze i pokoje istnieją.

– Dlaczego miałabyś wiedzieć? Nawet tobie Kradek-ka nie mówił wszystkiego. Jak by nie było – uśmiechnął się, a jego ciemne oczy błysnęły rozbawieniem – jesteś kobietą.

Korytarze były długie, a im bardziej zagłębiali się w podziemia Pałacu Mechaników, tym mniej dekoracji zdobiło ściany. Zniknęły dywany, jedwabne zasłony i olejne obrazy, zastąpione przez goły metal pokryty plamami rdzy. Schodzili wciąż głębiej, Anukis podbiegała lekko, próbując nadążyć za długimi krokami Vashella.

Szli przez godzinę. Zza niektórych drzwi dobiegały głębokie i przenikliwe dźwięki mielenia. Zza innych wyładowania potężnej energii jakby uderzenia piorunów. Zza kolejnych rytmiczne dudnienie lub dźwięk metalu trącego o metal. Jednak najwięcej było tych, za którymi panowała śmiertelna cisza. Te były dla Anukis najgorsze. Jej wyobraźnia tworzyła okropieństwa Mechaników, gorsze niż cokolwiek, co mogli jej pokazać.

Vashell zatrzymał się i Anukis niemal na niego wpadła. Pogrążona w myślach i zatopiona w marzeniach. Spojrzała w jego oczy, aroganckie i pełne szyderstwa.

Pewnego dnia ujrzę, jak rozpaczasz.

Pewnego dnia będę patrzyć, jak błagasz i wijesz się w pyle jak larwa.

Pewnego dnia, Vashell. Zobaczysz.

– Jesteśmy na miejscu – oznajmił.

– Gdzie?

– W Sali Macierzyństwa. Którą stworzył twój ojciec.

– Sala Macierzyństwa? Nigdy o niej nie słyszałam. – Zaczęło w niej narastać zimne przerażenie. Vashell pchnął ciężkie, metalowe, szare i nieoznakowane drzwi. Znaleźli się w przeogromnej komnacie, która rozciągała się dalej, niż sięgał wzrok. Wypełniona była ławkami i boksami, a powietrze przeszywał krzyk dzieci.

Dreszcz przebiegł po kręgosłupie Anu. Stała zaszokowana, próbując jakoś ogarnąć wzrokiem to ponure, szare miejsce. Ruszyła do przodu tak daleko, jak pozwalała jej na to smycz. Vashell szarpnięciem zmusił ją, by się zatrzymała. Posłuszeństwo.

Wpatrywała się w ławki, na których leżały wiercące się dzieci. Mechanicy pochylali się nad maluchami, ignorując ich płacze i krzyki. Anu była pewna, że w nieco bardziej oddalonych boksach przeprowadzane są operacje. Wiele z dzieci milczało, bez wątpienia znajdowały się pod wpływem narkotyków. Wokół niektórych roili się Mechanicy. Co jakiś czas powietrze wypełniało bzyczenie, kliknięcie lub lament.

Anu spojrzała na Vashella.

– Co oni robią? – szepnęła.

– Witaj przy Narodzinach – powiedział Vashell. – Chyba nie sądziłaś, że Vaszyni tworzą się sami? Każdy jeden jest dziełem sztuki, rzeźbą stworzoną przez naukę i inżynierię. Każdy powstaje z szablonu dziecka. Świeżego mięsa, które przynosi się tu zaraz po narodzinach, żeby odpowiedni mechanizm został mu zaszczepiony, dodany, wstrzyknięty, zaimplementowany. Odtąd prawdziwy Vaszyna może rosnąć, łączyć się i działać.

– A więc... my wszyscy zaczynamy jako ludzie?

– Tak.

– Ale my żywimy się ludzką krwią! Oczyszczoną mieszanką krwawego oleju! To czyni z nas... niewiele więcej niż kanibali!

Vashell wzruszył ramionami.

– Krew z mojej krwi. – Uśmiechnął się sardonicznie. – Ciężko mi uwierzyć, że Kradek-ka nigdy ci tego nie wyjaśnił. Trzymał cię w bańce, Anukis. Stworzył tę strukturę i ten schemat. Udoskonalił metodę integracji mechanizmu zegarowego, żeby uczynić nas lepszymi i doskonalszymi. Żeby wynieść nas ponad zwykłe, nieczyste ciało. Połączeni z werkiem tworzymy gatunek doskonały. Nie widzisz tego, Anukis? To praca życia twojej rodziny. To jest tworzenie Vaszynów.

Anu osłabła i oparła się o Vashella. Jej myśli wirowały, gdy obserwowała tysiące dzieci poddanych procesowi połączenia. Widziała skalpele rzeźbiące w maleńkich klatkach piersiowych i docierające do drobniutkich serc. Widziała, jak żywe ciało zastępowane zostaje mechanizmami, żyły i arterie – przekładniami i rurkami. Dzieci płakały i lamentowały, a wtedy do ich ust przyciskano tampony i trzymano tak, póki nie straciły przytomności. Krew płynęła szczelinami, zbierano ją starannie i wynoszono do oczyszczenia, by mogła trafić do Rafinerii Krwi i utworzyć zapas krwawego oleju.

– Jesteśmy Vaszynami – powiedział Vashell, patrząc na Anu, która była cieniem dawnej siebie, blada i poszarzała. – Mechanicznymi wampirami. Żerujemy na ludzkiej powłoce, upajając się swoją całkowitą wyższością.

– To, co robimy, jest złe – warknęła Anu.

– Dlaczego? Bo tworzymy gatunek doskonały? – Vashell roześmiał się. – Twoja naiwność wprawia mnie w zdumienie, ale i bawi. Oto bogata, szlachetna córka, wywodząca się z krwi naszych własnych stwórców, a jednak nie rozumiesz nawet zupełnych podstaw?

Dziecko zakwiliło. Coś uderzyło i Anu zobaczyła błysk srebrnego ostrza. Niewielka głowa potoczyła się do zsypu, gdzie została wessana. Korpus został wrzucony do torby, a Mechanik skierował się do odległego wózka i wyrzucił ciało wraz z innymi medycznymi odpadami.

– Więc – powiedziała Anu, walcząc o powietrze – każde dziecko, które rodzi się tu, w Dolinie Silvy, trafia tutaj? Trafia, żeby zostać uformowane?

– Tak. Lecz nie tylko z Doliny Silvy. Vaszyni muszą się rozrastać, Anu. Hodujemy żołnierzy także w innych dolinach. Stajemy się silni! Stajemy się potężni! Zbliża się czas naszej dominacji, czas ekspansji i czas wielkiego imperium.

– Ale... – zaczęła Anu.

Vashell zmarszczył brwi.

– O co chodzi?

– Coś jest nie tak – powiedziała Anu wiedziona jakąś pierwotną intuicją. – Co się dzieje, Vashell? Co się stało?

– Musimy znaleźć Kradek-ka. – Rzucił jej groźne spojrzenie i zamilkł.

Przez godzinę Vashell ciągał Anukis przez Salę Macierzyństwa i zobaczyła rzeczy tak potworne, że gdyby ktoś jej o nich opowiadał, nazwałaby go kłamcą, a te potworności uznała za niemożliwe. A jednak widziała to na własne oczy. Dzieci były operowane, wszczepiano im mechanizmy – w serca, mózgi, szczęki i ręce. Już w młodym wieku były obdarowywane śmiercionośną bronią, możliwością użycia magii krwawego oleju, mechanizmem zegarowym, płynnym mosiądzem i złotem, srebrokwarcem i polonem, by kontrolować, napędzać i regulować niezawodny werk.

– Jak wiele zadziała? – zapytała w końcu wyczerpana.

– Nie rozumiem.

– Jak wiele dzieci... stanie się Vaszynami? Z powodzeniem?

– Pięćdziesiąt pięć na sto szczęśliwie przejdzie przez, powiedzmy, procedury medyczne. Pięćdziesiąt pięć na sto przyjmie mechanizm, zaakceptuje kły. Będzie mogło rosnąć, łączyć się z werkiem, adaptować i myśleć o sobie jak o prawdziwym mechanizmie.

– Co z pozostałymi?

– Większość umrze – powiedział Vashell ze smutkiem. – To wielka strata. Gdybyśmy mogli to zmienić, sprawić, żeby łączenie się częściej przebiegało pomyślnie, nasza armia byłaby znacznie większa. Moglibyśmy rozprzestrzeniać się znacznie szybciej.

– A reszta?

– Zgnilce? – Vashell roześmiał się. – Mają swoje zastosowania.

– Zabierz mnie stąd – powiedziała Anu. Jej policzki były zalane łzami, a w na wpół mechanicznym sercu płonął ogień.

– Jak sobie życzysz. Pomyślałem, że musisz zobaczyć, by zrozumieć, zanim wyruszymy na nasze poszukiwania.

– Poszukiwania?

– Żeby odnaleźć twojego ojca. Pracował nad udoskonaleniem technologii. W trakcie prób doszedł od pięćdziesięciu pięciu do dziewięćdziesięciu pięciu udanych zmian na sto. Prawie nie traciliśmy dzieci. Rozumiesz, Anu, dlaczego musimy go znaleźć? Jeżeli mi pomożesz, jeżeli zrobimy to dla Zegarmistrzów, dla wszystkich Vaszynów, uratujesz setki, tysiące istnień każdego roku. Rozumiesz?

– Ty skurwysynu.

– Skurwysynu?

– Cały czas ze mną grałeś. Muszę ci pomóc. Muszę pomóc skończyć z tą potwornością.

– Potwornością twojego ojca – poprawił ją Vashell.

– Tak – odpowiedziała grobowym głosem i z pobladłą twarzą.

Anukis przemierzała długie korytarze wykute w kamieniu. Wędrowała długimi tunelami z metalu. Wszystko ją dezorientowało, kierunki, wzniesienia i spadki, łuki i zakręty, ciepło oleju i chłód metalu. Słabość przyniosła jej rezygnację. Stała się kukiełką, stworzeniem kontrolowanym przez Vashella. Odebrał jej dary, jej wyjątkowe dary. Czuła się pusta. Wykorzystana. Pełna bólu. Co więcej, czuła się czymś gorszym niż najmarniejszy z Vaszynów. Czymś gorszym niż człowiek. Istotą znikąd, stworzeniem nienależącym ani do jednego, ani do drugiego świata. Była cieniem, cieniem wyśmiewanym przez cienie. Wzbierały w niej łzy, ale pozwoliła im płynąć. Nie, pomyślała. Będę silna. Pomimo wszystko. Pomimo mojej słabości, pomimo tego, że mnie wykorzystano. Będę silna. Moja siła będzie mi potrzebna, gdy wyruszę polować na... mojego ojca.

– Dobra dziewczynka – złagodniał Vashell, opacznie rozumiejąc jej uległość.

Trzymał jej smycz w mocnym uścisku rękawicy. Anukis nie szamotała się, nie ciągnęła, nie walczyła już. Uśmiechnęła się w duchu, chociaż jej twarz pozostała kamiennie niewzruszona. Anukis była ponad okazywanie nienawiści. A kiedy już go zabije, gdy zmasakruje Vashella – a wiedziała, czuła w piersiach, sercu i duszy, że to zrobi – będzie to długa i pełna bólu śmierć. To będzie rozgrzeszenie. Pokuta. Akt oczyszczenia, jakiego żaden z Mechaników dotąd nie doświadczył.

Szli ścigani przez echo swoich kroków.

– Dokąd idziemy? – zapytała w końcu.

– Zobaczysz.

Stopniowo na kamiennych i metalowych ścianach zaczęły się pojawiać znaki Mechaników, coraz częściej widać było zdobienia, a same ściany były nie tylko bardziej wykwintne, ale i bardziej pouczające. Anukis zorientowała się, że wpatruje się we wzór na ścianie. Rzeźbę w samym kształcie kamieni. Wiele z nich było wymodelowanych jak zębatki i kamienne przekładnie. Korytarz wił się zgodnie ze szlakiem, w którym niegdyś skały otworzyły drogę do metalu. Do złóż mosiądzu i złota przetykanych zaprawą srebrokwarcu.

Powoli ściany zmieniły się, stając się mechanizmami, zegarkami z rozbudowanym werkiem. Anukis zorientowała się, że to nie jest już korytarz, tylko część żyjącej, oddychającej, pracującej maszyny. Pałac Mechaników był czymś więcej niż tylko budynkiem. Był żywy, jego puls bił kwarcem, a serce tętniło złotem.

– Stój.

Vashell uniósł coś, co wyglądało jak niewielka kościana obręcz, i zbliżył to do mechanizmu przy gładkich metalowych drzwiach. Rozległ się syczący dźwięk naoliwionego metalu trącego o metal, z obręczy wysunęły się wtyki i połączyły z mechanizmem przy drzwiach, które otworzyły się, ale w sposób, jakiego Anukis dotąd nie widziała. Błyszczące olejem krzywizny, które nagle pojawiły się na płaszczyźnie drzwi, owinęły się wokół siebie, skręcając jak sprężyny. Drzwi nie tyle otworzyły się, co „złuszczyły".

Wkroczyli do pracującego silnika.

Sala wypełniona była gigantycznym mechanizmem zegarowym, maszyną stworzoną z tysięcy mniejszych maszyn. Wszędzie lśniło złoto i mosiądz. Zębatki wirowały, zazębiając się, wałki obracały, para syczała z małych dysz, mosiężne tłoki biły poziomo, pionowo i ukośnie. Wszędzie, gdzie Anukis spojrzała, pełno było ruchu, wahaczy, krzywek, zaworów i tłoków. Zadrżała, gdyż ten widok przypomniał jej mechanizmy wkładane w ciała dzieci... tylko ten był znacznie większy. Ogromny. Monstrualny. Niewypowiedzianie wielki.

Vashell prowadził ją przez naturalny tunel do przodu, do serca ogromnej maszyny, która rozciągała się nad nimi, przed nimi, wokół nich, tak daleko, jak sięgał ich wzrok. Anu czuła gorący olej i słodką, narkotyczną esencję krwawego oleju. I jeszcze jeden zapach... o metalicznym odcieniu, kwaśny, owadzi – metalową woń miliona poruszających się części.

Stukot kroków Vashella umilkł i Anukis podniosła głowę, mrużąc oczy w słabym złotym świetle. Stała tu prosta metalowa ława, za którą siedziała kobieta. Jej ręce bawiły się skomplikowanym mechanizmem, który poruszał się, wirował, obracał i przekształcał, nie zatrzymując się nawet na chwilę, nawet wtedy, gdy jej ręce poruszały się wewnątrz urządzenia. Wyglądało to jak obserwowanie błyskawicznej operacji chirurgicznej na żywym organizmie. Żyjącym, tętniącym, funkcjonującym organizmie. Anu spojrzała na twarz kobiety. Była jednocześnie doskonała i zniekształcona. Wyglądało na to, że nieznajoma nosi delikatnie połyskującą mosiężną maskę.

– Witaj, Dziecię Werku – odezwała się z uśmiechem kobieta. Jej oczy lśniły, a ręce nieustannie wtapiały się i łączyły z niemal organicznym mechanizmem. – Mam na imię Sa. Jestem Zegarmistrzem.

Anukis nie potrafiła ukryć swojego zaskoczenia. Ani odrazy.

Zegarmistrzowie byli w jej opinii klinicznymi przypadkami paranoików. Nigdy nie pojawiali się pomiędzy ludem. Zamiast tego chowali się w pałacu i wydawali rozkazy. Większość Vaszynów uważała ich za pozbawionych kontaktu z realnym światem, w którym Vaszyni żyli, funkcjonowali, jedli i pili.

– Wykorzystaliście mnie – powiedziała Anu wprost.

– Wzmocniliśmy cię – odparła Sa.

– Czego ode mnie chcecie?

– Mamy kłopot. – Sa się uśmiechnęła. Jej złotomiedziane oczy były łaskawe, a drobne zęby wystawały nieco zza maski. Była piękna, uświadomiła sobie Anu, piękna na sposób charakterystyczny dla Vaszynów. Pomimo niskiego wzrostu, pomimo braku atletycznego i potężnego wyglądu ta mała kobieta o czarnej skórze emanowała siłą. Anu zauważyła też, że Vashell przyjął służalczą postawę. Cóż za ironiczna zamiana ról, biorąc pod uwagę zachowanie, którego była świadkiem w swej celi. To była wyłącznie gra na jej użytek. Anukis skrzywiła się. Była pionkiem. Manipulowanym. Rozgrywanym. Narzędziem w rękach kogoś innego.

– Potrzebujecie mojego ojca – powiedziała zimnym głosem, wzrok jej stwardniał.

– Nasz problem jest znacznie poważniejszy niż nieobecność twojego ojca. – Sa przechyliła głowę.

Jej ręce ciągle grały, zatapiając się w mgiełce wirujących przekładni i kółek.

– To krwawy olej.

– Co z nim?

– Wysychamy – odpowiedziała Sa, uważnie przyglądając się Anukis. – Jak wiesz, na północy mamy Pola, poza Organicznymi Równinami. Ale bydło umiera. Nasze zapasy oczyszczonego krwawego oleju są na wyczerpaniu. Wysłaliśmy na południe siły zwiadowcze, poza Czarne Groty. Szukają nowych źródeł zdrowego bydła.

Anu skinęła głową.

– Czy rozumiesz konsekwencje tego, co mówię?

– Jeżeli nie będzie krwi, nie będzie można uzyskać krwawego oleju, wtedy werk zatrze się. I umrze.

– Tak. To jest zagrożenie dla naszej cywilizacji, Anukis. Ponadto Rafinerie Krwi, które twój ojciec pomagał budować... a potem rozwinął i udoskonalił. W ich konstrukcji tkwi, powiedzmy, błąd. Coś w podstawach stworzonej przez niego matematyki, w jego krwawo-olejowej magii. W konsekwencji jest to element, który jedynie on może naprawić. Kradek-ka był geniuszem – powiedziała cicho, z najwyższym szacunkiem. – Był Zegarmistrzem.

– Co się stanie, jeżeli Rafinerie zawiodą?

Sa uśmiechnęła się, ale był to smutny uśmiech.

– Wrócimy do polowań, zdziczejemy. Ale czy osiemdziesiąt tysięcy Vaszynów zaspokoi swoje pragnienie krwawego oleju? Cofniemy się w rozwoju, Anukis. Nasze społeczeństwo stanie się dekadenckie. Rozpadnie się i zniknie, kiedy zwrócimy się przeciw sobie, cofając się do czasów klanów i plemion. Ciężko mi nawet o tym myśleć. Mroczne wieki naszej cywilizacji były krwawe, złe, zjadaliśmy się nawzajem. Teraz napędza nas krew innych. Nasze społeczeństwo żywi się bydłem hodowanym wyłącznie w tym celu. Stara jak świat wojna z albinosami spod góry to teraz przeszłość. Podbiliśmy ich i zdominowaliśmy. Zostali naszymi niewolnikami. Wszystko dzięki naszej kulturze, naszej cywilizacji i naszej ewolucji! Nie mogę pozwolić, żeby zostało to zmarnowane. Nie mogę pozwolić, żeby nasza religia i społeczeństwo upadły!

– Jestem nieczystej krwi – powiedziała Anukis cicho. Jej oczy były utkwione w Sa. – Wypędziliście mnie ze swojego świata, uznaliście, że nie jestem jedną z Vaszynów. Dlaczego miałabym dbać o to, czy przetrwacie? Vashell mnie skrzywdził, upokorzył. Zamordował mi siostrę. Zostałam wypędzona przez własnych ludzi z powodu genetycznego błędu, który w żadnej mierze nie zależy ode mnie. Nie chcę być ordynarna, Sa, lecz dla mnie możecie cierpieć i zdychać, mięsojebcy, nie dbam o to.

Sa uśmiechnęła się lekko, jej oczy błysnęły pod maską.

– Czy twój ojciec opowiadał ci o pochodzeniu zgnilców, słodka Anukis?

– Co masz na myśli?

– Zgnilce są... największym osiągnięciem Kradek-ka. Są one, powiedzmy, sposobem na wykorzystanie odpadów. Rodzą się i są karmione, kaleki, miszmasz wykoślawionego mechanizmu i ciała, mówiąc wprost, szalony produkt ostateczny, powstały, gdy Vaszyna nie przechodzi właściwie procesu swoich narodzin. Trzymamy je poza społeczeństwem, ale znasz to określenie, jestem pewna, używa się go jako obelgi. Lecz nigdy nie widziałaś produktu końcowego. – Wzięła głęboki oddech. – Jednak...

Ta pauza zraniła Anukis. Dziewczyna nie mogła opisać, dlaczego czuła tak głębokie, nieopisane przerażenie. Oczy otworzyła szeroko. Jej mechaniczne piersi przeszywało drżenie. Zaciskała dłonie, a w ustach czuła strach smakujący jak zepsuty olej.

– Co ty mówisz? – zapytała.

Sa wstała i położyła rozbiegany mechanizm zegarowy na ławie. Okrążyła jej kraniec i stanęła przed Anukis. Z rąk sypały się elementy mechanizmu, złoty pył i krwawy olej. Popatrzyła w górę, na poznaczoną sińcami twarz młodej kobiety, teraz zniekształconą dodatkowo po usunięciu kłów. Stanęła na palcach i pocałowała Anukis, język wślizgnął się do jej ust, wysunięte kły przygryzły dolną wargę dziewczyny, ugryzienie to było ugryzieniem wampira. Sa delikatnie ssała krew, kosztując ją, delektując się jej smakiem... Wreszcie postąpiła krok do tyłu. Krew Anukis osiadła na jej wargach i kłach. Spojrzały sobie w oczy i Anukis w końcu zrozumiała. Nienawiść rozwiała się jak dym na wietrze. Gniew został zgnieciony jak papierowa kula. Chęć zemsty dogorywała we krwi na podłodze.

– Pomożesz nam znaleźć Kradek-ka. Pomożesz nam naprawić Rafinerie Krwi.

Anukis słabo pokiwała głową.

– Tak.

– Jest kilka rzeczy gorszych niż śmierć – oznajmiła Sa. Następnie odwróciła się do Vashella. – Podczas podróży na zewnątrz pokaż jej Jamę Zgnilców. Tylko wtedy w pełni zrozumie, gdzie leży ostateczna... granica jej potencjału. Oraz granica pokręconego geniuszu jej ojca.

– Tak, Zegarmistrzu. – Vashell skłonił się i pociągnął za smycz.

Alloria, królowa Falanoru, przebywała w Pałacu Jesiennym, wznoszącym się nad wprawiającym w zachwyt polem kwiatów. Kolory płonęły, a drzewa wymalowane były wściekłym pomarańczem i rdzawym brązem. Jaskrawe ognie zdradzonego przez jesień lata, ostateczne, płomienne wezwanie zbliżającej się zimy.

Królowa westchnęła, idąc wzdłuż niskiego muru. Owinęła jedwabny szal nieco ciaśniej wokół ramion. Spoglądała na tę dziką orgię barw szalejącą na całej powierzchni zbocza, sięgającą od Jesiennego Pałacu do rozciągającej się w dole niziny. W oddali mogła dostrzec robotników na polach. Po lewej stronie drwale karczowali część lasu. Woły ciągnęły załadowane kłodami wozy w kierunku pałacu, gromadząc opał na czas ostrych śnieżyc, które od zawsze nękały tę część kraju.

– Tu jesteś! – Maria podbiegła po starannie wybrukowanej ścieżce i głęboko dygnęła przed królową. Alloria uśmiechnęła się i kobiety się objęły.

Maria – od roku służka Allorii – przez chwilę upajała się bogatym, a zarazem delikatnym zapachem perfum swej pani, prawie nieuchwytną wonią wyszorowanej mydłem skóry i kosztownego kremu. Odsunęła się i spojrzała na królową Falanoru. Trzydziestoletnią, wysoką, elegancką i wysportowaną. Jej twarz otaczała burza czarnych włosów, teraz związanych ciasno z tyłu, lecz na co dzień dzikich i nieokiełznanych, jeżeli nie zostały wcześniej energicznie wyszczotkowane. Skórę miała nieskazitelną, jasną, piękną i niemalże przeźroczystą. Gdy się śmiała, jej oczy iskrzyły zielonym ogniem. Kiedy się poruszała, emanowała tym naturalnym wdziękiem szlachectwa, urodzenia i manier. Nie miała w sobie arogancji i była człowiekiem prawdziwie dobrym, pełnym wspaniałomyślności, która nobilitowała królową w oczach ludu Falanoru. Była nie tylko władczynią, lecz także obrońcą biednych. Królową nie z urodzenia czy poprzez małżeństwo, lecz dzięki powszechnej aprobacie. Była kobietą ludu.

– Zmarzłaś – powiedziała Maria. – Pozwól, że przyniosę ci grubszy szal.

– Nie, Mario, czuję się świetnie.

Maria wpatrzyła się w rozciągający się przed nimi wspaniały ognisty krajobraz. Robiło się późno, słońce wisiało nisko, a większość robotników zakończyło swą pracę i podążało teraz ścieżkami przez oddalone pola uprawne.

– Nadchodzi zima – powiedziała i wzdrygnęła się niemal przesadnie.

– Zapomniałam. – Alloria się uśmiechnęła, dotykając ramienia Marii. – Nienawidzisz lodu.

– Tak, za bardzo przypomina mi o moim dzieciństwie.

– Nie obawiaj się. W ciągu tygodnia Leanoric zakończy szkolenie i pułki ochotników będą gotowe do zimowania. Spotkamy się z powrotem w pałacu Iopia. Odbędzie się wielki festyn. Ognie i fajerwerki będą płonąć tygodniami, wtedy poczujesz się rozgrzana, moja Mario.

Maria pokiwała głową, ciągle stojąc blisko Allorii.

– Nigdy nie będzie tak ciepło jak w chwilach, gdy jestem z tobą, moja królowo – wyszeptała.

Alloria uśmiechnęła się i położyła palec na ustach Marii.

– Pst, mała. To nie miejsce na taką rozmowę. Chodź, odprowadź mnie do komnaty. Dostarczono mi cudowną suknię z błękitnego jedwabiu i zastanawiałam się, jak będzie pasować.

Szły ramię w ramię po kamieniach i kostkach, którymi wyłożona była ścieżka, pomiędzy rzeźbionymi kamiennymi kolumnami i pod dachowymi kratownicami wypełnionymi różami i zimowym kapryfolium. Powietrze wypełniały zapachy. Alloria zamknęła oczy, pragnęła znów być ze swoim mężem, swoim królem, swoim kochankiem, swoim bohaterem. Uśmiechnęła się, wyobrażając sobie jego uśmiech i dotyk rąk na ciele. Nagle zadrżała, jakby duch przeszedł po jej grobie.

– O co chodzi?

– O nic. Myślę o Leanoricu. Tęsknię za nim.

– Jest wspaniałym mężem – powiedziała Maria. – Tak silnym! Mam nadzieję, że pewnego dnia spotkam takiego mężczyznę.

– Sadzę, że Erran ma cię na oku.

– Pani! – Maria zarumieniła się wściekle i opuściła oczy. – Obawiam się, że się mylisz.

– Nie bardzo. Widziałam, jak cię obserwuje. Patrzy, jak się poruszasz, jak kołyszesz biodrami i jak unoszą się twoje piersi, gdy biegasz z posyłkami. Myślę, że jest zakochany.

Erran był dowódcą straży w Pałacu Jesiennym. Trzydziestodwuletni, samotny, dobrze zbudowany, atrakcyjny na swój ciemny, efektowny sposób. Był wspaniały i szlachetny. Jeden z najlepszych szermierzy w legionach Leanorica. Stąd jego wymagające zaufania stanowisko przy ochronie królowej Allorii.

– Raczysz żartować – powiedziała w końcu Maria.

– Chodź, zapytamy go!

– Nie, Allorio! – wydyszała służka. Alloria zachichotała, wyrwała się młodszej towarzyszce i pobiegła po marmurowych stopniach.

Na szczycie stali na baczność dwaj strażnicy. Trzymali długie włócznie zakończone potwornymi kolcami. Patrzyli przed siebie, gdy Alloria zbliżyła się i prześlizgnęła między nimi. Suknia zaszeleściła na wysadzanej kamieniami i pokrytej złotem podłodze.

– Erran! Erran!

Pojawił się natychmiast, biegnąc z ręką na rękojeści miecza.

– Tak, moja królowo?!

– Nie obawiaj się. To nie jest żaden alarm. Mam do ciebie proste pytanie.

Maria dogoniła ją, dysząc nieco, i Alloria dostrzegła, jak tęskne spojrzenie Errana prześlizguje się po sylwetce dziewczyny, by powrócić ku twarzy królowej z niemym pytaniem, gdy poczucie obowiązku wzięło górę nad porywami serca.

– Zrobię, co w mojej mocy, królowo.

– Nie – szepnęła Maria.

– Zastanawiałam się, czy znalazłeś już zastępstwo dla dwóch strażników, którzy w zeszłym tygodniu zostali odesłani ze względu na chorobę? Pozostało nam tylko osiemnastu ludzi w pałacu.

– Rozkaz został wysłany do najbliższego miasta, królowo. Teraz gdy rozmawiamy, uzupełnienia są już w drodze. Mam osobiste zapewnienie kapitana, który wysłał swoich dwóch najlepszych ludzi.

– Dobrze! Kiedy przybędą?

– Jak mniemam, dziś późnym wieczorem – powiedział Erran z uśmiechem dodającym otuchy. – Miej wiarę w tych, którzy ci służą, moja królowo.

– Mam, Erranie, mam. – Alloria posłała mu olśniewający uśmiech i pod łukami z alabastru, marmuru i stali ruszyła w kierunku swych komnat.

Rozdęte, połyskujące słońce zachodziło za horyzontem. Niemal poziome promienie rzucały rubinową poświatę na Pałac Jesienny. Maria szła za królową, trzymając dłoń na ramieniu swej pani, a jej twarz pulsowała czerwienią. Erran stał sztywno na baczność.

– Moja królowo – powiedział.

– Ach, jeszcze jedna sprawa. – Alloria odwróciła się do niego gwałtownie. – Maria dostała wypieków i jest odrobinę zmęczona. Zastanawiałam się, czy nie mógłbyś jej zabrać na spacer po ogrodach? Poświęcisz jej około godziny swojego czasu? Bardzo to doceni.

– To byłby zaszczyt, moja królowo. Lecz jestem na służbie.

– Zwalniam cię z obowiązków.

Erran uśmiechnął się krzywo.

– A kto przejmie moje obowiązki, gdy ja będę spacerował po ogrodach?

– Och, cicho. Tu wszędzie są strażnicy. A ja jestem oddalona najwyżej o krok. Mam płuca, czyż nie? Poza tym szkolił mnie Elias, Mistrz Miecza Leanorica. Nie jestem tak delikatna, jak wielu ludzi zakłada. – Alloria uśmiechnęła się, a jej oczy zamigotały. – Pokonałabym cię. Mogę iść o zakład.

Erran uśmiechnął się szeroko.

– Wiem, moja królowo. Widziałem, jak pokonałaś na miecze moich trzech najlepszych ludzi. Upokorzenie ukłuło mnie jak szpicruta! Ale...

– Nie ma żadnego „ale". To bezpośredni rozkaz – ucięła królowa. – A nie chciałabym informować Leanorica, że nie wykonałeś mojego polecenia.

Erran zasalutował.

– Jak sobie życzysz, królowo.

Obrócił się i uśmiechnął do Marii, która nagle zaniemówiła.

– Zechcesz pójść ze mną, pani? Odprowadzę cię na świeże powietrze.

Maria kiwnęła głową, rzuciła Allorii gniewne spojrzenie i oddaliła się w towarzystwie swego adoratora.

Nareszcie sama. Alloria weszła do swojej komnaty i zamknęła drzwi. Uwielbiała być sama, bez straży, pokojówek, sług i lokajów. Wiedziała, że ich obecność wiąże się z jej pozycją, i to czyniło jej upodobanie do samotności jeszcze silniejszym... z wyjątkiem nocy. W chwilach ciemności i chłodu chciało jej się płakać za Leanorikiem. Okrutnie za nim tęskniła. Tęskniła też za swymi dwoma synami, dwunastoletnim Olivierem i czternastoletnim Aleksandrem, którzy podróżowali z ojcem, ucząc się wojennej sztuki.

Nie. W ciemnościach przyszłaby tylko Maria, wspięła się do łoża Allorii i przytuliłyby się do siebie, dzieląc ciepło i komfort psychiczny wynikający z kontaktu z drugim człowiekiem. Alloria wiedziała, że Maria kocha ją w sposób wykraczający nieco poza potrzebę kontaktu i pocieszenia, których pożądała Alloria. Wiedziała, że Maria bardzo ceni te spędzone wspólnie noce, kiedy rozgrzane snem ciała oddzielała jedynie cienka warstwa jedwabiu i bawełny. Lecz Alloria należała do Leanorica, jej króla, jej jedynej prawdziwej miłości, jej bohatera, jej mężczyzny. Prawdziwego, silnego mężczyzny, którego... Obraz błysnął w jej myślach przeszywająco jak błyskawica.

Zdradziła.

Potknęła się lekko, odzyskała równowagę i łapiąc powietrze jak ryba, podbiegła do stojaka, nalała wodę do kielicha i łapczywie wypiła. Pustym naczyniem uderzyła o tacę, dysząc i przeklinając się za posiadanie wspomnień, a przynajmniej wspomnień tamtych okropnych dni i tygodni, gdy miała...

Nie mów tego, nawet o tym nie myśl... to się nie stało.

To był tylko sen, zły sen.

Dlaczego zrobiła taką okropną rzecz człowiekowi, którego kochała? Swojemu mężowi? Ojcu swych dzieci?

A on jej wybaczył.

Spojrzała na swe odbicie w srebrnym lustrze, jej uśmiech wyglądał jak pęknięcie. Oczy straciły swój zielony ogień. Zamrugała przez łzy, znajdując wewnętrzną siłę, i sięgnęła ku małemu kamiennemu słoikowi. Ręka zatrzymała się nad naczyniem, misternie udekorowanym starożytnymi scenami batalistycznymi i wizerunkami bohaterów długiej, burzliwej historii Falanoru.

– Nie.

Słowo wydawało się głośne i pękło echem, rozbrzmiewającym w pustej komnacie pomimo powieszonych wszędzie futer, jedwabnych zasłon i wielu gobelinów również przedstawiających historię Falanoru.

Dłoń Allorii cofnęła się i zawisła niepewnie nad pokrywką. Czuła, jak ogarnia ją słabość od stóp do czubka głowy, jakby któryś ze Starszych omiatał ją różdżką. Zdjęła niezgrabnie wieczko, które zastukało na granitowym blacie stołu. Alloria zdusiła przekleństwo i nie spoglądając do wnętrza słoja, zwilżyła palec i po prostu zanurzyła go w ciemnoniebieskim proszku. Patrzyła w zielone oczy swojego odbicia, wcierając narkotyk pod język i natychmiast czując relaksującą słodycz niebieskiej karissii, która uderzała do krwi i do głowy.

Alloria wiedziała, że to słabość i że pewne przerażające wydarzenie z jej przeszłości, które nauczyło ją korzystać z tego rzadkiego narkotyku, nie jest wystarczającym wytłumaczeniem. Lecz to była jej ucieczka, nauczyła się polegać na mocy narkotyku podczas dawnych, złych dni, kiedy wszystko wydawało się takie niejasne, a sprawy szły źle.

Niebieska karissia pulsowała w niej, rozpływała się z każdym uderzeniem serca i świat zaczął się kołysać. Alloria pospiesznie zrzuciła szal oraz suknię i wspięła się na łóżko, natychmiast zasypiając. Jej sny były barwne, spokojne i spowite błękitem.

Obudziła się w ciemnościach z uczuciem, że coś jest nie tak, jak być powinno.

W ustach miała gorycz po zażyciu narkotyku i zaczęła się zastanawiać, jak długo była pod jego wpływem. Godzinę? Trzy godziny? Usiadła zdezorientowana i poczuła łagodne mdłości. Zadrżała, zsunęła się z łóżka i naciągnęła długą jedwabną suknię. Wbiła stopy w cienkie pantofle, po czym znalazła dzban z wodą. Piła łapczywie, odwodniona po błękicie, i dopiero wtedy jej powoli budzący się umysł zalała fala pytań...

Dlaczego lampy nie zostały zapalone? Ani w jej komnacie, ani na zewnątrz, na wybrukowanej ścieżce. Zwykle ogród był wypełniony kulami świateł. Allorii ciężko było uwierzyć, że zapalacz aż tak zaniedbał swoje obowiązki.

Ostrożnie zbliżyła się do drzwi i otworzyła je jednym mocnym pchnięciem. Na zewnątrz Jesienny Pałac pogrążony był w aksamitnej ciszy. Alloria nasłuchiwała znajomo brzmiących kroków strażników, dalekiego brzęku zbroi. Nie usłyszała niczego. Otworzyła usta, by zawołać, i zamknęła je natychmiast, zmieniając zdanie.

Gdzie podział się Erran? Gdzie pozostali strażnicy? W trakcie godzin nocnych zwykle dwóch ludzi strzegło drzwi do jej komnat sypialnych. Gdzie się podziali? To było nie do pomyślenia, że mogliby opuścić swój posterunek. Próbowała wypatrzyć coś we wszechobecnej czerni. Złowieszczy dreszcz przyprawił ją o gęsią skórkę. Coś było nie w porządku, bardzo nie w porządku. Czuła to we krwi i kościach. Pchnęła skrzydło drzwi.

Z tyłu przy łóżku miała krótki miecz nazywany Polarnym Ostrzem. Odsunęła się od drzwi i cofnęła do łóżka. Wzdrygnęła się, wyciągając miecz z pochwy. Naoliwione ostrze zaszeptało, wysuwając się ze skóry, ale czuła się lepiej, trzymając miecz w ręku. Wiedziała, jak go używać, jak się bronić, jednak w rzeczywistości nigdy nie była zmuszona zabijać i gdzieś w głębi duszy zastanawiała się, jak zareaguje w obliczu takiej konieczności.

Stała w ciemnościach niezdecydowana co do tego, jaki powinien być jej pierwszy ruch. Nagle ciemność przeszył głos, był chłodny, czysty i zdecydowanie zbyt arogancki:

– Co masz zamiar zrobić z tym mieczem, mała, słodka królowo Allorio?

Napięła się, przygotowując na atak. Skierowała się w stronę, z której dochodził głos. Bogowie, on był w pokoju, razem z nią, a gdzie podział się Erran i straże?

Strach zabrał jej z piersi dech.

– Kim jesteś? – jej głos był jak kamień, jak lód.

Coś poruszyło się w ciemności i Alloria uniosła swój miecz szybkim ruchem, a przynajmniej tak jej się wydawało. Później uznała, że była prawdopodobnie cały czas otumaniona przez narkotyk, który miał pomóc jej zasnąć, pomóc złagodzić koszmary.

– Jestem tu, żeby pomóc.

– Kim jesteś?

– Nazywam się Graal. Przebyłem do ciebie długą drogę, moja królowo.

Wszedł w krąg światła wpadający przez wysokie okno. Był wysoki, dobrze zbudowany i poruszał się z wdziękiem. Miał długie białe włosy i niebieskie oczy, pociemniałe w nocnym świetle. Jego twarz była piękna i Alloria skamieniała z wrażenia. Nie nosił broni.

– W pobliżu są moi strażnicy – powiedziała o wiele ciszej, niż miała zamiar.

– Wszyscy nie żyją – westchnął Graal.

Jakby podkreślając rzuconą przez niego uwagę, coś ogromnego z doskonałym wyczuciem czasu poruszyło się na zewnątrz, łamiąc drewno i krusząc marmur. Było duże i prymitywne. Alloria mogła to wyczuć. Chrząkało, oddychając, a jego cień dziko tańczył na dalekiej ścianie.

Czym jesteś? – pomyślała, drżąc. Co tu się dzieje?

Graal zbliżył się, podniesiony miecz zamigotał z sykiem, lecz on kontynuował ruch, wszedł w jej zasięg i odbił ostrze na bok z niezwykłą łatwością, która ją zawstydziła. Próbowała cofnąć broń i wykonać pchnięcie, ale przycisnął ostrze, a następnie złapał ją za szczękę. Strach podszedł jej do gardła razem z wymiocinami.

– Gdzie jest Maria? – powiedziała.

– Niestety, prawie wszyscy są martwi.

– Nie!

– Wszyscy martwi.

– Erran?

– Wszyscy, kochanie. To po ciebie tu przyszliśmy, a to... że wzięłaś narkotyk, tylko ułatwiło zadanie. Jak słodko.

Alloria poczuła, jak świat wali jej się na głowę. A potem jeszcze raz i znowu. Otrzeźwiała dopiero w momencie, gdy poczuła, że Grall zdejmuje z niej ubranie.

– Co robisz? – wrzasnęła.

Na zewnątrz wielka istota przesunęła się znowu, roztrzaskując beczkę.

– Niestety, to konieczne następstwo wojny.

Zaczęła walczyć, ale Graal był zbyt silny. Uderzył ją pięścią nagle i brutalnie. Na wpół ogłuszona padła na łóżko. Suknia zadarta wysoko i nagie, blade uda obnażone w mroku. Graal pieprzył ją bez namiętności. Zgwałcił ją. Płakała, a jej łzy wsiąkały w prześcieradło. Kiedy Graal zbliżał się do wytrysku, jego głowa opadła, kły wysunęły się i ugryzł ją w szyję. Krzyczała, a on kosztował jej krwi. Pił z niej, gdy dochodził ze stęknięciem. Poczuła, jak ciepło wlewa się w nią, podczas gdy krew z niej wypływa, i poczuła się chora, słaba, i zapłakała. Obróciła się i zwymiotowała na łóżko. Wydawało się, że nieoczekiwanie sprawiło to Graalowi jakąś przyjemność, przyniosło jakieś zaspokojenie. Wciągał swoje bryczesy, a jego członek, blady i cienki, skrzył się w świetle księżyca złotymi i mosiężnymi przewodami. W zdecydowanym odruchu zlizał krew Allorii z kłów.

– Mój mąż będzie cię za to ścigał – warknęła Alloria, mrużąc oczy i dotykając palcami ran na karku. Nienawiść wrzała w jej piersiach jak trucizna.

– Mam nadzieję – powiedział Graal i gestem wskazał miejsce, gdzie w mocnym uścisku albinoskiego wojownika stała Maria. Była związana i zakneblowana, a jej oczy szeroko otwarte. Widziała wszystko. Graal uśmiechnął się krzywym, pełnym złośliwości uśmiechem.

– Zostanie uwolniona niedaleko obozu Leanorica. Czuję, że przyniesie to... interesujące rezultaty.

– Co robisz? – syknęła królowa.

Przyciśnięty do gardła miecz wydarł z niej jęk. Graal pochylił się i pocałował ją w usta, namiętnie, z miłością. Była zbyt przerażona, by się wyrywać. Ciągle wewnątrz siebie czuła jego ciepłe nasienie. Było jej wstyd, wstyd, bo bała się tego obcego mężczyzny, ale przede wszystkim wstyd, bo jeszcze bardziej bała się ciemności i śmierci.

– Zostawiam ślady – odpowiedział i skinął głową.

Maria, mała, słodka istota, która tak wiernie służyła Allorii, została wyciągnięta z pokoju za włosy. Krew plamiła jej twarz, piersi i uda. Nie została dobrze potraktowana.

– On cię zabije! – syknęła królowa.

– Zobaczymy – odparł Graal i zadał jej potworny cios, który odrzucił ją na łóżko. Zsunęła się z niego na podłogę.

Napłynęła ciemność i Alloria nie zapamiętała nic więcej.

Rozdział 8
Las Kamiennego Lwa

Zgnilec skoczył z wyciem, a dziewczyny skuliły się przerażone. Wylądował ciężko, a one natychmiast zrozumiały, że nie były celem. Jeden z drwali wciąż żył. Jęknął cicho i uniósł swój miecz, przetoczył się z trudem. Na widok zgnilca jęk mężczyzny przerodził się w warkot... który urwał się gwałtownie, gdy jedno kłapniecie potężnych szczęk pozbawiło go głowy.

Kat osunęła się na martwe sosnowe igły i gnijące leśne poszycie, podczas gdy zgnilec hałaśliwie pożerał ciało swojej ofiary. Rwał długie pasy mięsa z ud i miażdżył chrupiące, trzaskające kości. Wyrywał ogromne, błyszczące bryły mięsa z szerokiej dupy i połykał je szybko, wydając ohydne, bulgoczące dźwięki. Skulone dziewczyny obserwowały bestię. Nienna uświadomiła sobie, że drży. Po omacku odnalazły zerwane z nich ubrania, które walały się dookoła.

Kiedy wciągały na siebie rozdarte szmaty, Kat stanęła na suchej gałęzi, która pękła z trzaskiem. Zgnilec przerwał ucztę i uniósł głowę. Krew barwiła masywne, otwarte szczęki i kapała z zakrzywionych kłów. Nienna pojęła nagle, że to było inne stworzenie niż to, które spotkali wcześniej. Miało mniejsze usta przesunięte niesymetrycznie w lewo i zęby jak poczerniałe stalowe pale, które raczej miażdżyły mięso, niż je cięły. Było również szczuplejsze i mniej masywne niż jego poprzednik. Nienna od razu zauważyła małe, zaokrąglone piersi, które zwisały między przednimi kończynami. Sutki na miedzianych aureolach błyszczały jak wypolerowane żelazo, a pod przerażająco cienką, półprzezroczystą skórą można było dostrzec pracujące tłoki.

To kobieta, uzmysłowiła sobie Nienna i to w jakiś sposób sprawiło, że zgnilce wydały jej się tysiąc razy potworniejsze. Potwór to jedno, ale potwór stworzony z ludzkiego ciała? Myśl, że wskutek pokręconych decyzji, złych wyborów czy przypadkowego pecha można by tak skończyć, wydała jej się straszliwa.

– Bogowie – wyrwało jej się cicho i zgnilec uniósł wyżej łeb, skupiając uwagę na dziewczętach. Sprawiał wrażenie, że zobaczył je dopiero teraz. Zmrużył małe oczy, w których wirowały płatki złota, podniósł pysk ku niebu i zaryczał, a w jego głosie usłyszały coś jakby przejmujące cierpienie.

Nie czekając, by sprawdzić, czy stwór zaatakuje, Nienna i Kat odwróciły się i pobiegły tak szybko jak mogły. Gnały leśnymi dróżkami, przeskakiwały nad zwalonymi kłodami, uchylały się przed grubymi gałęziami. Wokół nich sypał śnieg, powoli pogrążając las w zimnym bezruchu, który próbował też pochwycić dziewczęta. Ogarniał ciała i myśli przejmującym lodowatym chłodem.

Trzask łamanych gałęzi mówił im, że są ścigane. Nienna zerknęła przez ramię i ujrzała zgnilca pomiędzy dwoma pniami drzew, z których każde musiało mieć chyba ze sto lat. Ponownie zawył. Przerażający basowy dźwięk odbił się echem po lesie, wśród drzew, które zakołysały się w odpowiedzi, jakby chciały szumem wyrazić akceptację dla tego polowania.

Przy wtórze stękania i trzasku pękającego drewna zgnilec przebił się przez przeszkodę. Drzewa zwaliły się z hukiem, łamiąc gałęzie i miażdżąc mniejsze drzewka, spory kawał lasu został unicestwiony w przerażającym tąpnięciu.

Nienna i Kat biegły. Gałęzie chłostały je bezlitośnie, na głowy sypał się śnieg i sosnowe igły. Bestia zawyła raz jeszcze i z pasją kontynuowała swój niezdarny pościg między drzewami.

– Gęsty las – sapnęła Nienna. Spoconą twarz pokrywały liczne małe zadrapania.

– Co?!

– Kieruj się w gęsty las. Drzewa go zatrzymają. Spowolnią!

Kat przytaknęła i skręciły w lewo. Zgnilec również zmienił kurs, miażdżąc, rozbijając pnie i wyrywając drzewa z korzeniami. Przebijał się przez las niczym trąba powietrzna.

Wkrótce dotarły do tej części, gdzie drzewa rosły gęściej, ale plan nie zadziałał tak dobrze, jak zakładały Nienna i Kat. Tu rosły drzewa znacznie młodsze. Starsze i potężniejsze były rozrzucone rzadziej. Zdobyły sobie terytorium, własny skrawek puszczy, i wokół ich podstaw, gdzie docierało niewiele słonecznego światła, rosły cienkie sosny i leżały zrzucone gałęzie. W gąszczu zaś młode drzewa walczyły o supremację, o wzrost, o światło. Ściśnięta przerażeniem Nienna zdała sobie sprawę, że zgnilec z łatwością przeora się przez wątłe pnie. Nie miało go co zatrzymać...

– Muszę stanąć! – zawodziła Kat.

– O co chodzi?

– Stopy mam pocięte na wstążki!

Ciemność rozlewała się po gęstym lesie, jakby wylewała z dzbana. To był kolejny problem. Nienna zrozumiała swój błąd w ocenie sytuacji. Im las był gęstszy, tym był ciemniejszy i bardziej przerażający. Tam, gdzie rosły wielkie drzewa, przynajmniej trochę światła odbitego od śniegu znajdowało drogę między konarami. W gęstwinie było tylko lodowato, ciemno.

Kat stanęła, a Nienna zatrzymała się przy niej. Nieruchome nasłuchiwały, jak zgnilec zawahał się i zatrzymał. Powietrze przeszył ryk i usłyszały, jak zdeformowana bestia węszy.

– Może nas nie zobaczy – powiedziała Kat drżącym głosem. Przesunęła się bliżej przyjaciółki i dziewczyny złapały się kurczowo. W mrocznym gąszczu nie mogły nawet dostrzec swoich twarzy.

– Może.

Zgnilec zbliżył się, węsząc i chrząkając. Teraz mogły usłyszeć delikatny, szumiący dźwięk pracującego werku. Klikanie przekładni, cichutki gwizd tłoków, szmer wirujących zębatek.

– Gdzie on, do cholery, jest? – szepnęła Kat.

– Pst.

Stworzenie podchodziło bliżej i bliżej. Dziewczęta zagryzały usta, by nie krzyczeć, i modliły się. Modliły się o cud. Ich stopy wciąż krwawiły, a pot na drżących ciałach zamieniał się w lód...

Coś wielkiego poruszyło się nad nimi i Nienna wyczuła w drzewach obecność czegoś ogromnego. Jakby przez puszczę skradał się gigant. Zgnilec warknął, zaryczał i skoczył. Rozległ się dźwięk szamotania, pazurów trących o drewno i szczęk zaciskających się z metalicznym chrupnięciem, a potem wszystko skończyło się w potężnym, potwornym, ogłuszającym łupnięciu. Las zatrząsł się, jakby uderzony pięścią giganta.

Cisza spowiła okolicę niczym dym.

Drżące ze strachu i zimna nasłuchiwały czujnie.

Co się stało?

Co się stało ze zgnilcem? Co się w ogóle wydarzyło?

Dobiegła je seria syków i brzęków, po czym znów zapadła cisza. Cokolwiek stało się ze zgnilcem, było natychmiastowe i ostateczne. Jakiś wielki drapieżnik? Może niedźwiedź? Nienna potrząsnęła głową, zaprzeczając własnym koncepcjom. Nie. Niedźwiedź nie dałby rady zabić tej rzeczy, która ich ścigała. Co w takim razie?

– Dalej, ruszajmy – szepnęła Kat.

Coś ogromnego i przerażającego zaryczało nad nimi, w ciemnościach łamiąc gałęzie i krusząc pnie. Kat zaczęła głośno krzyczeć. Cały jej instynkt przetrwania ulotnił się wyparty przez prymitywne przerażenie. Ciemny cień wspinał się w górę i nagle ryknął gwałtownie, głębokim i silnym basowym rykiem pozbawionym dysonansów słyszalnych w głosie zgnilca.

– Wiem, gdzie jesteśmy – syknęła Nienna, przytrzymując przyjaciółkę w cieniu.

– Gdzie? – zapłakała Kat.

– W Lesie Kamiennego Lwa – szepnęła przerażona Nienna.

– Mówię ci – powiedział Saark – to szaleństwo wychodzić teraz na śnieg!

– Cóż, ja idę.

Kell otworzył drzwi i wyszedł w zamieć. Burza śnieżna przycichła, już tylko tuman gęstego śniegu wisiał między pniami. Wzrok Kella prześlizgnął się po ciemnych drzewach.

– Weź swój miecz.

Saark ponownie wychylił się z chałupki w wilgotnym ubraniu, gderając, i stanął obok nieruchomego Kella.

– O co teraz chodzi, ty stary koźle? Zapomniałeś złotych zębów? Zostawiłeś pas przepuklinowy? Może musisz walnąć dużą kupę?

Kell obrócił się do niego. Szeroko otwarte oczy płonęły gniewem.

– Zamknij się, durniu! Coś jest między drzewami.

Saark już miał wygłosić kolejny sarkastyczny komentarz, lecz wtedy także on bardziej wyczuł, niż usłyszał ruch. Obrócił się plecami do małej chaty, przodem do drzew, i uniósł rapier. Zmrużył oczy. Kell dobył sviana i przeklął utratę topora. Mocno to przeżywał. Nie tylko dlatego, że topór był bronią, której teraz właśnie potrzebował, ale również dlatego, że topór... należał do niego. To była Ilanna. Jego Ilanna.

– Na zęby piekieł – wymamrotał Saark, kiedy albinoscy żołnierze wyłonili się ostrożnie spomiędzy drzew, bezszelestnie jak blade duchy. Ich zbroje lśniły w promieniach księżycowego światła prześwitującego przez śnieżne chmury.

– Naliczyłem dziesięciu – powiedział Kell delikatnie.

– Ośmiu – odparł Saark.

– Dwóch łuczników jest między drzewami. Po prawej stronie.

– Na Bogów, ty to masz wzrok! Teraz ich widzę.

– Gówniana sytuacja. Marzę teraz o moim toporze.

– A ja o szybkim koniu.

– Bardzo heroiczne.

– W tych stronach nie ma wielkiego popytu na martwych bohaterów.

Szereg albinosów rozciągnął się, karmazynowe oczy wpatrywały się w dwóch mężczyzn. Kell odsunął się od Saarka, określając w myślach strefę walki. Jednak w głębi duszy wiedział, że nawet z toporem byłoby ciężko stawić czoła białowłosym. A co dopiero jedynie z długim nożem! Nawet tak śmiertelnie groźnym jak svian. Z kolanami w złym stanie i potłuczonymi żebrami. Tylko dobry Bóg wiedział, jakie jeszcze artretyczne męki czekały, by go opaść na podobieństwo wiejskich kundli. Skrzywił się. Do diabła. To nie wyglądało dobrze.

– Rzućcie broń – rozkazał albinoski porucznik.

– Pocałuj mnie w dupę – warknął w odpowiedzi Kell.

– Wspaniale. Bez broni, a do tego idiota – podsumował Saark. Spojrzenie utkwił w żołnierzach.

– Zawsze możesz pobiec przez las z powrotem i wskoczyć do rzeki.

– O, i to jest dobry pomysł.

Stali w napięciu, czekając na atak. Porucznik albinosów był ostrożny, Kell widział to w jego oczach. Nie zmylił go widok starego człowieka i eleganta ubranego w wiejskie łachy. Widział zadbane loki Saarka, jego postawę, jakość rapiera. Zbyt wiele szczegółów nie pasowało do siebie, a albinos był ostrożny. To sugerowało, że miał doświadczenie.

– Gotowy? – mruknął Kell... i nagle coś wielkiego z sykiem i stukotem przekładni, parując gorącym oddechem, przebiło się przez drzewa i wpadło w sam środek grupy albinosów.

Rozrywało i rozszarpywało, rozłupywało i miażdżyło. Albinosi w doskonałym szyku obrócili się, unieśli miecze i zaatakowali bez wojennych okrzyków, za to z doskonałą sprawnością i zimną, wyrachowaną precyzją, która miała w sobie więcej z rzeźnictwa niż z żołnierki... Miecze uderzyły zgnilca, a spośród drzew posypały się strzały, wbijając się w boki bestii. Zamiast zranić czy choćby spowolnić potwora, atak tylko go rozwścieczył i wprawił w dziki szał.

Stwór odwrócił się w mgnieniu oka i chwycił jednego z białowłosych, rozerwał go na pół i odrzucił. W jedną stronę poleciały pryskające białą krwią nogi, a w drugą ciągle wrzeszczący korpus z głową. Więcej strzał zagłębiło się w bokach zgnilca. Ten cofnął się, młócąc powietrze zdeformowanymi ramionami, dłońmi zakończonymi lśniącymi szponami. Ze szczęk wysunęły się kły i w całej okazałości objawiła się jego wampiryczna natura. Skoczył na kolejnego żołnierza, zatopił w nim kły i chłeptał mleczną krew, aż zakrztusił się i przysiadł na zadzie, podczas gdy miecze rąbały po zębatkach i cięły potężne mięśnie. Wypluł mleczny płyn, sięgnął łapą, chwycił następnego z żołnierzy za głowę, odrywając ją od kręgosłupa i ścięgien, które pękały z cichym puk, puk, aż zawisły, kołysząc się jak strzępy podartego ubrania.

– Czuję, że to najlepszy moment, żeby opuścić towarzystwo – wymamrotał Saark.

– Do lasu – powiedział Kell.

– Założę się, że mieli w pobliżu konie.

Zażarta walka nie ustawała ani na chwilę, gdy Kell i Saark przesuwali się w kierunku drzew. Bardziej sunęli, niż biegli, spięci w oczekiwaniu na uderzenie strzały w plecy.

Dotarli do linii drzew, zimnych, cichych, zasypanych śniegiem, a za nimi wciąż rozlegały się wycie, kwik i ryki. Miecze dźwięczały o metal, a zgnilec obracał się i tańczył w furii skurczów i spazmów.

– Tam – wskazał Kell.

Ruszyli pomiędzy drzewa. Dźwięki bitwy przygasały i w ciągu kilku minut hałasy ucichły stłumione jak sen z innego świata.

Grupa koni była uwiązana do drzewa przy niewielkim kręgu z kłód. Kell rozwiązał wodze i wybrał cztery czarne wierzchowce. Pozostałe rozgonili. Dosiedli dwóch wałachów i prowadząc luzaki, ruszyli wąską ścieżką wydeptaną przez jelenie.

– Którędy? – spytał Saark.

– Z dala od zgnilca.

– Czuję, że to właściwy kierunek.

– W tej chwili najroztropniejszy.

– Coś mi przyszło do głowy, Kell.

– Co takiego?

– Ten stwór z tyłu. Różnił się od ostatniego, tego rozerwanego w rzece. Są więc... co najmniej dwie bestie. Tak?

– Jesteś spostrzegawczy, młodzieńcze. Nie ma co.

– Staram się. – Saark uśmiechnął się w mroku zasypanego śniegiem lasu. – Staram się przez to powiedzieć, że jeżeli są dwa, to może miałeś rację, może będzie ich więcej. I nie jest to typ potworów, z którymi moglibyśmy walczyć wiejskim mieczem i siekierką.

– Pod Czarnymi Grotami, Saark – głos Kella był ponury i głuchy – są tysiące takich stworzeń. Widziałem je. Dawno temu.

Jechali w ciszy.

– Więc praktycznie rzecz biorąc, źródło tych paskudnych gnojków jest niewyczerpane? – odezwał się w końcu Saark.

– Tak.

– Cóż. Sprawy zaczynają cuchnąć, stary koniu.

Podążył za Kellem, kiedy ten zmienił kierunek, skręcając głębiej w las. Wtedy odgłosy walki, a w zasadzie wszystkie odgłosy ucichły. Otuliła ich wełnista cisza. Ponad ich głowami kołysały się drzewa, które jak we śnie szeptały fałszywe obietnice.

– Przy okazji, dokąd zmierzamy?

– W kierunku Nienny.

– A wiesz to skąd?

– Zaufaj mi.

– Poważnie, Kell. Jak możesz to wiedzieć?

– Ma mój topór. Czuję ją. Przyciąga mnie.

Saark gapił się w mroku na starego wojownika. Jeden z wałachów zarżał i Kell pochylił się do przodu, uspokajając go i głaszcząc po głowie.

– No już cicho, mały.

– To nie jest pies, Kell.

– Czy ty kiedykolwiek przestajesz jazgotać?

– Co to miało znaczyć?

– W Jalder moja sąsiadka miała gównianego małego kundla. Całą cholerną noc jazgotał, a kobieta nie robiła nic, żeby uspokoić bestię. Wiele razy ten mały gnojek ujadał całą noc. Więc jednego lata, wyczerpany brakiem snu, przyznaję, straciłem nad sobą panowanie. Zdjąłem topór ze ściany, poszedłem do sąsiadki i obciąłem psu głowę.

– To jakaś wyrafinowana przenośnia?

– Morał mojej historii jest taki – warknął Kell – że psy, które jazgoczą całą noc, proszą się o dekapitację. Szczególnie gdy nie jestem w nastroju...

– To dowodzi, że nie jesteś miłośnikiem zwierząt. Idę o zakład. Co się stało z sąsiadką?

– Złamałem jej nos.

– Jesteś niemiłym typem. Prawda, Kell?

– Zdarza się.

– Czy jazgoczący pies to jakaś zawoalowana aluzja odnosząca się do mojego delikatnego języka?

– Nie tyle samego języka, ile nadużywania tego konkretnego organu.

– Ach. W takim razie postaram się być cicho.

– Czuję, że to dobry pomysł.

Wędrowali wolno przez noc, nasłuchując uważnie, czy ich śladem nie podąża zgnilec albo pozostałości z oddziału białowłosych. Żaden z mężczyzn nie był pewien, kto mógł wygrać tamto starcie. Wiedzieli tylko, że walka będzie bezwzględna, długa, krwawa i nie może się skończyć inaczej niż śmiercią jednej ze stron.

Nagle Saark parsknął śmiechem, jakoś zmusił się, by stłumić radosny rechot. Cisza objęła ich miękką falą jak oleisty dym.

– Coś cię śmieszy, przyjacielu?

– Tak.

– Podzielisz się tym ze mną?

– Cholerny zgnilec zaatakował własnych ludzi. Myślałem, że są po tej samej stronie. Co za nieudolny, bezmózgi skurwysyn! Dołożył im, jakby byli wrogami. Jakby to była osobista zemsta.

– Może była – powiedział Kell cicho. – Zauważyłem, że zgnilce przestrzegają niewielu zasad i nie grzeszą inteligencją. Nie dbają o to, kogo albo co mordują. Są proste, prymitywne i dzikie. Jak ludzie, którzy cofnęli się w rozwoju i zostali zwichnięci przez krwawą magię.

– Ludzie?! – powtórzył Saark zaszokowany. – To byli kiedyś ludzie?!

– Potworny koniec, prawda?

– Tak potworny jak oni sami – odparł Saark z drżeniem. – Słuchaj, staruszku. Skąd wiesz to wszystko?

– Byłem w wojsku. Dawno temu. To było... skończyliśmy zagubieni w Czarnych Grotach, zmuszeni szukać drogi do domu. To był długi, zdradliwy marsz przez wysokie i oblodzone ścieżki, nie szersze niż chłop w pasie. Podróż przeżyło tylko trzech.

– Z ilu?

Oczy Kella błysnęły w ciemnościach.

– Rozpoczęliśmy z pełną kompanią – powiedział.

– Bogowie! Setka ludzi?! Co tam jedliście?!

– Nie chciałbyś wiedzieć.

– Zaufaj mi, chciałbym.

– Jesteś jak nazbyt żwawy szczeniaczek. We wszystko wsadzasz swój nos. Pewnego dnia trafisz na coś ostrego i skończysz z obciętym nosem.

– Wciąż chcę wiedzieć. Moim zdaniem, nos ma ograniczone zastosowania.

Kell zachichotał.

– Myślę, że jesteś odrobinę szalony, przyjacielu.

– Na tym świecie wszyscy jesteśmy, nieprawdaż?

Kell wzruszył ramionami.

– No dalej, napięcie mnie zabija.

– Zjadaliśmy się nawzajem – powiedział stary wprost.

Saark jechał przez chwilę w milczeniu, przetrawiając tę informację. W końcu zapytał:

– Które kawałki?

– Co „które kawałki"?

– Które kawałki jedliście?

Kell gapił się na Saarka pochylonego w łęku swego kradzionego konia, spragnionego informacji i łaknącego opowieści.

– Dlaczego chciałbyś wiedzieć? Piszesz kolejną zwrotkę *Legendy Kella*?

– Może. No dalej. Interesuje mnie to – westchnął dandys. – W tej krótkiej, brutalnej, pozbawionej seksu chwili twoje opowieści są najlepszą rzeczą, jaka może się trafić.

– Czarujące. Cóż, zaczynaliśmy od tyłka. Zad to największy kawał mięsa, który można znaleźć na człowieku. Potem uda, łydki, bicepsy. Odcinasz mięso. Gotujesz, jeżeli masz na czym. Jesz surowe, jeżeli nie masz.

– Czy to nie było po prostu... całkowicie odrażające?

– Tak.

– Myślę, że wolałbym zdechnąć z głodu – rzucił Saark półgębkiem, odchylając się z powrotem w siodle, jakby zebrał już każdy okruch potrzebnej mu informacji.

– Nigdy nie byłeś w takiej sytuacji – odparł Kell w obłoku wydychanej pary. – Nie wiesz, jak to jest umierać, gdy wyjący wiatr tnie ci skórę na paski, gdy towarzysze ześlizgują się z półek skalnych i krzyczą w locie po śmierć. Albo gorzej, spadają setki stóp w dół, łamią nogi i kręgosłupy, a potem wołają o pomoc przez kolejne godziny, wykrzykując nasze imiona. Ich głosy podążały za nami przez przełęcze. Najpierw błagalne, potem wściekłe, niosły przekleństwa i obelgi, groźby pod adresem naszym i naszych bliskich. Stopniowo przygasali i słabli pożerani przez zimno, podczas gdy ich słowa płynęły za nami jak dym w głąb długich kotlin. To był paskudny rodzaj śmierci.

– A czy jest dobry?

– Są lepsze.

– Nie zgadzam się, stary koniu. Kiedy jesteś trupem, to jesteś trupem.

– Znałem kiedyś mężczyznę, nazywali go Łasica. Pracował dla Leanorica w, powiedzmy, branży tortur. Pewnej nocy upiłem się z nim w tawernie, na południe stąd, w portowym mieście Hagersberg, na zachód od Gollothrim. Uważał, że potrafiłby utrzymać przy życiu człowieka w wyjątkowej udręce przez ponad miesiąc. Twierdził, że mógłby sprawić, by ten człowiek błagał o śmierć. Płakał jak dziecko, przeklinał, błagał i obiecywał wszystko, duszę nawet, licząc jedynie na nagrodę w postaci słodkiej, uwalniającej od bólu śmierci. Ten Łasica uważał, że może złamać człowieka psychicznie. Mówił, że to gra rozgrywana między katem a ofiarą. Trochę jak zabawa kota z myszą. Tyle że ten kot używał informacji, obserwacji i niuansów psychologii, żeby określić, jak najlepiej torturować swoje ofiary. Łasica mówił, że może doprowadzić człowieka do szaleństwa.

– W takim razie chyba go za bardzo nie polubiłeś?

– Nie – zgodził się Kell.

Wreszcie wyjechali z lasu i wałachy stanęły w świetle żółtego księżyca. Na niebie kłębiły się chmury niosące swój ładunek śniegu i gradu. Zimny wiatr wył drwiąco.

– Odciąłem mu głowę w błocie na zewnątrz.

– Więc stanąłeś po stronie moralności? Przyklaskuję temu. W tych chorych i gwałtownych czasach człowiek taki jak Łasica nie zasługuje na to, żeby oddychać naszym słodkim, czystym powietrzem. Torturująca, łajdacka szumowina. Postąpiłeś właściwie, zapamiętaj moje słowa. Postąpiłeś honorowo.

– Nic z tych rzeczy – zaprzeczył Kell. Kiedy spojrzał na Saarka, wydawał się młodszy i nieskończenie bardziej niebezpieczny. – Byłem po prostu pijany.

Szarpnął wodze i skierował się ku kolejnemu zagajnikowi na grzbiecie wzgórza. Saark popędził swojego wierzchowca, mrucząc coś pod nosem.

Słońce wypełzło ponad horyzont jakby wystraszone. Promyki światła przebijały się przez gęsty las, a Kell i Saark zrobili sobie przerwę. Uwiązali konie i i zabrali się do przeszukiwania juków, pewni, że przynajmniej na chwilę zgubili swoich prześladowców. Spadło więcej śniegu. Grube płatki opadały leniwie i Kell mruknął z aprobatą.

– To pomoże zatrzeć nasze ślady – powiedział, walcząc z zasupłanymi rzemieniami przy sakwie.

– Sądziłem, że zgnilec tropi za pomocą węchu. Lwy na dalekim Południu posługują się węchem i według wszystkich relacji nie można ich zgubić.

Kell nie odpowiedział. Otworzył sakwę i zaczął przeszukiwać wyposażenie albinosów. Znaleźli podpałkę, krzesiwo, suche racje, przyprawy i sól, a nawet odrobinę whisky. Saark wziął duży łyk i cmoknął.

– Na jaja Bogów, zacny napitek.

Kell łyknął zdrowo. Poczuł ciepło w brzuchu i słodycz w głowie.

– Za dobra. Zabierz to ode mnie, zanim wypiję ją duszkiem. – Zerknął przez ramię na padający śnieg.

– Pytanie brzmi – powiedział Saark, biorąc kolejny łyk – czy zakładamy obóz?

– Nie. Nienna jest w niebezpieczeństwie. Jeżeli albinosi ją znajdą, zabiją. Możemy jeść podczas jazdy.

– Jesteś wymagającym szefem, Kell.

– Nie jestem twoim szefem. Możesz w każdej chwili odjechać.

– Twoja wdzięczność mnie przytłacza.

– To nie ja wygłupiałem się w korycie rzeki, trzepocząc się jak ranna ryba.

– Przyznaję, że uratowałeś mi życie i za to jestem ci dozgonnie wdzięczny. Ale jednak chyba przyznasz, Kell, że przeszliśmy razem przez straszne chwile. Moja przyjaźń na pewno coś znaczy. Dla mnie to niewypowiedziany zaszczyt podróżować z żywą legendą. Być może w przyszłości moje wyczyny będą opisywane przez zdolnych bardów przy akompaniamencie fletu i mandoliny. Długie opowieści, w których Kell i Saark zapełniają wspaniałymi przygodami kilka ostatnich rozdziałów wielkiej sagi! – Uśmiechnął się.

– Pierdoły. – Kell spiorunował Saarka wzrokiem. – Nie pozwolę na żadne rozdziały w cholernych wyolbrzymionych poematach. Chcę tylko odzyskać wnuczkę. Rozumiesz, człowieczku?

Saark uniósł ręce w górę.

– Hej, hej. Chciałem ci tylko uświadomić znaczenie twojej sławy. A także to, że wesoły pomocnik jak ja, włączony w historię, mógłby się stać niewiarygodnie sławny, bogaty i pożądany przez uda większej liczby kobiet, niż byłyby to w stanie znieść jego lędźwie.

Kell dosiadł konia, żując kawałek suchego mięsa. Ruszył w dół wąskiego szlaku, schylając się pod ciężkimi od śniegu gałęziami.

– Czy to wszystko, czego chcesz od życia, Saark? Pieniędzy i rozłożonych kobiecych nóg?

– Niewiele rzeczy jest więcej wartych. Nie licząc whisky i może doskonałego tytoniu.

– Jesteś kanalią, Saark. A co z błyskiem słonecznego światła w dziecięcych włosach? Gaworzeniem noworodka? Dreszczykiem jazdy na nieokiełznanym ogierze? Ostrym blaskiem nowo wykutego ostrza?

– Co z nimi? Wolę dziesięć butelek grogu, pulchną parę bujających się chętnie piersi, piszczącą, zgrabną, gorącą dziewuchę, wygrany zakład w walce psów. Może jeszcze drugą kobietę, na czas, kiedy pierwsza osiągnie radosne zaspokojenie. Jedna nigdy nie wystarczy! Nie takiemu zadziornemu poszukiwaczowi przygód.

Kell spojrzał do tyłu, w oczy Saarka.

– Kłamiesz – powiedział.

– Jak to?

– Rozgryzłem cię. Zachowywałeś się w przeszłości w ten sposób, ulegając swoim podstawowym instynktom, żądzom cielesnym, ale twoja dusza ma jądro z honoru, Saark. Mogę je dostrzec. Czytam w tobie, jak mnich czyta papierowy zwój. Dlatego wciąż jesteś ze mną. – Uśmiechnął się uśmiechem gorzkim jak piołun. – Nie chodzi o kobiety, mokre i chętne. Ani o picie. Chcesz ostrzec króla Leanorica. Chcesz postąpić właściwie.

Saark przez całe minuty wpatrywał się ciężko w Kella, a w końcu rzucił:

– Mylisz się, staruszku. – Humor dandysa zgasł nagle, rozwiała się ochota do przekomarzań. – Jedyne, co we mnie zostało, to czerw pożerający zgniłe resztki. Piję, pieprzę, gram, to wszystko, co robię. Nie myśl sobie, że możesz zajrzeć w moją duszę. Moja dusza jest bardziej czarna i zwichrowana, niż mógłbyś to sobie wyobrazić.

– Jak sobie życzysz – odparł Kell.

Spiął konia i rozglądając się po szlaku, ruszył do przodu z wyciągniętym svianem i krótkim albinoskim mieczem w pochwie przytroczonej do siodła. Jadąc przodem, uśmiechał się do siebie.

W końcu dostał Saarka. W końcu zamknął gębę temu strojnisiowi.

Saark jechał w milczeniu, analizując wymianę zdań z Kellem. Pełen goryczy zdawał sobie sprawę, że stary trafił z grubsza w sedno, i nienawidził się za to. Tak bardzo chciałby nie mieć krzty honoru. Nie odczuwać potrzeby, by postąpić właściwie. Zgadza się, pił, ale zawsze do określonego limitu. Był ostrożny. Choć i tak byłby pierwszym, który by potwierdził, że traci kompletnie rozum na sam widok wilgotnych ust lub smukłych ud pięknej dziewczyny. A nawet brzydkiej dziewczyny. Szczupłej, grubej, niskiej, wysokiej, rudej, brunetki lub blondynki. Krótko ogolonej, piegowatej, z wielkim cyckami lub płaskiej. Dwa razy spał z piersiastymi czarnymi dziewkami z dalekiego Zachodu, przybyłymi zza Morza Zdrajców. Piracki towar z gęstymi, splecionymi włosami, dziwnym akcentem i pachnący kokosowym olejkiem... Stanął mu na samą myśl o ich szczerym śmiechu, mocnych ramionach i czystej, nieudawanej chuci... Zadrżał. Skupiony. Na śniegu. Drzewach. Znaleźć Niennę. Dotrzeć do Leanorica.

Jadący na przedzie Kell zatrzymał się nieoczekiwanie. Wałach ubijał śnieg kopytami.

Saark dołączył do niego, ściągając wodze dwóch pozostałych koni. Chwycił rapier.

– Problem?

– Ten koleś nie ma ochoty iść naprzód.

Saark spojrzał uważniej na mroczne i ciche drzewa. Wałach położył uszy płasko na łbie, oczy miał otwarte szeroko i tupał wyraźnie wystraszony. Kell pochylił się do przodu, pogłaskał uszy oraz pysk stworzenia i zaczął wydawać uspokajające dźwięki.

– Może w pobliżu jest zgnilec?

– To nie jest śmieszne – powiedział Kell.

– Poczuł coś.

– Sądzę – Kell zmrużył oczy – że to Las Kamiennego Lwa.

Saark zastanowił się nad tym przez chwilę.

– To źle – stwierdził. – Słyszałem upiorne rzeczy o tym miejscu. Że jest... nawiedzone.

– Gówno prawda. To tylko gęsty las pełen starych drzew. Nic innego.

– Słyszałem historie. O potworach.

– Opowieści przerażonych pijaczków.

– Zgadza się, ale spójrz na konie.

Teraz wszystkie cztery zwierzęta zaczęły drżeć. Po dwudziestu uderzeniach kopyt uspokajające słowa przestały wystarczać. Kell i Saark byli zmuszeni zsiąść. Spróbowali uciszyć wierzchowce, poklepując je po pyskach.

– Coś naprawdę przeraziło zwierzęta.

– Tak. Chodź, będziemy przez chwilę szli.

Przeszli może ze sto jardów, gdy Kell raptownie się zatrzymał. Saark po mowie jego ciała domyślił się, że coś jest nie tak. Stary coś zobaczył. I nie spodobało mu się to...

– O co chodzi... och. – Saark gapił się na posąg, a jego szczęka opadła. Pomnik wznosił się pomiędzy drzewami wysoki na trzydzieści stóp. Był stary, starszy niż puszcza. Podziurawiony i zniszczony przez żywioły w ciągu tysięcy lat. Część pokryta była mchem i trawą, porostami i grzybem. Jednak wciąż patrzył w dół z miną groźną, dziką i władczą.

– Co to ma być? – zapytał Saark, przechylając głowę.

– Prawdopodobnie Kamienny Lew – mruknął Kell. – Stąd Las Kamiennego Lwa.

– Nigdy nie widziałem, żeby lew tak wyglądał – stwierdził dandys. – Faktycznie to nigdy nie widziałem lwa. Nie na własne oczy. Najwidoczniej są przerażające i cuchną jak siarczane pierdnięcie z gnojowej dziury.

– To jest lew – powiedział Kell cichym, pełnym szacunku głosem. – Tylko jakiś pokrętny, zdeformowany, stojący dęba na tylnych łapach. Spójrz na grzywę. Spójrz na tę mistrzowską kamieniarską robotę.

– Jestem bardziej zainteresowany tym, czy się na nas przewróci. Spójrz tylko na te pęknięcia!

Przyglądali się posągowi, a w oczach błyskał im podziw. Nie przestawali głaskać niespokojnych koni, szepcząc przy tym kojąco. Nieco śniegu znalazło prześwity w sklepieniu lasu i osiadło na statui, świecąc w mroku prawie jak srebro. Efekt był upiorny i nieziemski. Saark zadrżał.

– Nie podoba mi się tu. Pogłoski mówią o strasznych bestiach. Duchach. Hobgoblinach. Smokopodobnych.

– Gówno prawda. Chodź. Czuję mój topór. Jest coraz bliżej.

Saark spojrzał dziwnie na Kella.

– Naprawdę możesz wyczuć tę broń?

– Zgadza się. Jesteśmy połączeni więzami krwi, a to oznacza, że jesteśmy złączeni w dziwny sposób, którego nie potrafię wytłumaczyć ani zrozumieć.

– Więzy krwi. Słyszałem o takich rzeczach – stwierdził Saark i zaraz zamilkł.

Opowieści i legendy o magii więzów krwi były rzeczywiście mroczne i przeraźliwe. W sam raz, by straszyć małe dzieci. Jak legenda o Dake'u Toporniku. Był wielki, kudłaty, o skórze szarej jak u trupa i błyszczących czerwonych oczach. Dake miał wpełzać kominem do małych niegrzecznych chłopców i nocą odcinać im dłonie i stopy. Jeżeli byli naprawdę źli, Dake zabierał ich ze sobą do Wieży Trupów, gdzie wieszał dzieci w klatce na zewnątrz murów, a szare orły zjadały ich ciała. Nawet teraz Saark pamiętał, jak ojciec straszył go takimi opowiadaniami, kiedy był niegrzeczny. Kiedy uderzył siostrę albo zwędził świeżo upieczone ciasto. Upływ czasu wymazał te koszmary z pamięci Saarka. Jednak teraz, w tym ciemnym i upiornym miejscu, gdzie gapił się na niego pokręcony kamienny posąg, groza tamtych mrocznych opowieści wkradła się jakoś w myśli Saarka. Zbyt dobrze pamiętał, jak kulił się pod grubym kocem, obserwując drżące na ścianie cienie... czekając na Dake'a Topornika, który po niego przyjdzie.

– Wszystko z tobą w porządku? – spytał Kell.

– Myślałem tylko o swoim... dzieciństwie.

– To były szczęśliwe dni, co nie?

Saark przypomniał sobie, jak wbiega do domu, trzymając latawiec, który sam zrobił, i znajduje swego ojca zwisającego z wysokiej krokwi. Purpurowa twarz, oko, które wypłynęło na policzek. Krew zakrzepła wokół ust, krew i wysunięty język wyglądający jak jakaś ohydna kartonowa imitacja.

Przypomniał sobie, jak nożem do chleba odciął trupa i jak siedział, kołysząc w objęciach jego głowę. Jak ściskał sztywne ręce, dopóki matka nie wróciła... z miejskim komornikiem gotowym przejąć ich rodzinny dom. Nie było żadnego współczucia. Dzień później tułali się po ulicach.

– Tak, szczęśliwe – mruknął i odpędził wspomnienia, jakby zdmuchiwał świecę. Dziwne, pomyślał. Wskrzeszać je tu i teraz. Zamknął je przecież głęboko na dekady. Zakaszlał i szarpnął wodze. – Dalej. Ruszajmy się. Kurwicy tu można dostać.

– Jesteś pewien, że dobrze się czujesz? – spytał Kell. Sprawiał wrażenie zatroskanego. – Przez moment wyglądałeś, jakbyś zobaczył ducha.

Saark wspomniał kołyszącego się ojca.

– Może widziałem – powiedział szeptem, a potem oddalił się, zjeżdżając w dół szeroką, krętą ścieżką.

Kell szarpnął swego wierzchowca i ruszył za nim. Wałach zarżał cicho, z protestem, ale niechętnie poszedł.

– Jest niedobrze – mruczał Kell, wyczuwając zmianę w nastroju Saarka. – Bardzo niedobrze.

Podążali przez las, głęboko w mroku, przez godzinę starając się unikać korzeni i niskich gałęzi. Szli przez mieszaninę jałowców, sosen i choin, przez gnijące liście z górujących poskręcanych dębów i gruby dywan igieł z czerwonych cedrów. Rosły tu stare drzewa, wiekowe, sękate i pokrzywione. Potężniejsze niż jakiekolwiek, które Saark dotąd widział.

Dotarli do naturalnej polany. Saark zatrzymał się i z otwartymi ustami wpatrywał w szereg posągów. Było ich siedem, ustawionych na dziwnej okrągłej polance, jakby same drzewa obawiały się wypuścić korzenie i gałęzie blisko tych pokręconych postaci.

– Co to jast? – zapytał.

– Siedem Demonów – odparł Kell cicho. Położył dłoń na ramieniu Saarka. – Najlepiej poruszać się cicho, brachu. Nie chcemy, żeby się zdenerwowali.

– Co przez to rozumiesz?

– Krwawa magia jest starą bestią, nieważne, co sądzą na ten temat Vaszyni. Jej korzenie sięgają tysięcy lat wstecz. Kiedy podróżujesz tak dużo jak ja, uczysz się pewnych rzeczy, widzisz pewne sprawy i zaczynasz rozumieć, kiedy pochylić głowę.

– Byłeś tu wcześniej?

– Tak.

– W takim razie powiedz, czy to miejsce jest nawiedzone?

– Gorzej, brachu. Więc lepiej bądźmy cicho, ruszajmy się szybko, znajdźmy Niennę i módlmy się, żeby niczego nie zdenerwować.

– To brzmi złowrogo.

– Może być tylko gorzej, wierz mi. Las Kamiennego Lwa nie zyskał swojej złej sławy z powodu czczych żartów, pijackich rozmów czy rozpuszczonych języków zadowolonych kochanek. – Kell uśmiechnął się szeroko do oburzonego Saarka. Mógł to dostrzec w jego oczach... nabrałeś mnie, myślał dandys. Kell wzruszył ramionami. – Trzymaj się blisko mnie, młodzieńcze, i zachowaj swoje skomlenie dla siebie.

Ruszyli przez krąg posągów. Niektóre były duże, niewiarygodnie stare, o kształcie i formie nie do rozpoznania. Zniszczone, obtłuczone, rozbite i pokryte grzybami i mchem. Dwie z figur miały wielkość człowieka; kamienne wyobrażenie poskręcanych, niepojętych potworów. Trzeci był człowiekiem, wysokim i dumnym, niemal królewskim, inny lwem, a jeszcze jeden czymś... całkowicie innym. Ostatni z posągów był mały, sięgał do kolan i przypominał Saarkowi zdeformowany embrion. Był tylko odrobinę większy. Stał na tylnych kończynach o odwróconych kolanach, jak u psa. Saark zadrżał, czuł się dziwnie chory.

Zagłębili się z powrotem w las. Kell szedł tam, gdzie prowadziło go wezwanie więzów krwi, jednakże Saark zastanawiał się, czy przypadkiem nie jest szalony i nie prowadzi ich absolutnie przypadkową trasą. Regularnie sprawdzał tyły, wypatrując albinosów lub, co gorsza, zgnilców. Szli cały dzień. Czasem zwalniali, by przecisnąć się przez węższe przejścia pełne splątanych gałęzi, prowadząc przez nie ostrożnie niespokojne konie. Noc zapadła wcześnie i dwóch wojowników znalazło się po raz kolejny przy kręgu siedmiu posągów. Saark zaczął się denerwować, wzdrygając się raz po raz, kiedy otoczyły ich wydłużone cienie drzew. Sękate i pogięte gałęzie sięgały ku nim, drapiąc ich twarze i ubrania, zrzucając czapy śniegowe w leśny dywan. Kell zatrzymał się.

– Zostawimy konie w tym miejscu – zadecydował.

Znajdowali się przy wąskim skrzyżowaniu szlaków wydeptanych przez dzikie jelenie, bobry i dziki. Saark skinął głową.

– Czy Nienna jest blisko?

– Ilanna jest blisko. Mam nadzieję, że dziewczyna jest z nią.

– Masz na myśli swoją wnuczkę?

Kell wpatrzył się w Saarka.

– To właśnie powiedziałem.

Kontynuowali marsz, dopóki nie dotarli do długiego korytarza w środku gęstego lasu. Był niemal idealnie równy, otoczony murem wiecznie zielonych sosnowych igieł, ostrokrzewem, jałowcem i cykutą splecioną z pnączami kapryfolium. Powietrze było gęste od zapachu żywicy i lasu: przesłodzony, uderzający do głowy aromat. Na grubej kłodzie siedziały Nienna i Kat.

– Nienna – odezwał się Kell tonem przypominającym warknięcie. Jego spojrzenie spoczęło na Ilannie leżącej obok dziewczyny, a kiedy się obróciła, przeniosło się na nią. Na jej twarzy malowało się przerażenie, skóra była ściągnięta, a oczy szeroko otwarte. Otworzyła usta i starała się coś bezgłośnie powiedzieć, a Kell zmarszczył brwi, próbując odgadnąć co. Saark przypadł do Kella i przykucnął obok.

Też zmarszczył brwi.

– Co ona usiłuje powiedzieć? – jego słowa, jakkolwiek ciche, popłynęły korytarzem, który zadziałał niczym tuba.

Nienna nagle wstała, ściskając topór Kella w swych drobnych dłoniach, i odwróciła się ku odległemu końcowi polany bogatej w swej zieleni. Coś zaczęło stukać, jakby kamyki uderzające w głazy. Kell wstał i rzucił się ku dziewczętom.

Za nimi, niemal na granicy wzroku, coś ogromnego podnosiło się z ziemi. Gleba, martwe liście i brązowe sosnowe igły osypywały się, gdy to coś wyłaniało się z podłoża lasu. Wielkie szare kończyny rozprostowały się, by pokazać potworne pięści, każdą wielkości człowieka. Poskręcane członki były zaledwie odległym wspomnieniem lwa, którym kiedyś było to stworzenie.

– To Kamienny Lew! – wrzasnęła Nienna, kiedy Kell dopadł do niej i chwycił w ramiona.

– Jesteś ranna?! – Potrząsał nią.

– Nie, on nas ocalił! Ocalił mnie i Kat przed zgnilcem!

Hałas niósł się dudnieniem między drzewami. Był starożytny, jeżeli można coś takiego powiedzieć o hałasie. Pierwotny nie tyle w słowach, co w nucie. Pieśń, pieśń kamienia, drzewa i ognia rosła, przybierała na sile, dopóki nie przeszła w ryk.

Kell spojrzał przez ramię, widział strach w oczach Saarka, słyszał rżenie spętanych koni szarpiących się na postronkach. Wziął swój topór, swoją Ilannę, rozpłynęła się w jego rękach jak ciepłe i miękkie kobiece ciało. Była z nim. Niepokój i strach uleciały. Kell znów stał się całością, był kompletny. Zrozumiał w niepojętym ułamku sekundy, jak głębokie jest to uzależnienie i jak mocno zakorzenione w głowie, kościach, krwi i duszy. Ilanna była jego zbawieniem i czymś więcej, jego przekleństwem.

– To coś powiedziało, że cię zabije – pisnęła Nienna z oczyma wpatrzonymi nie w Kella, lecz w stworzenie wciąż podnoszące się z ziemi na końcu zielonego tunelu. – Powiedziało, że zostałyśmy ocalone przez puszczę ze względu na naszą... niewinność. Ale wiedziało, że nadejdziecie, ty i Saark. Powiedziało, że jesteście skalani, splamieni. Nie jesteście stworzeniami Lasu Kamiennego Lwa. Powiedziało, że was pożre, tak jak zgnilca.

– Idź do Saarka – powiedział Kell z ponurą twarzą. Złapał Kat i pchnął ją za Nienną. Obie dziewczyny umknęły zielonym korytarzem. Powiał zimny wiatr przesycony zapachem lodu, liści, gnijących gałęzi, soku, stęchłych sosen, dzikich grzybów i cebulek.

Kell chwycił Ilannę i stanął naprzeciw Kamiennego Lwa.

Jego ryk przycichł i zgarbiony stwór wszedł do korytarza. Był pięciokrotnie wyższy od człowieka, poskręcany, kreacja kamienia, drewna, ziemi, drzew i pierwotnego kwarcu. Żywa rzeźba. Demon z głębokiej puszczy, duch ciemności. Jego twarz, pomimo że była tylko pokrytą nalotem niewyraźną plamą kamienia i drewna, patrzyła w dół, na Kella, i ten mógłby przysiąc, że stwór się uśmiecha. Rzucił okiem w tył. Zacisnął ręce na toporze.

– Saark! – ryknął. – Do koni! Zabierz stąd dziewczyny!

Saark tylko skinął głową i już biegli. Kell obrócił się i stanął twarzą w twarz z Kamiennym Lwem. Stwór warknął długim, niskim głosem przywodzącym na myśl zniekształcone miauknięcie. Zrobił kilka niepewnych kroków, jakby sprawdzając, czy jego nogi działają. Po czym z trzaskiem kręgosłupa opuścił głowę i ryknął na Kella.

Starego owiał gorący podmuch cuchnący gnijącym drewnem, siarką, cebulą i śmiercią, szarpnął za długą brodę. Kell zacisnął zęby w złowrogim grymasie.

Daj mi swą krew – odezwała się Ilanna. Jej głos brzmiał w myślach jak słodka muzyka, ale Kell był na to przygotowany. Znał to kłamstwo, wiedział, jak to działało. Został już wcześniej oszukany i wykorzystany przez Ilannę... i przyniosło to przerażające rezultaty.

Wiesz, że nie mogę.

Możesz!

Pamiętam ostatni raz – wymamrotał, a Kamienny Lew zrobił do przodu parę kroków na poskręcanych nogach. Taksował wojownika wzrokiem. Przypatrywał się toporowi, a głowa pochylała się w jedną stronę niemal... dociekliwie. *Zmiażdży mnie* – pomyślał stary. *Jak mogę walczyć z czymś tak... wielkim?*

Teraz będzie inaczej – obiecywała Ilanna. *Będzie dobrze. Obiecuję ci. Rozniosę w puch tę mizerną istotę stworzoną z krwawo-olejowej magii, z lasu i ziemi, i gleby. Nie wykorzystam cię... Kell. Wiem, że zraniłam twe myśli i twą dumę. Tym razem będzie inaczej.*

– Nie!

Kamienny Lew ruszył do ataku. Ziemia zadrżała. Kell stał na swojej pozycji. Uniósł topór, oczy miał zmrużone, usta ściągnięte w kwaśną, ironiczną linię. Stwór pędził w jego kierunku.

W ostatniej chwili Kell przetoczył się, czując, jak za nim przewala się ogromne cielsko Kamiennego Lwa, i ciął toporem w nogę. Motyle ostrze, wychodząc, ciągnęło za sobą odłamki kamieni i drzewa. Kell uderzył ramieniem w ziemię i wbił się w ścianę zielonej alei. Siła uderzenia obróciła nim jak lalką.

Podniósł się ze stęknięciem i patrzył, jak Kamienny Lew potyka się, ślizga, obraca w jego kierunku, pochylając głowę. Kell uniósł Ilannę i przesunął się na środek ścieżki, badając ślad, jaki zostawiło przejście Kamiennego Lwa. Zranił to, uszkodził w jakiś sposób, ale istota nawet nie jęknęła. Nie było krwi. Teraz w ciszy zbliżała się wolno.

Potężne, długie ramię z łomotem poleciało w kierunku Kella, stary uchylił się szybko. Kamienna pięść zawarkotała o włos od jego twarzy. Topór uderzył ramię potwora i odbił się, niemal wyrywając rękę Kella ze stawów. Wojownik odskoczył, unikając kolejnego ciosu. Wtedy Kamienny Lew gwałtownie ruszył do przodu.

Kell cofał się pod naporem potężnych ciosów. Topór dźwięczał, odbijając kolejne uderzenia ramion i pięści, za każdym razem posyłając strumienie wibracji wzdłuż rąk Kella. Lecz Kamienny Lew był twardy, a jego skóra jak z kamienia. Wreszcie Kell zrozumiał, że słabym punktem potwora są nogi.

Uchylił się przed kolejnym uderzeniem i pod wielgachną łapą zanurkował w kierunku grubych nóg wyglądających jak pnie. Ilanna zaśpiewała w jego pokrytych bliznami rękach, gdy odcinał kawały poskręcanych drewnianych goleni Kamiennego Lwa. Jedno z motylkowych ostrzy ugrzęzło z hukiem w udzie. Uwolnił je z szarpnięciem, a wtedy dosięgło go uderzenie w klatkę piersiową i posłało w głąb zielonej alei.

Zwalił się na ziemię. Leżał na brzuchu, dysząc ciężko. Po chwili dźwignął się na nogi i z grymasem uniósł broń. Kamienny Lew wpatrywał się w swoje uszkodzone nogi. Uniósł głowę, spojrzał na Kella i wydał wysoki ryk. Mężczyzna zachwiał się, ale zdołał utrzymać na nogach. Dostrzegł gęsty, żółty płyn, który sączył się ze skaleczeń i ran potwora. Kamienny Lew zrobił krok do przodu i opadł na kolano. Wstał znów, wykorzystując zieloną ścianę, by się podnieść. Kell uznał, że to właściwy moment.

Odwrócił się i pobiegł. Pędził w popłochu przez listowie i martwe sosny, nasłuchując, czy nie goni go ożywiona legenda. Gdy dotarł do gęstszej części lasu, zaryzykował spojrzenie w tył, lecz Kamienny Lew ciągle pozostawał na swojej pozycji, podążając gniewnym spojrzeniem za uciekającym ludzikiem. Jego pierś... falowała.

Rzygał albo się śmiał. Kell nie był pewien. Zamrugał i zrozumiał, że rany, które z taką zręcznością zadał, zostały uleczone. Gęsty żółty płyn stężał, formując skorupę jak twardniejąca żywica.

Stary wojownik wpadł w las i dopiero wtedy usłyszał pościg. Bum, bum, bum ciężkiej, niezgrabnej szarży. Ziemia trzęsła się wokół niego i strach napełnił go, jak woda napełnia dzban. Zrozumiał, że nie zdoła tego zabić... chyba że przekaże kontrolę Ilannie. Zawył. To mogłoby się stać tylko po jego trupie.

Biegnij! Jeżeli zdołałby dopaść koni, mógłby prześcignąć Kamiennego Lwa. Może.

Biegł. Gałęzie chłostały go po twarzy i ramionach. Dotarł do skrzyżowania, gdzie uwiązali konie, i przez chwilę poczuł ulgę. Saarka i kobiet nie było widać. Uciekli, zniknęli, byli bezpieczni. Jego poświęcenie kupiło im czas. Tylko teraz... Zmarszczył brwi. Zniknęły wszystkie konie. Co oznaczało, że był... pieszo.

– Saark, ty wymuskany gnoju! – ryk odbił się echem pomiędzy drzewami, a Kell zawrócił. Saark wziął kurs na południe, tak jak o tym wcześniej rozmawiali, by dotrzeć do króla Leanorica i poinformować go o wydarzeniach w Jalder.

Kell ruszył sprintem w dół szlaku, ale niedawna walka, brak snu oraz przekleństwo starości i efekty gnuśnych lat uderzyły go jak cegła. Krztusił się już po stu jardach. Po kolejnej setce pot lał się z niego strumieniami. Kamienny Lew kontynuował pościg. Przestał dziko ryczeć, ale Kell mógł słyszeć uderzenia ciężkich kroków... trudno ich było nie słyszeć. Skrzywił się.

– Wielkie gówno – wymamrotał.

Umrze w tym miejscu. Przed nim w gęstym śniegu drzewa były rzadsze. Może dotarł do granicy Lasu Kamiennego Lwa? Może tam leżała granica terytorium bestii, poza którą nie będzie mogła kontynuować pościgu? Magia krwawego oleju działała w ten sposób, czasami...

Ale nie było żadnej gwarancji.

Z trudem brnął do przodu. Słyszał, jak Kamienny Lew jest coraz bliżej i bliżej, ciemny cień, czarny duch za nim. Kell zatrzymał się, dysząc. Przed oczyma tańczyły mu czerwone światełka. Splunął na poszycie lasu zbitą flegmą.

Wysoki ryk, zwierzęcy, jak odgłos duszonej kobiety, sprawił, że skoczył i pognał do przodu... aż warknięcie przed nim sprawiło, że zatrzymał się zdezorientowany. Pomiędzy drzewami Kell dostrzegł zarys sylwetki zgnilca. Coś w nim umarło. Był w pułapce. Na wszystkich Bogów! Uwięziony!

– Niedobrze.

Zmrużył oczy, kiedy do pierwszego zgnilca dołączyły dwa następne. Wszystkie trzy o różnych kształtach i rozmiarach, ale każdy z szeroko otwartym łbem, w którym znajdowały się doskonale widoczne wirujące zębatki i przekładnie.

Kell rzucił okiem przez ramię. Kamienny Lew się zbliżał. Wojownik mógł dostrzec jego nogi, na których nie było widać żadnych ran... zostały całkowicie uleczone.

Kell biegł, ściskając w spoconych dłoniach topór. Dostrzegły go zgnilce. Podrzucając spastycznie zdeformowanymi i nadętymi głowami, wydały dziki, triumfalny warkot.

Przy dźwiękach wycia i dudnieniu przyspieszającego, spaczonego mechanizmu, napinając mięśnie i żyły wypełnione srebrokwarcem, warcząc – skoczyły do ataku...

Stojąc w wirującym, pełnym zamieszania bałaganie, z Kamiennym Lwem za plecami i smrodem gorącego oleju zgnilców w swych nozdrzach, Kell zmrużył oczy i uniósł topór. W niesamowitym, rozjaśnianym przez śnieg lesie wirowały podmuchy śnieżycy. Kiedy wokół niego wybuchło zamieszanie, Kell skoczył ku zgnilcom i uderzył. Błysnęły motylkowe ostrza Ilanny i topór zaśpiewał w dzikim cięciu.

Rozdział 9
Armia Północ

Na wzgórzu, już poza granicą ruin Starego Valantrium, Leanoric siedział w siodle i rozmyślał o swoim ojcu. Na północnym wschodzie mógł dostrzec odległe, skrzące się iglice Valantrium, jednego z najbogatszych miast Falanoru, absolutnie zachwycającego, wzniesionego przez najlepszych architektów i budowniczych w kraju. Jego ulice były wybrukowane dokładnie ociosanym marmurem z kopalni pod Czarnymi Grotami, znajdujących się w południowo-zachodniej części olbrzymiego pasma gór.

Co zrobiłby ojciec? – pomyślał i rozpacz okryła go niczym peleryna.

Leanoric odwrócił wierzchowca i spojrzał na zachód. Mógł dostrzec błyszczący bruk Wielkiej Północnej Drogi, którą niektórzy nazywali jego najświetniejszym dziełem. Pojedyncza szeroka aleja biegła prawie sześćdziesiąt mil przez wzgórza i doliny, przez lasy i wrzosowiska, przecinając kraj i łącząc stołeczne miasto Vor na południu z głównym miastem na północy – uniwersyteckim Jalder. Wielka Północna Droga była arterią handlu i gwarantowała bezpieczeństwo. Żołnierze Leanorica patrolowali ją regularnie, w efekcie oczyszczono trakt ze złodziei, rozbójników i wyjętych spod prawa zbójców. Zostali zepchnięci na północ, w dzikie i niegościnne piekło Czarnych Grotów, lub na południe, za morza, gdzie niepokoili innych władców.

Co zrobiłby ojciec?

Leanoric potarł kilkudniowy zarost – rezultat trzech dni spędzonych w siodle – i ponownie zawrócił konia, wypatrując zwiadowców, którzy mieli wrócić ze Starej Skulkry i Corleth. Pogłoski przyniesione przez starego kupca przybyłego na półżywej szkapinie spowodowały, że dreszcz strachu wędrował Leanoricowi wzdłuż pleców i podnosił włosy na głowie.

Inwazja!

Jalder zaatakowane!

Król uśmiechnął się gorzkim, ostrożnym uśmiechem i wrócił myślami do Orlich Dywizji. Miał bliźniacze ośmiusetosobowe regimenty obozujące na wrzosowisku Corleth, o trzy dni marszu od Jalder. Miał uzupełniający batalion składający się z czterech setek ludzi, stacjonujący przy Kopalniach Czarnych Grotów, w zachodniej części pasma, oddalony o tydzień marszu. Trochę więcej, jeżeli spadło dużo śniegu. Miał też brygadę szesnastu setek piechoty na północy, koło Starej Skulkry. W pobliżu stacjonowała także pięciotysięczna dywizja dowodzona przez cwanego, starego generała Terrakona. I jeszcze jedna brygada przebywająca obecnie na manewrach, na wschód od wrzosowisk Valantrium.

W ciągu dwóch tygodni mógłby zebrać dodatkowe cztery brygady z terenów na południe od Vor i zwalić się na Jalder z dwudziestoma tysiącami ludzi – całą armią Falanoru. Dwadzieścia tysięcy dobrze uzbrojonych i wyszkolonych żołnierzy, piechoty, kawalerii, pikinierów. Lecz... lecz jeżeli informacje o inwazji to były tylko majaki jakiegoś pijanego, szalonego starucha? Jakiegoś gnoja naćpanego niebieską karissią pieniącą się w ustach i żyłach, a jego wzbudzane lękiem spekulacje uruchomią teraz mechanizmy mobilizacyjne całej armii?

Król pamiętał, że nadchodzi zima i tysiące żołnierzy tylko czekają, by wrócić do domów. Już opóźnił odjazd o trzy dni i czuł, że z każdą godziną narasta frustracja wojska. Jeżeli nie zwolni wkrótce swoich północnych oddziałów, zostaną uwięzione przez śnieg, gdy Wielka Północna Droga stanie się nieprzejezdna. Leanoric ryzykował niesubordynację, dezercje, a nawet coś gorszego.

Zacisnął zęby i westchnął. Starał się uspokoić.

Jeżeli tylko zwiadowcy przynieśliby wieści!

To był głupi żart, nic więcej, przekonywał się.

Garnizon w Jalder był bardziej niż przygotowany, żeby radzić sobie ze zbójcami atakującymi z Czarnych Grotów, z wyjętymi spod prawa, zbuntowanymi Czarnoustymi i sporadycznie pojawiającymi się bandami leśnych zbirów.

Leanoric zastanawiał się nad starym kupcem, którym teraz zajmował się medyk w królewskim namiocie. Mężczyzna nie mógł już mówić. Jego skóra była spalona i odchodziła od ciała, jakby na wpół ugotowana. Człowiek ten – nie zdołali ustalić, jak mu było na imię – z wytrzeszczonymi oczyma przygnał tu na koniu, który natychmiast przewrócił się i zdechł, zajeżdżony na śmierć, żelazne podkowy miał niemalże zdarte, a pysk i chrapy pokryte pianą. Torturowany kupiec początkowo nieskładnie bełkotał. Potem przekazał im informacje, we fragmentach, pomiędzy płaczem a błaganiem o litość, by król darował mu życie. To było... Leanoric szukał słowa. Westchnął i przegarnął dłonią krótkie złote loki. To było niepokojące, pomyślał.

Więc co zrobiłby jego ojciec?

Leanoric rozmyślał o poprzednim królu, zmarłym piętnaście lat wcześniej. O królu wojowniku, niemającym sobie równych, wielkim, szybkim i nieustraszonym. O człowieku, z którym można było wspiąć się na każdy szczyt albo polować na najdziksze lwy. Searlan, król Falanoru, w wieku pięćdziesięciu lat spadł z konia i złamał kręgosłup. Trzymał się jakoś ponury przez trzy dni, podczas gdy badali go lekarze i zdolny chirurg uniwersytecki Malen-sa. Lecz w końcu światło życia i wola przetrwania przygasły w jego oczach, ponieważ kończyny pozostały wiotkie, bezwładne i nieruchome. Jego mózg niczym gąbka nasiąkał zrozumieniem. Nigdy więcej nie będzie chodził. Nigdy nie dosiądzie już konia. Nigdy nie zapoluje ani nie zatańczy. Nie będzie się kochał ani walczył. Kiedy zrozumiał swoje położenie, stracił chęć do życia i zmarł. Ostatecznie, po długich konsultacjach, medycy orzekli, że śmierć spowodował wewnętrzny krwotok. Leanoric wiedział, że nie była to prawda.

To jego ostrze przeszyło serce ojca na prośbę Searlana. Pewnej burzowej nocy, gdy Leanoric siedział na brzegu łóżka i powstrzymywał łzy.

– Synu, nigdy nie będę chodził – powiedział wtedy król.

– Będziesz, ojcze – zapewnił go Leanoric, ujmując dłonie ojca.

– Nie. Wiem, jaki czeka mnie los. Rozumiem swoją sytuację. Widziałem takie urazy na polach bitew tak wiele razy. Teraz nadeszła moja kolej. – Uśmiechnął się, lecz uśmiech zamienił się w grymas, a potem król zacisnął zęby, walcząc z bólem.

– Nadal nie czujesz palców nóg?

– Czuję bijące serce, poruszam ustami, ale moje palce u rąk i nóg oraz kutas pozostają poza moją kontrolą. – Zaśmiał się znowu, pomimo że miał trudności nawet z tak prostą funkcją. – Jestem szczęśliwy, że ciągle mogę z tobą rozmawiać, mój synu. Naprawdę szczęśliwy.

Leanoric ścisnął palce Searlana, jednak nie wyczuł w nich życia, ojciec nie oddał uścisku.

– Kocham cię, ojcze.

Searlan uśmiechnął się.

– Byłeś dobrym chłopcem, Leanoricu. Byłem z ciebie dumny każdego dnia mojego życia. Od chwili kiedy położna przyniosła cię płaczącego, wyciągniętego z łona matki, pokrytego śluzem i krwią. Twoja buzia wyglądała jak malutka zmięta kulka, a siki wyrzeźbiły łuk w poprzek pokoju. Aż do tej chwili, tu i teraz, nie było nic poza radością.

– Będzie jeszcze więcej radości – odparł Leanoric. Jego oczy napełniły się łzami, a niewypowiedziany smutek ścisnął mu gardło.

– Nie. Mój czas na tym świecie dobiegł końca.

– Pozwól, że sprowadzę matkę.

– Nie! – słowo zabrzmiało jak uderzenie batem i zatrzymało Leanorica, który już wstawał ze stołka. – Nie – tym razem głos był łagodniejszy. – Nie potrafię powiedzieć jej żegnaj. To złamałoby serce mnie i jej także. To musi się stać w ten sposób. To musi być śmierć we śnie.

Leanoric popatrzył w oczy ojca.

– Nie potrafię.

– Potrafisz.

– Nie mogę, ojcze.

– Możesz, chłopcze. Ponieważ kocham cię, a ty kochasz mnie i wiesz, że to rzecz, która musi zostać zrobiona. Chciałbym ci potargać włosy, ale nawet taka prosta przyjemność jest poza moim zasięgiem.

– Nie mogę! – Teraz Leanoric pozwolił łzom popłynąć po policzkach.

Niepokonany w bitwie, syn wielkiego Króla Bitew, który prowadził szarżę przeciwko Zachodnim Gradillianom. Ten, którego głowę rozbiło uderzenie krótkiego miecza, ale nawet wtedy nie jęknął. Teraz pozwolił, by strach i cierpienie stoczyły się po policzkach z oczu nienawykłych do łez.

– Wyrzuć to z siebie, synu – powiedział Searlan życzliwie. – Nigdy nie bój się płakać. Wiem, że mówiłem ci coś przeciwnego – zakaszlał, śmiejąc się – ale chciałem cię wychować na silnego człowieka. Przygotować do pozycji króla. Zrozumiałeś, chłopcze, o co cię proszę? Tu nie chodzi tylko o mnie. Ale o was wszystkich i Falanor. Kraj potrzebuje silnego króla, przywódcy. Nie śliniącego się starego głupca, niezdolnego podetrzeć sobie tyłka, niezdolnego poprowadzić armii do bitwy.

Leanoric spojrzał w oczy ojca. Nie wiedział, co powiedzieć.

– Weź ten wąski sztylet ze skrzyni za tobą. Na piersiach mam ranę. Elias zranił mnie podczas pojedynku. Bogowie, ależ ten człowiek jest szybki! Zostanie mistrzem miecza ani się obejrzysz! Chcę, żebyś przebił mi serce, wbijając sztylet w tę ranę. Potem wyciągniesz ostrze i użyjesz opatrunku, nie pozwalając, żeby krew się rozlała. Będzie to wyglądać, jakbym umarł we śnie. Jakby moje serce przestało bić.

– Nie mogę ci tego zrobić, ojcze. Nie mogę cię... zamordować – szepnął.

– Głupi szczeniaku! – zdenerwował się król. – Nie słuchałeś ani jednego słowa, które wypowiedziałem? Bądź silny, do cholery, albo każę to zrobić którejś ze służących, jeżeli ty nie masz dość siły i charakteru.

Leanoric wstał, nie mogąc wykrztusić ani słowa. Zgodnie z instrukcją wziął sztylet, przygotował bawełnianą szmatkę i przyłożył ją nad sercem rannego. Potem spojrzał ojcu w oczy. Patrzył na uśmiech Searlana, na jego usta wypowiadające bezgłośnie: „Zrób to" i pchnął. Przez mięśnie króla przebiegł spazm, zęby zgrzytnęły. Leanoric całą siłą woli zmusił się, by nie zapłakać. Nie załkał i nie wydał żadnego dźwięku poza szeptem.

– Dziękuję.

Leanoric wyczyścił ostrze, włożył je na powrót do skrzyni i obmył ranę, używając gąbki i wody. Założył nowy opatrunek, potem powoli, rękoma odmawiającymi posłuszeństwa, ponownie okrył ciało ojca. Delikatnie sięgnął w dół, zamknął jego oczy, w ciszy dziękując mu za to, że był bohaterem, wielkim władcą, lecz przede wszystkim wspaniałym ojcem.

Teraz, siedząc na swym wierzchowcu i czując na barkach odpowiedzialność za kraj, głęboko westchnął i starł łzę, którą wywołały wspomnienia. Mam nadzieję, pomyślał, że w chwili własnej śmierci będę miał tyle odwagi.

W jego kierunku galopował koń. To był Elias, Mistrz Miecza Falanoru i prawa ręka Leanorica, generał, taktyk i doradca. Elias zasalutował i podjechał bliżej.

– Zbliża się jeden z naszych zwiadowców, tam.

– Z Jalder?

– Nie, nosi barwy Jesiennego Pałacu.

– Alloria? – Leanoric zmarszczył brwi. Alloria rzadko go niepokoiła, kiedy wyjeżdżał na ćwiczenia z wojskiem.

Wysłałaby jeźdźca tylko w razie jakiegoś... nagłego wypadku. Chłód i strach zalały go potężną falą.

Spieniony koń dotarł do obozu, a Leanoric wraz z Eliasem podjechali tam chwilę później, kierując się w stronę jeźdźca. Żołnierze pomogli zsiąść przybyszowi, który praktycznie spadł z siodła, a wtedy zaskoczeni zrozumieli, że mają do czynienia z kobietą w podartej i poplamionej krwią sukni. Miała na sobie barwy Jesiennego Pałacu, lecz pod nimi nosiła porażkę i nieutulony żal.

– Bogowie, to Maria, służka Allorii!

Spojrzała w górę, na jej skórze i w oczach zakorzeniły się brud i strach. Pozdrowiła króla. Opadła na kolano, pochyliła głowę, szlochając głucho, bez łez. Przerażenie wywołane ostatnimi wydarzeniami zdołało wysuszyć jej oczy.

– Królu – wyszemrała cicho, dygocząc – przynoszę złe wieści.

Leanoric zeskoczył z konia i zwrócił się do najbliższego żołnierza.

– Idź i przyprowadź medyka! A ty – wskazał na innego – przynieś jej wody.

Złapał Marię, pod którą ugięły się nogi, i chwilę później kołysał w ramionach młodą kobietę o brudnej twarzy i rzęsach zlepionych krwią.

– Kto ci to zrobił?

– Pojawili się żołnierze. – Zaszlochała. – To było straszne, panie, i Alloria...

Wrócił żołnierz z wodą, a Leanoric zdusił ogarniającą go panikę. Wyraz oczu Marii sprawiał, że jego serce przeszył lód. Zdławionym głosem poprosił:

– Mów dalej, Mario, co z Allorią?

– Wielki królu, miał miejsce... atak na Jesienny Pałac.

– Na Bogów! – wyrwało się Eliasowi.

– Co z Allorią? – powtórzył Leanoric cicho. Jego serce i duszę spowił dziwny spokój. Król wiedział już ponad wszelką wątpliwość, że wieści nie będą dobre. Czuł, że jego życie zmieni się na zawsze.

– Została uprowadzona – odparła Maria i odwróciła wzrok, wpatrując się w ziemię.

– Przez kogo?

– Miał białą, bladą skórę, długie białe włosy i jasnoniebieskie, drwiące oczy. Mówił, że dowodzi Armią Żelaza, a jego żołnierze zdobyli garnizon w Jalder... i...

– Mów, kobieto! – Oczy Leanorica płonęły furią.

– Zabrał Allorię ze sobą.

– Jak miał na imię? – zapytał Leanoric, a jego głos był wyprany z wszelkich emocji.

– Graal. Generał Graal.

Leanoric spojrzał na Eliasa, ale ten pokręcił głową. Ponownie popatrzył na drżącą Marię, która uniosła ku niemu twarzyczkę i oczy pełne bólu, po czym odwróciła wzrok.

– Jeszcze coś? – zapytał miękko.

– Tak, ale tylko dla twoich uszu. Czy możemy iść do twojego namiotu?

Leanoric wstał, uniósł dziewczynę w ramionach i poniósł ją prędko przez obóz. Wokół płonęły ogniska i unosił się zapach zupy i gulaszu. Mężczyźni siedzieli wokół ognia, śmiali się i przekomarzali. Kiedy ich mijał, szybko stawali na baczność i salutowali. Ale król zignorował wszystkich.

Elias uniósł klapę namiotu, a Leanoric położył Marię na łożu z futer i jedwabiu. Zakaszlała. Elias opuścił klapę i podał kobiecie jeszcze jeden kubek wody, który przyjęła z wdzięcznością.

– Czy możemy mówić na osobności? – spytała Maria.

Leanoric kiwnął głową, ich spojrzenia spotkały się na chwilę i Elias oddalił się bez słowa.

Zostali sami, na zewnątrz wydłużały się cienie. Maria położyła dłoń na ramieniu Leanorica, jej znękane oczy przeszły dziwną metamorfozę, nie patrzyła już jak poddany, ale jak monarcha, nie jak młódka, ale jak stara kobieta, nie dziecięco naiwnie, ale z mądrością właściwą ludziom doświadczonym.

– Skrzywdzili ją? – rzucił Leanoric. – Powiedz mi! Co jej zrobili?

Maria już otworzyła usta, gdy nagle jakieś przeczucie kazało jej je zamknąć. A co, zastanawiała się, jeżeli gwałt Graala uczyni Allorię mniej wartościową w oczach jej małżonka? Może, myślała i patrząc w oczy Leanorica, strasznie wstydziła się swoich myśli, może jeżeli powie mu prawdę, powie o brutalnym gwałcie generała Graala, król wcale nie będzie chciał odzyskać swojej królowej? Mimo wszystko minęło dopiero kilka lat od zdrady Allorii.

– On ją... ugryzł – powiedziała Maria w końcu.

Leanoric wpatrywał się w nią bez zrozumienia.

– Co masz na myśli? Jak to ugryzł?

– Wiem, że to brzmi... dziwnie. W jego ustach pojawiły się metalowe zęby, długie metalowe zęby. Ugryzł Allorię w szyję i pił jej krew. – Maria zamilkła zmieszana, zdając sobie sprawę, że to, co mówi, brzmi jak brednie wariatki. Zaryzykowała spojrzenie na Leanorica. – Graal powiedział, że zdobył Jalder, zdobył Jangir i ma zamiar pomaszerować na stolicę, Vor. Powiedział, że jeżeli staniesz mu na drodze, zabije Allorię.

– Wiesz, dokąd ją zabrał? – głos Leanorica był przerażająco łagodny.

– Tak. Została wysłana do miejsca zwanego Doliną Silvy, w sercu Czarnych Grotów. Graal powiedział, że to dom Armii Żelaza. Co zamierzasz zrobić, Leanoricu? Uratujesz Allorię? Staniesz przeciwko człowiekowi, który pije krew?

Leanoric wstał i odwrócił się plecami do Marii. Czuł chłód w duszy. Odchylił połę namiotu, przywołał medyka, po czym wyszedł w szybko zapadający zmierzch. Po obozie wciąż niósł się śmiech. Król miał straszne przeczucie, że niedługo zbraknie wszystkim powodów do śmiechu.

– Co się dzieje? – spytał podchodzący Elias.

– Przejdź się ze mną.

Przeszli przez obóz, minęli ruiny Starego Valantrium i ruszyli w górę pobliskiego wzgórza, na którym zapalono ostrzegawcze ognisko. Leanoric parł szybkim krokiem, dopiero na szczycie odwrócił się do Eliasa. Po jego twarzy płynęły strużki potu, wzrok miał twardy, emocje opadły z niego wypalone na popiół. Wiedział, co musi zrobić.

W Jangir był garnizon składający się z szesnastu setek ludzi. Jeżeli Maria miała rację i został zdobyty... a Graal przeniknął aż do Jesiennego Pałacu, musiał mieć ludzi w puszczy Vorgeth i nawet teraz mógł maszerować ze swoją armią na Vorgeth, Fawkrin albo dalej na wschód, do Skulkry i Starej Skulkry... Leanoricowi zakręciło się w głowie.

Jak mógł nie wiedzieć?

Jak mógł nie zdawać sobie sprawy, że jego kraj został zaatakowany? A nawet więcej, porażony.

– Co zrobimy? – powiedział Elias.

Leanoric uśmiechnął się do niego ponuro, uśmiechem, który nie miał nic wspólnego z dobrym nastrojem. Podciągnął bitewne nagolenice i powiedział dźwięcznym głosem swego ojca:

– Idziemy na wojnę, stary przyjacielu.

Stali i gdy niebo zabarwiło się czerwienią i fioletem, Leanoric widział, jak jego świat, jego kraj, ukochany Falanor, umiera pod zasłoną ciemności.

Król przedstawił swój plan generałowi i przyjacielowi.

– Skurwysyny przybywają z północy, wzięli Jalder i Jangir. Więc ich siły gromadzą się na zachodzie Wielkiej Północnej Drogi. Gdzieś w okolicach wrzosowisk Corleth, może w północnym Vorgeth. To ma sens, te cholerne miejsca są opuszczone, nawiedzone, a ludzie wolą się tam nie zapuszczać z powodu tych historii o Polu Jangir. Doskonałe miejsce, żeby ukryć armię.

– Co więc?

– Mam brygadę w Gollothirm i dywizję tu, w Valantrium. Możemy ściągnąć nasz batalion z Kopalni Czarnych Grotów, a blisko Starej Skulkry mamy brygadę. Jeżeli otoczymy tych skurwysynów, uderzymy z każdej strony i upewnimy się, że piechota z Czarnych Grotów pojawi się na północy... Cóż, Eliasie, możemy ich rozgromić. Pomyślą, że zwalił się na nich cały cholerny świat.

– Potrzebujemy więcej informacji – powiedział Elias ostrożnie. – Rozmiar sił nieprzyjaciela. Dokładne pozycje. Czy Graal ma ciężką jazdę, pikinierów, łuczników? Czy jego wojsko jest zdyscyplinowane i czy mają broń oblężniczą?

– Mamy mało czasu, Eliasie. Jeżeli nie zareagujemy natychmiast, gwarantuję, że się spóźnimy. Ten Graal jest jak wąż. Uderza szybko, mocno i nie bierze jeńców. Nie zauważyliśmy, że nadchodzi. To świetnie zaplanowana inwazja.

– Wciąż doradzam rozesłanie zwiadowców. Trzech do każdego z obozów, podążających różnymi trasami. Możemy zaszyfrować wiadomości, na wypadek gdyby zostali ujęci, i wybrać do tego najbardziej śmiałych ludzi. Wyślę tutejszych szpiegów, żeby przeczesali okolice wrzosowisk Corleth. Możemy wysłać wiadomość gołębiem. Mam zaufaną siatkę na północy.

Leanoric skinął głową.

– Posiadając trochę więcej informacji i czasu, możemy ich otoczyć. Nie do końca wierzę Marii. Kto zdecydowałby się na taki akt przemocy? Kto naraziłby się na gniew całej mojej armii?

Z dwudziestoma tysiącami ludzi pozostających w jego dyspozycji Leanoric był prawdopodobnie najpotężniejszym wodzem pomiędzy czterema Górskimi Światami.

Elias rozważał plan, trąc porośnięty krótkim zarostem podbródek. Jego pomarszczona twarz była skupiona i skoncentrowana. W myślach analizował różne podejścia i rozważał różne opcje. Owszem, to, co mówił Leanoric, miało sens. Było absolutnie logiczne i oczywiste. Jednak coś go niepokoiło, coś tu było nie w porządku, jak niechętny sojusznik, fałszywy kochanek, zdradzony mąż, przyjaciel z nożem za plecami, w trzęsącej się pięści.

– Pomyśl – powiedział Elias głosem cichym jak zwykle, a kiedy mówił, jego ręka spoczęła na rękojeści miecza. Miecza, którego poza nim nie dotykał żaden żywy człowiek. – Ten generał Graal nie może być głupcem. A jednak maszeruje przez pół Falanoru, aby wykraść królową. Po co? Co zyskał?

– Sprawia, że ruszę za nim w pościg.

Elias przytaknął.

– Możliwe. Albo chce, żebyś go ścigał, albo chce podważyć twoją pewność i wiarę w siebie. A może z obu tych powodów. Jednak zakładamy, że zdobył dwa ważne miasta z pokaźnymi garnizonami. Więc albo ma znaczne siły, z którymi należy się liczyć, albo...

– Używa magii krwawego oleju – powiedział z niepokojem Leanoric.

– Właśnie. Musisz znaleźć jakieś rozwiązanie także i na to.

– Jest mało czasu. Jeżeli nie zbiorę Orlich Dywizji błyskawicznie, pułapka nie zadziała. Będziemy zmuszeni do odwrotu. – Król szybko przeanalizował możliwości. – Do Starej Skulkry. To znakomite miejsce na bitwę. I mam nawet... plan, o którym ojciec opowiadał mi dekady temu.

– Lecz jeżeli Graal używa starej magii, twój plan tak czy inaczej nie zadziała – stwierdził Elias. – Wiesz, o czym myślę?

– Hiena Cmentarna – powiedział Leanoric poważnym głosem, głosem przepełnionym strachem. – Obawiam się, że zabije mnie, gdy tylko zobaczy.

– Ja pójdę – zaoferował się Elias.

– Nie, mam dla ciebie inne zadanie.

Elias uniósł brew, ale nic nie powiedział. Wiedział, że król wtajemniczy go we właściwym momencie. Leanoric wydął usta, uniósł ręce do twarzy i westchnął. Było to westchnienie pełne bólu, westchnienie człowieka, który się pogubił. Mówił, unikając spojrzenia swojego przyjaciela:

– Nie mam prawa, Eliasie, prosić cię o to, o co za chwilę poproszę.

– Masz pełne prawo. Jesteś królem.

– Nie. To prośba do przyjaciela. Odłóżmy na chwilę rangi i kwestie urodzenia. To, o co cię proszę, to... prawie pewna śmierć, ale muszę, tak czy inaczej.

Elias skłonił głowę.

– Cokolwiek, mój królu – powiedział łagodnym głosem.

– Chciałbym, abyś się wybrał w podróż do Doliny Silvy. – Leanoric zamilkł na moment, jak gdyby kończąc niedopowiedzeniem, nie skazywał swego generała i nie mordował przyjaciela. Westchnął. Popatrzyli sobie w oczy spojrzeniami pełnymi honoru, prawdy, przyjaźni i braterstwa. – Chciałbym cię prosić, abyś znalazł i uratował Allorię.

– To będzie dla mnie zaszczyt – odparł Elias bez cienia wahania.

– Przyznaję...

– Nie. – Elias podniósł rękę. Leanoric przerwał. – Nie mów tego. Jestem światowcem i, jeżeli wolno mi to powiedzieć, znacznie sprawniejszym wojownikiem niż ty. – Uśmiechnął się, żeby jego słowa nie zabrzmiały niegrzecznie. – Trenowałem z twoim ojcem i podziwiałem go, ale jego syna kocham bardziej. I kocham swoją królową. Zrobię to, Leanoricu. Nie czuj się winny. Zrobię to chętnie i dobrowolnie.

Leanoric objął Eliasa uściskiem wojownika, nadgarstek do nadgarstka, i przesłał mu uśmiech, ponury, ale jednak uśmiech.

– Uratuję kraj, ale ty musisz ocalić moje serce. Musisz znaleźć moją żonę.

– To będzie dla mnie honor, przyjacielu.

– Zwróć mi ją, Eliasie.

Elias uśmiechnął się.

– Albo to zrobię, albo umrę, próbując.

Po trzydziestu minutach Elias był gotowy do drogi. Miał szybkiego czarnego ogiera, niewielkie juki, a przy biodrze zaufany miecz. Z wysokości siodła popatrzył na Leanorica i kilku zebranych ludzi.

– Jedź szybko – powiedział król.

– Umrzyj młodo – odparł Elias.

– Nie tym razem, Eliasie.

– Jak sobie życzysz.

– Przyprowadź ją do mnie.

– Zobaczę, co da się zrobić, mój władco. – Dotknął kolanami boków konia. Wierzchowiec, piękny i dumny rumak, nie potrzebował wielkiej zachęty i z dzikim prychnięciem pogalopował szerokim polnym traktem w kierunku odległej, wijącej się jak ogromny szary wąż Wielkiej Północnej Drogi.

Leanoric patrzył za Eliasem jeszcze długie minuty po tym, jak jego przyjaciel, jego Mistrz Miecza, zniknął z pola widzenia. Wsłuchiwał się w nocne powietrze, w świst wiatru i wydawało mu się, że wszystko pachnie zbliżającą się śnieżycą. Grayfell, jeden z jego zaufanych generałów, także wpatrywał się w mrok.

– Nadciąga burza – powiedział krępy, mrukliwy żołnierz, trąc swą starannie przystrzyżoną szarą brodę. Jego przenikliwe żółte oczy napotkały wzrok Leanorica i król kiwnął głową.

– Tego się właśnie obawiam – powiedział.

Kiedy wstał świt, Elias zatrzymał się na granicy lasu i zlustrował Wielką Północną Drogę. Błyszczała w pierwszych promieniach porannego słońca, opleciona kłębami mgły. Bruk lśnił niczym szare i czarne perły. Przez długie minuty królewski Mistrz Miecza patrzył, słuchając, obserwując, analizując i rozważając. Zrezygnował z osłony drzew i po kilku minutach ponaglił ogiera, który puścił się galopem po bruku. Kopyta stukały, echo niosło się przez powietrze wczesnego poranka.

Elias jechał cały dzień, utrzymując niezłe tempo. Zatrzymał się jedynie wczesnym popołudniem, by pozwolić swemu wierzchowcowi napić się ze spokojnych wód jeziora. Sam stanął, przeciągnął się i zrobił kilka rozciągających ćwiczeń kawalerzystów, które ci wykonywali zwykle przed bitwą. Wokół niego zawirował śnieg.

Spojrzał na odległe północne wzgórza i dostrzegł, że – niczym lukier ciasto – pokrywa je biel lodu. Przeklinając, Elias kontynuował jazdę na północ, czasami prowadził wierzchowca po gładkiej trawie ciągnącej się wzdłuż twardych kamieni bruku. Chwilami zsiadał z konia i prowadził zwierzę. Coś mu podpowiadało, że to będzie długa podróż. Próba wytrzymałości, wytrwałości oraz siły i odwagi. Mimo to Elias był zdecydowany wykonać zadanie.

Tej nocy, obozując pod kępą niebieskich świerków, zawinięty w grube futro, obudził się, kiedy śnieg omiótł mu twarz. Wpatrywał się przez chwilę w ukryte w igłach grube konary, splecione w wiecznie zielony baldachim. Silna żywiczna woń pobudziła jego zmysły, by rozpłynąć się pod atramentowym, fioletowym niebem. Śnieżyca przybrała na sile, a wraz z nią wzrósł ciężar w piersi Eliasa. Porywacze Allorii mieli sporą przewagę. Śnieg ich spowalniał, ale jego też spowolni. Mógł się jedynie modlić, żeby podróżowali wozem albo szli, ale szczerze w to wątpił. Porwali królową Falanoru. Musieli mieć naprawdę dobre konie i pędzić tak, by jak najszybciej odskoczyć od Orlich Dywizji z tak brawurowo zdobytym trofeum. Elias wiedział, że jeżeli tylko dotrą do Czarnych Grotów, to będzie koniec. Góry były zdradliwe. Doliny i wąskie kotliny tworzyły labirynt i w jego pajęczynie zgubi królową. Nawet gdyby udało mu się trafić do tej Doliny Silvy, co mógłby tam znaleźć? Oczekującą armię? Dywizję rozbawionych żołnierzy? Cholera, pomyślał. Musi ich dogonić przed Czarnymi Grotami. Musi uratować królową, zanim ta wejdzie do śmiertelnego labiryntu...

Wystartował przed świtem. Przepełniały go panika i frustracja. Elias mocno popędzał konia. Zbyt mocno, był tego świadom. Zaraz po południu, kiedy spadło więcej śniegu, głusząc stuk kopyt na bruku Wielkiej Północnej Drogi, Elias dostrzegł wioskę. Sprowadził wierzchowca z bruku i zaczął przedzierać się na wschód zamarzniętą i zrytą ścieżką. Jednak jakieś sto jardów przed grupą chałupek zatrzymał się. Ogier prychnął, tupiąc w śniegu.

Coś było nie w porządku, Elias to czuł. Zadął zimny wiatr, szarpnął za jego wysoki kołnierz i przyprawił o dreszcze. Odruchowo Elias poluzował miecz i rozejrzał się dookoła.

Wieś pogrążona była w absolutnym bezruchu. Na podwórkach nie gdakały kurczaki, nie piszczały dzieci. Ludzie nie kręcili się między chałupami ani nie przystawali, by popykać fajki czy poplotkować przez chwilę. Elias zmrużył oczy i zsiadł z konia. Czuł, że to głupota, ale nie mógł zwalczyć poczucia obowiązku. Wyciągnął miecz i puścił wodze. Ruszył ku opuszczonej wiosce z obnażonym mieczem, rozglądając się w poszukiwaniu przeciwnika.

A kimże miałby być ten wróg? – drwiła jego podświadomość. Armią Żelaza, która przerwała sobie na chwilę podbój Falanoru, by unicestwić małą, niewiele znaczącą wieś?

Odpowiedź brzmiała: tak.

Elias zatrzymał się u wylotu głównej ulicy i popatrzył na zamarznięte błoto, na świeże zaspy i zwłoki. Spojrzał uważniej, zmrużył oczy. Gdy się przyjrzeć, to te zwłoki wyglądały jak...

– Bogowie! – syknął.

Poczuł chłód przenikający do kości, a krew w żyłach ścięła się lodem. Otworzył szeroko oczy, zacisnął usta i dłoń na rękojeści miecza nienaturalnie mocno.

– Co, na Dziewięć Piekieł, mogło to spowodować?

Zatrzymał się przy starym człowieku leżącym twarzą do ziemi. Ciało było pomarszczone, skóra przypominała pergaminową powłokę naciągniętą na kruche, słabe kości. Elias opadł jednym kolanem w skrzypiący świeży śnieg i odwrócił staruszka na plecy... tylko po to, by z krzykiem odskoczyć do tyłu, kiedy uświadomił sobie, że to nie było ciało starszego mężczyzny, lecz młodej kobiety. Ciało, które jakby się rozpuściło. Skóra została zerwana z czaszki, wyszczerzonej teraz jakby w parodii i kpinie ze śmierci.

Elias skradał się w głąb ulicy. Jego przerażenie rosło, nienawiść rosła, a podsycane potwornymi widokami wściekłość i gniew osiągnęły temperaturę rozpalonego do białości pieca. I wiedział – wiedział, nawet nie do końca rozumiejąc niuanse krwawo-olejowej magii – że był to efekt użycia mrocznej sztuki. Starej sztuki.

– Skurwysyny – powiedział i potrząsnął głową. Dostrzegł ciała dzieci, puste łupiny ciągle trzymające się za ręce. Ich twarze nie przypominały łagodnych masek. Umarły w strasznym bólu, bez honoru, bez godności.

Elias patrzył i patrzył, po czym zaklął i splunął na ulicę.

– Czy to właśnie przygotował dla nas Graal? – mruknął, myśląc o Armii Żelaza i jej białowłosym generale. Na ulicy za nim w powietrze wzbił się krzyk. Elias dopiero po kilku pełnych zaskoczenia chwilach zorientował się, że to rży jego koń. Odwrócił się i pobiegł. Gdy mijał dwa niskie domki, poślizgnął się na lodzie. Ich drzwi były na tyle niskie, że z ledwością zmieściłoby się w nich dziecko.

Koń leżał na boku na ulicy i trząsł się jakby w ataku epilepsji. Mgła kłębiła się na wysokości butów. Elias zmrużył oczy i zbliżył się ostrożnie. Cały czas rozglądał się na boki w poszukiwaniu oznak obecności wroga. Czy zwierzę zostało trafione przez strzałę? Czy może coś bardziej złowieszczego? Ze wstydem zauważył, że trzęsą mu się dłonie.

– Wspaniałe zwierzę – dobiegł go miękki, śpiewny głos, ale Elias słyszał w nim szaleństwo. – Jaka szkoda, że jako źródło jest zbyt ubogie i nie nadaje się do rafinacji. Jest toksyczne, rozumiesz? Gdyby było inaczej, nie musielibyśmy zabierać się za was.

Elias zakręcił się, błyskając mieczem. Zobaczył wysokie stworzenie w cienkiej białej szacie, delikatnie haftowanej złotem i błękitem. Spojrzał na jego twarz i przeszyły go dreszcze, a włosy stanęły dęba. Twarz była owalna, bezwłosa i niewiarygodnie blada. Maleńkie czarne oczy, błyszczące czymś na kształt inteligencji, obserwowały Eliasa, nos był zaledwie dwoma pionowymi szparami. Stworzenie – gdyż z pewnością nie był to człowiek – oddychało szybko, sycząc raz za razem i przyprawiając Eliasa o kolejne fale dreszczy. Nagle ruszyło w jego kierunku. Poruszało się, podskakując, i byłby to komiczny widok, gdyby nie to, że otaczała je aura śmierci i smród zgnilizny, które zdawały się wydostawać z każdego pora jego skóry.

– Czym jesteś? – wyszeptał Elias, a jego słowa były zaledwie tchnieniem.

Stworzenie zbliżyło się.

– Jestem Żniwiarzem, chłopcze. A ty jesteś Elias.

– Skąd możesz to wiedzieć?

– Wiem wiele rzeczy – powiedział Żniwiarz i uniósł rękę. Rękawy jego szaty opadły w dół, ujawniając długie, kościane palce. – Wiem, że jesteś przyjacielem króla Leanorica. Wiem, że szukasz jego królowej, Allorii, porwanej przez podłego Zegarmistrza Graala... Lecz wszystko w swoim czasie, synu, wszystko w swoim czasie. Jesteś pierwszym daniem, nieprawdaż? Posiadasz informacje, które mogą pomóc naszej sprawie. Chodź, chodź do mnie...

Elias skoczył, lecz w tym samym momencie ze Żniwiarza wylał się lodowy dym. Z maleńkich oczu, otwartych ust, z palców i całej postaci. Uderzył w Eliasa, zatrzymując go w jednej chwili. Miecz przymarzł do jego palców, ciało zatrzęsło się konwulsyjnie, spazmatycznie, z nieprawdopodobną siłą...

– Pozbądźmy się twojej pięknej zabawki – powiedział Żniwiarz, przystępując ku niemu.

Elias zobaczył, jak od palców kawałkami odchodzi mu skóra i nie pozostaje na nich nic poza kilkoma kawałkami różowego mięsa, pod nimi błysnęła biała kość. Ogarnęło go skrajne przerażenie, za nim napłynęły panika, ból i surowa, paląca męka. Wciąż mógł słyszeć Żniwiarza, który pracował i mówił. Zapamiętał te pięć kościanych palców unoszących się nad jego sercem...

– Chodź do mnie, chłopcze, chodź do Żniwiarza. Zajmiemy się tobą. Zabierzemy cię do Zegarmistrza. Spędzisz z nim piękne chwile. Najważniejsze chwile swojego życia...

Elias otworzył oczy. Było ciemno, zimno i otaczały go drewniane ściany. Przez krótką, przerażającą chwilę myślał, że jest w trumnie. Pogrzebany żywcem w cuchnącej ziemi, a robaki starają się wsunąć przez pęknięcia, by wyjeść mu oczy, kiedy on wciąż oddycha... W jego gardle zebrał się krzyk, zabulgotał na wpół zdławiony przez flegmę, ręce Eliasa uderzyły, waląc w deski...

– Gdzie jestem? – zachrypiał, zdając sobie sprawę, że jest potwornie odwodniony. Zamrugał, kaszlnął i usiadł.

Uświadomił sobie, że nie znajduje się w pudle, lecz na wozie podskakującym na wybojach drogi. Popatrzył na swoją rękę, której dwa palce były tylko rozdartymi i roztrzaskanymi kawałkami kości, i wrzasnął, choć nie czuł bólu. Krzyczał, a jego krzyki rozbrzmiewały echem w ciemnościach.

– Cisza! – rzucił żołnierz i rękojeścią miecza uderzył Eliasa w klatkę piersiową, zmuszając go, aby siadł na tyłku. Elias nic nie powiedział, tylko ostrożnie ułożył swoją ranną rękę i rozejrzał się dookoła.

Przed oczami miał zasłonę słodkich czerwonych mdłości. Otoczenie było ciemne i zamglone, przez opary jak duchy przechodzili żołnierze, dziesięciu, stu, tysiąc. Każdy z nich miał bladą twarz, karmazynowe oczy, białe włosy i czarną zbroję. Elias pochylił się w przód i zwymiotował na kolana. Przez długi czas wpatrywał się w strumyki śliny i rzygowin, cofając się w myślach do swojego spotkania ze... Żniwiarzem? A więc tak. Znalazł armię. Ale jak długo był nieprzytomny? Jak daleko znajdował się w tej chwili od Leanorica? Mógł tak podróżować przez setki mil albo i przez tysiące.

O nie, pomyślał, ponownie wpatrując się w swoje obdarte z mięsa palce. Zrozumienie uderzyło jak topór w tył głowy. Jego ręka została okaleczona. Była bezkształtnym kikutem. Nie mógł już używać miecza. Po twarzy pociekły mu łzy, cała jego godność i duma odpłynęły. W głębi duszy wiedział, że każdy człowiek boi się czegoś innego, każdy człowiek ma graniczny punkt wytrzymałości. Mógł to być nowotwór, utrata wzroku, śmierć dzieci lub rodziców. Lecz dla Eliasa, Mistrza Miecza Falanoru, była to utrata możliwości fechtunku. Przypadkowe obrazy przemknęły przez jego myśli i zdał sobie sprawę, że majaczy.

Znów był chłopcem ćwiczącym drewnianym mieczem...

Był mężczyzną uczącym swe dzieci sztuki fechtunku...

Stał, drżąc, za kotarą, podczas gdy Leanoric zabijał swego ojca, króla Searlana...

Czas płynął jak czarny miód, nie było w tym żadnego sensu. Wózek zatrzymał się. Elias dostał wodę i chleb, ale żołądek zareagował wymiotami. Ostry głos warknął:

– Zostawcie go. Jeżeli umiera, niech umiera.

– Nie. Graal każe wychłostać całą pieprzoną armię!

– Pieprzyć tego Żniwiarza. Gdyby dobrze wykonał robotę, nie mielibyśmy tych problemów.

Ktoś zaklął w innym, gardłowym, niemal mechanicznym języku i twarde ręce o gładkiej skórze wmusiły w gardło Eliasa kolejną porcję wody. Tym razem udało mu się ją przyjąć. Po kilku milach obijania się na wozie – który, jak zauważył, był ciągnięty przez dwa blade wałachy o mlecznej skórze – zatrzymali się. Elias został ściągnięty z platformy. Ręce miał związane na plecach cienkim złotym drutem, który wrzynał się w skórę i wyciskał łzy... Czuł, jakby był zjadany przez robactwo. Rzucił okiem w tył i zobaczył, że drut ciągle się porusza, a delikatne ostrza – jak małe zęby wykonane z miedzi i mosiądzu – ciągle tną. Elias był prowadzony przez obóz.

Znajdowali się na górze wrzosowiska. Na północy drzewa uformowały zbitą czarną ścianę. W górze gwiazdy zostały przesłonięte przez pęki śnieżnych chmur. Wokół jego butów wirowała mgła. Ręka mu drżała, palce kłuły bólem tak potwornym, że nie do opisania, a łzy wciąż płynęły po policzkach, paląc jak kwas. Jak mógł dać się pojmać z taką łatwością? Elias się skrzywił. Jeżeli używali takiej magii, że jedno lodowe uderzenie w ciągu kilku pełnych chłodu sekund mogło wyłączyć najlepszego Mistrza Miecza Falanoru... W tej sytuacji to nowe zagrożenie, ten nowy przeciwnik, ten straszny wróg, przejdzie przez Orle Dywizje Leanorica jak gorący nóż przez masło.

Jesteśmy zgubieni, zdał sobie sprawę.

Muszę się dostać do króla. Muszę go ostrzec!

Rzucono go na ziemię. Zauważył, że leży wewnątrz kręgu białowłosych. Spojrzał w górę, na ich twarze. Nie było na nich żadnego współczucia, żadnych emocji. Po chwili wysoki i elegancki mężczyzna w czarnej zbroi, noszący czarny hełm przesłaniający jego długie, białe, lejące się włosy, obrócił się i spojrzał na niego.

– Jesteś Elias – powiedział. – Mistrz Miecza Falanoru.

– Jestem. – Duma zapłonęła w jego piersiach. Mogli go torturować, ale nic im nie powie. Splunął w kierunku żołnierza. – Czego, do cholery, chcesz, koniojebco?

– Wiem, że uważasz mnie za sadystę. Nie masz racji. Kiedy wymierzam karę, to bez przyjemności. Kiedy torturuję, to dla wiedzy, postępu i prawdy. A kiedy zabijam... zabijam, żeby jeść.

– Więc mnie zabij i skończ z tym – warknął Elias z furią. Próbował gwałtownie wstać, by zaatakować tego aroganckiego albinosa, i dopiero wtedy zdał sobie sprawę, że ręce żołnierzy unieruchamiają go i przyciskają do ziemi.

– Nie – powiedział Graal, opadając na kolano i patrząc w twarz Eliasa. – Dziś nie jest twój dzień. Dziś nie jest twój czas. – Na wpół się obrócił. – Sprowadźcie ją.

Przyciągnięta do kręgu królowa Alloria szarpała się i kopała. Jej pobita twarz krwawiła. Ramiona miała skrępowane drutem na plecach. Krew spłynęła aż na nadgarstki i dłonie. Lecz nie płakała. Trzymała głowę wysoko, a oczy jej płonęły. Kiedy została rzucona na wrzosy, splunęła na Graala. Z trudnością uniosła się na kolana i nieugiętym wzrokiem patrzyła na swoich oprawców.

– Elias? – szepnęła z niedowierzaniem. Jej głos wypełniony był męką.

– Przyszedłem cię odnaleźć. – Elias się uśmiechnął. – Leanoric mnie wysłał. W tej chwili gromadzi Armię Falanoru. Zetrzemy te bladoskóre szumowiny z oblicza świata.

– Nie rozumiesz – powiedziała Alloria z oczyma wypełnionymi łzami.

– Teraz ciii – powiedział Graal i kopnął ją w głowę. Ruch pozornie delikatny posłał królową na wrzosy, ogłuszoną, krwawiącą z rozbitych warg, które otwierała i zamykała bezgłośnie, zszokowana.

Elias spojrzał w górę.

– Zabiję cię, skurwielu.

– Później, później – odrzekł Graal, gestem uciszając Mistrza Miecza. – Tego ranka doszły do mnie złe wieści. Wygląda na to, że mój... brat jest martwy. – Karmazynowe oczy Graala świdrowały Eliasa. Ten uśmiechnął się.

– Świetnie. Mam nadzieję, że ten robak cierpiał.

– Cierpiał, mój chłopcze. Był pokręconym Vaszyną. Rozumiesz, zgnilcem. Stworzeniem, które nie mogło przyswoić mechanizmu, którego ciało nie przyjęło swego dziedzictwa. Żywe odrzucenie prowadzące ciągłą wojnę z własną wewnętrzną maszynerią. – Graal westchnął. – Ale widzę, że nie rozumiesz. Jak mniemam, potrzebujesz... lekcji.

Graal wstał i machnął ponad kręgiem żołnierzy. Czterech mężczyzn wciągnęło ręczny wózek, na którym leżał...

Elias aż przykląkł, ogłuszony widokiem. Jego oczy otworzyły się szeroko, nie potrafił rozpoznać ani nawet pojąć tego, co widzi. To było duże. Powykręcany kształt przypominający lwa o bladej, białej skórze poznaczonej kępkami białego i szarego futra. Potężna głowa z szerokim pęknięciem i długie, zakrzywione mosiężne ostrza kłów. Ciało miejscami było rozerwane i Elias mógł dostrzec precyzyjny mechanizm poruszający się wewnątrz, maleńkie kółka i miniaturowe tłoki. Zakaszlał i pochylił głowę, nie potrafiąc pojąć.

Zalał go smród i zwymiotował na wrzosy.

Graal przysunął się do padliny i położył rękę na rozdętym ciele. Patrzył prawie czule w niewielkie czarne oczy, teraz bez życia, jeśli pominąć żywy mechanizm poruszający się wewnątrz ciała zgnilca.

– Martwy, lecz nie martwy. Żywy, lecz nie żywy. Biedny Zalherion. Biedny Zal. Nigdy nie sądziłeś, że do tego dojdzie, prawda? Nigdy nie myślałeś, że w ten sposób... – Graal obrócił się i wskazał na ziemię. Uderzył płazem miecza w głowę Eliasa, który upadł z jękiem. Gwiazdy zawirowały mu przed oczyma.

Otworzył oczy i usłyszał dźwięk młotków, które wbijały paliki w zmarzniętą ziemię. Jego nogi i ręce zostały przygwożdżone. Kiedy przyszedł do siebie, zaczął się szarpać.

– Co robicie? – krzyknął głosem pełnym paniki. – Co się, do diabła, dzieje?!

– Pomożesz nam – powiedział Graal chłodnym głosem.

– Co chcesz wiedzieć? – wydyszał Elias.

– Nie w taki sposób. Widzisz... – Graal obrócił się i ruszył z powrotem do wózka. Wyciągnął miecz i rozciął martwego zgnilca, swojego brata, od pachwin do gardła. Ciało i mięśnie rozłożyły się. Wnętrzności i organy wypłynęły na zewnątrz, większość połączona z delikatnym, skomplikowanym mechanizmem, ciągle ruszającymi się tłokami i wciąż obracającymi się kółkami. Niektóre z elementów miały coś jak maleńkie nóżki, na których zaczęły rytmicznie, jak tykający zegar, iść przez wrzosy... – Zrozum – kontynuował Graal – kiedy zgnilec umiera, wtedy zwykle w tej samej chwili umiera w nim maszyna. Lecz czasami występuje zjawisko, którego nie rozumiemy. Mechanizm staje się pasożytniczy i samopodtrzymujący... żyje dalej po śmierci nosiciela i może zostać przeniesiony do innego żyjącego stworzenia. Patrz.

– Nie... – tchnął Elias niewiele głośniej od szeptu.

– Patrz. To jest niezwykłe – powiedział Graal, uśmiechając się i robiąc krok w tył, podczas gdy mechanizm poruszał się przez wrzosy, kierując się ku przyszpilonej postaci Eliasa.

Tłoki warczały, jakby wyczuwając świeżą krew i nowe ciało. Zębatki stukały. Koła kręciły się, a złote druty zwijały jak węże, płynąc przez wrzosy, dopóki nie dosięgły Eliasa. Zaczęły wspinać się na jego ciało, podczas gdy on krzyczał i wrzeszczał, szarpał się, kopał i walczył. Lecz druty przesuwały się po jego skórze, po dłoniach i stopach, po rękach i nogach. Zakradały się pod odzież, wlokąc za sobą małe, skomplikowane części, urządzenia i maszyny, wszystkie klikające, wirujące i tykające.

Druty pokryły jego twarz jak maska. Elias krzyczał wysokim głosem pełnym paniki, jak kobieta, lecz kable wkręciły się w jego usta i wpełzły do nosa. Wiły się w jego oczach, co sprawiało, że rzucał się jeszcze mocniej. Nagle krzyki ustały i na wrzosowiskach zapadła głucha cisza, bowiem pierwsza z maszynek przybyła, wdrapała się na jego policzek i wcisnęła w usta, wśród zduszonego płaczu, wpełzła w głąb gardła, odcinając drogi oddechowe i głusząc okrzyki bólu. Wkrótce więcej maleńkich mechanizmów dotarło do celu.

Drobne skalpele przecięły ciało na brzuchu Eliasa, otwierając szeroko jego wnętrzności. Pośród wytrysków krwi i kłębów jelit, za pomocą malutkich kończyn i szczypiec mechanizm wpełzł do wnętrza Eliasa, by się pożywiać i zlać, połączyć z jego ciałem...

– Są takie niezależne – powiedział Graal, nie potrafiąc ukryć swojego zachwytu. – Nawet jako Zegarmistrz nie mogę tego pojąć. To cud! Widok budzący prawdziwy podziw. Stoimy tu, śmiertelni, pochyleni i drugorzędni, i obserwujemy to piękno! To metalowe życie! To zaszczyt nieprzyznany przez Dębowy Testament.

Wokół, we mgle, żołnierze albinosi stali niespokojnie z szeroko otwartymi oczami i patrzyli na przyszpiloną, wijącą się postać Eliasa. Na ich twarzach malowała się wymuszona obojętność, gdy splątany metalem człowiek, teraz bardziej maszyna niż człowiek, rzucał się i walczył. Kopał, wił się i walczył z taką dzikością, że myśleli, iż może wyrwać własne kończyny...

Alloria otworzyła oczy, leżąc z twarzą we wrzosach, obróciła się i spojrzała na Eliasa konsumowanego przez metal, przez druty i tłoki, kółka i zębatki. Mechanizm wgryzł się w niego, tnąc i delektując się ciałem jak dojrzałym owocem. Wszedł w niego, zgwałcił, złączył się z nim i scalił. Alloria patrzyła, a z jej bladych policzków odpłynęła krew. Nie mogła nic powiedzieć, krzyknąć, ani nawet zwymiotować. Graal stał i rozkoszował się widokiem mechanizmu, który tworzył kolejnego z Vaszynów.

Rozdział 10
Jajor Falls

Kell stał oko w oko ze zgnilcem. Obaj warczeli i po chwili obaj pędzili ku sobie w widmowym świetle odbijającym się od śniegu. Zwarli się. Szpony zgnilca musnęły brodę Kella, a jego topór walnął w kark bestii. Czuł, jak ostrza przegryzają się przez grube mięśnie i tykający pod nimi mechanizm. Zakotłowali się.

Kell wolną ręką chwycił uzbrojoną w potężne szpony łapę zgnilca, a wtedy coś ogromnego przepłynęło nad ich głowami i Kamienny Lew wylądował, warcząc głucho. W wydłużonej gębie błysnęły kły. Zaatakował dwa pozostałe zgnilce i trzy potwory zwarły się w walce. Cięły szponami i kąsały zębami. Na poszycie tryskała krew i sypały się zębatki. Jeden ze zgnilców, odrzucony kopnięciem, przysiadł, a potem skoczył na barki Lwa i zatopił kły w jego głowie. Oderwał jej kawałek przy wtórze głośnego chrupnięcia. Jego szpony zagłębiły się w torsie przeciwnika, gdy potrząsał swoją zdobyczą jak pies kością. Kamienny Lew opadł na kolano, podczas gdy zgnilec przeżuwał kawałek jego czaszki i pluł kawałkami drewna i kamieni. Pięść Lwa poleciała w dół, głośno tnąc powietrze, i z głuchym odgłosem, który zatrząsł lasem, zgniotła zgnilca w kwilącą kupę z przetrąconym kręgosłupem, wygiętymi kłami, płucami rozerwanymi w krwawym rozbryzgu mechanicznych części i wciąż pracujących organów.

Kamienny Lew trzasnął trzecim zgnilcem o drzewa, gdy Kell uderzył o ziemię. Ilanna utkwiła w karku na wpół mechanicznego stwora. Wysoki pisk wypełnił las i zgnilec odwrócił się od Kella, po czym skoczył na plecy Kamiennego Lwa, podczas gdy jego kompan zaatakował od przodu. Oba zatopiły ogromne szczęki w starożytnej istocie, która obracała się szybko wokół własnej osi i młóciła ramionami, usiłując pozbyć się napastników.

Kell ze stęknięciem opadł ciężko na ziemię. Opuściła go cała energia. Wyciągnął bez przekonania sviana i przyglądał się szalejącej bitwie. Kamienny Lew szarżował między drzewami, uderzając zgnilcami o starożytne dęby. Wściekłe zgnilce odpłacały mu mosiężnymi kłami, otwierały dziury w brzuchu przeciwnika, z których wylewał się płynny grzyb...

Wyczerpany, znużony i nagle przygnębiony Kell wzruszył ramionami, pokręcił głową. Dopiero wtedy uświadomił sobie, że mięśnie ma ponaciągane, stawy przeciążone, a skórę całą w sińcach i ranach. Czuł się, jakby miał za sobą dwanaście rund walki na gołe pięści, z których każda kosztowała go sporą część energii i równowagi psychicznej. Zaśmiał się. Ryki nie ustawały nawet na chwilę i przez kilka minut Kell oglądał jakby z narożnika ringu najdziwniejszą bitwę, którą dane mu było widzieć.

Dwa pozostałe zgnilce stopniowo rozszarpywały przeciwnika. Wyrywały z niego wielkie kawały ciała i oczekiwały na możliwość zadania śmiertelnego ciosu. Jednak nawet z połową głowy Kamienny Lew stawiał potężny opór. Walił ogromnymi pięściami i szponami przy akompaniamencie pisków nadwerężanych mechanizmów i głuchych odgłosów miażdżonego ciała. Przez cały ten czas ranny zgnilec z przetrąconym kręgosłupem kręcił się bez celu i wydawał dziwny, miauczący dźwięk, nie tyle skutek wydychanego powietrza, co raczej żałosny pisk rozregulowanego zegara. Kell patrzył, jak czarny krwawy olej tryska fontannami. W końcu ranny zgnilec zamarł.

– Przynajmniej skurwysyny zdychają – mruknął, a czujne, przymrużone oczy obserwowały już ostatnią fazę walki.

Kamienny Lew rozpędził się i uderzył plecami o drzewo, wreszcie pozbywając się wczepionego weń zgnilca. Natychmiast rozdeptał mu głowę. Wbił w ziemię pozostałości muskularnego ciała, które teraz wyglądało jak makabryczna szmaciana lalka. Obrócił się i rozejrzał w poszukiwaniu ostatniej bestii... która właśnie atakowała.

Zgnilec zanurkował, unikając ciosu, skoczył i złapał przeciwnika za gardło. Metalowe kły wyrwały wielki kawał drewniano-kamiennego ciała i odsłoniły wąskie jak winorośl rurki. Lew opadł na kolano i rąbnął zgnilca pięścią, posyłając go na pień drzewa. Ohydnie trzasnęła łamana noga. Dźwięk rozbrzmiał głośno w zaśnieżonym lesie. Kamienny Lew powoli osunął się na ziemię. Wyglądał teraz jak kupa kamieni i starego drewna. Westchnął potężnie, a Kell patrzył, jak prastara istota umiera na leśnym dywanie. Poczuł niemal smutek.

Zgnilec wbity przez Kamiennego Lwa w ziemię ostatecznie przestał się szamotać. Ilanna wciąż tkwiła w jego gardle. Kell wstał i z otępiałym wzrokiem przeszedł przez zalane juchą pole walki. Postawił nogę na padlinie i szarpnięciem uwolnił topór.

Obrócił się i spojrzał na ostatniego pozostałego przy życiu zgnilca. Bestia warczała na niego dziko i nienawistnie, próbując stanąć. Nie dała rady i upadła, piszcząc z bólu. Coś metalowego zgrzytało rytmicznie.

Kell uniósł topór i podszedł do potwora. Wykonał unik, kiedy stwór rzucił się na niego, po czym wbił ostrze w jego kark. Z szarpnięciem uwolnił broń. Bluznął krwawy olej i wyskoczyło kilka zwojów drutu. Kell ponownie uniósł Ilannę. Uchylił się przed kolejnym zamachem pazurów zgnilca i drugim uderzeniem odciął bestii głowę.

Krew tryskała przez chwilę, po czym fontanna zamieniła się w cienką strużkę. Kell mógł dostrzec błysk części wewnątrz szyi. Każda zębatka i kółko były dziwacznie uformowane, jakby poskręcane, każda przekładnia została zgięta lub wykrzywiona, a tłok odkształcony. Mężczyzna potrząsnął głową, nie rozumiał takich rzeczy. Rozejrzał się, podniósł garść zeschłych liści i zaczął czyścić bliźniacze ostrza topora.

– Stary koniu! Dlaczego na nas nie zaczekałeś? Chciałeś mieć całą zabawę dla siebie!

Kell rozejrzał się i dostrzegł Saarka prowadzącego wierzchowca pośród ciał i mechanicznych szczątków. Polana powstała, gdy walczące potwory powywracały drzewa, wyglądała jak pole bitwy. Wszędzie lśniła krew. Ziemia była zasłana stalowymi i mosiężnymi częściami mechanizmów zegarowych.

Kell nie odpowiedział.

– Wszystko w porządku – krzyknął Saark ku drzewom. – Kell stoczył bohaterski pojedynek z trzema zgnilcami i Kamiennym Lwem i wszystkich pokonał!

Saark zatrzymał się przed starym wojownikiem, ten zaś patrzył na Niennę i Kat wyłaniające się z lasu, obie wyraźnie zszokowane widokiem jatki. Konie zachowywały się niespokojnie, więc przywiązały je do drzew na skraju polany i podeszły do Kella. Nienna objęła dziadka mocno i na jego twarzy zagościł uśmiech. Jednak przez cały czas nie spuszczał wzroku z Saarka.

– Raniłem Kamiennego Lwa – powiedział – a potem rzuciłem się do ucieczki, ale nie znalazłem swojego konia.

W oczach starego pojawił się ciemny blask gwałtowności, coś w jego postawie sugerowało wrogość i Saark zauważył, że Kell nie opuścił topora.

– Zostawiliśmy dla ciebie konia, staruszku – powiedział elegant cichym głosem. Jego humor wyparował w mgnieniu oka. – Prawda, panienki?

– Zostawiliśmy dla ciebie konia – potwierdziła Kat, uśmiechając się niepewnie, jakby nie czuła napięcia, które unosiło się w powietrzu.

– Tak było, dziadku – dodała Nienna, kładąc rękę na poszarpanym kubraku Kella. – Sama widziałam, jak Saark go przywiązywał. Nie wiń go za to, że bestia uciekła.

Dandys rozłożył szeroko ręce.

– Czysty przypadek, Kell. Myślisz, że zostawiłbym cię na pewną śmierć?

Stary wojownik wzruszył ramionami, oparł się plecami o pień i wpatrzył w drzewa. Był wściekły, ale wziął głęboki oddech i starał się wyciszyć emocje.

Kiedyś – usłyszał głos Ilanny w duszy i myślach – *zabiłbyś go za to.*

Wypytałbym go.

Nie! Już byłby martwy.

Tak byłoby podczas złych dni! – napadł na nią. *Kiedy byłem tak nachlany, że nie wiedziałem, co robię. To były złe czasy, Ilanno. Wykorzystywałaś mnie. Podsycałaś. Popychałaś ku przemocy na każdym kroku tylko po to, by zakosztować krwi. Ty zdeprawowana, pieprzona dziwko!*

Obrócił się, spojrzał na Saarka i zmusił się do uśmiechu.

– Przepraszam – powiedział, kiedy ich oczy się spotkały. – Zaufanie przychodzi mi z trudnością. Istnieje coś takiego, co nazywają węzłem głupca. Wystarczy najlżejsze pociągnięcie i węzeł się rozwiązuje. Oczywiście niczego takiego byś wobec mnie nie zastosował.

Saark wyszczerzył zęby.

– Oczywiście, że nie, Kell! W rzeczy samej, pierwszy raz usłyszałem o takim rodzaju węzła w tej chwili, od ciebie. No dobra. Jesteśmy wszyscy wyczerpani, dziewczyny przerażone i głodne, a otarcia od konnej jazdy płoną bólem. Wydaje mi się, że widziałem w pobliżu ślady cywilizacji. Zaledwie kilka mil od naszej obecnej pozycji.

– Jakiego rodzaju ślady?

– Pułapki, a traperzy nigdy nie zapuszczają się zbyt daleko od domu. No, Kell! Pomyśl o tym! Wygodne łóżka, whisky, gorący wołowy gulasz. A jeżeli będziemy mieli szczęście – ściszył głos, pochylił się – kilka chętnych, dorodnych dziewek. Dla każdego z nas.

– Pokaż drogę – powiedział Kell i zmarszczył brwi.

Młody mężczyzna wprawiał go w zakłopotanie. Z jednej strony Kell chciał mu wierzyć, ale intuicja podpowiadała mu, żeby przy pierwszej okazji rozłupać Saarkowi głowę toporem.

– Gdyby chodziło tylko o ciebie i o mnie, powiedziałbym nie. Czuję, że armia albinosów kieruje się na południe i nas dogania. Zniszczy każde cholerne miasto i wioskę, do której dotrze. Zniszczy zapasy i budynki, które mogłyby być wykorzystane przez przeciwnika. Widziałem to wcześniej.

– Ale pomyśl o dziewczynach – powiedział Saark cicho, grając na słabości Kella. – Pomyśl o Niennie. Przerażonej prawie na śmierć. Ściganej przez przerażające potwory. Zmuszonej do walki o życie. Mówiła mi, że ona i Kat zostały schwytane przez jakichś leśnych oprychów, którzy zamierzali je...

– Powiedz, że do tego nie doszło! – Kell ścisnął mocno topór i spojrzał na Niennę.

– Nie, nie. Uspokój się, Kell. Dziewczyny pozostały nietknięte. Ale to była tylko kwestia czasu. Ten Kamienny Lew, którego tak skutecznie wyeliminowałeś... – Saark przyjrzał się martwemu stworzeniu, zmarszczył brwi. – Bogowie, odciąłeś mu pół głowy?! W każdym razie ten stwór je uratował. Obóz bandytów zaatakował zgnilec, który z kolei został zabity przez Kamiennego Lwa. Ocalił im życie, ale o mało nie przeraził przy tym na śmierć! Potrzebują czasu, żeby dojść do siebie, Kell. Potrzebują odrobiny normalności.

– A ty potrzebujesz się napić – stwierdził Kell, rzucając dandysowi kose spojrzenie.

– Przyznaję, lubię proste przyjemności.

– Ruszajmy więc.

Kell i Saark podeszli do klęczącej Nienny, która badała fragment skomplikowanego urządzenia.

– Nie rozumiem – powiedziała, patrząc na mężczyzn – co to za potwory? Mają w sobie takie coś. Pewnego razu w szkole nauczyciel rozebrał stary zegar, który wyglądał dokładnie tak samo. Mechanizm pełen kółek, zębatek i wirujących części. Tylko ten... jest większy i potężniejszy. Jakby napędzał znacznie większy zegar.

– Napędza coś znacznie bardziej niebezpiecznego niż zegar – odparł Kell, rozmasowując swój kark, w którym aż trzeszczało napięcie.

Mogę ci powiedzieć, co to jest – odezwała się Ilanna.

Mów dalej.

To silnik obłędu stworzony przez przodków Leerdek-ka i Kradek-ka, a następnie udoskonalony przez tych dwóch Inżynierów. Widzieliśmy stworzenia napędzane przez te mechanizmy pod Czarnymi Grotami.

Twarz Kella poczerwieniała i zgrzytnął zębami.

Nigdy o tym nie wspominaj – warknął. *Rozumiesz? Jeżeli kiedykolwiek wspomnisz o jaskiniach Grotów, wrzucę cię do rzeki! Rozumiesz mnie, dziwko?*

Więc cały czas się wstydzisz? – głos Ilanny był cichy, piękny i melodyjny.

Tak, cały czas się wstydzę. A teraz daj mi spokój, mam tu dwie przerażone dziewczyny, którymi muszę się zająć.

Jechali w ciszy przez pozostałą część dnia, dopóki nie nadszedł wieczór. W końcu wyłonili się z gęstwiny Lasu Kamiennego Lwa. Saark wysunął się do przodu, szukając śladów obecności Armii Żelaza, zgnilców lub innych stworzeń, które mogłyby się zainteresować niewielką grupą podróżników. Kell, Nienna i Kat stanęli na skraju lasu. Patrzyli na rozciągające się przed nimi ośnieżone pola i wzgórza. Saark miał rację. W oddali lśniły światła, doskonale widoczne w szybko zapadających ciemnościach.

– Przepraszam – odezwał się w końcu Kell, zwracając twarz ku dziewczynom.

– Za co? – Kat otworzyła szeroko oczy ze zdumienia.

– Za to, że zostawiłem was na łodzi. To było głupie. Powinienem z wami zostać. Powinienem wiedzieć, że gdy skoczę do wody, zostaniecie zniesione prądem i będziecie musiały same o siebie zadbać. To była z mojej strony głupota.

– Ale Saark byłby już martwy – odparła Kat.

Kell lekko wzruszył ramionami.

– A wy dwie prawie zginęłyście... albo gorzej, biorąc pod uwagę, co powiedział Saark. Ta banda z lasu... Znam takich. To rzeczywiście okrutne bestie. Gdyby nie pojawił się zgnilec, wciąż byłybyście w ich rękach, wyśpiewując wysoką, słodką melodię. A skóra zwisałaby pasami z waszych pleców i tyłków.

Dostrzegł ich rozszerzone strachem oczy i pobladłe twarze. Zakaszlał i wziął głęboki oddech.

– Przepraszam. Słuchajcie, od tej chwili trzymacie się mnie. Zrozumiano?

– Saark też się nami opiekuje – powiedziała Kat. Jej twarz wyglądała szczerze i niewinnie w słabnącym świetle.

Słońce w feerii olśniewających fioletowych błysków zniknęło za horyzontem, a na niebie pojawił się trupio blady księżyc.

– Uważajcie na niego – ostrzegł Kell.

– Nie ufasz mu? – spytała zaskoczona Nienna.

– Nie znam człowieka – powiedział Kell krótko. – Dołączył do nas w garbarni. Tak, uratowałem mu życie, ale to był ludzki odruch. Instynkt. Przeklinam to! – Zaśmiał się gorzko. – Wygląda na to, że za mniejsze rzeczy piszą o tobie poematy.

– On jest godny zaufania – powiedziała Kat. Kiwnęła głową, jakby sama przed sobą chciała potwierdzić słuszność tych słów, spojrzenie miała nieobecne. – Czuję to w sercu.

– W sercu, dziewczyno? – Kell uśmiechnął się znacząco. – Widziałem, jak na ciebie patrzy i jak ty patrzysz na niego. Ale ostrzegam cię, nie ufaj mu, a szczególnie nie w ten sposób. Miał przed tobą setki kobiet i będzie miał setki kobiet po tobie.

Kat zarumieniła się.

– Czekam na właściwego mężczyznę, za którego wyjdę! Nie jestem... na sprzedaż. Saark może sobie patrzyć, jak chce. Znam takich jak on i dokładnie wiem, czego oczekuję od mężczyzny. To prawda, że Saark jest przystojny. A jakie ma włosy, niewiarygodne! Wspaniale posługuje się językiem. I to w niejeden sposób... śmiem twierdzić. – Przysłuchująca jej się Nienna parsknęła śmiechem. – Ale jestem dumna ze swojej cnoty. Wiem, że gdzieś tam czeka na mnie właściwy mężczyzna. Nie potrzebuję twojej... ojcowskiej opieki. – Kat zmrużyła oczy. – Sama potrafię o siebie zadbać.

– Jak sobie życzysz – odparł szorstko Kell i zwrócił spojrzenie na zaśnieżone pola. – Ale wiedz, że Saark nie jest człowiekiem honoru. Chce tylko twojego ciała.

– Człowiekiem honoru? Przypuszczam, że ty nim jesteś...

– Co to miało znaczyć? – warknęła Nienna, wbijając w Kat rozognione spojrzenie. – Rozmawiasz z moim dziadkiem. Z bohaterem *Legendy Kella*! Nie znasz najnowszej historii? Nie masz wiedzy o bitwach? Uratował sytuację pod Ścianą Crake'a. Oparł się dzikusom w Dżunglach Południa! – Jej policzki płonęły czerwienią i zaciskała pięści.

Kat umknęła wzrokiem i popatrzyła na Kella, który wrócił do obserwowania zaśnieżonych pól.

– W porządku, Nienno – powiedział, prawie szepcząc, a potem zwrócił się do Kat: – Mówisz o tym, co zdarzyło się w garbarni. Prawda, dziewczyno?

Kat przytaknęła, a wojownik kontynuował:

– Tak. To było okrutne. Byłem dla ciebie brutalny i bezlitosny, ale chciałem cię zszokować i popchnąć do działania! Gdybyś zwlekała, skupiając się na swoich ranach i strachu, mogłabyś nas wszystkich zabić. Nie mogłem na to pozwolić. Może i jesteś przyjaciółką Nienny, ale to nie znaczy, że moja wnuczka ma zginąć z twojego powodu. Nie dopuściłbym do tego! – Obrócił się i spojrzał na Niennę z mieszaniną miłości, żalu i nostalgii, po czym uśmiechnął się. – Przeszedłbym dla ciebie cały świat, małpeczko. Dla ciebie stanąłbym do walki z armią i unicestwił całe miasto. Nikt więcej się do ciebie nie zbliży. Przysięgam na krwawą duszę Ilanny.

Nienna przysunęła się, złapała go za rękę i przytuliła.

– Nie musisz robić tego wszystkiego, dziadku – jej głos był cichy, znów była dzieckiem i przytulała się do jedynego autorytetu, jaki kiedykolwiek zagościł w jej życiu.

– Ale zrobiłbym to – warknął. – Żaden zgnilec się nie zbliży. Poderżnę skurwielowi gardło.

– Saark się zbliża.

Obserwowali, jak elegant podchodzi, prowadząc ostrożnie konia przez śnieżne muldy. Uśmiechał się, co było dobrym znakiem. Przynajmniej niszcząca wszystko na swojej drodze Armia Żelaza jeszcze się tędy nie przetoczyła. Przez długą i pełną nadziei chwilę Kell modlił się, żeby nie sprawdziły się jego przypuszczenia. Modlił się do wszelkich Bogów, którzy chcieliby go wysłuchać, aby jego teorie dotyczące najazdu okazały się błędne. Jednak w duszy przeważył niepokój i stary zapadł w gorzką zadumę.

– Jest tam gospoda z pokojami do wynajęcia. Zarezerwowałem dla nas trzy. – Saark rzucił okiem na Kella. – Nie mam zamiaru znowu znosić twojego chrapania, stary koniu. Bez urazy.

– Nie biorę tego do siebie. Mnie podobnie przeraża smród twoich stóp.

– Moich stóp! Jestem zdumiony i zdruzgotany! Co za hańba! I pomyśleć, że ryzykowaliśmy rany i śmierć, cofając się po ciebie, staruszku. Powinniśmy cię zostawić. Żarłbyś steki ze zgnilca przez następny tydzień. Może to nauczyłoby cię dobrych manier.

Kell wysunął się przed Saarka.

– To niemożliwe, chłopcze. Człowiek taki jak ja... cóż, zbyt jestem prosty. Rolnik ze mnie. Wieśniak. Maniery są zarezerwowane dla szlachty, dla ludzi bogatych, dla tych, którzy wspaniale posługują się językiem. – Saark uśmiechnął się, ukłonem dziękując za komplement. – A także dla tych, co to mają kij w dupie, gówno we łbie, krok spryskany dekadenckimi perfumami, a ich siostry są zarazem ich matkami, kuzynkami i ciotkami, i kto tam wie czym jeszcze. Jak na to mówią? Krewniacze kojarzenie? – Wybuchnął śmiechem. – Wina rodziców.

Zjechał ze wzgórza, a Saark obrócił się do młodych kobiet.

– Kto go tak napiął?

– On sam – odparła Nienna, podchodząc do Saarka i dotykając jego ramienia. – Nie obrażaj się. Taki już jest. W Jalder też nie miał zbyt wielu przyjaciół.

– To znaczy ilu miał?

– Żadnego – przyznała Nienna i roześmiała się. – Za to jest świetnym kucharzem!

– Tak cudownym, że otruł ich wszystkich?

– Ale z ciebie czaruś – powiedziała, wzdychając lekko, gdy Saark ujął ją pod ramię.

Zaczęli schodzić w dół wzgórza, pozostawiając Kat z dwoma końmi. Patrzyła za nimi gniewnie i mrużyła oczy, obserwując dumny, kołyszący się krok Saarka trzymającego dłoń na biodrze. Wracał do domu, a przynajmniej do miejsca względnie cywilizowanego.

– Zobaczymy, kto tu czaruje – wymamrotała.

Kiedy wchodzili na przedmieścia, zapadł już zmrok. Saark twierdził, że dotarli do Jajor Falls, tak ponoć nazywało się miasteczko. Od centralnego placu, rynku, biegło sześć brukowanych ulic. Ponad wąską, spienioną rzeką wznosił się kamienny most ozdobiony sześcioma niewielkimi gargulcami. Zaczął padać śnieg, jakby obwieszczał przybycie podróżnych. Prowadzili zmęczone konie, stłumiony stukot kopyt niósł się w górę ulicy wyłożonej kamieniami. Rozglądali się to w lewo, to w prawo, ale wszędzie panował mrok, nawet większość okien pozostawała ciemna.

– Ponure miejsce – zauważył Kell.

– Gospoda tętni życiem.

– Jak się nazywa?

– Ubity Prosiaczek.

– Żartujesz?

– Najwidoczniej za tą nazwą stoi jakaś długa, stara historia. Pełna chaosu i magii. Opowiedzą nam o tym przy kuflu mocnego piwa. – Saark puścił oko. – Brzmi wielkopańsko.

Zanim dostrzegli gospodę, usłyszeli muzykę, później w polu widzenia pojawił się długi, niski budynek z czarnego kamienia. Z przysadzistego komina wydobywał się dym, a zza zamkniętych okiennic prześwitywało światło.

Kell zaprowadził konie do stajni za gospodą, tam przekazał wodze chudemu staruszkowi, który przedstawił się jako Tom Stajenny. Nic nie chroniło go przed zimnem, odziany był zaledwie w cienką koszulę, a pod nią rysowały się doskonale widoczne chude ramiona z bicepsami niczym guzy na gałęziach. Uśmiechnął się przyjaźnie, przejmując konie. Pogłaskał je po pyskach, popatrzył w oczy i dmuchnął im w nozdrza.

– Chodźcie ze mną, moje ślicznotki – powiedział i Kell od razu wyczuł, że staruszek kocha zwierzęta.

Kell cofnął się do drzwi gospody, powoli wszedł do środka i rozejrzał się po wypełnionej gośćmi sali głównej. Stoły gęsto ustawione i gęsto obsadzone. Siedzieli tu przeważnie mężczyźni i nad kuflami mocnego piwa rozprawiali o polityce Falanoru. Na obrzeżach sali w niewielkich grupkach siedziały roześmiane kobiety. Niektóre były ubrane w kolorowe sukienki, jednak większość miała na sobie grube, wełniane, jarmarczne spódnice. Gospodę wypełniał dym, a wszechobecny gwar sprawił, że Kell zaczął się powoli uspokajać. Czasami miło być anonimowym pośród nieznajomych. Zawiązał gruby rzemień wokół rękojeści topora i zawiesił broń na plecach. Następnie podszedł do baru, szukając swych towarzyszy. Karczmarz ukłonił się na jego widok.

– Co podać, panie? – zapytał.

– Mój przyjaciel zarezerwował na noc trzy pokoje.

– Ach, rzeczywiście, przed chwilą dałem mu klucze. Schodami w górę – wskazał. – Pokoje dwunasty, trzynasty i czternasty.

Kell wymamrotał podziękowania, wszedł po schodach, skręcił na podest i zlustrował salę z góry. W kącie dostrzegł stół do gry. Stały tam trzy kobiety z różem nałożonym na wargi i piórami we włosach, ubrane w pończochy. Dziwki. Kell chrząknął i zmrużył oczy, wspominając Saarka i jego chętkę. Wszedł do zadymionego korytarza, szukając pokojów. Deski podłogowe trzeszczały pod naciskiem butów, co stwierdził z zadowoleniem. Po takiej podłodze ciężko się skradać.

Odnalazł pierwszy pokój i zapukał.

– Dziadek? – usłyszał głos Nienny.

Pchnięciem otworzył drzwi, wszedł do środka i rozejrzał się po skromnie umeblowanym wnętrzu. Duże łóżko ze starożytnym rzeźbionym wezgłowiem przedstawiającym szalejącą bitwę, zakurzona podłoga, na niej gruby dywan, na przeciwległej ścianie szafka z szufladami i dwa stołki. Okna były zamknięte. Na stole, świecąc miodowym światłem, paliła się lampa. – Przytulnie – ocenił, odkładając paczkę, którą wyciągnął z juków albinoskiego żołnierza. Potem zdjął swój topór i rozciągnął szerokie ramiona.

– Mam nadzieję, że jest tutaj wanna. Śmierdzę, a nie znoszę śmierdzieć.

– Wyglądasz na poobijanego – powiedziała Nienna, podchodząc bliżej. – Mogłabym poprosić właściciela o jakąś łagodzącą maść, żeby pozbyć się opuchlizny. – Wyciągnęła rękę i delikatnie dotknęła jego posiniaczonego policzka.

Kell zaklął.

– Boli? – spytała ze strachem w oczach.

– Nie. Tylko ludzie pamiętają pobitą twarz. Wyróżniam się. To niedobrze.

Nienna kiwnęła głową.

– Może powinnam pójść i sprawdzić, czy pokój kąpielowy jest wolny.

Kell rozejrzał się dookoła i zmarszczył brwi.

– Gdzie jest Kat?

Nienna wzruszyła ramionami.

– Nie wiem.

Kell cofnął się na korytarz. Cichutko podszedł do następnych drzwi i otworzył je gwałtownie. Saark i Kat siedzieli na łóżku. Tuż obok siebie. Zbyt blisko. Śmiech Kat dzwonił jak spadające kryształy. Saark odwrócił się i spojrzał w oczy Kella. Uśmiech zniknął mu z twarzy.

– Saark, pozwól na słowo.

Mężczyzna zakaszlał i wstał. Kell zauważył, że dandys nie miał butów. Wyszli na zewnątrz.

– Jakiś problem, stary koniu?

Kell wyciągnął rękę i uśmiechając się do Kat, zamknął drzwi, po czym błyskawicznie chwycił Saarka za gardło, z hukiem przycisnął go do ściany i podniósł do góry. Bose stopy eleganta kopały przez chwilę powietrze, a potem stary wojownik opuścił go tak, że ich twarze znalazły się o cal od siebie.

– Nie tkniesz jej – warknął.

– Nie wiem, co masz na myśli.

– Dziewczynę, Saark. Kat. A także moją wnuczkę, skoro już tak sobie rozmawiamy jak mężczyzna z mężczyzną. Masz żadnej nie... napastować. Rozumiesz, chłopcze?

– Są dorosłe, Kell. Mają swój rozum i uczucia. Dokonują własnych wyborów. – Uśmiech Saarka był chłodny.

– A ja jestem dorosłym mężczyzną mówiącym innemu dorosłemu mężczyźnie, że to ciągle jeszcze dzieci i jeżeli dotkniesz którejś, połamię ci każdą pieprzoną kosteczkę w kręgosłupie – głos Kella był cichy, ale śmiertelnie poważny.

Saark patrzył na niego z obojętnym wyrazem twarzy.

– Otwórz oczy, starcze. One już dawno nie są dziećmi. Są różami rozkwitającymi pięknem. Są niczym prądy rzek wpadające do morza.

Kell prychnął i opuścił Saarka na podłogę.

– Zachowaj swoje piękne słowa dla dziwek na dole – powiedział. – W jukach żołnierzy było wystarczająco dużo monet, żebyś mógł się zabawiać przez tydzień. Weź je. Ale ostrzegam cię. Trzymaj się z dala od dziewcząt.

Saark kiwnął głową i wygładził swoje pomięte ubranie. Zakasłał. Spojrzał na Kella i pochylił głowę.

– Skończyłeś, dziadku? Mogę już iść i przynieść jakieś piwo i kęs strawy? Czy chciałbyś jeszcze wygłosić mi kazanie o postępującym zgorszeniu i powszechnym zepsuciu?

Kell zgodził się, milcząco kiwając głową, i Saark cofnął się do pokoju. Stary stał i czekał. Na progu pojawiła się Kat i ze spuszczonym wzrokiem pośpieszyła do pokoju Nienny. Podążył za nią, by zabrać swój plecak i topór.

– Spotkamy się na dole w głównej sali, żeby coś zjeść. Za jakieś dwadzieścia minut. Tak?

– Tak, dziadku – powiedziała Nienna. Jej przyjaciółka nie odezwała się ani słowem.

Kell chrząknął i wyszedł.

– Jak on śmiał?! – wściekała się Kat chwilę później.

– Pst, może usłyszeć!

– Niech go diabli! Niech go diabli wezmą, mam to gdzieś! Nie potrzebuję jego opieki! Nie potrzebuję, żeby traktował mnie jak swoją wnuczkę, bo nią nie jestem. Zbyt długo martwiłam się sama o siebie, żeby teraz zostać adoptowana przez nadgorliwego strażnika!

– On... ma dobre chęci – powiedziała Nienna.

– Bzdura! Jest zazdrosny! Widzi moje młode nogi, moje biodra, moje dojrzałe piersi i chciałby się dobrać do tego słodkiego ciastka. Cóż, nie może.

Nienna gapiła się na Kat zaskoczona. Potrząsnęła głową.

– Gówno prawda, Katarino.

– Być może. Ale Saark mówi, że jestem piękna. Że mogłabym wybrać między Jevaiden, Salakarr, Yuill lub Anvaresh. Że z moją urodą mogłabym zarabiać dużo pieniędzy.

– Robiąc co?

– Mogłabym zostać tancerką albo towarzyszyć bogatym mężczyznom na spektaklach teatralnych. Saark powiedział, że płacą kawał grosza, żeby mieć piękną kobietę u swego boku.

– I w swoim łóżku – dorzuciła Nienna. – Jesteś aż tak głupia? Nie będziesz niczym więcej jak dziwką!

– Może tego właśnie chcę! – złościła się Kat, zaciskając pięści. – Przynajmniej to będzie mój wybór!

W tej chwili wszedł Saark. Stał i uśmiechał się do kobiet. Był prawdziwie odmieniony. Miał na sobie wytworną koszulę z żółtego jedwabiu, z marszczonym kołnierzem i mankietami z białej bawełny. Intensywnie zielone aksamitne spodnie, wysokie czarne skórzane buty, a jego kręcone włosy były napomadowane, zaczesane do tyłu i związane w luźny ogon. Wyglądał uroczo w każdym calu. Jak pałacowy fircyk, członek królewskiej świty. Uśmiechał się, a pokój zalał piżmowy zapach kwiatów i ziół.

Kat zakręciła się, a jej irytacja opadła. Uśmiechnęła się do Saarka.

– Wyglądasz porywająco! – powiedziała.

– Skąd wziąłeś te ubrania? – spytała Nienna.

– Kupiłem je. Od kupca. Szybko zawieram znajomości. Szczególnie kiedy przybywam do nowego miasta i wyglądam jak chory czyściciel kloacznych dołów.

– Kell powiedział, że nie powinniśmy ściągać na siebie uwagi.

Saark uśmiechnął się.

– Tak właśnie nie ściągam na siebie uwagi.

– Ale – zaczęła Nienna, starannie dobierając słowa – wyglądasz... hm... niezwykle bogato. I pachniesz! Co to za zapach?

– Perfumy szlachty – odparł Saark. – Piżmo Strojnisia. Są drogie. Cóż, drogie panie, nie mogę się doczekać posiłku.

– Musimy się przebrać – powiedziała Nienna. – Lub przynajmniej otrzepać z kurzu.

– Chwileczkę – powstrzymał ją Saark i zniknął, zostawiając dziewczęta popatrujące na siebie krzywo. Kiedy wrócił, niósł dwie sukienki, jedną żółtą, jedną niebieską. Obie jedwabne, bogato haftowane.

Przyjaciółki zaczęły klaskać z zachwytu.

– Saark! – powiedziała Nienna. – Nie wierzę!

– Są piękne. – Kat uśmiechnęła się promiennie. Okrążyła Saarka i niemal nieśmiało wyciągnęła rękę, by dotknąć jedwabiu.

– Dla takich piękności tylko najpiękniejsze stroje. – Uśmiechnął się szeroko, oczy mu świeciły, a wargi miał wilgotne.

– Nie możemy ich włożyć – zasmuciła się Nienna i przygryzła lekko wargę. – Kell tego nie pochwali.

– Do diabła z tym starym capem! Byłyście w Dołach Daragana i wróciłyście z tego piekła. Zasługujecie na odrobinę rozpieszczania. Na pewno nie pozwolę wam zejść na dół i jeść w tych obszarpanych łachmanach. To byłoby... nieprzyzwoite!

– Dziękuję ci, dziękuję – powiedziała Kat z błyszczącymi oczami.

– Ubierzcie się, spotkamy się na dole.

– Zdobyłeś też ubranie dla Kella?

– Nie. Jeżeli chce wyglądać jak żebrak w worku, niech tak będzie. Chce się wtopić w tłum? Pozwólmy staremu ponurakowi się wtopić. Ja zamierzam się dobrze bawić. Prawie zginęliśmy w Jalder i w czasie podróży. Jutro mogę być martwy. Ale dziś wieczorem... Wieczorem, moje panie, będziemy tańczyć!

Kat zachichotała, a Nienna już tańczyła, przyciskając do siebie sukienkę. Saark obrócił się, by wyjść, i nagle zakręcił się w miejscu. Wyjrzał na korytarz, sprawdzając, czy nie ma tam Kella, który po raz kolejny mógłby przejść do rękoczynów. Następnie wyciągnął spomiędzy falban ubrania fiolkę i podał ją Kat.

– Co to jest?

– Perfumy. Sprawią, że będziesz pachnieć tak ładnie, jak wyglądasz.

Kat odkorkowała flakon, powąchała i oczy jej się powiększyły.

– Ale – zaczęła i wzruszyła ramionami – co mam z tym zrobić? Nigdy wcześniej nie miałam perfum. Stara babka zwykła mówić, że są znakiem rozpoznawczym dziwek.

– Ech! Cierpkie słowa, jakie powtarza każde cholerne babsko, które nie może sobie pozwolić na takie coś. Nazywają się Kwiaty Zimowego Zachodu Słońca. Kiedyś znałem królową, która ich używała... więc uwierz, są wyjątkowe.

– Musiały kosztować fortunę – powiedziała Nienna, mrużąc oczy. – Albo całe to gadanie jest warte tyle co mierzwa.

– Nie. Słono kosztowały – powiedział Saark. – Pozwolę sobie zauważyć, że koń, którego zabrałem żołnierzowi, miał w sakwach tyle złota, że mógłby zatopić jeden z wielkich okrętów wojennych Leanorica. Tak więc nie mogę sobie przypisać wszystkich zasług. Ale cieszcie się tym, moje panie! Cieszcie się! Ja pójdę się rozejrzeć, jaką marną strawę serwują w tym obejściu.

Zrobił krok w przód i wziął fiolkę od Kat, przechylił, po czym musnął ją za uszami.

– Tu, księżniczko. – Uśmiechnął się. Nabrał kolejną dawkę perfum i narysował pionową linię od szyi do rowka między jej piersiami. – I tutaj. – Spojrzał jej głęboko w oczy.

Wzięła od niego fiolkę, a wtedy odszedł, z dłonią wspartą o rękojeść rapiera, zarzucając wypomadowanymi włosami. Kat odwróciła się do przyjaciółki, buzię miała całą w rumieńcach.

– Kell się wścieknie – stwierdziła Nienna.

– Saark ma rację. W ciągu ostatnich dni przeżyłyśmy piekło. Zasługujemy na trochę przyjemności.

Nienna wzruszyła ramionami i westchnęła. Następnie kiwnęła głową.

– Tak – zgodziła się i wzięła buteleczkę perfum od Kat. Naśladując Saarka, przetarła swój dekolt. – A tu dajmy dużo, ty seksowna lisiczko.

Dziewczęta wybuchły śmiechem rozbawione tym naśladownictwem i poczuły, jak schodzi z nich napięcie. Dobrze było się śmiać. Wspaniale było żartować. Po wydarzeniach w Jalder dobrze było choć kilka godzin spędzić w bezpiecznym i przyjaznym otoczeniu.

Na dole, w głównej izbie, Saark wywołał poruszenie. Głównie z uwagi na swój strój, ale także dlatego, że głośnym rykiem zamówił kolejkę dla wszystkich obecnych. Odpowiedział mu okrzyk radości. Dandys znalazł sobie miejsce na rogu stołu, gdzie dębowe deski wypaczyły się ze starości.

Dookoła na ścianach wisiały różne wypchane stworzenia, od łasic i lisów po skunksa, który sprawiał wrażenie mocno zirytowanego. Saark usiadł, wziął duży łyk zimnego jak lód piwa i pozwolił umysłowi na chwilę relaksu.

Kolejne poruszenie wywołały dziewczęta. Kiedy pojawiły się w swych eleganckich jedwabnych sukniach, ściągnęły uwagę każdego mężczyzny i każdej z kobiet. Podeszły do Saarka i usadowiły się przy nim, a ten zamówił każdej z nich po małym kieliszku porto.

– Kell nie pozwala mi pić – powiedziała Nienna, kiedy sługa wrócił z zamówieniem.

Saark wzruszył ramionami.

– No wiesz, jesteś wystarczająco dorosła, żeby robić to, co chcesz.

– Co myślisz o sukienkach? – spytała Kat.

Saark uśmiechnął się szeroko.

– Byłem olśniony waszym wejściem. Wyglądało, jakby dwa anioły zrobiły sobie wakacje od Bogów, schowały skrzydła i wsunęły się tu przez pozłacane ramy kryształowych okien. W pokoju rozprzestrzeniło się zjawiskowe światło, a do moich nozdrzy dotarł cudowny zapach perfum. Nie tylko zachwycający zapach dzikich kwiatów pod księżycowym blaskiem, lecz także słodki i podniecający aromat cudownych dam, które zdobyły właśnie przyjaciela. Zachwyciłyście mnie. Naprawdę mnie zachwyciłyście.

Kat zaniemówiła, podczas gdy Nienna pochyliła głowę i zajrzała mu w twarz w poszukiwaniu drwiny. Odpowiedział na jej spojrzenie szczerym uśmiechem i zrozumiała, że zmienił się, wrócił do swej dawnej roli, jak aktor na scenie. Tu czuł się jak w domu, czuł się jak u siebie. Był jak kameleon, zmieniał się w zależności od otoczenia, w jakim się znajdował. Teraz grał lorda klanu, kokietując z dostrzegalnie wyuczoną wyższością.

Kat zaśmiała się głośno, położyła rękę na kolanie Saarka i pochyliła się ku niemu.

– Przemawiasz w piękny sposób, mój panie.

– A ty masz twarz anioła – odpowiedział ochrypłym głosem.

W tym momencie na schodach w odległym końcu izby pojawił się Kell i Kat szybko cofnęła dłoń. Stary, rozglądając się, przeciskał się przez zatłoczoną izbę. Zauważył ich, dopiero kiedy Saark machnął doń ręką. Kell stanął nad towarzyszami i natychmiast ujął się pod boki. Z oczu biły mu gromy.

– Co to jest?! – ryknął niemal.

– Stół – powiedział Saark, udając zdziwienie. – Przejmuje mnie prawdziwym zdumieniem, że nie poznałeś takiego podstawowego mebla.

– Ubrania – ciskał się wojownik. – Ty wyfiokowany koński fiucie! Wydaje ci się, że co robisz?!

– Wolałbyś raczej, żeby damy były odziane w szmaty? Pokazywały cycki i tyłki przez wytarte dziury, aby każdy klient mógł je zobaczyć?!

– Nie, ale... coś mniej... krzykliwego byłoby bardziej na miejscu. – Kell wciąż spoglądał spod przymrużonych groźnie powiek. – Nie mogłeś kupić jakichś bawełnianych koszul i portek? Później będziemy podróżować przez śnieg. Uważasz, że jedwabne suknie będą odpowiednim strojem?

– Kupiłem też kilka normalnych rzeczy i podbite futrem peleryny. Nawet dla ciebie, Kell. Aczkolwiek założę się, że będziesz mi równie wdzięczny co pies, którego wykastrowano w czasie rui. Posłuchaj, wziąłem po prostu wszystko, co ten kupiec miał. Co miałem zrobić? Pozwolić im tu zejść w koszulach pociętych nożami? Nie wiem, czy coś mogłoby być bardziej podejrzane.

– Mmm – mruknął Kell i ciężko usiadł.

Saark obrócił się i mrugnął do dziewczyn. Kat zasłoniła usta i zachichotała.

– W każdym razie – powiedział elegant, kręcąc nadgarstkami i pozwalając, by nastroszona bawełna rozłożyła się na podobieństwo kwiatów – nie podoba ci się mój imponujący strój, dobry panie? Stwierdzam, że doskonale służy jako przedmiot przyciągający uwagę wyrafinowanych pań.

– Saark, jesteś bufonem, błaznem, głupkiem i pawiem! Myślałem, że jechaliśmy do króla Leanorica, niosąc ważne wieści. Zamiast tego ty puszysz się jak pies z trzema kutasami.

– Ależ jedziemy – przerwał mu Saark. – Lecz podczas tej podróży możemy mieć chociaż odrobinę zabawy! Życie jest do dupy, Kell, i musisz łapać każdą dobrą chwilę jak klejnot. Możesz iść na zewnątrz i jeść ze świniami pomyje z koryta, jeżeli chcesz. Ja i damy zamierzamy jeść mięso i pić dobre wina.

– Bez picia – powiedział Kell.

– Dlaczego nie?

– Może będziemy musieli szybko ruszać.

– Ech! Jesteś zabawopsujem, zrzędą i... cholernym zabawopsujem! Napijemy się, panie są moimi gośćmi, a ty, jeżeli masz choć odrobinę rozsądku, też wypijesz piwo. Wyglądasz, jakby koń tańczył na twojej gębie. Co prawda dodaje ci to dzikości i sprawia, że twoja brzydota jest porażająca, ale musi boleć. Prawda? Whisky nie zrobi ci krzywdy, a pomoże na ból, rany i chłód zimy.

– W takim razie piwo – zdecydował Kell.

Pojawiła się szynkarka, kobieta nieco zbyt duża, o rumianych policzkach, i Saark zamówił najlepsze dostępne jedzenie: udziec z jajkami na bekonie i ziemniakami oraz butelkę wina i dwie whisky.

Kell wymamrotał coś pod nosem.

Rozmawiali nieco, ale Kell nieustannie obserwował salę. Zbyt dużą uwagę ściągnęli na siebie tymi wymyślnymi strojami oraz tym, że Saark zamówił kolejkę dla wszystkich. Od razu było widać, że mają zbyt dużo gotówki i że są tu obcy.

Niewiele zdarzyło się przed podaniem jedzenia. Kiedy dostarczono talerze, Saark wyraził swój zachwyt i z dzikim apetytem zaczął wiosłować nożem i widelcem. Dziewczęta jadły oszczędniej, stosownie do swego nowego wizerunku, a Kell siedział nastroszony jak myszołów nad ofiarą, nie przejmując się głodem. Rzucał spojrzenia na tłum oraz drzwi i zastanawiał się z niepokojem, czy albinoska armia maszeruje na wschód. A jeżeli tak, to jaką część Wielkiej Północnej Drogi udało im się przebyć. Czy Leanoric zdawał sobie sprawę z inwazji na Falanor? Czy miał informacje o zdobyciu Jalder? Z pewnością musiał to wiedzieć... ale tylko wtedy, jeżeli ktoś przeżył masakrę i zdołał do niego dotrzeć z wiadomością.

Powoli jadł swój udziec, pozwalając, by soki z mięsa płynęły w głąb gardła. Kell zawsze jadał wolno, zawsze delektował się posiłkiem, zbyt dobrze pamiętał momenty, gdy taki posiłek był luksusem. Rzeczywiście w jego życiu były chwile, kiedy nie miał co do ust włożyć. Gdy obozował w wysokich jaskiniach na wietrznych przełęczach, zasypanych śniegiem, bez możliwości rozpalenia ognia, bez pożywienia w plecaku... Ale najgorsze ze wszystkiego były wydarzenia zbyt okrutne i przygnębiające, by je pamiętać.

Czasy ciemnych ulic, rozświetlanych tylko płomieniami palących się domostw. Mieszkańców krzyczących, gdy płomienie pożerały ciała. Gorącego tłuszczu płynącego po kamiennych schodach i w rynsztokach. Ciała wysmarowanego krwią błyszczącą w świetle płonącego miasta. Topora w rękach, ostrza pokrytego wnętrznościami, umysłu pełnego dumy, duszy pełnej przemocy i tańca na krawędzi szaleństwa, kiedy pożerały go Dni Krwi...

Kell otrząsnął się. Saark patrzył na niego. Nienna i Kat patrzyły również. Zmarszczył brwi.

– Co?

– Pytałem – odezwał się Saark – czy zamierzasz wypić tę whisky, czy będziesz się na nią gapił całą noc?

Wciąż pod wrażeniem swojej wizji Kell sięgnął po whisky. Była niczym płynny bursztyn. Dobre pół szklanki. W tych małych gospodach zawsze podawali słuszne porcje. W szkle dostrzegł swoje odbicie. Wychylił trunek jednym haustem, po czym zamknął oczy, jakby rozkoszując się chwilą i smakiem. W rzeczywistości się bał, ponieważ wiedział w głębi duszy i w głębi serca, że gdy whisky uderzy mu do głowy i pozbawi go kontroli, może się stać – i na pewno się stanie – bardzo, ale to bardzo zły... Ale już nigdy więcej, prawda? Uśmiechnął się słabo. Te dni odeszły, umarły. Pochowane jak spalone ciała, okaleczone kobiety zaszlachtowane jak świnie...

– Zamów jeszcze jedną – powiedział, uderzając szklanką o dębowy stół.

– To rozumiem! – wiwatował Saark.

Spojrzał na talerz Kella.

– Zamierzasz zjeść te ziemniaki?

– Nie. Nagle poczułem, że nie jestem głodny.

Pragnął dodać, że w chwili, w której zaczął pić, nie mógł jeść, bo wszystko, czego chciał, to więcej whisky, lecz nic nie powiedział. Saark wyciągnął rękę i sięgnął po ziemniaka.

– Nie możemy marnować dobrego jedzenia – powiedział, uśmiechając się z pełnymi ustami. – Te wioskowe głupki w Falanorze głodują!

– Zjadłeś porcję wystarczającą, żeby wykarmić pluton – powiedział Kell.

Saark wydął wargi.

– Rosnę, brachu! Muszę nabrać sił przed dzisiejszym wieczorem.

– Po co? – spytał Kell, podczas gdy pojawiła się kolejna whisky. – Co będzie się dziać dziś wieczorem?

– Wiesz przecież – powiedział Saark, podbierając kolejnego niezjedzonego ziemniaka. – Czuję się jak pustelnik zamknięty na cały miesiąc! Minęły całe dni, od kiedy dobrze się bawiłem. Zdajesz sobie sprawę, że w sercu jestem hedonistą?

– Kto to jest hedonista? – spytała Kat.

– Śmierdzący dupek – burknął Kell.

– Bardzo śmieszne – skrzywił się Saark i uniósł szklankę. – Na zdrowie. Za pomyślną ucieczkę z Jalder!

Kell opuścił swoją szklankę.

– Nie będę za to pił. To przeszłość. Powinniśmy myśleć o naszej przyszłości.

– Nie ma problemu – uśmiechnął się Saark. – Cóż, więc wznieśmy toast za te wytworne, urocze młode damy siedzące obok nas. One są przyszłością!

Kell ostrożnie wzniósł szklankę, a dziewczyny wypiły porto ze swoich kieliszków.

Nienna, która nie miała wcześniej doświadczeń z alkoholem, poczuła, jak wiruje jej w głowie. Sala była morzem pływających kolorów, ćwierkających dźwięków i falujących zapachów. Niespodziewanie jej żołądek oszalał i poczuła mdłości. Zwalczyła chęć zwymiotowania, a jej umysł zalała płynna słodycz.

Saark był zaskakująco przystojny. Dopiero teraz to dostrzegała. Był wysoki, szykowny, dowcipny i czarujący, a gdy jego oczy spoczęły na niej, Nienna poczuła, że jej serce zaczyna bić szybciej i miękną jej kolana. Rzuciła okiem na Kat, ale ta nie odrywała od Saarka topazowego spojrzenia.

Pojawiła się jedna z córek gospodarza.

– Zamawiał pan gorącą kąpiel, proszę pana? – zapytała.

Kell przytaknął i wstał, czując, jak whisky szumi mu w głowie. Cholera, pomyślał. Nie powinienem był pić w tym tempie. Ale w zasadzie dwie małe whisky nie powinny zaszkodzić, prawda? Był sporym i doświadczonym mężczyzną, a dandys na swój przeklęty sposób miał rację. To cud, że nadal żyli. Zasługiwali przynajmniej na odrobinę normalności... Kiwnął głową do Saarka.

– Potrzebuję tej kąpieli. Nie wpakujcie się w jakieś kłopoty, kiedy mnie nie będzie.

– Masz rację, potrzebujesz kąpieli – zgodził się Saark. – I nie obawiaj się. Będę miał oko na damy. Rozważaliśmy deser, jakiś słodki biszkopt z kremem. Co wy na to, moje panie?

Kat przytaknęła, oblizując wargi w oczekiwaniu. Rzadko miała okazję na taki smakołyk. Kell podążył za córką gospodarza przez zatłoczoną izbę, świadomy tego, że spoczywają na nim spojrzenia. Zbyt ciekawskie, więc wprawiały go w zakłopotanie. Nie znosił być w centrum uwagi. Tylko Bogowie wiedzieli, że w swym życiu miał tego aż za dużo. Zwykle w czasie walki.

Zatrzymał się przy schodach, przywołał dziewczynę i upewniając się, że Saark i Nienna nie patrzą, poprosił ją o przyniesienie butelki whisky do pokoju kąpielowego.

– Nie mamy zwyczaju... – zaczęła.

– Zapłacę podwójnie.

– Jestem pewna, że da się to załatwić, proszę pana – powiedziała i Kell zniknął, tupiąc głośno na schodach.

Teraz, kiedy gorąca woda i mydło były w zasięgu ręki, poczuł, jak bardzo swędzi go ciało od potu i krwi.

Po zjedzeniu ciasta Saark odchylił się i poklepał po brzuchu.

– Na Bogów. Myślę, że zrobiłem się grubszy o parę funtów.

– Ja też – zaśmiała się Kat. – Czy porto zawsze sprawia, że człowiek się tak czuje?

Saark przytaknął i uśmiechnął się.

– A jak się czujesz?

– Jakby pokój się poruszał i kręcił.

– Przyzwyczaisz się. Słuchajcie, mam chętkę wyjść do stajni, żeby sprawdzić konie. Poradzicie sobie same, moje panie? Czujcie się swobodnie i zamawiajcie, na co tylko macie ochotę.

– Damy sobie radę – zapewniła go Nienna i machnęła ręką.

Saark wstał, poprawił miecz i opuścił zajazd.

Nienna nie zauważyła znaczącego spojrzenia, jakie wymienił z Kat, więc kiedy minutę później jej przyjaciółka szepnęła: „Muszę siusiu", Nienna po prostu uśmiechnęła się, kiwnęła głową i zatopiła w swoim świecie, pełnym słodyczy i kłębiących się uroczych myśli.

Kat wyszła w śnieg, lecz nie czuła chłodu. Radosne podniecenie płonęło w jej krwi jak ogień, uderzało do głowy. Przekradała się pod ścianą gospody, słysząc hałas i przekomarzanie się wewnątrz jak rozmazaną plamę dźwięków zlewających się w jedną zawodzącą całość. Dotarła do narożnika, za którym znajdował się mały plac, a za nim kwadratowy budynek stajni. Nie mogła niczego dostrzec.

– Saark? – wyszeptała, a następnie powtórzyła głośniej: – Saark!

– Tak, księżniczko?

Był zaraz za nią, blisko. Poczuła jego oddech na karku i miała wrażenie, że krew pieni jej się w żyłach. Nie obróciła się, stojąc jak zamurowana, bo naprawdę była tu, na zewnątrz, w ciemnościach, z tym pięknym mężczyzną. Nagle straciła pewność siebie.

– Myślałam, że naprawdę poszedłeś spojrzeć na konie – powiedziała.

– Może tam byłem – mruknął i pocałował jej kark. Delikatny dotyk ust i języka pozostawił ślad, który w chodnym powietrzu zamienił się w lód. Kat zadrżała. Po plecach przeszedł jej dreszcz.

– Załaskotało?

– To było cudowne.

– Mam to zrobić jeszcze raz?

Kat odwróciła się i spojrzała mu w oczy.

Były wielkie, piękne i budziły bezgraniczne zaufanie. Lśniły miłością. Lśniły zrozumieniem. Czuła, jak jej serce się rozpływa, znowu.

– Naprawdę sądzisz, że jestem piękna?

– Piękniejsza niż gwiazdy, księżniczko. Piękniejsza niż płatek śniegu lub maleńkie dziecko.

Pochylił się ku niej, blisko, aż ich usta dzielił jedynie szept. Poczuła, jak ręce opierają się delikatnie na jej biodrach, i ponownie przebiegł ją dreszcz, pulsujący z każdym uderzeniem serca. Miała zawroty głowy. Pragnęła go. Pragnęła tak mocno, że zaryzykowałaby wszystko, żeby być z nim tu i teraz. W tym zimnym miejscu, pełnym śniegu i lodu.

Pocałował ją. Był delikatny. Czuła w ustach jego język. Chwyciła go mocno za głowę i z pożądaniem przycisnęła wargi do jego ust, całując go namiętnie, dziko. Jego ramiona otoczyły ją w pasie i przez miękki jedwab poczuła twardą męskość. Przyprawiło ją to o dreszcze, jak jeszcze nic w życiu.

Odsunął się.

– Nie przerywaj – wydyszała.

– Jesteś niecierpliwa, mała lisiczko – stwierdził zadowolony.

– Pocałuj mnie – powiedziała. – Całuj mnie wszędzie! Dotykaj mnie wszędzie. Proooszę...

– Och, moja księżniczko – szepnął Saark, błyskając oczyma w ciemnościach. – Uwierz mi, że będę.

Kell osunął się do ciepłej wody i z radością przyjął gwałtowne uderzenie gorąca. Napełnił ogromną szklankę whisky i balansował nią na brzegu starej ceramicznej wanny, pozwalając, by aromatyczne olejki dodane do wody przyjemnie pieściły jego zmysły.

Nie możesz tego pić – odezwała się Ilanna.

Pierdol się – pomyślał Kell i chlapnął wodą. *Zrobię to, na co będę miał ochotę. Nie jesteś moją matką!*

Nie możesz do tego wrócić.

Mogę wrócić do jakiejkolwiek kloaki, do jakiej będę chciał. Jestem Kell. Poeci napisali o mnie balladę, wiesz? Ty także w niej występowałaś. Ale to ja byłem bohaterem, ja byłem legendą. Zatytułowali to Legenda Kella. *To naprawdę kawał kłamliwego i pokręconego gówna.*

Proszę, nie pij tego, Kell.

Dlaczego się tym przejmujesz? Bo się nie spiszę? Bo nie będę tak skutecznie zabijał dla ciebie? Nie zaspokoję twoich krwawych fantazji? Twojej żądzy krwi?

Źle mnie rozumiesz.

A kim ty jesteś? Moją babcią? – kpił Kell, śmiejąc się szyderczo. Wziął whisky i wychylił dużą szklankę jednym łykiem. Zakołysało mu się w głowie i przyjął ten stan z zadowoleniem. Rezygnacja i obojętność były cudowne.

To był kawał czasu.

Zbyt długi.

Nienna czuje się chora – rzuciła Ilanna, uciekając się do jedynego sposobu, który mógł na niego zadziałać.

Kell zaklął i wstał. Woda i olejki spływały po jego sylwetce, starej i pełnej blizn, choć wciąż imponującej. Większość mężczyzn z wiekiem staje się żylasta, ich mięśnie miękną, a siła stopniowo słabnie. Lecz nie Kell. Co prawda bolały go stawy i dokuczał mu artretyzm, ale wiedział, że jest tak silny jak wtedy, kiedy miał dwadzieścia lat. Siła była czymś, co nigdy go nie zawiodło. Był dumny z tego swojego szczególnego talentu.

Niech cię szlag. Kłamiesz!

Nie, nie kłamię.

Co się dzieje?

Jest przy niej trzech mężczyzn. Widzą, że upiła się porto, które kupił Saark. Pragną ją zaciągnąć do łóżka, trzeźwą lub nie.

Kell wyszedł z wanny, przewracając butelkę whisky. Zabulgotała i niebiański bursztyn rozlał się na dywanie. Stary nie zwrócił na to uwagi. Wciągnął spodnie, buty i koszulę, chwycił topór i wypadł na zewnątrz, kierując się ku schodom. Ilanna miała rację. Gospoda w tej chwili była jeszcze bardziej zatłoczona i hałaśliwa. Nie była już sympatycznym miejscem. Stała się piekielną dziurą, w której się pije i flirtuje z dziwkami.

Nienna siedziała oparta plecami o ścianę. Po twarzy było widać, że jest wręcz nadmiernie rozluźniona. Wokół niej siedziało trzech mężczyzn. Kiedy Kell schodził schodami, jeden z nich popchnął w jej kierunku szklankę, by upić dziewczynę jeszcze mocniej. Nienna, chichocząc, niezdarnie odsunęła alkohol. Mężczyźni byli młodzi, mogli mieć po dwadzieścia kilka lat, na ich twarzach widniał kilkudniowy zarost, ubrani byli jak prości robotnicy.

Kell zatrzymał się za nimi i złapał pod boki. Nienna z ledwością mogła skoncentrować spojrzenie.

– Dziadku? – Uśmiechnęła się.

Trzej mężczyźni odwrócili głowy.

– Sugeruję – zaczął Kell z twarzą zwiastującą burzę – żebyście się oddalili. Nie chciałbym robić scen w gospodzie, w której śpię. To zwykle podnosi mój rachunek. A jedyną rzeczą, której nie lubię, jest niebotyczny rachunek za rozbite meble.

– Odpierdol się, dziadek. Ta dziewczyna ma ochotę na odrobinę zabawy – zaśmiał się jeden z młodzików. Odwrócił się z powrotem do Nienny i popchnął w jej kierunku kolejnego drinka.

Oznaczało to, że odwrócił się plecami do Kella. Chwilę później zrozumiał swój błąd.

Pięść starego wojownika uderzyła go w czubek głowy z taką siłą, że pod młodzikiem rozpadł się stołek. Chłopak opadł na kolana, a jego głowa odbiła się od desek podłogi, pozostawiając w nich wgłębienie. Nie ruszał się. Kell spiorunował wzrokiem dwóch pozostałych, którzy już stali z nożami w rękach. Uniósł Ilannę i spojrzał na nich jeszcze raz.

– No, dalej, nie bójcie się.

Obaj mężczyźni opuścili noże, a Kell uśmiechnął się szyderczo.

– Gdybym powiedział, że to nie zaboli, skłamałbym.

Uderzył prawym prostym, łamiąc nos jednemu i zwalając go z hukiem na ziemię, a potężny lewy hak złamał kość policzkową ostatniego z amatorów zabawy, który stracił przytomność. Trwało to mniej niż sekundę.

Pojawił się karczmarz z pałką w ręku, ale wystarczyło jedno spojrzenie na Kella, żeby opuścił broń.

– Nie chcemy kłopotów – powiedział.

– Nie zamierzam sprawiać żadnych kłopotów. Powinieneś wpuszczać lepszych mętów do swojego przybytku – powiedział Kell i uśmiechnął się mdło. – Jednak jestem bogobojnym człowiekiem, który nie stracił jeszcze cierpliwości. Wyślij swoją córkę, żeby odprowadziła moją wnuczkę do jej pokoju i przez moment się nią zajęła, a nie będę domagał się zadośćuczynienia.

– Co masz na myśli? – spytał ogarnięty przerażeniem gospodarz.

– Mam na imię Kell – odpowiedział stary, a jego oczy były jak dwa żarzące się węgle – i zabiję wszystkich, którzy staną mi na drodze. Wychodzę na zewnątrz zaczerpnąć świeżego powietrza i ochłonąć. Gdy wrócę, oczekuję, że te trzy świnie znikną.

Na dźwięk imienia karczmarz pobladł jeszcze bardziej. Wszyscy słyszeli o Kellu i jego czynach.

– Czegokolwiek sobie życzysz, panie – wymamrotał.

Wciąż wściekły, bardziej na siebie niż kogokolwiek innego, przede wszystkim za odwołanie się do paskudnej magii swego imienia, Kell wyszedł z gospody. Z dala od dymu i hałasu, który po walce wrócił do poprzedniego poziomu. Wziął kilka głębokich wdechów, przeklinając whisky, śnieg i Saarka... Dlaczego ten cholerny elegancik nie miał Nienny na oku, tak jak obiecał? I gdzie podziała się Kat?

– Niepotrzebny i nieodpowiedzialny gnojek – mruknął Kell, rozejrzał się po ulicy i ruszył w kierunku narożnika gospody. Gęsty śnieg opatulał świat coraz grubszą kołdrą. Wojownik przeszedł w kierunku stajni. Zdawało mu się, że usłyszał jakieś jęki, niewiele głośniejsze od szeptu, lecz doskonale słyszalne w cichym i nieruchomym powietrzu. Dźwięk przywodził na myśl jedną i tylko jedną rzecz.

Seks.

Czując rosnącą furię, wiedziony intuicją, Kell stąpał ciężko przez śnieg, kierując się ku najbliższemu boksowi. Saark leżał na kupie siana, kompletnie ubrany, a na jego twarzy malował się zachwyt. Przed nim stała Kat, całkowicie naga, właśnie zrzuciła sukienkę, podczas gdy Saark przyglądał się jej ciału. Kell został uraczony widokiem mocnych, okrągłych pośladków.

– Ty pieprzona szumowino – warknął i pchnięciem otworzył drzwi do stajni.

– Czekaj! – krzyknął dandys.

Kell wpadł do środka, kopnął Saarka w głowę, odrzucając w tył, na siano. Obrócił się do Kat z kwaśną miną.

– Załóż rzeczy, suko. Dzisiejszej nocy się nie zabawisz.

– Tak? Dlaczego? Nie masz wystarczająco twardego fiuta?

Kell uniósł rękę, aby ją uderzyć, i wtedy spojrzał ponuro na swoje ogromne, rozłożone palce wyglądające jak szpony wściekłego niedźwiedzia. Opuścił rękę, chwycił Saarka za kołnierz i wyciągnął go przez siano z powrotem na ulicę, po czym rzucił na ziemię.

– Co ci mówiłem? – ryknął i kopnął mężczyznę w żebra.

Saark potoczył się przez śnieg z kwikiem i leżał nieruchomo, patrząc na padający śnieg. Złapał go bolesny kaszel.

– Czekaj – zdołał powiedzieć, unosząc rękę.

Kell podszedł do niego. Wściekłość płonęła w nim jak nieokiełznany narkotyk. W głębi duszy wiedział, że napędza ją whisky. Whisky była produktem zła i zmieniała go w kogoś dzikiego, okrutnego i złego. Kogoś, kto nie był w stanie się kontrolować.

– Wykorzystałbyś młodą, niewinną dziewczynę? – wrzasnął, mierząc butem w twarz leżącego.

Saark przetoczył się, złapał nogę Kella i wykręcił ją, niemal wywalając starego. Podniósł się, wciąż ogłuszony przez uderzenia, i skrzywił, plując krwią.

– Co ty wyprawiasz, Kell?! – krzyknął.

– Posunąłeś się za daleko – wściekał się wojownik, szykując się do bitki. – Sprawię ci lanie, którego nigdy nie zapomnisz.

– Nie bądź śmieszny, staruszku.

– Nie nazywaj mnie staruszkiem!

Kell zaatakował. Saark uchylił się, ale nie dość szybko i furkocząca pięść trafiła go w bok głowy. Zakręcił się i wyprowadził dwa ciosy, które przeciwnik z łatwością odbił. Jakby walczył z dzieckiem. Kell przypuścił kolejny atak i mężczyźni starli się dziko. Ciosy spadały z jednej i drugiej strony, brutalne i tak szybkie, że pięści przypominały rozmazane plamy. Odskoczyli od siebie, obaj z twarzami poznaczonymi krwią. Najdrobniejsza nawet cząsteczka dobrego humoru Saarka została rozbita w puch.

– To szaleństwo – krzyknął, przecierając rozbite wargi. – Ona ma osiemnaście lat. Wie, czego chce!

– Nie. Wie to, co jej powiedziałeś! Jesteś bawidamkiem i kundlem. Przysięgam, że wybiję ci to z głowy.

Zwarli się znowu. Kell zdzielił Saarka w czaszkę prawym hakiem, ogłuszając go na ułamek sekundy. Saark uchylił się przed drugim ciosem i uderzył prostym w szczękę Kella, następnie w nos, hakiem w skroń i znów prostym w policzek. Kell zrobił krok do tyłu i zmrużył oczy, a Saark zdał sobie sprawę, że mniejszy mężczyzna już by upadł. Prawdę mówiąc, duży mężczyzna także leżałby już w błocie. Saark może i wyglądał jak zniewieściały elegant z giętkim językiem, bawidamek i hedonista, ale kiedyś, dawno temu, był wojownikiem. Wiedział, że potrafi uderzyć silniej niż większość ludzi. Kell powinien paść. Zostać wyeliminowany.

Kell zakaszlał, wypluł na śnieg ślinę zmieszaną z krwią i uniósł pięści. W oczach miał wściekłość.

– No chodź, ty elegancki gnojku. To wszystko, na co cię stać? – Uśmiechnął się i Saark zrozumiał, że stary się z nim bawi. Pozwolił mu po prostu na chwilę przewagi. – Zobaczmy, z czego jesteś, kurwa, zrobiony.

Saark zaczął się wycofywać. Głowa mu pulsowała i od uderzeń nie czuł twarzy. Ale Kell nacierał, nie dając mu odetchnąć. Saark zrobił unik. Uchylił się przed następnym ciosem i odskoczył w tył przed trzecim. Złożył ręce.

– Przepraszam – powiedział błagalnie.

– Za późno – warknął Kell i uderzył hakiem, który wyrzucił Saarka w powietrze, obrócił dookoła własnej osi i powalił na ziemię. Dandys zakaszlał i uznał, że mądrze będzie pozostać przez kilka chwil w takiej pozycji.

– Wstawaj – warknął Kell.

– Mnie tu dobrze – wycharczał Saark.

– Dziadku! – Nienna stała w drzwiach gospody otoczona przez innych klientów, którzy przepychali się, by popatrzeć. Rozgrywający się przed nią spektakl sprawił, że natychmiast wytrzeźwiała.

Zbiegła ze schodów, kłapiąc jedwabnymi trzewikami. Podbiegła do powalonego Saarka i wściekłego Kella.

– Co ty robisz?! – krzyknęła.

– Chciał zgwałcić Kat – odparł Kell, uciekając spojrzeniem przed wzrokiem wnuczki.

– Nic takiego – kłapnął Saark. Powoli podniósł się na kolana i wstał. – Nie trzeba jej do niczego namawiać, ty stary głupcze. Nie masz oczu? Pożądała mnie nawet wtedy w garbarni. Nie możesz znieść myśli, że młoda kobieta może pragnąć mężczyzny takiego jak ja?

Kell wydał pomruk. To nie były słowa, lecz pierwotny dźwięk gniewu i ciągle narastającej wściekłości. Nienna zrobiła krok do przodu, uderzyła obiema rękoma w jego pierś.

– Nie! – głos miała stanowczy, spojrzenie nieustępliwe. – Powiedziałam NIE!

Kell brutalnie chwycił Niennę i odrzucił ją na bok. Potknęła się i upadła w zaspę, po czym przetoczyła się i wgapiła z niedowierzaniem w człowieka, którego znała siedemnaście lat. Od dzieciństwa przez młodość aż do dziś. Człowieka, co do którego była pewna, że nigdy nie podniósłby na nią ręki, ani nawet nie pociągnął za włosy.

– To by było na tyle! – zaśmiał się Saark. Podniósł głos, widząc nieuchronność bitwy i śmierci zmierzającej ku niemu jak bezlitosna fala przypływu. – Wyładuj się na młodej dziewczynie, dalej, Kell. Co z ciebie za pieprzony mężczyzna?! – ponosił głos, w miarę jak ogarniała go panika. – Czy to jest prawdziwy bohater z Pola Jangir? Czy to jest faktycznie wojownik, który walczył z Dakiem Topornikiem przez dwa dni, dwie noce i przyniósł królowi jego obciętą głowę? Dalej, Kell, dlaczego nie kopniesz dziewczyny, kiedy leży na ziemi...? W końcu nie chciałbyś, żeby ci oddała. Prawda, ty cholerny tchórzu? Jesteś jednym wielkim pieprzonym oszustwem, starcze. Wielki Czarny Topornik Drennach? – Saark zaśmiał się, a po policzku spływała mu krew.

Kell zatrzymał się i zdjął topór z pleców. Wzrok miał twardy, twardszy niż granit, Saark uzmysłowił to sobie i przerażająca pewność zalała mu serce.

– Założę się, że podczas oblężenia Drennach chowałeś się w piwnicach, słuchając, jak powyżej Lwy Wojny rozdzierają ludzi na strzępy... podczas gdy prawdziwi mężczyźni walczyli.

Kell uniósł topór. Twarz miał wykrzywioną, oczy były jak czarne dziury. Zalała go wizja zasłanych trupami, ponurych pól bitewnych. Nie był już podstarzałym, dręczonym artretyzmem wojownikiem na emeryturze. Był Kellem. Legendą.

– No, dalej! – warknął Saark, napędzany teraz wściekłością. Na usta wyszła mu piana. – Zrób to, zabij mnie, skróć moje pieprzone męki. Nienawidzę się tysiąc razy bardziej, niż ty kiedykolwiek mógłbyś. Dalej, gnojku... Zabij mnie, ty miękki, tchórzliwy, kulący się koński napletku.

– Nie! – wrzasnęła Nienna.

– Za dużo mówisz – powiedział Kell przerażająco niskim głosem. – Pozwól sobie pomóc.

Uniósł Ilannę i napiął potężne mięśnie. Właśnie wtedy Saark dostrzegł kątem oka kłąb białej mgły unoszący się nad ulicą. Drgnął, obrócił głowę i obserwował lodowy dym wlewający się jedną z wąskich uliczek, a potem łączący się z kłębem dymu z drugiej uliczki i kolejnym z trzeciej. Wyglądały jak szukające wąsy suma albo drżące macki jakiegoś wielkiego potwora z zestalonej mgły...

– Żołnierze albinosi! – pisnęła Nienna i otworzyła szeroko oczy, kiedy zza rogu gwałtownie wypadła Kat, zataczając się, z podłą twarzą i spódnicą uniesioną wysoko. – Są tutaj! Kell, oni tutaj są!

Kell uniósł Ilannę z niewzruszoną twarzą. Jego ciało wygięło się i zakręciło, a potężny topór zaśpiewał, lecąc w błyszczącym łuku ku głowie Saarka.

Rozdział 11
Sekretny szał

Anu upajała się zimnym powietrzem zacinającym od górskich przełęczy, kiedy Vashell prowadził ją na łańcuchu przez miasto. Wędrowali po metalowym bruku ku Dokom Mechaników, a wielu Vaszynów zatrzymywało się i szeroko otwartymi oczami obserwowało to nieskończenie poniżające, absolutnie upokarzające traktowanie. Anukis uśmiechała się do nich, czasami syczała, a raz, kiedy młody mężczyzna wystawił swe zęby, warknęła.

– Gap się, ile chcesz, gnoju. Wrócę tu, żeby rozerwać ci gardło!

Vashell pociągnął ją mocniej. Przez chwilę mocowała się z łańcuchem, dopóki Vashell nie uderzył jej w twarz wierzchem dłoni. Zwaliła się na ziemię i spojrzała w górę, mrużąc z nienawiścią oczy. Uniósł pięść do kolejnego ciosu...

– Stój! – To była mała dziewczynka, dziecko. Biegła po metalowym bruku z rozwianymi jasnymi włosami i stukała chodakami, by zatrzymać się między Anu a wściekłym Mechanikiem. – Nie masz wstydu, Kapłanie? – odezwała się delikatnym dziecięcym głosem.

Vashell warknął na może ośmioletnią dziewczynkę z wściekłością zrodzoną z arogancji. Odwróciła się od niego i sięgnęła w dół, biorąc Anukis za rękę. Uśmiechnęła się słodko, a jej oczy były pełne miłości. Anu słyszała tik-tak mechanizmu. Wewnątrz dziewczynki rosła wampiryczna maszyna. Wyciągnęła rękę i zmierzwiła włosy dziecka.

– Dziękuję ci za to, że byłaś jedyną w całej Dolinie, która okazała mi dobroć.

– Wszyscy są tobą przerażeni – odparła dziewczynka. – Boją się, że sprowadzisz gniew Mechaników.

– I to ma być wolne społeczeństwo? – zadrwiła Anu, patrząc koso na Vashella.

Warknął coś i szarpnął za smycz. Tym razem Anu podążyła za nim posłusznie. Z szumem jej krwi płynęły dziwne wspomnienia o ojcu, raz po raz pojawiając się w myślach. Poczuła głęboko w sobie swój wypaczony i uszkodzony werk. Ten, który czynił ją nieczystą, który sprawiał, że różniła się od otaczających ją Vaszynów, i uniemożliwiał przyjęcie daru krwawego oleju. Daru, który trzymał ich przy życiu, zaspokajał łaknienie i smarował mechanizm... Czuła się jak mały i niewiele znaczący wybryk natury. Coś kliknęło jej w piersiach. Poczuła mdłości i świat zawirował. Rzuciła okiem w tył i zobaczyła dziewczynkę patrzącą na nią z zagadkowym wyrazem twarzy. Anu przechyliła lekko głowę, bezskutecznie próbując zrozumieć to spojrzenie, nie mogąc go sklasyfikować. Nie potrafiąc odcyfrować jego prawdziwego znaczenia...

Zimny wiatr dmuchnął, sypnął śniegiem.

Minęli perfekcyjnie rzeźbione budynki. Vaszyni wciąż patrzyli na Vashella kroczącego dumnie środkiem ulicy ze swoim poskromionym trofeum. W oddali z każdej strony wznosiły się miażdżąco potężne Czarne Groty. Smoliste, szare, pokryte bielą i gdzieniegdzie rozrzuconymi plamami kolorowego, zielonego lasu sosnowego.

Wiem, co znaczyło to spojrzenie, zrozumiała Anu. Zadrżała pod chłoszczącymi uderzeniami śniegu.

To spojrzenie oznaczało przyjaźń i pamięć, więź. Ona mnie zna, pomyślała Anu, ale ja jej nie znam. Jak to jest możliwe? Co to znaczy? Skąd się ona wzięła?

Brukowana ulica prowadząca do doków była bardzo stroma. W oddali Anukis słyszała rzekę Silvę rozbijającą się o nabrzeże. Nagle na stromiźnie Vashell odruchowo przyspieszył. Anu starła się dotrzymać kroku okrutnemu Mechanikowi, ale myślami wciąż wracała do złotowłosego dziecka i tego szczególnego spojrzenia...

Kolejny kawałek łamigłówki.

Kolejna zagadka.

Anukis czuła, że jej mechanizm nadal zachowywał się dziwnie. Czuła nietypowe, warkoczące sensacje. Kręcące się i pracujące przekładnie. Nigdy czegoś takiego nie doświadczyła. Może umieram, zaśmiała się w duchu. Może jestem urządzeniem pułapką? Cokolwiek to było, sprawiało, że gdzieś głęboko w werku rodziło się uczucie, że coś jest nie tak...

Dotarli do tętniących życiem doków. Mosiężne barki były ładowane i rozładowywane w górze i dole rzeki. Vashell prowadził Anu ku długiemu, eleganckiemu statkowi. Wspięli się na wąski trap i weszli na pokład. Stali tam przez chwilę, a potem udali się do luksusowej kabiny stosownej dla Mechanika. Vashell przywiązał smycz Anu do haka i ze stukiem zablokował zameczek. Anu czuła, jak wrze w niej wściekłość. Czuła się jak pies.

– Nie próbuj uciekać – powiedział Vashell niskim głosem.

– Idź do diabła.

Vaszyna wzruszył ramionami i oddalił się na dziób barki. Po kilku chwilach Anu poczuła rytmiczne, niskie buczenie zegarowego silnika i barka wypłynęła z doków na gładką powierzchnię rzeki. Anukis westchnęła i spojrzała przez okrągłe okno, obserwując płynącą, błyszczącą lodem rzekę. Vashell prowadził łódź na lekko wzburzonych falach, omijając większe i mniejsze kawałki kry. Hałasy doków cichły, aż w końcu jedynym słyszalnym dźwiękiem stało się buczenie silnika.

Barka skierowała się na północ, a potem na północny wschód. Minęła wylot jaskiń Deshi, które zdawały się ich łapać niewidocznymi prądami i mamić słodkimi obietnicami. Chodźcie do nas, zdawały się wołać. Chodźcie i zbadajcie długie, kręte tunele. Obiecujemy wam bogactwa, sławę i nieśmiertelność.

I śmierć, dodała w myślach Anu.

Vashell wybrał wąski dopływ i poprowadził barkę między cichymi górskimi wartowniami. Płynęli przesmykiem o wysokich ścianach z czarnych i brudnoszarych skał. Rosło na nich tylko kilka drzew, które korzeniami czepiły się głazów, walcząc o przetrwanie. Widok był posępny i ponury, dodatkowo wszystko zaczął spowijać tuman śnieżnej zawiei.

Barka brzęczała i kołysała się. Anu – wyczerpana bólem, strachem, upokorzeniem i ciągle obecnym, dokuczliwym wrażeniem z wnętrza jej werku – poczuła, jak zakrada się do niej sen. Oparła się na boku, zamknęła oczy. Tym razem powitała głębokie, ciemne zapomnienie snu z prawdziwym zadowoleniem.

– Obudź się. – Vashell zaczął nią potrząsać.

Anu ziewnęła i usiadła. W ustach czuła smak miedzi i mosiądzu, i czegoś jeszcze.

– Gdzie jesteśmy?

– Zatrzymaliśmy się przy koszarach strażników leśnych. Przybiłem do brzegu. Pójdziesz ze mną, ale żadnych sztuczek albo odetnę ci głowę. Rozumiesz?

– Dlaczego mnie tu nie zostawisz? Jestem wyczerpana.

Vashell uśmiechnął się i zamrugał oczami.

– Co proszę? A ty wpadniesz na jakiś sprytny podstęp i po chwili barka popłynie ku Czarnym Grotom beze mnie? Nie. Nie spuszczę cię z oka... do dnia, kiedy umrę.

Anu była zbyt zmęczona, by się sprzeczać. Było to niewątpliwie dziwne, ale czuła się jeszcze bardziej zmęczona niż przed snem, a sprawdzając zegarek barki, zobaczyła, że spała sześć godzin. Co się z nią działo? Ponownie poczuła smak metalu... niemal płynnego metalu. Językiem zbadała wnętrze ust. Nie była zdrowa. Coś się w niej zmieniało.

Vashell odpiął łańcuch, zacisnął go w pięści i wyszedł w zimne i ponure światło dnia. Przejmujący wiatr dmuchał sypkim śniegiem z otaczających klifów, powodując, że słońce świeciło przez zawieję jak przez sito. Anu podążała za swoim oprawcą, osłaniając oczy. Dostrzegła prymitywne drewniane molo oraz leżące za nim koszary, wystarczająco duże, by pomieścić dwustu żołnierzy. Wydawały się opuszczone, ale mogła się mylić. Poza nimi widziała też niski budynek skonstruowany z surowego drewna. Drzwi otworzyły się i wyszło z niego trzech albinoskich wojowników.

Ich matowe czarne zbroje skrzyły się w słońcu, a oni osłaniali oczy od światła. Anu wiedziała, że nienawidzili go tak jak Vaszyni. Sprawiało im delikatny ból. A jeśli było naprawdę silne, powodowało, że ich mechanizmy zwalniały, przegrzewały się, a w skrajnych przypadkach usterka mogła nawet zabić. Vaszyni preferowali zimno i ciemność. Ich albinoscy niewolnicy nawet bardziej.

Anu patrzyła na żołnierzy i zauważyła za nimi kobietę, potarganą i pobitą. Na twarzy i ramionach miała rozmazaną krew, a jej ubranie było pokryte brudem. Wyglądała niewiele lepiej niż włóczęga i Anu natychmiast poczuła do niej sympatię. Ktoś był tu bity i maltretowany. Tak jak ona.

Ofiary miały cechę wspólną, łączyło je upokorzenie. Anukis dokładnie i badawczo przyglądała się kobiecie.

Napotkała dumne i dzikie spojrzenie zielonych oczu. Ból. Było pełne nieskończonego bólu. Pomimo niedawnego bicia, a biorąc pod uwagę jej wygląd, nie było pierwsze, pomimo podartego ubrania i bosych, pokrytych ranami i strupami stóp, pomimo potarganych włosów Anu dostrzegła w postawie tej wysokiej kobiety siłę. To było w jej wysublimowanym zachowaniu, w postawie i w samej jej istocie. Nie zdołali jej tego odebrać.

– Suka jest ciężka do złamania – zaśmiał się jeden z albinosów, wskazując na kobietę.

– Otrzymaliście polecenie, żeby traktować ją w ten sposób? – Vashell wydawał się... zirytowany. Anu zastanowiła się nad jego zboczonym poczuciem sprawiedliwości.

– Tak – odpowiedział drugi żołnierz. – Przez samego Graala. Powiedział, że im bardziej ją pobijemy, zgwałcimy i poniżymy, tym bardziej przysłuży się to pognębieniu jej męża. O ile nie zabijemy tej królewskiej dziwki.

– Jakieś wieści o postępach Leanorica?

– Zostawiam te sprawy tobie i generałowi Graalowi – powiedział żołnierz, który, jak uzmysłowiła sobie Anu, był kimś w rodzaju kapitana, jakkolwiek nie rozumiała kompleksowego systemu rang w Armii Żelaza. – Po prostu rozkazano mi sprowadzić ją tutaj i oczekiwać barki Mechaników. Myśleliśmy, że dlatego przybyłeś.

– Zbieg okoliczności – powiedział Vashell. – Mam... inne zadanie.

Vashell pociągnął łańcuch, Anu potknęła się i wydała z siebie gardłowy pomruk. Trzej albinosi patrzyli rozbawieni. Na ich ustach pojawiły się uśmiechy.

– Dzika jest?

Vashell obejrzał się.

– Jedna z najdzikszych – powiedział, oblizał wargi i zmrużył oczy z uśmiechem.

– Czy to nie jest Anukis, córka Kradek-ka? – zorientował się jeden z żołnierzy, przyglądając się Anu. Już nie wyglądał na rozbawionego.

Vashell zmienił się. W jednej chwili jego zachowanie stało się bardziej profesjonalne, władcze.

– Zajmij się swoimi sprawami, kapitanie. Mam bezpośrednie rozkazy od Zegarmistrzów. Sugeruję, żebyś wrócił do swojej... małej damy i kontynuował waszą błahą zabawę. Ona patrzy na ciebie tęsknymi oczami rozgrzanej suki... i lepiej uwierz mi, kiedy mówię, że moje sprawy cię nie dotyczą.

Oczy Anu i Allorii spotkały się. Pomiędzy nimi przepłynął impuls zrozumienia. To była królowa Falanoru. Karta przetargowa Mechaników i Armii Żelaza w szybko rozwijającym się konflikcie i inwazji.

– Pomóż mi – powiedziała bezgłośnie Alloria i wtedy Anu to zobaczyła. Wir szaleństwa głęboko w oczach królowej. Starała się przyjąć dumną postawę, ale prawie ją złamali. Pozostało tylko tyle, żeby zachować resztkę człowieczeństwa.

Anu zakaszlała i ponownie coś wewnątrz niej się zmieniło. Czuła się, jakby miała zwymiotować, ale zamiast tego usłyszała ciężki stukot. Część jej mechanizmu się przekształciła. Co było z nią nie tak? Co jej zrobiły te skurwysyny?

Rozejrzała się. Świat wydawał się... inny. Niemal czarno-biały i rozproszony, jakby oglądany przez cienkie, rozbite lustro. Poczuła, jak płynie w niej siła niepodobna do niczego, czego doznawała wcześniej. Czuła, jak żelazne przewody łączą się z jej mięśniami, serce nabrzmiewa, a nowe szpony wyskakują z koniuszków palców, delikatne i błyszczące srebrem. Srebrne zęby płynęły przez jej wydrążone szczęki, zestalając się w nowe wampirze kły, które pojawiły się w miejscach, z których Vashell wyrwał poprzednie. Wszystko wokół się wyostrzyło. Mogła usłyszeć padający śnieg, odległy trzepot ptaków na sośnie, skrzyp kamieni w Czarnych Grotach, odległą lawinę. Mogła wyczuć albinosów, ich specyficzny, metaliczny, owadzi smród. Vashella cuchnącego potem, gównem i moczem. I królową Allorię śmierdzącą nawet bardziej. Czuła żywiczny zapach drewnianego mola i oleju na mieczach albinosów. Mogła dostrzec włosy w ich nozdrzach i posmakować oparu ich potu w powietrzu...

Uśmiechnęła się.

Wyprostowała się na pełną wysokość i zrobiła głęboki wdech, uświadamiając sobie, że jej nowe kły świecą srebrem... Niemożliwość. Nieprawdopodobieństwo, gdyż czyste srebro było trucizną dla Vaszynów. Teraz zrozumiała. Wiedziała, że jej ojciec uczynił ją inną. Stworzył coś... unikalnego, jeśli porównać ją do każdego innego mechanicznego wampira w Dolinie Silvy. Przeprowadzał doświadczenia z zaawansowaną technologią. A ona była prototypem, ulepszeniem. Korzystała z najdoskonalszego mechanizmu, i to nie w sposób pasożytniczy... Dlatego nie mogła chłonąć narkotyku krwawego oleju. Nie potrzebowała go. Wszystko, czego Anukis potrzebowała, by przeżyć, to...

Krew. Czysta krew.

Jak na ironię była to cecha nieczystych.

Lecz w jej przypadku technologiczne ulepszenie.

Jej oczy zabłysły. Wyczuła, że Vashell się rusza i zbiera łańcuch. Jego ruchy były wolne i niezdarne, niemal letargiczne. Anu uniosła swój koniec łańcucha i pociągnęła. Szarpnięcie zwaliło Vashella z nóg.

Anu skoczyła, szybkość uczyniła z niej niewyraźną plamę, jej szpony roztrzaskały łańcuch. Ogniwa zadzwoniły jak lodowe kuranty. Vashell zatoczył się do tyłu, sięgnął po miecz. Anu zakręciła kawałkiem łańcucha wokół głowy i trafiła go w twarz, ponownie zwalając go z nóg. Chwyciła za obrożę i rozerwała ją na części. Nity zadzwoniły na śniegu.

Albinosi spięli się i dobyli mieczy. Anu skierowała się w ich stronę. Słyszała, jak Vashell unosi swoją broń, mogła wyczuć wzbierającą w nim żądzę krwi. Misja czy nie misja, rozkazy czy nie rozkazy, zamierzał ją zabić, do diabła, ze wszystkimi tego konsekwencjami.

Żołnierze, elitarni wojownicy Armii Żelaza, zaatakowali. Anu skoczyła między nich, odchyliła tułów do tyłu, ostrze zaświstało nad nią. Wyprostowała się. Uderzyła. Szpony przeszły przez czarną żelazną zbroję oraz przez klatkę piersiową i wyszły przez plecy. W pięści ściskała wyrwane serce.

Przyciągnęła albinosa bliżej, szpony rozszarpały jego pierś w niewyraźnym błysku i Anu wyszarpnęła swą pięść z głuchym dźwiękiem. Kiedy żołnierz padał, ona już zdążyła odskoczyć i potoczyć się po śniegu. Złapała drugiego albinosa za głowę i gwałtownie ją skręciła. Kark pękł jak patyk. Chwyciła porzucony miecz i rzuciła nim, trafiając w gardło trzeciego, którego przyszpiliła do ściany. Rzucał się, bulgocząc, jakby nie chciał umrzeć. Jego ręce skrobały śliskie od krwi ostrze.

Anu obróciła się, ignorując kulącą się, pokrwawioną Allorię. Patrzyła na Vashella, który zbliżał się z płynną gracją doskonałego wojownika. Uśmiechnęła się, wysunęła szpony i kły.

– Posmakujesz śmierci, dziwko.

– Zaraz po tobie – zaprosiła go z uśmiechem i skoczyli na siebie.

Zwarli się w powietrzu. Anukis skręciła ciało, unikając szponów Vashella, a jej ostrza wycięły linię na jego boku, rozerwały zbroję, ubranie i ciało. Krwawa mgiełka zabarwiła śnieg.

Wylądowali o dziesięć stóp od siebie skuleni jak zwierzęta. Vashell dotknął ranionego boku i zmrużył powieki.

– Zapłacisz za to.

– Tylko gadasz – odparła Anu cicho, spuszczając wzrok. – Nie rozumiesz, prawda, biedny Vashellu? To, co postawiło mnie poza społecznością Vaszynów, to, co sprawiło, że nazywasz mnie nieczystą, wyrzutkiem i heretykiem, jest wypaczone i wsteczne, ponieważ zostałam wychowana przez mojego ojca, aby być ponadprzeciętnym mechanicznym wampirem. Zaawansowaną formą Vaszyny... Niezależną od waszych krwawo-olejowych mieszanek. Niezależną od nadzoru Zegarmistrza i pseudoreligijnej kultury Mechaników. Czy dlatego tak się mnie obawiasz? Ponieważ wiesz, że jestem wyjątkowa?

– Kradek-ka jest heretykiem! – Vashell splunął. – Dlatego najpierw musi nam pomóc, a potem umrzeć.

– Starał się ulepszyć naszą rasę, używając mechanicznej nauki.

– Stara się obalić Mechaników – szczeknął Vashell, z bólu wyrzucał z siebie słowa zbyt szybko.

– Co za ironia! Wasze Rafinerie Krwi psują się, a bez niego nie jesteście w stanie ich naprawić. Wrócicie do dawnego okrucieństwa, do dawnych zwyczajów.

– Zamknij się i giń – warknął i skoczył.

Tym razem Anu skamieniała, nieruchoma jak posąg, nie odrywając od niego spojrzenia. Światło odbijało się od jej srebrnych kłów... W ostatniej sekundzie uchyliła się, a jego celujące w gardło kły i szpony uderzające w tętnice chybiły. Przetoczyła się i wstała z obnażonymi szponami. Na jej twarzy malował się zagadkowy spokój.

Vashell skoczył ponownie z wściekłym okrzykiem. Anu odchyliła się błyskawicznie i uderzyła. Cios zerwał twarz Vashella. Skóra zawisła na szponach Anukis jak zerwana maska. Na czaszce pozostały jedynie mięśnie i mięso. Vaszyna patrzył na Anukis z całkowitym niedowierzaniem. Jego twarz od linii włosów po szczękę była teraz czerwoną, pulsującą kulą.

Anu stała wyprostowana, trzymając w rękach strzęp skóry, i patrzyła, jak krew ścieka na ziemię. Spojrzała w górę, wzrok Vashella był pełen bólu, a w oczach malowało się oszołomienie i zdumienie.

– To za zdradzenie mnie – szepnęła.

Warcząc, skoczył ku niej, ale kopnięcie w klatkę piersiową odrzuciło go w tył. Wyskoczyła wysoko, rozłożyła szpony i powaliła Vashella na ziemię. Wylądowała na jego piersiach. Szpony zatrzasnęły się wokół szyi.

– Nie zabijaj mnie – poprosił, a ona spojrzała w dół, na jego nową, krwawą, zniszczoną twarz.

– Dlaczego nie?

Nie zmieniając pozycji, uderzyła raz i drugi, odcinając mu szpony. Vashell zawył w męce, a z odciętych kikutów trysnął krwawy olej. Anu nachyliła się ku niemu, czuła jedynie dziwne opanowanie i lodowatą, metaliczną wściekłość. Pochyliła się do przodu i zatopiła kły w jego gardle. Kopał, rękami pozbawionymi szponów próbował oderwać od siebie pasożytującego mechanicznego wampira. Dotarła do niej ironia tej zamiany ról, kiedy krzyczał, starał się uwolnić, rzucał się słabo i nieskutecznie.

W końcu Anu oderwała usta. Jej twarz była pokryta krwawym olejem. Uśmiechnęła się do niego, sięgnęła w dół i brutalnym szarpnięciem wyrwała mu kły.

Anukis siedziała na molo i machała nogami, kiedy Alloria zbliżyła się do niej i przysiadła obok. Ostrożnie dotknęła ręką ramienia Anu, która odwróciła się, i wtedy spojrzały sobie w oczy.

Twarz Anukis była śliska od krwi. Kawałek dalej leżał Vashell, zwinięty w kłębek, wylewający słone łzy na pozbawione skóry mięśnie twarzy.

– Jesteś ranna?

– Nie. – Anu potrząsnęła głową, zmuszając się do uśmiechu. – Chodź, musimy opuścić to miejsce. Przyciągnie żołnierzy jak latarnia ćmy.

Wstała, przeciągnęła się, wysunęła kły i podeszła do Vashella. Alloria podążała jej śladem. Jej zielone oczy były wypełnione mieszaniną strachu i zainteresowania.

– Poczekaj – powiedziała królowa.

– Tak?

– Gdzie jestem? Co tutaj robię?

– To Dolina Silvy, to świat Vaszynów.

– Nigdy nie słyszałam o takim miejscu. Jesteśmy w górach, prawda? W Czarnych Grotach?

– Tak. W samym ich sercu.

– Sądziłam, że nie można przekroczyć Czarnych Grotów. Takie przekonanie panuje pośród ludzi w Falanorze.

Anu pokręciła głową.

– Wielu z twoich, nazwijmy to, przyzwoitych obywateli tak myśli. Ale szaleje też handel krwią z Czarnoustymi. Oni nie mają zasad ani żadnej empatii. Ani strachu.

– Kim są Czarnouści?

– To ci, którzy utknęli w pół drogi. Półludzie. Wyrzutki z Doliny Silvy, poddani ostracyzmowi przez dobre kobiety i mężczyzn z Falanoru. To są wasi przestępcy, dziwacy, włóczędzy, dezerterzy z wojska, wasi skazani na śmierć oraz zdeformowani, pozostawieni, żeby skonać na niskich górskich przełęczach. Taką macie tradycję, prawda? Co z dziećmi, które nie mają ramion? Tymi z powykręcanymi kończynami? To właśnie Czarnouści. Nie są ładnymi obywatelami waszego szlachetnego społeczeństwa. Są słabi. Kalecy. Chorzy. Poddani, o których wolałabyś myśleć, że nie istnieją. – Anu wzięła głęboki oddech i spojrzała na płynącą, zimną rzekę.

Tacy jak ja, pomyślała.

Uśmiechnęła się.

– Wybacz, jestem rozgoryczona. Ostatnio mi... naubliżano od wyrzutków, odmieńców. To niezbyt przyjemne uczucie zostać znienawidzoną przez tych, którzy cię wcześniej akceptowali. – Napotkała na spojrzenie Allorii i kontynuowała: – Kiedyś wasi wygnańcy uciekali do nas. Ale Vaszyni też uważają się za lepszych od swoich wyrzutków. Więc zwrócili się przeciwko Czarnoustym, ci zaś stopniowo sprzedają was jako pokarm naszej rasie. Myślą o tym jak o pewnego rodzaju sprawiedliwości.

– Pokarm?

Anu uśmiechnęła się.

– Naszą walutą jest krew.

Alloria zachłysnęła się powietrzem i przycisnęła dłonie do ust.

– To dlatego wasza armia zaatakowała?

Anu przytaknęła.

– Nasza cywilizacja się rozwija i nasze potrzeby rosną. Przegrywamy walkę o ich zaspokojenie. A więc... – zawiesiła głos, kiedy jej wzrok padł na cichą postać Vashella – więc musimy rozszerzać nasze wpływy i przesunąć się na południe, tam gdzie można znaleźć wiele dojrzałych, soczystych kąsków.

– Mówisz o moich ludziach, o obywatelach Falanoru, jakby to było bydło! – rzuciła Alloria, a jej wzrok stwardniał.

– Wkrótce nim będą – odparła Anu, pochylając głowę. – Jak tylko Vaszyni uruchomią Rafinerie Krwi.

– Nie rozumiem. Mój mąż, król, jest wielkim wojownikiem. Ma do swojej dyspozycji tysiące żołnierzy. Niepokonaną armię! Oprze się jakiejkolwiek inwazji i z brutalną siłą wypchnie waszych ludzi z powrotem w góry. Jak dzikusów, którymi niewątpliwie są. Albo to, albo wyrżnie ich bez litości.

Dobiegł je śmiech Vashella. Siedział, zwracając ku nim zakrwawioną twarz, trzymał się za kolana i rechotał. Anu spojrzała na niego.

– Coś cię śmieszy, głupku bez twarzy?

Vashell odchylił się lekko, spojrzał na nią i powiedział:

– Kradek-ka wykonał przy tobie kawał świetnej pracy, moja spaczona, słodka, mała kaleko. Zastosowana technologia jest, przyznaję, doskonała. Nigdy nie zostałem pokonany przez żadnego z Vaszynów ani ludzi.

Przerwał, wziął głęboki oddech, a Anu dostrzegła, jak wielki ból maluje się w jego oczach. Zadała mu nie tylko fizyczne cierpienie, ale także okaleczyła go psychicznie. Starał się to ukryć, maskując brawurą, tylko że ona znała go zbyt dobrze.

– Wrzuciłam twoją twarz do rzeki – powiedziała, przysuwając się bliżej. – Nie sądzę, abyś jej jeszcze potrzebował.

Vashell wzruszył ramionami.

– Możesz ze mną zrobić, co zechcesz, ale wiesz, że oni nadejdą.

– Kto?

– Żniwiarze. Jestem z nimi połączony. Wyczuli mój ból. W czasie kiedy ty siedzisz na tyłku i sprzeczasz się z tym soczystym kawałkiem królewskiego mięsa, oni zdążyli już zadecydować o twoim losie. Jeżeli masz szczęście, mała Anu, ty mały pokręcony eksperymencie, wyślą za nami zgnilce. Lecz jeśli jesteś pechowcem...

– Nigdy nas nie złapią – wtrąciła Anu. W jej głosie pojawiła się nuta paniki. Anukis obawiała się Żniwiarzy. Wszyscy się ich bali.

– Jeżeli masz pecha, sami się tu pofatygują.

Anu wysunęła kły. Spojrzała na Vashella. Nawet cierpiąc, nie przestał się z niej wyśmiewać. Jego arogancja i odraza do niej wróciły.

– Zabiję cię – warknęła, czując, jak rośnie jej wściekłość.

– Nie – powiedziała Alloria, chwytając jej ramię.

Odepchnięta upadła na ziemię i tylko przyglądała się tym dwóm obcym istotom.

– Zabiję cię – powtórzyła Anu, zbliżając się powoli.

– To byłoby głupie. Jak wtedy znajdziesz swojego ojca?

Padający śnieg przesłaniał widoczne za Vashellem góry. Zapadał zmierzch, a niebo miało tę osobliwą jaskrawoszarą barwę, przywodzącą na myśl chłodny spokój, jaką można spotkać tylko w górach. Wokół koszar zaczęła się kłębić mgła i Anu kątem oka zauważyła, że coś się cicho zbliża. Przebiegły ją dreszcze.

– Gdzie on jest? – rzuciła ostro.

– Potrzebujesz mnie – powiedział Vashell. Jego oczy płonęły. – Tylko ja wiem, gdzie go ostatnio widziano. Mam informacje. Jeżeli mnie zabijesz, a wierz mi, że jestem gotów na śmierć, wtedy on będzie dla ciebie na zawsze stracony – warknął na nią przez rozdarte i zniszczone wargi. Jego twarz nie była już twarzą, tylko przerażającym okropieństwem.

– Wyłupię ci oczy – powiedziała Anu.

– Więc zrób to i przestań ujadać jak mechaniczny szczeniaczek.

Zimna i jaskrawobiała mgła zakryła ziemię pod ich stopami, po czym rozpłynęła się nad rzeką i ukryła jej nurt. Przykryła zwłoki albinosów, a Vashell uniósł się na łokciach, kiedy zawirowała wokół niego. Westchnął i jego wzrok padł na Anu. Spojrzenie miało w sobie błysk triumfu.

– Żniwiarze poruszają się szybko – wyszeptał, jakby śpiewał kołysankę. Jego głos był pełen hipnotycznej słodyczy. Po laniu, które dostał, narkotyczny krwawy olej przeciążał mu system. – Jeden z nich musiał być niedaleko.

Anu ogarnęła panika.

– Nie – powiedziała, obracając się szybko dookoła i przeczesując wzrokiem pustą przestrzeń. Wskazała palcem na Allorię. – Pakuj się na barkę! – rzuciła, po czym odwróciła się z powrotem do Vashella. Wysunęła kły i pazury. – To tylko górska mgła! – syknęła, ale głos jej drżał, a serce było niczym odłamek lodu.

Oboje wiedzieli, jak brutalni byli Żniwiarze, jak dziwni. Nawet dla Vaszynów, z którymi się łaskawie sprzymierzyli. Byli istotami Czarnych Grotów. Stworzeniami z głębokich jaskiń. Mieli własny tajemny porządek. Podejrzewano, że odnoszą jakąś korzyść z wysysania ciał w procesie oczyszczania krwi. Kiedy zamieniali człowieka w łupinę, zabierali maleńką część jego duszy. Lecz Vaszyni nigdy nie powtarzali tych teorii, a przynajmniej ci, którzy cenili swe życie. Żniwiarze byli ponad Bogami od czasów, kiedy powstała vaszynowa społeczność. I choć Anu nigdy by tego nie wypowiedziała, to uważała ich za mistrzów marionetek. A swoją rasę za aktorów kontrolowanych przez lalkarzy.

Vashell wzruszył ramionami i zaczął jej się przyglądać.

– Stałaś się silna – wymamrotał. Tak mocno jego uszkodzony system był zalany przez krwawy olej. – Lecz czy sądzisz, że wystarczająco?

Dobiegł ich syk jakby szelest śniegu w koronach drzew i z wirującego lodowego oparu wyłonił się Żniwiarz. Wydawało się, że ślizga się nad ziemią, a jego owalna twarz była skierowana ku Anu. Zatrzymał się na chwilę przy zabitym żołnierzu.

– Świętokradztwo? – spytał wysokim głosem zlewającym się dziwnie z szybkim oddechem. Po czym spojrzał na Vashella, który sennie wzruszył ramionami. Istota skierowała uwagę z powrotem na Anukis. – Córka Kradek-ka. Widzę, że odkryłaś swój dar.

– Zabiłby mnie – odparła Anu, wskazując drżącym palcem na Vashella.

Żniwiarz podpłynął nieco bliżej, kiwając głową. Małe czarne oczy, pozbawione jakichkolwiek emocji, wwiercały się w duszę Anu. Czuła się, jakby od środka pożerał ją rój pasożytów. Zadygotała. Była pewna, że Żniwiarz potrafi czytać w myślach.

– Rozumiem – odparł.

Anu nie mogła rozszyfrować spojrzenia czarnych oczu. Strach miał smak miedzi. Poczuła, jak po nodze cieknie jej mocz. Przypomniała sobie skorupy wyssanych mężczyzn, kobiet, Vaszynów, dzieci, psów. Żniwiarz nie miał empatii ani wyrzutów sumienia, ani rozumienia. Nie można było z nim negocjować. Zrobi, co będzie chciał, chroniony przez prawo Vaszynów i praktycznie niezniszczalny...

– Zamierzam poszukać ojca – powiedziała trzęsącym się głosem.

– Nigdzie się nie wybierzesz, dziecko.

Anu poczuła, jak jej determinacja rośnie, rozrywając zasłonę strachu. Wokół jej kostek wirowało coraz więcej lodowego dymu, który kąsał chłodem.

To dodało jej sił.

Żniwiarze kontrolowali wszystko...

– Znajdę ojca – powtórzyła.

– Sprzeciwiasz mi się?

Rozważyła to. Wiedziała, że wstąpiła na tajemniczą ścieżkę, rozpoczynając podróż, której nie mogła zaplanować, zrozumieć ani opisać. Odsunęła się od Vaszynów z Doliny. Była wyrzutkiem i była całkiem sama. Jeżeli sprzeciwi się temu Żniwiarzowi, to złamie wszystkie prawa gór.

Prawa Doliny.

Dębowy Testament.

– Tak – powiedziała i popatrzyła w czarne oczy, wytrzymując ich spojrzenie.

Spod szaty wyłoniły się kościane palce. Żniwiarz uniósł ramię w dziwnym, śmiesznym, a jednak przerażającym geście.

– W takim razie musisz umrzeć – powiedział monotonnym głosem.

Anu poczuła, że rozpiera ją siła.

Pewność siebie przegryza się przez skorupę strachu.

Duma i stan wyższej konieczności pożarły szczątki przerażenia.

Uśmiechnęła się do Żniwiarza, zacisnęła pazury i opuściła głowę.

– W takim razie chodź i weź mnie, ty kościanogłowe dziwadło – warknęła i skoczyła do ataku.

Rozdział 12
Więziennicy

Saark patrzył na Ilannę w potężnych rękach Kella. Patrzył, jak wyśpiewuje mroczną przepowiednię, lecąc ku jego głowie. I kiedy tak patrzył na półksiężycowe ostrze, ogarnął go zupełny spokój. Wspomniał swoje życie, sukcesy i porażki, swój obecny wstręt do samego siebie. Wiedział, że życie jest niesprawiedliwe, a świat nie bierze jeńców. Ostatecznie dokonał własnych wyborów i zasłużył na śmierć. Zasłużył na zimną, ciemną ziemię. Na ponury grób i robaki, które zjedzą jego ciało. Zasłużył na zapomnienie, gdyż zrobił wiele złych rzeczy, naprawdę złych, za które nigdy nie poniósł kary. Jego śmierć sprawi, że świat stanie się lepszym miejscem.

Plaga o nazwie Saark zostanie usunięta. Uśmiechnął się. Zostać zabitym przez takiego bohatera jak Kell. To było odpowiednie, niemal poetyckie. Pomimo ironii.

Ostrze prześlizgnęło się o włos od jego ucha i z metalicznym dźwiękiem uderzyło w lód. Po chwili uniosło się ponownie i przez przerażającą chwilę Saark pomyślał, że stary gnojek chybił.

Nachlał się whisky i kurewsko spudłował!

Ale Kell patrzył na niego z kwaśną miną, a oczy wciąż płonęły mu gniewem. Wyciągnął do Saarka rękę.

– W górę, młodzieńcze. Nie nadszedł twój czas. Mamy robotę do wykonania.

Saark odwrócił się, przetoczył i wstał z lekkością. Zapomniał o ranach, teraz wraz z towarzyszami przyglądał się, jak z kłębów lodowego oparu wyłaniają się albinosi.

Kell obrócił się do zbierającego się tłumu.

– Musicie uciekać! – zaryczał. – Lodowy opar zamrozi was w miejscu, a oni wyssą z was krew. Nie stójcie jak wioskowe głupki, uciekajcie!

Z ciemności nadleciał nóż. Ilanna podskoczyła, odbijając ostrze. W obliczu takiej niespotykanej biegłości Saark poczuł, jak znów zasycha mu w ustach. Stary nie chybił. Nikt tak doskonały nie chybiał, nawet po wypiciu połowy butelki. Jeżeli Kell by tego chciał, Saark byłby martwy. Na Bogów, byłby całkiem martwy.

Saark zbliżył się do Kella. Albonisi stanęli. Wydawało się, że na coś czekają. Mgła wirowała, wielkie kłęby wyglądały jak upiorne węże zbierające siły.

– Co robimy, stary koniu?

– Uciekamy – odparł Kell. – Powiedz Niennie i Kat, żeby wzięły konie.

Stał wielki jak skała i tak samo nie do przejścia, blokując ulicę, podczas gdy albinosi ustawiali się przed nim w szyku. Było ich coraz więcej, wyłaniali się z cieni pomiędzy domkami. Nosili czarne zbroje, a ich szkarłatne, owadzie oczy były pozbawione emocji.

Jak mrówki, pomyślał Kell. Po prostu wykonują zaprogramowane instrukcje... Teraz było ich pięćdziesięciu.

Po prawej pojawił się pluton żołnierzy. Grupa wieśniaków zaatakowała ich mieczami i widłami. Ich krzyki niosły się przez noc przy akompaniamencie dźwięków stali. Nie minęła minuta, a zostali zaszlachtowani.

– Chodźcie, chodźcie – mruczał Kell świadomy, że działało tu jakieś zaklęcie. Warknął na wojowników i nagle zrozumiał, że patrzą na jego topór. Wszystkie oczy były utkwione w Ilannie. Uniósł swą potężną broń, a ich wzrok podążył za nią, śledząc straszne motylkowe ostrza.

A więc tak, pomyślał. Teraz ją rozumiecie.

– Chodźcie i cieszcie się jej darem – prychnął, a ze środka grupy wyłonił się Żniwiarz.

No tak. To na to czekali. Aż przybędzie niezwykły magik...

Na bruku skutym lodem zastukały podkowy. Nienna i Kat wyjechały ze stajni, wierzchowce ślizgały się w ciasnym skręcie. Saark zakręcił się i wskoczył za Kat. Wyciągnął wodze z trzęsących się palców dziewczyny.

– Kell! – zawył.

Kell spojrzał na Żniwiarza, mruknął coś niezrozumiale, a potem odwrócił się i wskoczył na siodło za Nienną. Nie był to wyczyn staruszka cierpiącego na reumatyzm.

– Wio! – rzucił i konie pogalopowały ulicą.

Przebijali się przez skłębiony tłum. Kopyta ryły śnieg i zmarznięte błoto. Byle przejechać przez most i jak najdalej stąd... Za nimi rozległy się wrzaski.

– Żołnierze przed nami! – krzyknął Saark.

Na wąskiej ulicy, pełnej dwupiętrowych domków z dobrze utrzymanymi ogrodami, stało dziesięciu albinosów. Blokowali drogę, opuścili głowy i obnażyli miecze. Saark wściekle pociągnął za wodze, a wierzchowiec dziko zarżał. Kell nie zwolnił, tylko popędził konia, tuląc Niennę w mocarnych ramionach. Ilanna wyśpiewała swą wysoką pieśń o pustce, gdy ciął raz z lewej, raz z prawej strony. Dwa rozcięte ciała upadły w fontannach opalizującej białej krwi.

Kell gwałtownie spiął konia, który stanął dęba i kopytem uderzył jednego z żołnierzy w szczękę. Albinos wrzasnął i uniósł rękę tam, gdzie jeszcze przed chwilą znajdowały się jego usta. Saark zaklął i popędził konia, szarżując z obnażonym rapierem. Zabrzęczała stal. Po prawej stronie widział, jak Kell zeskakuje na ziemię, a Nienna dobywa miecza z pochwy przy siodle. Wojownik wyrzynał sobie drogę przez przeciwników. Twarz miał ponurą, oczy mu błyszczały i cuchnął whisky. Jego topór poruszał się jak opętany i z całą pewnością taki był.

Nienna siedziała w siodle, całkowicie ogłuszona ostatnimi wydarzeniami. Jeszcze przed chwilą w pięknej sukience popijała uderzające do głowy porto, a teraz tkwiła na ulicy z mieczem w ręku, kompletnie skamieniała. Znowu. Potrząsnęła głową, czuła się półprzytomna, jakby spowolniona, w głowie jej szumiało, w ustach miała dziwny smak. Niemal obojętnie patrzyła, jak jeden z żołnierzy skupia na niej swą uwagę i rusza w tę stronę z podniesionym mieczem.

Panika wyrwała ją z odrętwienia. Albinos był o krok. Wpatrywał się w nią szkarłatnymi oczami. Jego miecz zagwizdał w wysokim poziomym cięciu. Nienna zasłoniła się swoim krótkim ostrzem i stal zadzwoniła o stal.

Kell dostrzegł ją, kiedy dekapitował kolejnego przeciwnika. Rozpędził się, opadł na kolana i ślizgając się po śniegu, uderzył toporem, roztrzaskując kręgosłup albinosa. Zakrzywione ostrze w fontannie krwi pojawiło się przed zaskoczoną Nienną.

Saark wykończył ostatniego żołnierza, w olśniewającym piruecie rozcinając mu gardło. Zwłoki upadły w deszczu krwi. Na drodze za nimi, skręcając się i wijąc, błądząc jak szukające po omacku palce, skradał się lodowy dym.

– Musimy się wydostać z miasta – wydyszał Saark.

– Zgadza się. Ruszajmy.

– Jak to zrobiłeś?

– Co takiego? – Kell wziął wodze i uśmiechnął się ponuro do Nienny, która przecierała zmęczoną twarz.

– Nawet się nie zadyszałeś, staruszku.

– Mam oszczędne ruchy. – Kell zmusił się do uśmiechu. – Pewnego dnia cię nauczę.

Zapadła niezręczna cisza.

Saark spojrzał w oczy starego wojownika.

– Wcześniej myślałem, że mnie zabijesz.

– Nie, młodzieńcze. Lubię cię. Nie zrobiłbym tego.

Saark przełknął kłamstwo i dosiedli koni.

Gdy opuszczali miasto, gęsty śnieg zasypywał ich ślady. Jechali wąską, krętą ścieżką prowadzącą do gęstego lasu, skąd mogli wybrać dziesięć możliwych dróg. Za nimi w skutej lodem wiosce Żniwiarze poruszali się pośród zamarzniętych ludzi wolno i z zimną, przerażającą skutecznością.

Kiedy wstał dzień, dotarli do miejsca, gdzie ścieżka łączyła się z brukiem wspaniałej Wielkiej Północnej Drogi. Czarnej, krętej i teraz pokrytej glazurą lodu, który odbijał różowy blask wstającego słońca. Konie cwałowały, a z ich nozdrzy wydobywała się para. Czworo podróżników było skrajnie wyczerpanych. Dokuczał im nie tylko brak snu, ale i przygnębienie.

– Jak daleko do króla? – spytał Kell.

– Ciężko powiedzieć. To zależy, przy której dywizji obozuje. Może będziemy musieli dotrzeć do samego cholernego Vor. Najlepiej zapytać pierwszego napotkanego żołnierza. Armia ma niezłą łączność. Oddziały powinny być poinformowane o sytuacji.

– Dużo wiesz o królu Leanoricu? – Kat odwróciła się i spojrzała na Saarka. Czuła wokół siebie jego mocne ramiona. Czuła jego ciało. Pomimo futer otulił ją, by utrzymać w cieple mroźną nocą. Ten gest ją wzruszył.

– Ja... byłem żołnierzem – powiedział powoli.

– W którym regimencie, chłopcze?

– W Mieczach – odparł Saark, patrząc na Kella.

– Przyboczni króla, co? – Stary uśmiechnął się w odpowiedzi i przetarł znużoną twarz. Wciąż, niczym trująca chmura, otaczała go woń whisky.

– Tak.

– Ale odszedłeś?

– Zgadza się.

Kell wyczuł napięcie w głosie Saarka i nie naciskał. Jednak Kat drążyła dalej:

– Więc służyłeś z ludźmi króla? Mistrzami Miecza?

Saark przytaknął, wiercąc się niespokojnie w siodle. Nagły wybuch ptasich śpiewów przyciągnął jego uwagę. Zdawał się zupełnie nienaturalny w tym mrozie i nie tak odległej niedawnej rzezi. Saark zadrżał pod wpływem ogarniającego go przeczucia.

– Słuchaj, Kell, przyszło mi do głowy, że Armia Żelaza przesuwa się na południe.

– To samo przyszło mnie do głowy, młodzieńcze.

– I poruszają się szybko.

– Szybko, jak na armię, zgadza się. Zajmują każdą wioskę na swojej drodze. Przeczesują cały Falanor i nie pozostawiają za sobą nikogo, kto mógłby się im sprzeciwić. Jeżeli król już wie, to zbiera swoje oddziały. Jeżeli zaś tego nie wie...

– Wtedy Falanor stoi otworem przed wrogiem.

Kell przytaknął.

– Musi wiedzieć – stwierdził Saark po krótkim zastanowieniu.

Jechali pośród pofałdowanych, niskich, pokrytych szronem wzgórz. Światło rozpraszało się na śniegu, a przeplatające się łaty bieli i zieleni tworzyły zimową leśną mozaikę.

– Dlaczego musi?

– Falanor jest usiany jego oddziałami, sierżantami, zwiadowcami i szpiegami. Leanoric zbierze swoje dywizje i pomaszeruje na spotkanie z agresorem. Może na nic mu się nie przydamy.

Kell spojrzał na niego.

– Naprawdę myślisz, że tak jest? – mruknął.

Saark spojrzał na niego.

– A ty nie?

– Co masz na myśli?

– Moglibyśmy skierować się na zachód, ku oceanowi Salarl. Zarezerwować podróż statkiem i popłynąć przez fale do nowego świata. Obaj doskonale władamy bronią. Znajdziemy zajęcie, co do tego nie ma żadnych wątpliwości.

– Albo mógłbyś ukraść kilka błyskotek, co zapewniłoby ci chleb, ser i wykwintne perfumy.

Saark przerwał i westchnął.

– Gardzisz mną, prawda? Nie znosisz, gdy wypłakuję swoje żale.

– Wcale nie – odparł Kell. – Musimy rozbić obóz. Dziewczęta zamarzają. Odskoczyliśmy od tych skurwysynów dobre dwanaście mil. Jeżeli się nie rozgrzejemy, to zamarzniemy na śmierć. Moja dupa jest jak kowalskie kowadło.

– Tu jest miejsce – powiedziała Kat i zsiedli z koni.

Kell wysłał kobiety po drewno do pobliskiego lasu, a sam przeszukiwał juki. Wyciągnął dwie cebule, sól i kilka kawałków suszonej wołowiny.

– Do diabła. To wszystko, co tam jest?

– Wydaje mi się, że wyjeżdżaliśmy w pośpiechu.

– Urządziliśmy burdę na ulicy – podsumował Saark. – I nie zatroszczyliśmy się o zaopatrzenie.

Kell spojrzał na niego i położył mu rękę na ramieniu.

– Przepraszam za tamto. – Skrzywił się, nieprzywykły, by przyznawać się do winy. – Ja... słuchaj, źle zareagowałem. Kat jest piękną młodą kobietą, a ja znam takich jak ty. Bierzecie, co chcecie, a potem zostawiacie je płaczące i ze złamanym sercem.

– Twoje opinie o mnie to czyste pochlebstwa – odparł Saark zimno.

– Słuchaj. Straciłem panowanie. Przyznałem to. – Kell spojrzał mu w oczy. – Nie zabiłbym cię, brachu.

– Myślę, że byś zabił – zaprzeczył Saark ostrożnie. – Widziałem wcześniej to spojrzenie.

Kell wyszczerzył zęby.

– Cholera. Masz rację. Zabiłbym cię.

– Co cię powstrzymało?

– Przybycie żołnierzy – odpowiedział uczciwie Kell. – Ten poemat, który kiedyś wspomniałeś, pamiętasz? *Legenda Kella*. Znasz ostatnią zwrotkę? Bardowie rzadko ją śpiewają. Wolą nie wspominać o prawdziwym zakończeniu pieśni, bo mogłoby to zrujnować ich występ.

– Tę o Moonlake i Skulkrze? W której Kell walczy z bestią?

– Nie. Jest jeszcze jedna.

– Nie wiedziałem.

Kell zaczął recytować głuchym głosem, w jego ustach pieśń brzmiała bardziej jak wiersz. No ale nie miał najmniejszych zadatków na barda, sam o tym doskonale wiedział.

Wreszcie Kell nasz dzielny stanął z toporem w dłoni
Wpatrzony w bałwany szalonej wodnej toni.
Wir odmętów czasu wspomnieniami rozbłysnął,
Sens odkrył legendy, prawdę mu w oczy cisnął.

Kell wzniósł krzyk rozpaczy, w gwiazdy sięgnął po radę.
Tylu zabrał szczęście, tylu przyniósł zagładę.
Kirem świat spowity, śmierć, zniszczenie dokoła.
Czy cokolwiek ten żal, ten ból ugasić zdoła?

Długi czas rządów krwi, nienawiści władanie,
Cierpieniem i grozą dnia za dniem odmierzanie.

Jego tylko barki brzemieniem winy zgniata,
Sznur na jego szyję hańba z porutą splata.

Legendy czar prysnął, krwią honor zaplamiony,
Bohatera etos do szczętu spierdolony.
Każdy czyn bestialski i każdy cios zadany,
Każdy mord okrutny w strzępy świata wpisany.

I z gwiazd zimnej dali odpowiedź przyszła jedna:
Czas śmierci się oddać, więc ze światem się żegna,
Z Ilanną w ramionach wstępuje w tłum demonów
Koniec swój odnaleźć w objęciach strasznych szponów.

Kell spojrzał na Saarka, a w jego oczach lśniły łzy.

– Byłem złym człowiekiem, Saark. Bardzo złym. Od kiedy pamiętam, obwiniałem za to whisky, ale pewnego dnia zdałem sobie sprawę, że to wygodna wymówka. Problem leżał głębiej. W końcu się ożeniłem, wychowałem dwie córki... które mnie teraz nienawidzą. Tylko Nienna znajduje dla mnie czas. Jej miłość jest dla mnie wszystkim. Wiesz dlaczego?

– Dlaczego?

– Ponieważ tylko ona potrafi okiełznać dziką bestię w mojej duszy. – Kell mocno ścisnął Ilannę. – Starałem się, Saark. Tak bardzo się starałem być dobrym człowiekiem. Tak mocno próbowałem postępować właściwie. Ale to nie działa. Po prostu w głębi duszy nie jestem dobry.

– Co tu tak ponuro? – spytała Nienna i rzuciła chrust na ziemię.

Spojrzała podejrzliwie na mężczyzn, za nią pojawiła się Kat, też objuczona drewnem.

– Wy dwaj znowu się kłócicie?

– Nie – odparł Saark. Uśmiechnął się szeroko i promiennie. – Po prostu... musieliśmy sobie wyjaśnić pewne sprawy. Pozwól, Nienno, że rozpalę ogień. Ty pomóż dziadkowi z zupą. Myślę, że potrzebuje kilku ciepłych słów od swojej ukochanej wnuczki.

Kell rzucił mu gniewne spojrzenie, a potem uśmiechnął się do Nienny i potargał jej włosy.

– Cześć, małpeczko. Jak wam poszło z drewnem?

– Obie umieramy z głodu!

Owinięci w podarte sukienki, poszarpane futra i koce z juków zabitych żołnierzy zabrali się we czworo do przygotowywania posiłku.

Godzinę później wpadli na rozciągniętą grupę uchodźców, którzy z przerażeniem rzucili się do ucieczki, jak tylko usłyszeli stuk kopyt. Kilku z nich biegło po polach leżących obok drogi, dopóki nie zauważyli jadących z wojownikami dziewczyn.

Kell i Saark skierowali się ku czołu kolumny. Stary zsiadł z konia przed krzepkim człowiekiem, który miał ramiona i bary jak byk.

– Dokąd zmierzacie? – zagaił.

– A kto pyta?

– Jestem Kell. Jadę do króla, żeby donieść mu o inwazji.

Mężczyzna trochę się uspokoił, chociaż wciąż nerwowo popatrywał na topór i sztylet rozmówcy.

– Jestem Brall. Byłem kowalem w Zagrodzie Tela. Aż do teraz. Ci cholerni albinosi napadli nas w nocy, dwa dni temu. Magia zamroziła ludzi na ulicach. Do teraz słyszę ich krzyki. Nasza grupa – popatrzył po ocalałych – uciekła w las. Będziemy uciekać dalej, aż do morza, jeśli zajdzie taka potrzeba.

Jakaś kobieta zbliżyła się do nich niepewnie.

– To było upiorne – odezwała się. Z jej oczu wyzierało szaleństwo strachu. – Zabili wszystkich. Mężczyzn, kobiety... dzieciaczki. A potem te... duchy pojawiły się, jakby płynąc w powietrzu, i wyssały krew z dzieci. – Zatrzęsła się tak mocno, że przez chwilę Kell myślał, że chwyciły ją konwulsje albo torsje. – Zmieniły je w skórzane worki wypełnione kośćmi. Zabijesz mnie, Brall, prawda? Nie pozwolisz, żeby mnie to spotkało?

– Oczywiście, dziewczyno – odparł kowal i objął ją swym mocarnym ramieniem.

– Widzieliście na drodze jakieś wojska z Falanoru? – spytał Saark i zsiadł z konia.

– Nie. – Brall potrząsnął głową. – Od dwóch tygodni większość batalionów jest na południu.

– Wiecie, gdzie obozuje król?

Brall wzruszył ramionami.

– Jestem tylko kowalem – powiedział. – To są sprawy wojskowych.

– Dziękuję.

Saark obrócił się do Kella.

– Wiem, co się dzieje.

– Co takiego?

– Więcej niż połowa ludzi Leanorica to płatni ochotnicy. Ludzie lata. Na zimę wracają do domów. Czarne Groty, z których zwykle pojawiało się zagrożenie, zimą są zasypane śniegiem nie do pokonania. Więc kiedy zima dociera na południe, Leanoric rozpuszcza większość ochotników, a oni wracają do rodzin. Leanoric wizytuje teraz wojska i reorganizuje struktury dowodzenia, decydując, kto wróci do domu na zimę.

– Więc podczas gdy tu stoimy, on może nawet rozwiązywać armię, której tak bardzo potrzebuje?

– Dokładnie.

– To niedobrze – powiedział Kell. – Ruszajmy się.

Popędzili konie, pozostawiając za sobą uchodźców.

Jechali cały dzień. Dopiero o zmroku zjechali z Wielkiej Północnej Drogi, poszukując schroniska, które powinno być w pobliżu. W dawnych czasach, kontynuując dzieło swego ojca, Leanoric wybudował przy drodze sieć schronisk. Służyły podróżnikom i żołnierzom.

Śnieg sypał coraz mocniej. Saark wskazał na miejsce, gdzie przycupnął długi drewniany budynek, osłonięty wzgórzem od wiatru i otoczony przez grube sosny.

– Ciężki do obrony – mruknął Kell.

– Musimy się zregenerować – odparł Saark. Pod kapturem widać było jego znużone oczy. – Ty może jesteś silny jak muł, ale ja i dziewczyny... Potrzebujemy jedzenia i snu. Konie też padają z nóg.

– Prowadź – rzucił Kell i ruszyli przez sięgające kostek zaspy.

Saark otworzył skrzypiące drzwi, pozwalając, by zawieja wpadła do środka. Kell zaprowadził konie do stajni przylegającej do głównego budynku. Uwiązał je tam, żeby choć trochę ochronić je od coraz gorszej pogody. Znalazł kilka starych derek i nakrył zwierzęta. Na pyskach wierzchowców zawiązał worki z resztkami owsa, które im zostały.

Saark miał rację. Musieli odpocząć i nabrać energii. Co więcej, potrzebowali zapasów albo pustkowie Falanoru ich zabije.

– Jest ogołocony – powiedziała Nienna i usiadła na pierwszym łóżku.

Budynek miał niski strop, był długi i mieścił około szesnastu łóżek. Wyglądał jak małe koszary, był wyziębiony i cuchnął wilgocią. Na dalszym końcu mieściło się palenisko, ale polana były wilgotne.

– Ocali nam życie. – Saark się zatrząsł, próbując wyswobodzić się z ubrań. W ciemnym świetle jego koronkowe łaszki nie wyglądały już tak pięknie. – Jak się czujecie, wy dwie?

– Wyczerpane – odpowiedziała Kat i przesłała Saarkowi uśmiech. – To było kilka naprawdę dziwnych dni, prawda?

– Musimy rozpalić ogień. Nienno, zdobędziesz trochę drewna?

Czując, że muszą zostać sami, Nienna wyszła i zatrzasnęła za sobą drzwi. Saark zbliżył się do Kat.

– To, co się tam wydarzyło...

– W porządku. – Uśmiechnęła się i położyła mu palec na ustach. – Oboje daliśmy się ponieść chwili.

– Nie. Chciałem powiedzieć, że jesteś wyjątkowa. Próbuję być inny. Zmienić się. – Uśmiechnął się krzywo do siebie. – W przeszłości byłem złym człowiekiem. Pod wieloma względami. Ale czuję coś do ciebie, Katarino. – Spojrzał w topazowe oczy i przegarnął dłonią krótkie rude włosy. Ciągle tkwiły w nich źdźbła słomy z wiejskiej stajni.

Pocałowała go. Ich usta pozostały złączone przez dłuższą chwilę.

– Zróbmy wszystko po kolei. Dotrzyjmy do króla. Uratujmy Falanor. A potem możemy się pobawić w trzymanie za ręce.

Saark uśmiechnął się szeroko.

– Jesteś złośliwą dziewuchą, to na pewno.

Pogłaskała go po policzku, mrugnęła i obróciła się do niego plecami.

– Lepiej o tym nie zapomnij, mój panie.

Nienna wróciła z opałem, a za nią pojawił się Kell. Strząsnął śnieg z ramion swej ogromnej kamizeli z niedźwiedziej skóry.

– Rozpalmy ogień – zagrzmiał. – Nie pogardziłbym miską zupy.

– Ty i ta twoja zupa – prychnął Saark.

– Jest dobra dla starych zębów.

I choć niegdyś Saark w takiej chwili zacząłby żartować, teraz pracowali w głuchej ciszy. Ich dobre humory należały do przeszłości.

Kiedy już rozpalili ogień, po schronisku zaczęło rozlewać się ciepło. Kell zużył ostatnie zapasy na przygotowanie cienkiej, wodnistej zupy. Odkrył, że skończyła się też sól. Zaklął. Życie bez soli było nie do zniesienia! Na zewnątrz zapadła ciemność, a śnieg sypnął ze zdwojoną siłą.

– W końcu nadeszła zima. – Saark wskazał okno.

– Świetnie – burknął Kell. – To spowolni najeźdźców.

– Nie uważasz, że to dziwne? – Saark bawił się sztyletem na stole zbitym z desek.

– Co niby?

– Że Armia Żelaza rozpoczęła inwazję z początkiem zimy. To gwarantuje, że oddziały będą przemieszczać się powoli, żołnierze umierać z zimna, a morale szlag trafi. Nic tak nie obniża morale jak stanie całą noc na śniegu. To jak postępujący syfilis. Wiem, jak to jest, robiłem to. Myślałem, że moje stopy nigdy nie staną się na powrót ciepłe. Minęły dwa dni, zanim poczułem palce! Tak więc dziwna decyzja, prawda?

– Tak – mruknął Kell, kończąc zupę.

Robił już lepsze, ale dziewczyny nie narzekały. Spodziewał się żartów ze strony Saarka na temat tego, jak bardzo zupa przypomina rozwodniony mocz kozła. Jednak Saark pozostał cichy i markotny. Od czasu ich starcia na ulicy zamknął się w sobie. I chociaż po części Kell był zadowolony ze zmiany w jego zachowaniu, to jednocześnie tęsknił za tym przekomarzaniem. Zrozumienie trafiło go jak piorun. Zdał sobie sprawę, że lubił tego eleganta. Choć za diabła nie wiedział dlaczego.

Nienna i Kat oddaliły się, by przygotować posłania i poszukać dodatkowych koców. Znalazły kilka i położyły je w pobliżu kominka, by wygnać z nich resztki wilgoci. Teraz przeszukiwały kredensy i szuflady na zapleczu.

– Słuchaj – powiedział Kell, patrząc przez stół na Saarka. – Ja... chciałem ponownie przeprosić. Za to, co zdarzyło się w zajeździe. Jakoś mnie to gryzie, chłopcze. To nie powinno się zdarzyć. Wstydzę się tego, co zrobiłem.

– Nie przejmuj się tym.

– Nie mogę, źle się z tym czuję. To nie była tak całkiem twoja wina. Kiedy piję, alkohol mąci mi w głowie. Zamienia mnie w złego człowieka z opowieści. – Uśmiechnął się cierpko. – Wiesz, zwrotka, której nigdy nie śpiewają, żeby nie niszczyć mojej legendy. Ha! – Obrócił się i zagapił na chwilę w ogień, a potem wyciągnął dłoń ponad stołem. – Daj mi rękę.

– Po co? Chcesz z niej czytać?

– Nie. Chcę połamać ci palce, kretynie. Daj mi cholerną rękę.

Saark złapał niedźwiedzią łapę starca. Czuł jej przytłaczającą moc. Spojrzał w oczy Kella i przełknął ślinę. Była w nich potęga, prawdziwa potęga, charyzma, siła i niesamowita determinacja.

– To się nigdy nie powtórzy, Saark. Obiecuję ci. Jesteś mi przyjacielem. Uratowałeś życie mojej wnuczce i walczyłeś dzielnie u mego boku. Jeśli kiedykolwiek zobaczysz, jak biorę butelkę do ust, proszę, walnij mnie nią przez łeb. Zrozumiem. I... jestem ci coś winien. Jestem ci winien życie i oddam życie, żeby cię chronić.

Saark zamrugał zaskoczony, kiedy Kell puścił go i usiadł. Uśmiechnął się.

– Mogłeś po prostu przesłać mi całusa.

– Nie bądź za cwany.

– Albo wysłać kwiaty.

– Może cię nie zabiję – warknął Kell – ale przetrzepię ci dupę. A teraz bądź grzecznym chłopcem i znajdź jakieś świece. Ta ciemność na zewnątrz wydaje się upiorna, kiedy wiesz, że po świecie włóczą się Żniwiarze, zgnilce i ci cholerni albinosi.

– Świece nie sprawią, że koszmary znikną, przyjacielu.

– Wiem o tym! Po prostu znajdź jakieś.

W chwili gdy Saark dał nura w głąb starej szafki, otworzyły się drzwi wejściowe i stanęły w nich trzy postacie. Stały przez chwilę, lustrując wnętrze, po czym weszły do środka. Prowadziły kolejnych czterech uchodźców. Prawdopodobnie uciekli z pobliskiej wioski przed masakrą.

Kell stanął, uniósł topór i przyglądał się nowo przybyłym. Od razu zauważył, że ubrani w łachmany i na wpół żywi z zimna wieśniacy nie byli niebezpieczni. Inaczej miała się sprawa z pierwszą trójką. To byli wojownicy, wagabundzi, śmiertelnie groźni. Poznał to po błysku w oczach, sposobie, w jaki się poruszali, i cynicznym wyrazie twarzy.

– Zauważyliśmy ogień – powiedziała jedna z nowo przybyłych kobiet i zrobiła krok w przód.

Była wysoka, wyższa nawet niż Kell, miała silne, żylaste ramiona i długie, smukłe palce. Paznokcie prawej dłoni pociemniały od ciągłego napinania łuku, który wisiał jej na plecach. Miała krótko przystrzyżone czarne włosy, a jej skóra była niemal żółta. W wymizerowanej twarzy tkwiły głęboko osadzone oczy.

– Mam na imię Myriam.

– Witaj, Myriam – powiedział Kell, przyglądając się, jak zajmują miejsca w izbie. Czterej wieśniacy chowali się za plecami wojowników i patrzyli tęsknie w ogień. – Macie jakieś zapasy?

– Mamy ziemniaki, mięso i trochę soli. Wieśniacy też mają trochę żywności. To wasze konie tam, z tyłu?

– A co, jeśli tak? – zapytał Saark gładko, stając przy Kellu. – Nie są na sprzedaż.

– Nie powiedziałam, że chcę je kupić – zwróciła mu uwagę Myriam. Obróciła krzesło i usiadła, kładąc ramiona na oparciu. Dwaj mężczyźni zbliżyli się i stanęli po jej bokach. Najwyraźniej była dowódcą.

Kell przyjrzał im się dokładnie. Pierwszy z mężczyzn był przeciętnego wzrostu, przysadzisty i niewiarygodnie brzydki. Pokryta bliznami skóra, wąskie czarne oczy albo oko, gdyż jeden oczodół był pusty, zaczerwieniony i zaogniony. Na kwadratowej głowie sterczały kępki włosów, jakby golił łeb tępą brzytwą. Najgorsze ze wszystkiego były usta, lśniące czernią, która nadawała jego twarzy złowieszczy wyraz. Czerń przemytnika, czerń stojącego poza prawem Czarnoustego. Kell obiecał sobie w duchu, że nigdy nie odwróci się do niego plecami.

– To Styx – powiedziała Myriam, dostrzegając spojrzenie starego. Uśmiechnęła się półgębkiem. – Nie pożyczaj mu pieniędzy.

Drugi z mężczyzn był mały i wyglądał na rozgniewanego, jak to często bywa w przypadku osób niewysokich. Poplamione krwią i obszarpane odzienie nie zapewniało nawet niewielkiej ochrony przed zimnem. Jego klatka piersiowa, ramiona i ręce były dobrze umięśnione. Ale tym, co go wyróżniało bardziej niż wszystko inne, były tatuaże biegnące od rąk przez ramiona i kark do twarzy. Tatuaże charakterystyczne dla członków wschodnich plemion, zamieszkujących tereny za podstępnymi bagnami i pustkami, które słynęły z paskudnych ruchomych piasków.

– To jest Jex – Myriam przedstawiła drugiego z towarzyszy. Kell skinął głową obu. Odpowiedzieli niewyraźnymi chrząknięciami, oceniając sposób, w jaki stary się porusza i jak trzyma broń.

Szykują się do walki, zaniepokoił się Kell. To nie był na to właściwy czas ani miejsce.

– Jestem Kell. To Saark. Dziewczyny to Nienna i Kat.

Myriam skinęła głową. Wydawała się usatysfakcjonowana tą wymianą uprzejmości. Styx i Jex zaszurali krzesłami i usiedli nieco za nią, jakby to jej chcieli pozostawić rozmowę.

– Słyszałam o tobie, Saark.

– Tak? – odparł, oczy mu błysnęły.

– Byłeś Królewskim Mistrzem Miecza. Widziałam twoją walkę w Vor. Jakieś pięć lat temu. Byłeś olśniewający, chociaż odrobinę arogancki.

– Cóż, przyznaję, że teraz jestem nawet bardziej arogancki – Saark położył rękę na rękojeści – i z przyjemnością zademonstruję to każdemu, kto o to poprosi.

– Styx, pomijając, że jest Czarnoustym i ma drgawki, jest znakomity w mieczu. Może rano moglibyśmy zorganizować jakiś turniej, postawić co nieco?

– Myślę, że miałbym przewagę. Twój przyjaciel ma w końcu tylko jedno oko. To robi cholerną różnicę. Lecz jestem pewien, że ty, moja piękna, jesteś znakomita we władaniu swoim małym metalowym kutasem...

Myriam spłonęła czerwienią, zmarszczyła brwi i zaczęła wstawać.

– Dosyć! – zagrzmiał Kell i kobieta usiadła. Stary spiorunował wzrokiem Saarka i spojrzał na wojowniczkę. – Na zewnątrz jest wystarczająco dużo przeciwników, żeby zaspokoić twoją żądzę krwi na wieki. Więc po prostu usmażmy bekon, dołączmy do wieśniaków, upieczmy kilka ziemniaków i cieszmy się odrobiną cywilizowanego towarzystwa.

– Pójdę sprawdzić konie – powiedział Saark i wyszedł. Do środka wpadło zimne powietrze.

Myriam zadrżała i zaczęła kaszleć. Ostro i gwałtownie. Kell miał okazję zobaczyć, jak dwóch mężczyzn opiekuje się nią niemal z czułością, co było mocno zaskakujące, zważywszy na ich paskudny wygląd. Kaszlała przez chwilę i stary wojownik dostrzegł krew. Ponownie przyjrzał się jej wychudłej twarzy, zapadniętym oczom, czaszce obciągniętej suchą skórą. Widział to już wcześniej. Mężczyzn i kobiety toczonych przez nowotwór. Mógł się założyć, że Myriam stoi jedną nogą nad grobem. To przypomniało mu o własnej śmiertelności.

W każdej chwili wolałbym wroga i mój topór, pomyślał kwaśno, niż jakiegoś małego, złośliwego łajdaka rosnącego wewnątrz mnie. Oczy mu płonęły. Poczuł przypływ litości dla tej kobiety. Nikt nie powinien zdychać w ten sposób. Wstał, napełnił kubek wodą i podał go Myriam. Wypiła i podziękowała uśmiechem. Dostrzegał w niej błysk dawnej urody, teraz niemal unicestwionej przez chorobę, wymizerowanie oraz maskę cynizmu. Mogła być piękna, pomyślał. Ale szpecił ją nie tylko zaawansowany nowotwór. Zgorzknienie i cynizm, wynikające ze zmęczenia życiem, zniszczyły całe jej piękno.

– Proponuję, żebyś siadła bliżej ognia.

– Siądzie tam, gdzie będzie miała cholerną ochotę – warknął Jex z mocnym wschodnim akcentem.

– Jak sobie życzysz.

– Czekaj – zatrzymała go Myriam. – Czy mogę z tobą porozmawiać?

– Rozmawiasz ze mną.

– Na osobności.

– Tu nie znajdziemy prywatności. – Kell uśmiechnął się chłodno.

– Na zewnątrz. W śniegu.

– Jeśli chcesz.

Wyszli z długiej chaty, buty skrzypiały na śniegu. Przeszli spory kawałek, aż w końcu Myriam zatrzymała się i oparła o drzewo, lekko dysząc. Patrzyła na wirujące w powietrzu płatki, a potem odwróciła się do Kella i uśmiechnęła.

– To zimno. Atakuje moje płuca.

– Sądziłem, że to rak.

– To też. Najbardziej boli mnie, że nie mogę wykonywać czynności, które wcześniej przychodziły mi z łatwością. Jak bieganie. Bogowie! Kiedyś mogłam biegać po górach przez cały cholerny dzień. Nic mnie nie zatrzymało. Teraz jestem szczęśliwa, jeśli dobiegnę do wygódki.

– Chciałaś rozmawiać. – Kell wpatrzył się w nią i poczuł nagły przebłysk pamięci. Pochylił się ku niej, a ona się natychmiast odchyliła. – Czy ja ciebie nie znam? – zapytał w końcu, próbując sobie przypomnieć.

– Nie. Ale ja znam ciebie. *Legenda Kella*. Opowiadana, żeby przerażać i inspirować, żeby wychowywać żołnierzy i bohaterów, żeby zatrzymać maluchy przy bezpiecznym ogniu. – Zaśmiała się. Kell nie zareagował. – Jesteś bohaterem tych opowieści.

– Według niektórych – westchnął i oparł się o sosnę.

Wiatr wyśpiewywał długą piosenkę o samotności, wyjąc żałośnie wśród drzew. W oddali zahuczała sowa.

– Co ci do tego?

– Ja tylko... Słyszałam opowieści o tobie. Od mojego ojca. Gdy byłam dzieckiem.

– Dzieckiem – powiedział Kell z niedowierzaniem. – Ile masz lat, dziewczyno?

– Około dwudziestu dziewięciu. – Zarumieniła się. – Wiem, wyglądam o wiele starzej. To dlatego, że umieram, Kell. Znam część twojej przeszłości, twojej historii.

– Tak? – Wojownik nie wydawał się poruszony.

– Mógłbyś mi pomóc.

– Jestem zajęty. Trwa inwazja, jeśli nie zauważyłaś.

– Mógłbyś mi pomóc przeżyć. – Jej wzrok był błagalny. – Byłeś w Czarnych Grotach. Wiem o tym. Rozmawiałam ze starym wojakiem, który opowiadał, że był tam z tobą. Mówił, że znasz wszystkie szlaki i ukryte przełęcze, aż poza śmiertelnie niebezpieczną Dolinę Głębokiej Pieśni. Ścianę Karktosa i Przełęcz Smoków. A ja – westchnęła – muszę się tam udać. Muszę przekroczyć wysokie przełęcze. Muszę dotrzeć do...

– Dokąd chcesz dotrzeć? – zapytał Kell niesamowicie łagodnym tonem.

– Do ukrytej doliny – szepnęła Myriam i popatrzyła mężczyźnie głęboko w oczy. – Do Doliny Silvy.

– I co będziesz tam robić, moja pani?

– Widzisz, co się ze mną dzieje – odparła ze łzami w oczach. – Od trzech lat robię się coraz słabsza. Mięso odpada mi od kości. Mam straszliwe bóle w plecach, biodrach i głowie. Wydałam fortunę na tłustych medyków w Vor. Powiedzieli, że mam guzy, każdy wielkości pięści. Powiedzieli, że umrę w ciągu roku i nic na to nie poradzę... Niech ich szlag! Ale trzy lata później cały czas żyję, balansując na krawędzi i wciąż szukając lekarstwa. Choć czasami ból staje się tak potworny, że wolałabym nie żyć. – Znów zakaszlała, otarła usta ręką i odwróciła się, patrząc na ciemne drzewa.

Śnieg wirował w podmuchach bryzy. Kell wyczuwał zapach lodu.

– Nie odpowiedziałaś na pytanie – przypomniał jej, gdy wiatr nieco przycichł.

– Co będę robić w Dolinie? Mają tam maszyny. Mogą mnie uleczyć.

– Zmienią cię – odparł. – Widziałem efekty ich eksperymentów. Nie były dobre.

Myriam zbliżyła się, była tak blisko, że Kell mógł poczuć zapach jej ciała. Przycisnęła się do niego i poczuł coś jeszcze, coś, czego nie czuł od dawna. Rosnące pożądanie zaczęło rodzić się w jego trzewiach. Sądził, że z racji wieku ma to już za sobą. Minęło dużo czasu. Prawdopodobnie zbyt dużo. Oczy mężczyzny zalśniły, oblizał usta i uspokoił oddech.

– Opłaci ci się to. Zrobię wszystko, żeby żyć. – Jej wychudzona twarz była teraz zaledwie o cale. Uniosła ramiona i objęła go. Przytulała się do niego tak mocno, że mógł poczuć jej małe, twarde piersi i sutki.

– Nie rozumiesz – powiedział cichym głosem i odruchowo objął ją w pasie. – Mówią o nich Vaszyni. Zmienią cię. Zabiją w tobie wszystko, co ludzkie. Myślę, że lepiej umierać jak ty, niż cierpieć ich mechaniczną niegodność.

Płakała.

– Przepraszam – dodał. – Ale odpowiedź brzmi nie.

Pocałowała go.

W chacie Saark siadł i patrzył na dwóch mężczyzn z otwartym wstrętem. Byli jego dokładnym przeciwieństwem. On był przystojny, oni paskudni. On był wytworny, oni niechlujni. On ubierał się jak szlachcic, a Styx i Jex ubierali się jak chodzące gówno.

– Podać wam coś do picia? – spytała Kat, zbliżając się do mężczyzn.

– Możesz usiąść mi na kolanach, ślicznotko – odpowiedział Jex. Na jego wytatuowanej twarzy malował się szeroki uśmiech.

– Ja tylko...

– Ona jest ze mną – wtrącił Saark chłodnym głosem.

– Co ty powiesz, lalusiu? – Jex uśmiechnął się do Saarka, który w tym momencie zrozumiał, że starcie zbliża się nieuchronnie.

To byli niebezpieczni, brutalni przestępcy. Nie uznawali zasad ani praw, a z ich licznych blizn bez trudu można było wywnioskować, że wielokrotnie wyszli cało z bitew i potyczek. Byli dobrzy, pomijając ich dziki wygląd i cholernie zły gust. W przeciwnym razie od dawna byliby martwi.

– To prosty fakt – powiedział Saark i spojrzał w lewo, gdzie czworo uchodźców rozpakowywało skromny dobytek.

Grupa składała się z dwóch mężczyzn i dwóch kobiet. Najmłodsza z nich miała około szesnastu lat i włosy zebrane w kucyki. Ucieczka przez las zostawiła liczne plamy i smugi na różowej sukience.

Wzrok Saarka powędrował do mężczyzn.

Byli tłuści. Poplamione tuszem ręce wskazywały na pracowników miejskich lub urzędników. Z pewnością nie parali się wojaczką.

Styx pochylił się do przodu i zabębnił palcami po stole. Saark zamrugał zaskoczony, bo zobaczył na blacie sviana Kella. To było niezwykłe, stary wojownik pozostawił klingę. To była jego ostateczna broń, której używał, kiedy nie mógł skorzystać z topora. Svian, jak mówiła niepisana zasada, był także używany do samobójstwa, gdy właściciel znalazł się w rozpaczliwej sytuacji. Zostawiając go, Kell zachował się... głupio, a to oznaczało, że coś go dotknęło, wstrząsnęło nim. Czy znał tych ludzi?

– Jesteś ślicznym typkiem, nieprawdaż? – powiedział Styx. Uśmiechał się, ukazując poczerniałe kikuty zębów, które zlewały się obrzydliwie z jego splamionymi ustami.

Założę się, że jego oddech śmierdzi jak dupa skunksa, pomyślał Saark, ale głośno powiedział:

– Porównujesz do własnych, szczególnie uroczych rysów twarzy?

W oczach Styksa zapłonęła wściekłość, ale się opanował.

Saark stał się ostrożny. Chodziło o coś więcej niż zwykłą wymianę obelg. Obcy byli zbyt opanowani, jakby coś planowali. Czego mogli chcieć?

– Po prostu stwierdziłem – powiedział Styx i oblizał czarne usta – że jesteś ślicznym chłopcem.

– I co z tego?

– A to z tego, że lubię rżnąć pięknych chłopców, więc to robię. I to w niejeden sposób.

Jex zaśmiał się, a Saark kątem oka złapał błysk stali pod ubraniem.

Ukryte ostrze.

Ręka Saarka zaczęła się powoli przesuwać w kierunku rękojeści miecza. Jednocześnie elegant ani na chwilę nie spuszczał wzroku z mężczyzn, emanujących nienawiścią, arogancją i ciemną, złą energią.

– Lubię, jak piszczą, rozumiesz? To dlatego piękni chłopcy nadają się najlepiej do noży i blizn. Krzyczą wysoko i długo, jak kobiety. To uczucie, kiedy przełożysz takiego przez kłodę albo ławę i rżniesz ciasno, cudownie ciasno, tyle oporu. – Roześmiał się rozbawiony. – To właśnie zwykłem nazywać dobrym ciasnym rozdziewiczaniem. Tak, człowieku, aż łzy się kręcą w oku staremu Styksowi. Oczywiście gdzie im do łez rżniętego pięknego chłopca.

Saark uśmiechnął się swobodnie.

– W takim razie, panowie, sądzę, że zaszła tu pomyłka. Ponieważ ja pieprzę kobiety, pieprzę mężczyzn, pieprzę wszystko, co się rusza. Jestem przyzwyczajony do pieprzenia. Więc nie nadawałbym się do tej zabawy... Jak ją nazwaliście? Rozdziewiczanie? W zamian za to proponuję...

Saark obnażył miecz tak szybko, że Styx i Jex otworzyli w zdumieniu usta.

– Cóż, jeżeli mielibyście ochotę na małą zabawę mieczami, to jestem do panów dyspozycji.

Jex powoli wyciągnął spod ubrania broń i wycelował w Saarka. Była niewiele większa od ręki i wykonana z polerowanego dębu. Saark pochylił głowę i zmarszczył brwi. Nigdy czegoś takiego nie widział. Dobiegło go delikatne stuknięcie.

– Oczywiście jesteś świadomy, jak działa kusza? – zapytał Jex. – To urządzenie jest podobne. Ze stu metrów robi w człowieku dziurę wielkości pięści. To mechanizm zegarowy. Stworzony przez tego samego wroga, który aktualnie najechał nasz kraj. – Wstał, szurając krzesłem.

Saark oblizał wargi, które niespodziewanie stały się suche. Styx również wstał i wyciągnął podobnie wyglądającą broń.

– Mówimy o nim ludożerca – powiedział Styx, błyskając jednym okiem. – Ale żebyś nie spowodował niepotrzebnego rozlewu krwi, coś ci zademonstruję.

Jego ręka drgnęła. Rozległo się kliknięcie i cmoknięcie mechanizmu, gdy miniaturowa kusza wystrzeliła. Szesnastoletnia wieśniaczka padła jak rażona gromem na łóżko. Z piersi buchała jej krew. Wyrwany z pleców kawał ciała plasnął o ścianę bryzgami pełnymi szczątków serca i odłamków kości.

– Nie! – starsza kobieta krzyknęła i pobiegła ku martwej nastolatce. Zaczęła zawodzić i walić pięściami w ciało, które stoczyło się na podłogę. Zwiotczałe i martwe.

W pomieszczeniu zapadła cisza. Zimna i przerażająca.

– Niech cię diabli. Mogłeś strzelić do celu – wściekał się Saark.

Styx przytaknął i utkwił w nim spojrzenie.

– Tak zrobiłem. Uważam, że widok krwawego mięcha robi najlepsze wrażenie.

Kat przesunęła się do przodu. Zaciskała pięści, a w jej wzroku lśniła wściekłość.

– Wy śmierdzące skurwysyny! To była niewinna dziewczyna. Nie stwarzała dla was zagrożenia. Dlaczego to zrobiliście? Dlaczego, do cholery, zabiliście nieuzbrojoną dziewczynkę?

Styx uśmiechnął się, ukazując poczerniałe pnie zębów.

– Ponieważ – odparł, zmrużył oczy, a humor zniknął z jego twarzy zastąpiony przez wrodzone okrucieństwo, naturalne zło drapieżcy i naturalną amoralność rekina – jestem więziennikiem i żyję, żeby doznawać przyjemności zabijania.

– Więziennicy – powiedział szeptem Saark, wciąż unosząc miecz.

Styx przytaknął.

– Widzę, że o nas słyszałeś.

– Kim, do cholery, są więziennicy? – prychnęła Kat. Jej spojrzenie wędrowało od jednego mężczyzny do drugiego. Chciała zmusić Saarka do ataku. Widziała, jak walczył, jak zabijał swym doskonałym rapierem. Wiedziała, że zdąży, zanim wystrzelą. Mógł ich zarżnąć, jakby byli chodzącą kupą flaków...

– To znaczy, że spędzili pięć lat w więzieniu Yelket – odpowiedział Saark, spięty i czujny. – Są bardzo, bardzo niebezpieczni. Zamknęli ich przez Kella. Uciekli sześć miesięcy temu i teraz terroryzują podróżnych na Wielkiej Północnej Drodze. Zabijają żołnierzy Leanorica i niewinnych ludzi na całej jej długości. Czeka ich stryczek.

– Widzę, że nas znasz – uśmiechnął się Styx i wycelował w Kat.

– Teraz, Saark, mój mały pedalski przyjacielu, chcę, żebyś powoli odłożył swój miecz na ziemię. Jeden fałszywy ruch, a wystrzelę wielką dziurę w pięknej twarzy Kat.

Saark naprężył się... i z zewnątrz dobiegł go krzyk.

Kell nie bronił się przed pocałunkiem Myriam, jednak myślami był przy zmarłej żonie. Obrazy z czasów tak odległych, miejsc jeszcze dalszych, takie rzeczywiste, kłębiły się w jego myślach. Ślub pod Krętym Dębem. Całująca go Ehlana z kwiatami w dłoni. To było cudowne, byli młodzi i beztroscy. Nie zdawali sobie sprawy z kłopotów, które czekają ich w nadchodzących latach.

Pocałunek innej kobiety był jak zdrada. Nawet jeżeli żona była od dawna martwa i zamieniła się w proch.

Kell odsunął się.

– Nie – powiedział.

– Pomóż mi – wydyszała Myriam.

– Nie mogę.

– Nie chcesz.

– Tak – popatrzył w jej pełne cierpienia oczy – nie chcę.

– Myślę jednak, że zechcesz – powiedziała i wbiła mosiężną igłę w jego szyję.

Kell stęknął z bólu, cofnął się o krok i potężnym hakiem uderzył Myriam w głowę. Kobieta krzyknęła, upadając, ale natychmiast zerwała się i dobyła sztyletu. Na jej twarzy błąkał się triumfalny uśmiech. Wojownik zatoczył się i palcami dotknął igły.

– Suka. Co mi zrobiłaś?

– To trucizna – odparła Myriam. Oblizywała usta, a w szeroko otwartych oczach lśniło zwycięstwo. – Działa powoli. Wytworzona jest z kwiatów tickla, rosnących za oceanem Salarl. – Pochyliła głowę. – Jestem pewna, że o niej słyszałeś.

Kell przytaknął i sycząc, wyciągnął igłę. Popatrzył na nią, migotała w dłoni, pokryta jego krwią.

– W takim razie mnie zabiłaś – stwierdził, mrużąc oczy, teraz pociemniałe od furii.

– Czekaj! – powstrzymała go Myriam. Wydawało się, że nasłuchuje. Potem spojrzała w nocne niebo. – Mam antidotum. – Uśmiechnęła się do niego. W świetle gwiazd jej twarz wyglądała jak czaszka. – Ukryłam je daleko na Północy. Zabierz mnie do Czarnych Grotów, a będziesz żył.

– Ile zostało mi czasu?

– Najwyżej kilka tygodni. Ale z każdym dniem będziesz coraz słabszy. Będziesz cierpieć jak ja. Będziemy złączeni. Kochankowie w bólu, cierpiący razem w mrocznej gorączce zbliżającej się śmierci. Oboje poszukujący lekarstwa.

– Mógłbym cię teraz zabić, suko.

Myriam wyprostowała się i schowała sztylet do pochwy. Uniosła wysoko głowę. Włosy osypywał jej śnieg.

– Więc zrób to – powiedziała, wbijając wzrok w Kella – i skończmy z tą pierdoloną zabawą.

Stary wojownik sięgnął po topór i ruszył w kierunku Myriam. W jego spojrzeniu było czyste i skoncentrowane zło.

Wewnątrz chaty Saark zaatakował cięciem. Styx i Jex błyskawicznie odskoczyli, a ludożerca pierwszego znów kliknął mechanicznie. Przez pomieszczenie pomknął niewidoczny pocisk.

Trafił w gardło Katariny.

Uderzyła o ścianę, przyszpilona do desek. Wierzgała nogami, a topazowe oczy lśniły jasnymi łzami. Zabulgotała, kaszlnęła i plunęła krwią. Przesunęła powoli palce po piersiach, ku szyi. Ku ziejącej ranie i ciemnemu, błyszczącemu mosiądzem i miedzią pociskowi. I nagle... umarła.

Zwiotczała zawieszona, bezwładna i skrwawiona, jak przyszpilona szmaciana laleczka.

– Nie! – krzyknęła Nienna i niezdarnie dobyła miecza. – Nie!

Zaatakowała.

Rozdział 13
Silnik Obłędu

Generał Graal – Mechanik i Zegarmistrz – stał na szczycie wzgórza i lustrował dwie dywizje stojące poniżej. Każda składała się z żołnierzy albinosów, głównie piechoty. W świetle księżyca błyszczeli jak armia owadów. Prawie dziesięć tysięcy zbrojnych, połowa Armii Żelaza. Stali cicho w szyku, oczekując na jego rozkazy. Druga połowa armii była na północy. Rozrzucone na południowy wschód od Jalder bataliony strzegły północnych przełęczy i innych dróg przez góry. Dróg do Doliny Silvy – domu Vaszynów. Graal nie życzył sobie, aby przeciwnik przeprowadził kontratak, nawet jeśli wydawał się zupełnie do tego nieprzygotowany. Ale czy nie popełniał błędu, zabierając na południe tylko połowę armii? Uśmiechnął się. Wiedział, że jego decyzja podyktowana była nie arogancją, lecz wiarą w technologię. Ze Żniwiarzami i potęgą magii krwawego oleju Armia Żelaza była... niezwyciężona! Nie pokonałyby jej nawet liczniejsze oddziały, a armia Falanoru nie była większa.

Niezwyciężona!

A miał jeszcze zgnilce.

Hałas niósł się przez dolinę, a Graal skierował wzmocniony przez mechanizm wzrok ku klatkom zgnilców. Trzymano w nich co bardziej dzikie bestie. Te mniej szalone wiązano jak konie. Na razie pozostawały pozornie potulne. Dopóki nie poczują krwi. Dopóki nie poczują żądzy zabijania.

Graal patrzył, oblizując wąskie wargi. Przyglądał się wielkim, krępym bestiom, tak bliskim Vaszynom...

Uwięzione istoty czasami wysuwały pazury i uderzały inne zgnilce, wśród kwików i warknięć. Jednak poza tym można było je bezpiecznie uwiązać. Graal miał do dyspozycji ponad tysiąc zgnilców. Odrzuty ze społeczności.

Ale będzie ich więcej.

O wiele więcej.

Generał poczuł chłód, kiedy wrócił myślami do nieciekawej sytuacji w Rafineriach Krwi.

Pomyślał o Kradek-ka i jego serce zrobiło się jeszcze chłodniejsze. Przekładnie w sercu przeskoczyły, zębatki zawirowały, a Graal skrzywił się w gniewie, na który rzadko sobie pozwalał. Obnażył zęby i przeniósł spojrzenie na ziemię przed sobą.

Światło księżyca połyskiwało na zbrojach. Dalej leżała puszcza Vorgeth. Po jej przekroczeniu mógłby pomaszerować na Vor.

Moje! – warknął w duchu nienawistnie. Ci ludzie będą cierpieć, upadną, a moi żołnierze się pożywią!

Graal uspokoił się. Niestosownie było okazywać gniew, widoczny efekt utraty panowania, przede wszystkim przed pomniejszymi klanami albinosów spod gór. Nie. Graal wziął głęboki oddech. Nie. Zegarmistrz powinien mieć charyzmę, być stabilny, opanowany i posługiwać się chłodną logiką. Byli w końcu nadrzędną rasą. Poprzez urodzenie, genetykę, a przede wszystkim przez mechanizm zegarowy.

Frangeth był dowódcą plutonu. Z obnażonym mieczem wiódł swoich dwudziestu ludzi między drzewami oświetlanymi księżycowym blaskiem. Podzielony batalion rozproszył się i posuwał różnymi drogami jako przednia straż samego wielkiego generała Graala. Frangeth był dumny, że jest częścią tej operacji. Z chęcią oddałby życie za sprawę. Zbyt długo odczuwał nienawiść południowców. Ich irracjonalny strach biorący się z niedoinformowania. W tej ich kulturze rasa albinosów była określana jako potwory. Niewiele lepsze niż insekty i zasługujące tylko na szybką egzekucję.

Czytał dużo literatury Falanoru. O takich tytułach, jak *Północna etyka* czy *Na stracenie*. A przede wszystkim pełne nienawiści *Pamiętniki Czarnych Grotów* przedstawiające dzieje potwornych najemników, którzy podróżują przez góry w poszukiwaniu „albinoskich szumowin" i mordują ich bez litości.

Frangeth był w elitarnym oddziale, który dekadę temu przeniknął do Falanoru i dotarł do zachodniego miasta Gollothrim. Tam pod osłoną ciemności znaleźli resztki tej grupy najemników, a przede wszystkim autorów pamiętników. Przepijającą w burdelach zyski za swoją pełną nienawiści książkę piątkę mężczyzn schwytano, pobito i w klatce na wozie przetransportowano na skraj puszczy Vorgheth. W starej, opuszczonej i pełnej dzikich szczurów stodole autorów *Pamiętników Czarnych Grotów* spotkał smutny koniec. Zostali powieszeni pod sufitem, pocięci i pozostawieni szczurom na pożarcie, czemu przyglądali się z balkonu albinosi, jedząc, pijąc i cicho rozmawiając. Dzikie szczury nie obawiały się ludzi i natychmiast zabrały się do ucztowania. Najemnicy ponieśli straszną śmierć za swe przestępstwa. Tak jak na to zasługiwali.

Frangeth potrząsnął głową i uśmiechnął się do wspomnień. Dziesięć lat. Dziesięć długich lat! Od tego czasu zdążył założyć rodzinę. Spłodził dwie córki, z których jedna miała tylko trzy lata. Była nawet piękniejsza niż jej matka. Miała głęboko czerwone oczy, a pod przezroczystą skórą widać było cienką siatkę żył.

Odpędził wspomnienia. Nie. Nie teraz. Teraz był czas inwazji, czas wojny. I oto był tutaj, z powrotem na ziemiach południowców, pełnych nienawiści i uprzedzeń. Był tutaj, wędrował przez ciemne rejony puszczy Vorgeth i szukał wroga. Wroga. Uśmiechnął się. Krew wszystkich południowców smakowała tak samo.

Frangeth i jego żołnierze kierowali się na południowy wschód. W tym samym czasie podobny oddział przeciął wrzosowisko Valantrium od wschodu, kierując się na południowy zachód. Zgodnie z planem mieli połączyć się na Wielkiej Północnej Drodze jako przednia straż wojsk Graala. W ten sposób oddziałom Leanorica ciężko będzie ich okrążyć i uderzyć od tyłu. W ten sposób walka będzie czysta. Magia krwawego oleju skuje ziemię lodem i zamrozi wroga do kości.

Frangeth zatrzymał się i podniósł rękę w górę. Promienie księżyca zalśniły na bladej, woskowej skórze. Podążający za nim żołnierze przykucnęli i oczekiwali na rozkazy. Dowódca usłyszał szmer żelaza trącego o skórę. Zmrużył oczy. Taki hałas nie przystoi doświadczonym żołnierzom.

Skupił się. Dobiegł go krzyk, bardziej zaskoczenia niż bólu. Wystarczyło jedno spojrzenie, by ogarnął rozgrywającą się przed nim scenę. Patrzył, jak ogromny mężczyzna o niedźwiedziej posturze wyciąga coś ze swojego karku i przygląda się swym wielkim łapom. Rozmawiał z... kobietą. Ale z kobietą, jakiej Frangeth jeszcze nie widział. Była chuda jak szkielet i niewątpliwie bliska śmierci. Albinos patrzył, jak wielki mężczyzna unosi topór i maszeruje w jej kierunku. Przeszedł go dreszcz. Zamiary olbrzyma były całkiem oczywiste. Zamierzał ją zabić...

Kobieta rzuciła głową w prawo i jej wzrok zatrzymał się na pogrążonym w cieniu miejscu, w którym klęczał Frangeth i jego oddział. Niemożliwe! Skrywała ich magia! Byli niewidzialni! Wyciągnęła małą broń, wymierzyła w nich i warknęła coś do wielkiego wojownika. Nagle rozległ się brzęk szkła i przez okno drewnianego domku wypadł mały, ale solidnie zbudowany człowiek. Wylądował na śniegu ze stęknięciem.

Frangeth spojrzał do tyłu. Mrugnął. Czekali.

– Brać ich – szepnął. I z gęstej ciemności lasu wyłoniło się dwudziestu albinosów.

Myriam wystrzeliła z ludożercy i jeden z szarżujących żołnierzy padł na ziemię w fontannach krwi. Kell rozluźnił ramiona i uniósł topór. Czekał spokojnie. Przez okno wyskoczył Saark, lądując na śniegu tuż nad ogłuszoną postacią Styksa. Uniósł rapier, by zadać śmiertelny cios. Nagle dostrzegł lawinę albinosów i usłyszał ryk Kella:

– Saark, do mnie!

Przeciwnicy byli wszędzie. Miecze wzniosły się do ciosów, odbijając księżycowe światło. Dzwoniła stal. Myriam dobyła miecza, w zwarciu ludożerca był bezużyteczny. Topór Kella wirował. Odciął przeciwnikowi głowę i niemal w tym samym ruchu, skręcając wielkie ostrza, odrąbał ramię kolejnemu.

Kell uchylił się przed gwiżdżącym mieczem, lecz otrzymał kopnięcie w pierś. Zatoczył się do tyłu. Saark dołączył do bitwy. Na leśnej polanie zawrzała dzika walka. Krzyk Myriam rozbrzmiał echem:

– Styx! Jex! Do mnie! Potrzebuję was!

Styx potoczył się po śniegu i zwarł z przeciwnikiem. Jex, zataczając się, wyszedł z budynku. Na jego ramieniu widniała świeża rana. Twarz miał ponurą. Uniósł ostrze i skoczył do walki. W drzwiach pojawiła się Nienna. Twarz miała poszarzałą od strachu. W ręku ściskała krótki, splamiony krwią miecz. Zraniła Jeksa. Gwałtownie nabrała powietrza w płuca i zawróciła, by sprawdzić, co z Kat...

Niemal nieświadomie Kell, Saark, Myriam, Styx i Jex sformowali grupę. Czworobok, o który rozbijali się albinosi. Miecze i topór wznosiły się i opadały. Chronili nawzajem swe plecy. Posuwali się w głąb lasu, z którego wyłaniali się albinosi. Walczyli z dzikością, tak jak walczą desperaci, tak jak walczy się o życie.

Ośmiu albinosów leżało martwych, a reszta zaczęła się cofać. Nagle bez słowa rozdzielili się. Dwie sześcioosobowe grupy przygotowywały się, żeby zaatakować ich flanki.

– Co się dzieje, Kell? – warknął Saark.

– Długa historia – rzucił Kell. – Opowiem ci, kiedy zabijemy to ścierwo.

– Czyli kiedy?

– Posłuchaj, po prostu nie ufaj tym podrzynaczom gardeł.

– To już wiem. Styx zabił Katarinę.

– Co?!

W upiornej ciszy albinosi zaatakowali. Polana znów rozbrzmiała dźwiękiem zderzającej się stali. Nagłe uderzenie miecza z chrupnięciem, w fontannie krwi rozłupało ramię Styksa. Ranny dobył krótkiego noża i wbił go w brzuch albinosa. Tuż pod zbroją. Szarpnął mocno i żołnierz osunął się na niego. Myriam oderwała się od grupy. Wirując w olśniewająco szybkim tańcu, podniosła miecz zabitego. Teraz uzbrojona w dwa ostrza skoczyła między wrogów. Zabiła trzech przeciwników. Jednego po drugim. Saark zabił dwóch. Kell brnął poprzez pozostałych przy życiu z rykiem, który wstrząsał puszczą. Ilanna waliła na lewo i prawo, kreśląc błyszczące ósemki. Ciosom towarzyszył zgrzytliwy trzask. Polana była zasłana częściami ciał.

Kell uchylił się przed mieczem i kopnął żołnierza, który zachwiał się i usiadł na tyłku. Topór błysnął w górze i opadł, jakby rąbał drewno. Albinos został przecięty na pół, od głowy po dupę. Ciało rozłożyło się na dwoje jak rozpłatana świńska tusza. Ze środka wypłynęły organy i jelita.

Kell zdał sobie sprawę, że wszyscy przeciwnicy nie żyją. Uniósł broń i popatrzył ciężko na Myriam.

Styx siedział na ziemi i trzymał się za ramię, podczas gdy Jex starał się zatamować strumień krwi. Z budynku wybiegła płacząca Nienna i padła w ramiona dziadka, nie zważając na pokrywającą go posokę.

– Styx zabił Katarinę! – załkała i podniosła głowę, zaglądając dziadkowi w oczy. – Zabij go, proszę, dla mnie! – Odwróciła się, wskazując na Styksa i zawodząc: – Zabij go! Zabij go natychmiast!

Kell kiwnął głową, odepchnął Niennę na bok i ruszył do przodu, unosząc topór.

Myriam skoczyła między nich. Trzymała głowę wysoko, oczy jej płonęły, uniosła rękę.

– Stój! Żeby go dostać, musisz mnie zabić. A wtedy nigdy nie znajdziesz antidotum.

– Jestem gotowy podjąć to ryzyko – warknął Kell. – Odejdź albo cię przetnę na pół.

– Nienna też została zatruta.

Kell zatrzymał się i opuścił głowę. Kiedy ją podniósł, jego oczy były jak ciemne studnie, w których płynęło zło. Oblicze było tak wściekłe i nieludzkie, że wyglądał jak demon.

Myriam cofnęła się o krok. Starzec obrócił się do Nienny.

– Wsadził w ciebie igłę?

Nienna przytaknęła i wskazała na Jeksa.

– Dlatego byłam w stanie trafić go mieczem. Był zbyt zajęty zabawą swoim małym mosiężnym sztyletem... czy igłą. Co mi zrobili?

– Otruli nas – odparł Kell.

– Jest na to antidotum? – spytał Saark.

– Tak. Dostaniemy je na Północy. Jeśli zabiorę tę kurwę do Czarnych Grotów. Ona pragnie – uśmiechnął się paskudnie – zbadać technologię Vaszynów. Pragnie żyć.

Saark stanął przy Kellu i Niennie.

– Powinniśmy ich zabić. Znajdziemy to antidotum.

– Nie macie czasu – powiedziała Myriam miękkim głosem. – Trucizna zabija w ciągu dwóch, trzech tygodni. To mniej czasu, niż trzeba, aby przepłynąć przez ocean.

Przeniosła spojrzenie na Niennę i uśmiechnęła się lekko, okrutnie.

– Rozumiem twoją chęć, żeby skazać się na potępienie, starcze – powiedziała, nie patrząc na niego. – Ale co z tym słodkim dzieckiem? Jest tak młoda i piękna. Z taką przyszłością. Ma po co żyć.

– Musimy ostrzec Leanorica – powiedział Saark i położył dłoń na ramieniu towarzysza.

Kell czuł się rozdarty, jednak nie dawał tego po sobie poznać. Wzrok miał twardy niczym żelazo. Spojrzał na Niennę.

– Rozumiesz, co się dzieje?

Przytaknęła i otarła łzy.

– Rozumiem, że na świecie jest wielu złych ludzi – szepnęła. – Ale musimy ostrzec Leanorica, że zbliża się wróg. Albo tysiące umrą.

Kell przytaknął i rzucił okiem na Myriam.

– Słyszałaś to, dziwko? Zabiorę cię w góry. Lecz wpierw pojedziemy na południe.

– Chcesz igrać ze swoim życiem? I życiem dziewczyny? – Myriam potrząsnęła głową osłupiała i spojrzała na swych towarzyszy. Styx miał obandażowane ramię. Podniósł się i ruszył ramieniem.

Kell spojrzał na niego gniewnie.

– Wiedz, Czarnousty, że kiedy skończymy, przyjdę po ciebie.

– Będę czekał – odparł tamten.

Stary poczuł w myślach dudniące ostrzeżenia Ilanny. Spojrzał między drzewa.

– Sądzę, że jest ich tam więcej – stwierdził przyciszonym głosem. – Musimy natychmiast wsiadać na konie i ruszać na południe.

Styx i Jex ruszyli po wierzchowce.

Z ciemnego, ponurego nieba nad skrajem puszczy Vorgeth sypał śnieg.

Po kilku minutach siedzieli na koniach. Nienna zajęła miejsce za Saarkiem. Las szeptał szelestem starych liści, gałęzi i igieł. Kolejne oddziały albinosów, ściągnięte odgłosami bitwy, ostrożnie wysuwały się z listowia. Dwie grupy, łącznie czterdziestu żołnierzy, natychmiast zauważyły poległych towarzyszy. Albinosi dobyli broni i rzucili się do ataku.

– Wio! – wrzasnął Saark, a jego wierzchowiec stanął dęba.

Prowadziła Myriam, z mieczem w dłoni, przytulona do końskiego grzbietu, za nią pędziła reszta. Jex, który trzymał się z tyłu, wystrzelił parę razy ze swego ludożercy. Kilku żołnierzy zwaliło się na ziemię. Po chwili zniknęli, kryjąc się w złowieszczym lesie.

Król Leanoric uspokoił konia, pięknego, wielkiego ogiera, i spojrzał w mrok. Podniosła się dziwna mgła. Wrzosowisko na płaskowyżu wyglądało, jakby było z innego świata.

Straż osobistą pozostawił o milę za sobą. Był świadom, że Hiena Cmentarna nie zgodzi się spotkać z nim w obecności żołnierzy. To była istota nieprzewidywalna nawet w najbardziej sprzyjających okolicznościach. Broń, pancerze i żołnierski sarkazm mogły sprawić, że wysunie kły i zacznie zabijać, nie zadając żadnych pytań.

Leanoric szedł po sprężystych wrzosach do miejsca, gdzie wznosił się kamienny krąg. W starym języku nazywano je Le'annath Moorkelth. We współczesnych leksykonach określano je jako Miejsce Przejścia. Jakiekolwiek byłoby pochodzenie kamieni, mówiono, że mają ponad dziesięć tysięcy lat. Były reliktem dawnej rasy startej z powierzchni ziemi przez groźnego boga.

Leanoric zerknął w przestrzeń pomiędzy kamieniami, gdzie mieszkała Hiena Cmentarna. Ponownie poczuł w głowie dziwne uczucie, jakby kolory zamieniały się w coś... innego.

Król potarł nerwowo brodę, po czym wstąpił w krąg. Usłyszał pisk, warknięcie i odgłos szybkich kroków na wrzosach... Hiena skoczyła ku niemu. Leanoric zmusił się, by nie zamknąć oczu, by patrzeć na powykręcane, pomarszczone ciało, niegdyś ludzkie, teraz zmienione przez trucizny i toksyny. Skóra stworzenia lśniła ceramiczną czernią, dzwoniąc przy każdym ruchu, jakby się miała potłuc. To miało wąskie biodra, idealnie okrągłą łysą głowę, w której lśniły wąskie, zmrużone oczy, i kocią twarz. Miało wąsy, ostre czarne zęby i niewielki czerwony język.

Węzły mięśni naprężyły się, gotowe nieść śmierć, i stwór skoczył na Leanorica, wysuwając monstrualne pazury.

– Jageraw! – krzyknął król, uspokajając bestię.

Na dźwięk swego imienia Hiena Cmentarna miękko opadła na ziemię. Na czworakach wykonała obrót, po czym stanęła na tylnych łapach. Leanoric udawał, że nie usłyszał trzasków ceramicznego kręgosłupa.

– Czego tu chcesz, człowieku?

– Mam pytania.

– Myślisz, że na nie odpowiem?

– Mam podarunek.

– Podarunek? Dla mnie? Jak ślicznie. Co to jest? – Postawa Jagerawa zmieniła się. Znów opadł na cztery łapy.

Leanoric otworzył torbę, którą niósł, i zmusił się, by włożyć rękę do środka. Wyciągnął surową wątrobę. Mięso zalśniło krwią, a szczęki władcy zacisnęły się bezwiednie.

Jageraw wciągnął zapach i zbliżył się, patrząc podejrzliwie na człowieka. Zakołysał się, spojrzał w ciemności za królem, po czym skupił się na wątrobie.

– Ludzka czy zwierzęca?

– Ludzka – głos króla był zaledwie szeptem. – Dokładnie taka, jak lubisz.

Stwór chwycił mięso i odskoczył. Potem nastąpiła długa sekwencja wąchania, lizania, smakowania i próbowania. Ostatecznie zadowolony stwór – czarny i błyszczący, jakby nasmarowany olejem – ruszył ku centrum kręgu. Wykopał płytki dołek i ukrył w nim zdobycz.

– Przyniesiesz mi więcej, człowieku?

– Odpowiedzi.

– Na pytania? Zadaj pytania. Przyniesiesz więcej?

– Mam dwa serca, dwie nerki i jeszcze jedną wątrobę.

Oczy Jagerawa rozszerzyły się, jakby zaproponowano mu ucztę życia. Oblizał wąskie usta i w radosnym podnieceniu szczęknął ostrymi zębami.

– Zadaj swoje pytania.

– Na mój kraj najechała armia. Podobno używają magii krwawego oleju.

Jageraw podskoczył jakby ukłuty, a na jego twarzy pojawił się chytry uśmieszek.

– Chcę wiedzieć, czy to prawda – zażądał król.

– Kto nimi dowodzi?

– Generał Graal. To... Vaszyna.

Hiena Cmentarna przykucnęła i wysyczała:

– Oni nie są dobrzy. Są źli. Nie są słodcy. Daleko im do takich. Unikaj ich, mają krwawo-olejową magię. Tak.

– Jak z nimi walczyć?

– Hmm. Jedzenie ładnie pachnie. Pachnie pięknie. Pachnie soczyście. Jageraw chciałby kolejną próbkę.

Leanoric rzucił torbę, która z głuchym odgłosem uderzyła o ziemię. Stwór skoczył, całe jego ciało muskularne i naprężone drżało w niesamowitym podnieceniu. Król obserwował, jak Hiena Cmentarna smakuje i żuje z głową zanurzoną w torbie. Po chwili wyciągnęła łeb, krew ciekła jej po policzku, a oczy badawczo obserwowały króla.

– Jesteś bardzo hojny, panie. – Zachichotała, jakby opowiedziała doskonały żart.

Patrząc na tę dziwaczną istotę, Leanoric po raz kolejny zadał sobie w myślach pytanie: Co za piekielny z ciebie stwór? Co ci się stało? Dlaczego jesz ludzkie zwłoki? Stąd przecież wziął się tytuł Hieny Cmentarnej nadany ci w czasach, kiedy w poszukiwaniu pożywienia okradałeś groby. A przede wszystkim dlaczego nie możesz opuścić tego starego kręgu kamieni?

Inni także się nad tym zastanawiali. Kilku wybitnych profesorów z Jalder zostało nawet wysłanych w celach naukowych, by zbadać Stare Ścieżki i dziedzictwo krwawo-olejowej magii. Wszyscy zginęli. Jageraw mógł się wydawać dziwadłem, ale był niewyobrażalnie potężny. Kiedy był zagrożony, potrafił... zniknąć. Jednego razu trzech najemników zostało zatrudnionych, by przynieść ścierwo Hieny Cmentarnej. Z głową lub bez niej. Jeden z nich wszedł do kręgu z torbą smakołyków, którymi skusił Jagerawa. W tym samym czasie jego dwaj kompani czaili się w mroku z potężnymi łukami. Zasypali stwora haczykowatymi, zatrutymi strzałami, które trafiły w cel i ze śliskiego czarnego ciała trysnęły fontanny krwi. Kwicząc w agonii, Jageraw wciągnął pierwszego z najemników głębiej do kręgu i... zniknęli. A przynajmniej tak mówiła historia.

Towarzysze tamtego czekali trzy noce, wreszcie kolejnego wieczoru znaleźli swego towarzysza leżącego w kręgu. Był obdarty ze skóry, ale co niewiarygodne, wciąż żył. Płakał żałośnie i błagał, żebrząc o pomoc. Jego kompani, wiedzeni impulsem, wskoczyli w krąg, wtedy znikąd pojawił się Jageraw. Po ranach nie pozostał nawet ślad. Szpony bez trudu przecinały miecze, tarcze i karki, strącając głowy najemników. Tej nocy stwór dobrze podjadł. Od tego momentu ludzie zostawili go w spokoju.

– Mówisz, że chcesz walczyć z Armią Żelaza? Tak. Ich magia jest potężna, bardzo potężna. Podążają Starymi Ścieżkami w towarzystwie legendarnych Żniwiarzy. Stąd bierze się ich potęga. Zmrożą twoich przerażonych ludzi. – Stwór kaszlnął. – Tak zrobią.

– Nigdy nie powiedziałem, że chodzi o Armię Żelaza – odparł Leanoric, spoglądając na Hienę uważniej.

– Tę, którą dowodzi Graal. Zabij go. Musisz. – Jageraw ugryzł ludzkie serce i przeżuwał je w zamyśleniu, wpatrując się w pożywienie. – Potrzebują czasu, żeby rzucić zaklęcie. W tym twoja siła. Atakują nocą, tak, śliczną, słodką nocą. Musisz wymyślić sposób, żeby ich okrążyć albo wyciągnąć zza osłony. Kiedy uwalniają swoją magię, przez chwilę jest ona poza ich kontrolą. Teraz muszę iść. Teraz muszę jeść. Powiedziałem ci więcej, niż musiałem. – Uśmiechnął się. Jego ciemne oczy błyszczały złowrogo.

– Dziękuję ci... Jageraw.

– Zachodź, kiedy chcesz – powiedziała śliska czarna istota i cofnęła się, podzwaniając jak porcelana. – Przynieś podarki, przynieś pokarm. Preferuję jeszcze ciepłe ludzkie mięso. – Jageraw mrugnął i zaczął znikać. – Jeśli przeżyjesz, mały królu. – Zachichotał i zniknął.

Leanoric dostrzegł, że klęczy. Wstał i wycofał się szybko ze starożytnego kręgu kamieni. Uświadomił sobie, że jego miecz jest na wpół wysunięty z pochwy. Zadrżał świadomy, że są rzeczy, których nigdy nie zrozumie i których rozumieć by nie chciał. Jeśli zależałoby to od niego, Jageraw mógłby zgnić doszczętnie.

Król odwrócił się, dosiadł konia i ruszył przez pokryte mgłą wrzosowisko tak szybko jak mógł. Z tyłu, na krawędzi kręgu, kołysząc się rytmicznie, siedział niewidzialny Jageraw. Gryzł świeżą wątrobę i machał na pożegnanie zakrwawionymi szponami.

Kell, Saark, Nienna, Myriam, Styx i Jex jechali przez całą pozostałą część nocy, doprowadzając wierzchowce na skraj wyczerpania. Dotarli do Wielkiej Północnej Drogi na północ od Starej Skulkry, opuszczonego miasta duchów. Trzy mile dalej leżało przeniesione, całkiem młode i nowoczesne miasto Skulkra.

Wstrzymali konie na niskim wzgórzu i spojrzeli w dół na starą, zarośniętą i pokrytą zaskorupiałym lodem drogę. Ciągnęła się od Wielkiej Północnej Drogi ku odległym, kruszejącym iglicom, rozbitym kopułom, zniszczonym wieżom i fragmentom murów obronnych. Na równinie przed Starą Skulkrą obozowały dwie dywizje Leanorica, przesunięte z wrzosowisk Valantrium. Dziewięć tysięcy sześciuset ludzi plus niewielka liczba kawalerii, lansjerów i łuczników, którzy stacjonowali na północ od piechoty i w przypadku zaskakującego ataku zapewniali osłonę ogniową. Ogniska żołnierzy dogasały. W świetle poranka widać było krzątających się ludzi.

– Pamiętaj – powiedziała Myriam, pochylając się do przodu ponad łękiem siodła. – W razie jakichś sztuczek albo sygnałów dziewczyna umrze w ciągu dwóch tygodni. Straszną, bolesną śmiercią.

– Jak mógłbym zapomnieć? – odparł Kell i ruszył w kierunku obozu.

– Czekaj – zatrzymał go Saark.

Kell odwrócił się, by odkryć ból w twarzy i oczach swego towarzysza. Saark uśmiechnął się słabo i zapatrzył w dal, gdzie obóz zaczynał tętnić życiem.

– Nie mogę iść – powiedział.

– Dlaczego, do diabła, nie? – zirytował się Kell. – To był twój cholerny głupi pomysł, żeby przede wszystkim ostrzec króla.

– Wycieczka do tego obozu oznacza dla mnie śmierć – odparł dandys cicho.

– O czym ty tam mamroczesz, chłopcze? Chodź, musimy ostrzec króla. Te skurwysyny mogą być tylko kilka godzin za nami. Co, jeżeli uderzą na wojsko obozujące i drapiące się po dupach? To będzie pogrom, po którym rozleją się na południe jak zaraza.

– Jeżeli tam zejdę – powiedział cicho Saark – Leanoric każe mnie stracić.

– Na jakiego diabła miałby to robić?

Saark spuścił wzrok, po czym podniósł go i powiedział:

– Ja... zdradziłem go. Zawiodłem jego zaufanie. I skazał mnie na śmierć... Uciekłem. Tak. Stoję przed tobą pełen wstydu.

– I jednak wróciłeś, żeby go ostrzec? – Styx uśmiechnął się szyderczo. – Ależ ty jesteś pierdolonym głupcem, Saark. Tak jak mówiłem. Laluś.

– Jeżeli nie zamkniesz swojej cuchnącej gównem gęby, to wepchnę miecz w twój brzuch tak głęboko, że wyjdzie ci czubkiem głowy! Rozumiesz, Czarnousty?

Kell uniósł rękę, spiorunował wzrokiem Myriam i spytał miękko:

– Co zrobiłeś, Saark? – W oczach miał zrozumienie.

Saark westchnął.

– Byłem Mistrzem Miecza Leanorica. Powierzono mi ochronę królowej. Allorii. My... zakochałem się w niej. Popełniliśmy wielki grzech. Oboje zdradziliśmy króla. – Zamilkł i spuścił wzrok, niezdolny, by spojrzeć w oczy staremu. Po chwili podniósł głowę. – Od tamtego czasu uciekam. Zostałem tchórzem. Ale kiedy Jalder zostało wycięte, wiedziałem, że choćbym miał umrzeć, to muszę tu przybyć. Musiałem spróbować pomóc. Nawet jeżeli oznaczałoby to dla mnie śmierć jak dla pospolitego przestępcy, gwałciciela, mordercy. Teraz... nie potrafię stawić temu czoła. Chociaż powinienem.

Kell podjechał do niego i poklepał go po plecach.

– Nie martw się, młodzieniaszku. Ty zostaniesz tutaj. Pójdę i porozmawiam z królem. Znam go z czasów... drogi powrotnej. Dam mu znać, co dzieje się w jego kraju.

Saark przytaknął, a Kell skinął na Niennę.

– Chodź ze mną, dziewczyno. Nawet w takich paskudnych czasach należy wykorzystać okazję do spotkania z arystokratami. Nauczę cię, jak się zwracać do króla.

– Idę z wami – powiedziała Myriam.

– Nie – odparł stary wojownik.

– Nie ufam ci.

Kell roześmiał się, a potem skinął dłonią.

– Proszę bardzo. Myślisz, że zaryzykowałbym jedyną szansę na uzdrowienie wnuczki? Chodź więc, Myriam, chodź i wystrasz małe dzieci swoją trupią czaszką.

Myriam zrobiła się czerwona z wściekłości, ale zagryzła wargi i nic nie powiedziała. Jeżeli Kell musiał znieść jej truciznę, ona musiała znosić jego jad. Żyli teraz w symbiozie, ale to nie znaczyło, że stary wojownik był z tego zadowolony.

– Widzisz te kępy drzew tam, powyżej?

– Tak.

– Poczekamy tam na was – powiedział Saark. Jego oczy skrywał kaptur, ale nie zdołał zasłonić smutku na twarzy eleganta.

Kell pokiwał głową, jakby czytał w myślach towarzysza.

– Bądź grzeczny – powiedział, spiął konia i dogonił Niennę. Chwilę później Myriam podążyła za nimi.

Trzech mężczyzn obserwowało ich w milczeniu. Patrzyli, jak tamci zjeżdżają w dół, jak szybko zostają przechwyceni przez zwiadowców i mały oddział kawalerii. Rozbrojono ich i zostali odeskortowani w kierunku ciemnych, rozpadających się murów opustoszałej i upiornej Starej Skulkry.

– Ty prowadzisz, lalusiu? – uśmiechnął się Styx.

Saark spojrzał na niego i dostrzegł nonszalancko trzymanego ludożercę nakręconego i tykającego raz po raz. Saark skinął głową i skierował swego konia na południe, w dół zbocza, w kierunku pobliskiego lasu. Narastała w nim agresja.

– Kell! Na Bogów, dobrze cię widzieć!

Namiot króla wypełniał zapach kadzideł, było w nim pełno jedwabi i futer. Sam Leanoric siedział w pełnej zbroi za wąskim stołem, na którym piętrzyły się mapy. Obok stali dowódcy jego dywizji, Terrakon i Lazaluth. W sękatych dłoniach zaciskali kielichy z wodą, a Lazaluth w drugiej ręce trzymał fajkę. Miał ciemne, wąskie oczy i wiekowe białe wąsy, pożółkłe od dymu fajki, którą tak kochał.

Mężczyźni wstali, a Kell z uśmiechem objął najpierw Leanorica, potem Terrakona i Lazalutha. Stary wojownik znał ich obu. Walczyli ramię w ramię w dawnych, na wpół zapomnianych już kampaniach. Mężczyźni stali obok siebie i uśmiechali się ponuro.

– Mam nadzieję, na wszystkie świętości, że przybyłeś walczyć – powiedział król.

– A więc przybyłem na próżno? Wiesz, co się wydarzyło w Jalder?

– Tylko tyle, że miasto zostało zdobyte. Żadnych szczegółów. Wygląda na to, że przeżyło tylko kilka osób – odparł Leanoric. Twarz miał mroczną, a głos ponury.

Myriam i Nienna zostały na zewnątrz i siadły z grupą kobiet, czekając na gorącą strawę i chleb. Z wdzięcznością przyjęły jedzenie. Myriam zauważyła, że Nienna popatruje na nią dziwnie. W jej spojrzeniu był cień nienawiści, ale przede wszystkim paląca żądza zemsty. Uśmiechnęła się do siebie. Rozgoryczona i cyniczna dziewczyna przypominała jej ją samą.

Wewnątrz namiotu Kell przedstawił w skrócie wydarzenia w Jalder. Od nadejścia lodowego oparu do ataku bezdusznych albinosów mordujących bez litości mężczyzn, kobiety i dzieci. Potem dopowiedział o zgnilcach i Żniwiarzach oraz o późniejszych potyczkach podczas podróży na południe.

– Widziałeś tę Armię Żelaza? – spytał Lazaluth, który palił fajkę i wypuszczał kłęby niebieskiego dymu.

Kell potrząsnął głową.

– Tylko parę oddziałów albinosów. Ale walczyli jak opętani i używali magii, zamrażając wszystkich na swojej drodze. I mieli zgnilce. Domyślam się, że mają więcej tych bestii. Są rzeczywiście dzikie i brutalne.

– Jak daleko stąd mogą być?

– Przednia straż? Nie więcej niż kilka godzin marszu.

– Naprawdę? – rzucił Leanoric cichym głosem i zmarszczył brwi. – Moi zwiadowcy donieśli mi, że są około trzech dni stąd. Maszerują do nas kolejne dwie dywizje. Przybędą jutro, zaraz przed wrogiem.

– Nie – odparł stary wojownik i potrząsnął głową. – Twoi zwiadowcy... kłamią albo są źle poinformowani. Graal jest bliżej, niż ci się wydaje. Przysięgam na wszystko.

– To niemożliwe – warknął Terrakon. – Znam Angeraka od szczenięcych lat. Jest świetnym zwiadowcą i nigdy nie zdradziłby króla ani swojego kraju! Wezwijmy go tu i wypytajmy. Musisz się mylić, Kell. To nie leży w naturze tego chłopca.

Kell czekał niespokojnie na wezwanego Angeraka, czuł, że generałowie mu się przyglądają. Uśmiechnął się do nich szeroko.

– Dajcie sobie spokój z tym gównem, panowie. Nie podlegam już waszym żelaznym zasadom. Możecie sobie wsadzić w dupę te wasze wypolerowane zbroje!

– Zawsze byłeś bezczelnym młodym niedźwiedziem – burknął Terrakon. – Ale potrafiłeś walczyć. Bogowie! Nigdy nie widziałem człowieka walczącego jak ty. To dobry znak. Damy temu Graalowi kopniaka, którego nie zapomni do końca życia. Zmusimy go do ucieczki w Czarne Groty, osranego i podkulającego swój świński ogon. Prawda?

Pojawił się wezwany Angerak i ukłonił przed Leanorikiem. Zerknął na Kella, zmarszczył lekko brwi i wrócił spojrzeniem do króla.

– Posłałeś po mnie, mój panie?

– Powiedz nam jeszcze raz, co widziałeś podczas swojej wyprawy na północ.

– Złożyłem już pełen raport, panie.

– Opowiedz to jeszcze raz.

Angerak popatrzył na generałów, kaszlnął w rękę i zaczął opowiadać:

– Poruszałem się w górę wrzosowiska Corleth. Było pogrążone w gęstej mgle. Zsiadłem z konia i dalej ruszyłem pieszo. W Dolinie Krakena zobaczyłem obozującą Armię Żelaza. Około trzech lub czterech setek ludzi. Byli zdezorganizowani jak dzieci bawiące się w wojnę, jak idioci na wiejskiej zabawie. Wyrżniemy ich z łatwością, panie. Nie obawiaj się.

– Więc – Leanoric ostrożnie dobierał słowa – nie istnieje możliwość, że są bliżej?

– Nie, panie. Musiałbym ich zauważyć. Jestem zwiadowcą od wielu lat. Nie popełniam błędów. W pobliżu nie było żadnych innych oddziałów, a możliwość, że zdobyli się na jakiś fortel, jest, powiedzmy sobie szczerze, niewielka.

– To śmieszne, młodzieńcze – wtrącił Kell, ściągając na siebie uwagę wszystkich w namiocie – ale wiesz, właśnie w puszczy Vorgeth goniło mnie przynajmniej z sześćdziesięciu białowłosych. Założę się, że cała armia jest tuż za nimi. Co powiesz na to?

Angerak położył dłoń na rękojeści miecza.

– Powiedziałbym, że się mylisz, panie.

Zapadła lodowata cisza. Terrakon i Lazaluth wymienili znaczące spojrzenia.

Angerak popatrzył dookoła.

– Sugeruję także, że nie podoba mi się twój ton.

– Czym ci zapłacili, chłopcze? Co zaoferował ci Graal?

Zwiadowca milczał, nie odrywał spojrzenia od króla, w końcu potrząsnął głową.

– Mylisz się, panie – powiedział. – W przeszłości byłem wiernym zwiadowcą...

Nagle szybkim ruchem dobył sztyletu i rzucił się na Leanorica. Ale nie zdążył zadać ciosu. Ilanna rąbnęła go w plecy z odrażającym mlaśnięciem i Angerak upadł na twarz. Kell zrobił krok w przód i oparłszy stopę na tyłku trupa, wyszarpnął ociekający krwawymi resztkami topór.

– Wezwij swoich zwiadowców – powiedział do króla. – Wygląda na to, że Graal już zdołał zinfiltrować twoją armię. – Zmarszczył brwi ze złością. – Mam nadzieję, że wasza strategia jest odpowiednia do okoliczności.

– Mamy dodatkowe dwie dywizje maszerujące ku nam z północnego wschodu – odparł Leanoric. – Będą tu rano.

Kell potarł brodę.

– A więc masz nieco ponad dziesięć tysięcy ludzi? Miejmy nadzieję, że wróg ma słabsze siły...

– Musimy wciągnąć Armię Żelaza na pustkowia Starej Skulkry. Na wiekowych wieżach będę miał rozmieszczonych łuczników. Tysiąc strzelców! Jeżeli damy radę to zrobić, wykonać pozorny odwrót i wciągnąć ich do środka, wtedy ich rozgromimy. – Leanoric podszedł do starego i westchnął ciężko. – Zostaniesz, Kell? Pomożesz nam?

– Masz tu swoich generałów – odparł stary wojownik grobowym głosem i spojrzał na Terrakona i Lazalutha. – A ja muszę zaopiekować się wnuczką... Ale pomogę, w miarę sił.

Szybko wyszedł z namiotu i w tej samej chwili powietrze przeszył krzyk:

– Atak! Jesteśmy atakowani!

Obóz jakby eksplodował. Wszyscy gorączkowo wdziewali zbroje i przypinali broń. Zapłonęły ognie. W oddali, na równinie przed Starą Skulkrą, widać było zwarte szeregi wroga. Sformowaną w czworoboki, wielką, przerażającą i doskonale zorganizowaną masę Armii Żelaza. Schodziła ze wzgórz jak wielki mechanizm, buty równo gniotły śnieg i zamarzniętą trawę, jedynie delikatne grzechotanie oporządzenia wskazywało, że idą na bitwę.

Leanoric wyszedł za Kellem, ostre rysy wykrzywił niepokój. Szybko zlustrował szeregi przeciwnika i dotarło do niego, że obie armie są tak samo liczne. Już wiedział, że jego doskonale wytrenowane oddziały nie będą miały za przeciwnika głodujących, niezorganizowanych bandytów spod gór. To dwie równorzędne armie zetrą się w taktycznej bitwie w szczerym polu...

Wciągnąć ich do miasta.

Oderwać się od lodowego dymu, od magii...

Jego żołnierze zostali uprzedzeni i wiedzieli, co robić, gdyby generał Graal zastosował jakieś sztuczki. Ale czy to wystarczy? Wprawnym spojrzeniem król natychmiast zauważył zdyscyplinowanie albinosów. Byli mocni. Aż niemożliwie.

Nad horyzontem zaczął wstawać świt pełznący jak przerażone dziecko.

– Generałowie! – ryknął Leanoric. Wziął głęboki oddech i postąpił do przodu. – Do mnie! Kapitanowie, zbierzcie natychmiast swoje kompanie!

Ludzie Leanorica szybko ustawili się na stanowiskach, formując czworoboki. Tak jak wielokrotnie robili to na ćwiczeniach. Król poczuł dumę, oto wojownicy Falanoru nie okazują strachu, stają do walki pełni precyzji. Potem jego wzrok padł na wroga. Armia Żelaza zatrzymała się najeżona bronią. Wyglądali onieśmielająco i byli upiornie cisi. Blade twarze, zamazane przez odległość i delikatną mgłę kłębiącą się przy ziemi.

– Wyglądają na niezwyciężonych – szepnął Leanoric.

– Zdychają jak każdy inny łajdak – burknął Kell. – Sam widziałem. Sam ich zabijałem. – Odwrócił się i chwycił Leanorica za ramię. – Więc zamierzasz ich wciągnąć do miasta? Taki jest twój plan?

– Jeżeli sprawy pójdą źle, to dokładnie taki. – Król uśmiechnął się krzywo. – Jeżeli spróbują użyć krwawej magii, mam kilka niespodzianek przygotowanych w Starej Skulkrze.

Szeregi przeciwnika rozsunęły się i przed ciężko uzbrojone oddziały wysunęło się kilka postaci. Byli wysocy, wyżsi niż jakikolwiek człowiek, ubrani w cienkie białe szaty wyszywane złotą nicią. Twarze mieli płaskie, okrągłe i bezwłose, oczy maleńkie, a nosy były niczym więcej jak pionowymi szparami. Gdy wysunęli się przed szeregi swoich, zatrzymali się i lustrowali wojska przeciwnika.

– Żniwiarze – powiedział Kell cicho i wzrok mu stwardniał.

Powietrze przeszyło wycie, pomruki i warkot. Szeregi albinosów rozstąpiły się ponownie i pojawiły się zgnilce. Wypuszczone z klatek, wszystkie na smyczach. Wiele z nich przytrzymywało pięciu albo i dziesięciu żołnierzy. Szarpały się na uwięzi, a z potwornych kłów kapała ślina zmieszana z krwią. Kłapały paszczami, warczały, piszczały i wyły, obijając się jeden o drugiego. Napinały mięśnie swych muskularnych, lwich ciał, kiedy ustawiano je przed piechotą w wielką, nieregularną i ledwie utrzymywaną linię.

Leanoric pobladł i przełknął ślinę. Czuł zimny strach, który ogarniał jego żołnierzy.

– Angerak nie wspomniał nawet o tych bestiach – wyszeptał. Jego oczy wpatrzone były w żywy koszmar kohorty warczących i tłukących się zgnilców...

Z oddali dobiegł rozkaz rozbrzmiewający echem na zimnej, zmarzniętej równinie.

Szarpiące się na łańcuchach potwory zostały nagle spuszczone. Kakofoniczne wycie, pełne spontanicznej radości i żądzy krwi, zagrzmiało w dolinie. Tysiąc potężnie zbudowanych bestii, pokręconych ciał i spaczonych mechanizmów ruszyło do szarży.

Przyspieszyły i ryknęły, galopując ławą w kierunku napełnionej strachem i ledwie co zorganizowanej armii Leanorica.

Rozdział 14
Sanktuarium

Anu warknęła i skoczyła na Żniwiarza. Ten wykonał niemal leniwy, powolny gest i dziewczyna została odrzucona na bok niewidzialną siłą. Przetoczyła się, znów warknęła. Zaczęła okrążać przeciwnika, tym razem z większą ostrożnością. Żniwiarz poruszył kościanymi palcami i pochylił głowę. Jego oczy lśniły. Alloria cofnęła się w kierunku leżącego Vashella, bo w niewytłumaczalny sposób napełniał ją teraz poczuciem bezpieczeństwa.

Anu zaatakowała. Żniwiarz ruszał się szybko. Uniósł ramiona w górę, blokując cios. Uderzył, ale zdążyła się uchylić. Zwinęła się błyskawicznie, jej szpony przecięły szatę i znajdujące się pod nią ciało. Skóra i mięśnie otworzyły się, lecz nie pojawiła się krew. Anu odskoczyła. Jej oczy błyszczały dziko. Całe jej człowieczeństwo, a nawet inteligencja właściwa Vaszynom zniknęły. Zastąpione czymś innym, prymitywnym.

– Przecięła go – szepnął Vashell. Jego oczy rozszerzyły się z niedowierzaniem. Nigdy czegoś takiego nie widział.

Żniwiarz zerwał z siebie szatę. Ukazało się nagie bezpłciowe ciało porośnięte z rzadka grubymi czarnymi włosami. Jak u pająka. Nogi były długie, a stawy zgięte w odwrotną stronę jak u kozła. Pod przezroczystą skórą można było dostrzec wąskie węzły naprężonych mięśni.

Był szybki. Atakował Anu, poruszając się susami. Kościane palce cięły powietrze z gwizdem. Dziewczyna zrobiła przewrót w tył. Wstała i z wściekłym sykiem skoczyła znowu na przeciwnika. Uderzenie zbiło ją z nóg i posłało ślizgiem po zmarzniętej trawie. Niemal wpadła do niemrawo płynącej rzeki. Natychmiast podniosła się i zaszarżowała ponownie.

Uniknęła uderzenia kościanych palców. Zmyliła Żniwiarza i wskoczyła na jego plecy. Stwór zakręcił się, starając się ją zrzucić. Pazury Anu zacisnęły się na jego szyi. Szarpnęła, rozrywając mięśnie, wyrywając kawałki ciała i tchawicę. Wylądowała miękko i odskoczyła w tył, podczas gdy Żniwiarz chwiał się ogłupiały.

Odwrócił się i spojrzał na nią. Jego oczy płonęły. Nie mówił. Nie mógł mówić. Trzymała jego tchawicę w pięści. A jednak, zamiast umrzeć, zaatakował.

Anu zablokowała przedramionami szybką serię ciosów. Kościane palce zaklekotały o jej pazury. Żniwiarz sprawiał wrażenie zaskoczonego. Szpony Anu powinny spaść odcięte. Nie spadły. Warknął na nią, dziwnie gulgocząc, i skoczył do przodu. Chwycił ją i uniósł nad głowę, jakby chciał rzucić o ziemię. Anu skręciła się, a ramię Żniwiarza pękło z ciężkim trzaskiem. Kość przebiła bladą skórę, ale znów nie pojawiła się krew. Z rany zwisały tylko strzępy rybiego mięsa.

Anukis wylądowała i cięła szponami, celując w brzuch przeciwnika. Potem skoczyła i jej zęby zagłębiły się w głowie Żniwiarza. Przygięła go do ziemi jak krasnolud ujeżdżający olbrzyma i wściekle zaatakowała oczy. Wygryzła je i wypluła, po czym cofnęła się szybko. Z jej kłów zwisały strzępy białego mięsa. Ale twarz wyrażała szok i niedowierzanie, ponieważ okaleczona istota wstała i odwróciła się w jej stronę. Na zmasakrowanym obliczu malował się uśmiech. Krzycząc, Anu pobiegła ku rannemu, skoczyła i obiema stopami uderzyła go w głowę. Zatoczył się do tyłu i wywrócił do rzeki. W jednej chwili poszedł pod wodę i zniknął.

Anu klęczała, ciężko dysząc. Wpatrywała się w gwałtownie wzburzoną, niosącą kawałki kry rzekę, która powoli się uspokajała.

Wstała, wygładziła ubranie i obróciła się do Vashella. W krwawej masce twarzy dostrzegła szeroko otwarte, zdumione oczy.

– To... niemożliwe – powiedział cicho.

– Zabiłam to! – warknęła Anu z twarzą wykrzywioną nienawiścią, a zarazem rozświetloną blaskiem triumfu, zwycięstwa nad strachem.

– Nie – odparł Vashell, ostrożnie kręcąc głową. – Tylko zraniłaś. Po prostu potrzebuje czasu, żeby się... – uśmiech wykrzywił nieco demoniczną twarz, karykaturę prawdziwego Vaszyny – zregenerować.

Anu spojrzała na niego, a potem znów na rzekę.

– Wsiadaj na łódź.

Vashell podniósł się powoli. Jego ogromna sylwetka górowała nad Allorią. Królowa bezwiednie podała mu rękę, pomagając utrzymać równowagę. Spojrzał na nią zdumiony. Nie odezwała się, tylko pomogła mu pokuśtykać na molo i wsiąść do długiej barki Mechaników. Mężczyzna osunął się na pokład. Po szyi ciekły mu krwawe łzy. Alloria popatrzyła na swe dłonie, tak samo okrwawione, a potem spojrzała mechanicznemu wampirowi w oczy.

– Dziękuję – bąknął.

Oblizał puste miejsca po wyrwanych kłach. Przepuszczały cenny krwawy olej. Słabł. Zaśmiał się melodyjnie. Może mimo wszystko umrze.

Anu wskoczyła na łódź i odbili od mola. Oddalali się od zmarzniętej ziemi. Wtem z mgły wyłoniło się pięciu kolejnych Żniwiarzy. Sunęli równolegle do rzeki, w milczeniu wpatrując się w łódź. Anu obejrzała się bez słowa.

– Będziemy cię ścigać na krańcu świata – obiecał jeden z nich syczącym szeptem, a potem zniknęli zasłonięci skalnymi ścianami.

Barka popłynęła w głąb bezludnego, okrutnego świata Czarnych Grotów.

Mosiężny statek płynął, bucząc zegarowym silnikiem. Dziób niezmordowanie ciął kręę. Wył zimny wiatr, beznadziejnie smutny i żałosny, jak zagubiony duch. W końcu dotarli do miejsca, gdzie rzeka rozwidlała się na dwie odnogi, a każda prowadziła do osobnego kanionu o stromych ścianach. Anu przyjrzała się im obu i odwróciła do Vashella, który siedział z głową opartą o poręcz i zaciskał pozbawione pazurów dłonie.

– Którędy? – spytała.

– Naprawdę chcesz wiedzieć?

– Tak – jęknęła. – Zabierz mnie do mojego ojca.

– Nie spodoba ci się to, co znajdziesz.

– Ja to ocenię.

Vashell zachichotał i westchnął. Jego palce delikatnie dotknęły zniszczonej twarzy, spojrzał na spienione wody rzeki.

– Tędy – wskazał.

– Jesteś pewien?

– Oczywiście, że jestem, dziewczyno!

– Dokąd prowadzi?

– Po co pytasz? – Uśmiechnął się. Okaleczona twarz stała się maską demona. – Prowadzi do Vrekkenu. A dalej do Nonterrazake.

Anu patrzyła na niego przez chwilę, delikatnie manewrując barką i utrzymując kurs pod prąd.

– To niemożliwe – powiedziała w końcu.

– Dlaczego nie?

– Nonterrazake to mit.

– To rzeczywistość – odparł zadowolony z siebie.

– Byłeś tam?

– To kwestia, o której nie zamierzam rozmawiać, dziecko. – Przymknął oczy.

– Mogę ci zadać ból i okrutną śmierć – powiedziała Anukis z twarzą wykrzywioną gniewem.

Vashell wzruszył ramionami.

– Są rzeczy znacznie gorsze niż śmierć, Anu. Nauczysz się tego. Chcesz, żebym cię zaprowadził do Kradek-ka, więc zabiorę cię do Kradek-ka. Jednak ostrzegam, nie będziesz mi za to wdzięczna, podobnie jak za rzeczy, których się nauczysz. Ale taka jest ludzka natura, prawda? – Zaśmiał się ze swojego żartu. – Tak samo jak tych pokręconych mechanicznych wampirów.

Anu prowadziła barkę w górę rzeki. Gdy zapadła noc i rwący prąd złagodniał, zakotwiczyła na środku nurtu, by złapać choćby kilka godzin snu. Zeszła pod pokład, do głównego pomieszczenia, i zobaczyła Allorię odpoczywającą na wąskiej koi.

– Jak się masz? – spytała i dotarło do niej, jak patrzy na nią królowa. Jakby była potworem, dziką, zabójczą, nieprzewidywalną i nieokiełznaną bestią. Westchnęła.

– Poczuję się dobrze, kiedy opuszczę tę krainę – odparła cicho Alloria. Oczy miała zaczerwienione i Anu zdała sobie sprawę, że królowa płakała. – Kiedy dotrę do domu.

– Martwisz się?

– Mój kraj jest oblegany przez okrutną rasę mechanicznych najeźdźców. Mój mąż musi ryzykować życie. Tak, martwię się. Boję się, że moje dzieci zostaną zamordowane. Boję się, że mężowi poderżną gardło. Ale najbardziej – spojrzała na Anu – boję się, że twoi ludzie zwyciężą.

– Nie jestem częścią tej wojny.

– Jesteś jedną z nich.

– Odrzucili mnie!

Alloria wzdrygnęła się, jej strach był wręcz namacalny i Anu zrozumiała z wielkim smutkiem, że ją straciła. Królowa widziała bestię szalejącą w jej duszy. Śmiertelnie ją to przeraziło.

– Wciąż jesteś Vaszyną – powiedziała, obróciła twarz do ściany i naciągnęła na głowę koc.

Anukis cofnęła się na pokład i sprawdziła więzy Vashella. Gdyby nadal miał szpony, uwolniłby się bez trudu. Ale teraz – zneutralizowany, wykastrowany, pozbawiony swych wampirzych atrybutów – nie stwarzał zagrożenia.

– Powinnaś mnie wypuścić – odezwał się, patrząc jej w oczy.

– Nie.

– Wskażę ci drogę. Wyrysuję mapę... własną krwią. – Roześmiał się i spojrzał jej w oczy. – Kocham cię, Anu. Wiesz?

– Zabiłbyś mnie! Okryłeś mnie hańbą. Upajałeś się swoją kontrolą nade mną i brutalnie znęcałeś.

– Mam wiele wad – odparł. Wskazał na swą twarz i znów się zaśmiał. – Nauczyłaś mnie pokory. – Spoważniał i jego głos zaczął przypominać niski pomruk. – Ale cię kocham. Zawsze będę. Aż do śmierci. Do dnia, w którym mnie zabijesz. Widzisz, wcześniej w Dolinie byłem wyniosły, pełen pychy i nienawiści. Miałaś rację. Zachowałem się podle. Rozumiem, dlaczego odrzuciłaś moje prośby o rękę. Nie chodziło jedynie o to, że ukrywałaś swoją odmienność. Prawdziwy problem leży głębiej w twojej duszy, zamknięty na zamek. – Westchnął i spojrzał w zachmurzone niebo.

Spadało coraz więcej śniegu, który unosił się jak popiół.

– Jesteśmy sobie przeznaczeni, ty i ja. Żeby żyć w świecie z przemieszaną miłością i nienawiścią, których każdy splot bierze początek w naszych sercach. – Spojrzał na nią i w oczach zalśniły mu łzy.

– I tak cię zabiję – powiedziała Anu grobowym głosem.

– Dobrze! Nie chciałbym innej śmierci. Wyśpij się teraz. Niczego nie spróbuję, niczego nie zrobię. Zaufaj mi. Jak by nie było... odebrałaś mi szpony i kły. Nie rozumiesz? Jestem taki jak ty. Jestem wykastrowany. Nigdy nie będę mógł wrócić.

Anu zeszła do swej kabiny. Pomieszczenie było wąskie i nie znajdowało się w nim nic poza koją i mosiężnymi ścianami. Zamknęła drzwi i nagle z przerażeniem zrozumiała, że Vashell miał rację. Pozbawiając go atrybutów mechanicznego wampira, zniszczyła jego rangę, pozycję i szlachectwo. Oszpeciła, zdeformowała wspaniałego Vaszynę. Nie czeka go naprawa, tylko wyrok śmierci za okazaną słabość. Dokąd więc pójdzie? Co mógłby zrobić?

Anu związała go ze swą misją kajdanami silniejszymi niż miłość. Skazała go na wygnanie. Wydalenie nie tylko z kraju, ale – co ważniejsze – wyrzucenie poza nawias rasy.

Poranek był jasny i rześki. Niewielkie nocne opady śniegu pokryły mosiężną barkę warstewką bieli. Vashell obudził się, w chwili gdy Anu wspięła się po schodach, i teraz wpatrywał się w nią z ponurym uśmiechem. Powoli zaczynał się leczyć. Na zniszczonej twarzy odrastała skóra. Lecz nie miał szans na odzyskanie poprzedniego wyglądu. Pomimo zaawansowanych zdolności do samoleczenia pozostaną mu straszne blizny. Anu skutecznie odebrała mu urodę. Pozbawiła szlachetności.

Po kilku chwilach mosiężna barka znów rozcinała dziobem rzekę. W ciągu dnia napotykali na kursie coraz więcej rozwidleń, gdzie trzeba było podjąć decyzję, którą trasę obrać. Vashell pewnie wskazywał drogę. Czasem komentował swój wybór. Innym razem robił to w ponurej ciszy. Jego nastrój zmieniał się od gwałtownej wściekłości do niemal radosnego zobojętnienia. Jakby był odurzony. Żartował na temat swojej zniszczonej twarzy i zaczepiał Anu, mówiąc, że jest kobietą jego życia i mogliby wychowywać razem małe zgnilce.

Gdy zapadła noc, Anukis siadła na chwilę na pokładzie, owijając się płaszczem. Vashell rozkoszował się zimnem. Alloria, która przez cały dzień pozostawała złowieszcza i milcząca, zamknęła się na powrót w swej małej kabinie. Zawinęła się w koce i cicho popłakiwała. Anu chciała ją pocieszyć, ale królowa nieustannie ignorowała te próby.

– Opowiedz mi o Nonterrazake – poprosiła Anu.

– Nie.

– Opowiedz!

– Nie! – Zaśmiał się. – Są tajemnice, które człowiek musi zatrzymać dla siebie. Niektóre gorzkie prawdy musi trzymać w sercu, w meandrach duszy. Mógłbym ci powiedzieć, ale to stopiłoby twój piękny, mały rozumek. Skręciło brzegi twojego serca, zamieniając je w poczerniałe kosmyki nienawiści. Spaliło twoją duszę wiecznym piekielnym ogniem.

Anu wzruszyła ramionami.

– Czy Żniwiarze na pewno nadejdą?

– Tak. – jego głos stał się poważny. – Nigdy nie powinnaś była robić tego, co zrobiłaś. Rozgniewałaś ich ponad wszelką miarę. Nie przestaną na ciebie polować.

– Więc ich zabiję! – warknęła zirytowana jego pesymizmem.

Vashell wzruszył ramionami.

– A jeżeli przyślą pięciu? Dziesięciu? Stu?

– Jest ich tak wielu?

– Nie rozumiesz, czym oni są – powiedział łagodnie.

– Najpierw muszą mnie złapać – odparła, mrużąc oczy ze złością.

– To nie powinien być problem. – Podrapał się po twarzy. Odrastająca skóra swędziała.

– To znaczy?

– Podróżujesz do Nonterrazake. Do ojca. Cóż, to są ich rodzinne strony. To Żniwiarze trzymają Kradek-ka.

Anukis zamarła, nie mogąc wydusić słowa. Zakładała, że uciekali od tych potworów. Teraz wyglądało na to, że aby uratować ojca, będzie musiała podążyć prosto w ich kościane szpony. Spojrzała na gwiazdy. Migotały niewiarygodnie odległe. Przez długą chwilę czuła, że jej dusza się topi, że uchodzi z niej cała nadzieja. Zdała sobie sprawę, że jej siła zniknęła. Przygnębiona poszła do kajuty i zapadła w długi, niespokojny sen.

Spała do późna. Obudziła ją dopiero Alloria.

– Zniknął.

– Co? Kto?

– Vashell. Mężczyzna bez twarzy, którą zerwałaś swymi pazurami.

Półprzytomna, jakby odurzona narkotykami, gapiła się bezradnie na miejsce, w którym związany był Vashell. Więzy leżały na pokładzie. Jego samego nie było widać. Anu podbiegła do relingu barki.

– Vashell! – wrzeszczała. – Vashell! – jej głos odbijał się echem od skalnych ścian i niósł przez poranną mgłę.

Nie było odpowiedzi.

– Co teraz robimy? – spytała cicho Alloria.

– Kontynuujemy bez niego.

Płynęły cały poranek. Nad wypełnioną krą rzeką niósł się pomruk zegarowego silnika. Pochłonął je labirynt Czarnych Grotów, a Anu dostrzegła, że nie ma tu żadnego życia. Żadnych zwierząt, ptaków, niczego. To miejsce było wymarłe, jałowe i ponure. Jak jakiś inny świat. Nawet roślinność była ponura, biała, bladozielona, szara i czarna. Drzewa rosły rzadko lub wcale. Czasem trafiały się kępy traw, w większości pokryte śniegiem i lodem.

A jednak góry... przemawiały do Anu.

Grzmiały spadające kamienie. Trzeszczał lód. Przesuwały się kamienne ściany, z trzaskiem osuwały głazy, by zostać połknięte przez rzekę. Wysoko w górze, poza zasięgiem wzroku, słychać było przerażający ryk lawin.

Każdym dźwiękiem Czarne Groty podkreślały swoją potęgę.

Po krótkiej przerwie na posiłek złożony z suchego mięsa Anukis i Alloria kontynuowały podróż. Nagle królowa, która opierała się na dziobie, pozwalając, by wiatr rozwiewał jej włosy, krzyknęła zaskoczona.

– Co to?! Tam! Ta wąska odnoga. Po lewej stronie! Płyń tam!

– Co widzisz?!

– Po prostu tam płyń. Może ogarnia mnie szaleństwo.

Anu skierowała barkę w gardło wąskiego dopływu. Płynęły może przez ćwierć mili. Rzeka stała się głębsza, wciśnięta pomiędzy czarne ściany o wysokości czterech tysięcy metrów. Wygładzony do połysku granit skrzył się lodem. Nagle wpłynęły...

...w bujną zieloną przestrzeń.

Trasa kończyła się kolistym, płaskim zbiornikiem. Na jego brzegu zieleniły się przepyszne drzewa, rośliny i kwiaty. Powietrze przesycały zapachy, barwiły kolory. Anu zatrzymała barkę przy naturalnym kamiennym molo. Alloria wyskoczyła z łodzi, stanęła na kamieniach. Promienie słońca ogrzewały jej twarz. Odwróciła się roześmiana do Anu.

– Co to za miejsce?

Anu ostrożnie wyszła z łodzi, czujna, świadoma, że barka była jej małym sanktuarium zapewniającym ochronę przed Żniwiarzami. Potrząsnęła głową.

– Nie wiem.

– Vashell mówił o takim miejscu – powiedziała królowa.

– Naprawdę?

– Tak, twierdził, że prowadzi do... Vrekkenu? Cokolwiek to jest. Powiedział, że będą zielone drzewa i kwiaty i będzie też tunel. Podążaj tunelem, niemądry podróżniku, a znajdziesz Vrekken.

Anu odwróciła się i zmrużyła powieki. W przeciwległej ścianie rzeczywiście otwierał się tunel. Był zbyt doskonały, więc na pewno wykuty, nie wydrążony przez wodę. To wzbudziło w Anukis jeszcze większą podejrzliwość.

– Powiedział coś więcej?

– Nie. Patrz! Owoc!

Alloria podbiegła do drzewa i zerwała jabłko. Ugryzła i roześmiała się z ustami pełnymi soku.

– Jest wspaniałe. Świeże i dobre. Nie mogę uwierzyć, że ten mały... ogród istnieje pośród gór. Czujesz kwiaty?

– Tak.

Alloria rzuciła Anu jabłko, które ta złapała i ugryzła. Sok pociekł jej po brodzie i poczuła lekką poprawę nastroju. Królowa miała rację. To miejsce było piękne, gdy słońce świeciło pomiędzy górującymi skalnymi ścianami. Wlewało w duszę otuchę.

– Nie możemy tu zostać. Musimy zaopatrzyć się w zapasy i ruszać dalej.

Alloria westchnęła, brnąc przez kwiaty, i głęboko spojrzała Anu w oczy.

– Czego szukasz?

– Ojca. Przecież wiesz.

– Naprawdę? Po co?

Anu otworzyła usta, by odpowiedzieć, i natychmiast je zamknęła. Bardziej niż czegokolwiek pragnęła być akceptowana w Dolinie Silvy. Być czystą, jedną z Vaszynów. Ale nie było powrotu. Od najmłodszych lat była skazana na wygnanie, zadecydował o tym ten sam ojciec, którego teraz starała się ocalić. Ale miał swoje powody, żeby zrobić z niej wyrzutka, prawda? Nagle zdała sobie sprawę, że najbardziej chciała, żeby Kradek-ka, wielki wynalazca, uzdrowił ją. Żeby naprawił to, co zepsuł. Ale na to było za późno. Jej szanse zniknęły.

– Będę szukać akceptacji – odpowiedziała w końcu.

Alloria skinęła głową i spojrzała na drzewa. W oddali śpiewały ptaki. Ta muzyka podnosiła na duchu.

– Vashell powiedział, że jest tu ścieżka. Prowadzi na południe, z dala od uścisku Czarnych Grotów.

Anu spojrzała na nią.

– Chcesz odejść?

– Tak. Chciałabym wrócić do męża. Do swoich dzieci. Na pewno to rozumiesz.

– Tak. Rozumiem cię. Lecz to będzie surowa i straszna podróż. Jestem przekonana, że ścieżki są podstępne.

Królowa kiwnęła głową.

– Ścierpię wszystko, żeby znów ujrzeć rodzinę.

– Idź więc. Masz moje błogosławieństwo.

– Możesz iść ze mną. Słyszałam, co Vashell mówił o tym miejscu. O Nonterrazake i o Żniwiarzach, którzy tam rezydują. Nawet nie wiesz, czy twój ojciec ciągle żyje! To szaleństwo iść dalej.

– Posłuchaj mnie dobrze – powiedziała Anu nieco sztywno. – Wybiorę się tam. Chociażby po to, by odkryć prawdę.

Królowa podeszła i spojrzała w oczy dziewczyny.

– Wiem, że byłam... chłodna. – Nerwowo zwilżyła wargi. – Ale... dziękuję ci za uratowanie mnie z rąk żołnierzy. Trudno mi pojąć przesłanki, którymi się kierujesz, ale przy odrobinie szczęścia, pewnego dnia, kiedy odwiedzisz moje ziemie w Falanorze, może będę mogła ci się zrewanżować. Pomóc w jakiś sposób – przerwała zakłopotana, nie wiedząc, co tak naprawdę chciała powiedzieć. Ogarniały ją sprzeczne uczucia.

Anu uśmiechnęła się, pochyliła i przytuliła Allorię mocno.

– Będzie, jak mówisz.

Wróciła na barkę. Jej nozdrza i złote loki pełne były mocnego zapachu kwiatów. Odepchnęła łódź, opuszczając to sanktuarium, ten chwilowy raj. Skierowała się do złowieszczej jaskini, która kusiła ją delikatnym szeptem.

Chodź do mnie, zdawała się mówić.

Chodź do Vrekkenu.

Barka prześlizgnęła się przez spokojną wodę i wpłynęła w ciemny tunel. W ciągu kilku sekund została połknięta. Zniknęła.

Przez cztery godziny łódź sunęła przez ciemność. Czasami uderzała o poszarpane skalne ściany i Anukis uświadomiła sobie, że modli się żarliwie. Nie chciała utonąć. Co więcej, nie chciała utonąć w grobowcu świata pod Czarnymi Grotami!

Wiatr gwizdał niesamowicie i Anukis zrozumiała, że jest w labiryncie. Panował tu nieprzenikniony mrok i dopiero z czasem Anu odgadła, że barka jest pchana potężnymi prądami, a nie siłą silnika. Na chwilę przestawiła go na pełną moc. Słyszała, jak stuka i wyje, zmagając się z rzeką. Po chwili zrozumiała, że to bezcelowe. Cokolwiek pchało barkę, było jak żywa istota, próby wyrwania się z jej uścisku mogły co najwyżej spalić silnik. Anu wyłączyła mechanizm i siadła w upiornej ciszy. Ogłuszającej jeszcze bardziej teraz, gdy silnik przestał pracować. Przyzwyczaiła się do jego miarowej pracy. Uspokajał ją jak bicie serca matki. Teraz tylko wiatr śpiewał jej do snu. Minuty przeciągnęły się w godziny, godziny w dni i Anukis straciła poczucie czasu. Spała, gdy była zmęczona. Jadła skromne racje pozostałe na barce, głównie twardy chleb, soloną rybę i trochę suszonej wieprzowiny. Ale przynajmniej było to jakieś mięso.

W końcu nad jej głową na czarnej skale zaczęły pojawiać się kryształy. Początkowo niewiele, sporadycznymi kosmykami. Pomarańczowe i zielone nitki łamały monotonię czerni. Potem urosły, stając się grubsze i oświetlając podziemie upiornym blaskiem. Anu mogła dostrzec grzbiet swych dłoni i niewyraźny kontur barki. To wszystko. Potem pojawił się dźwięk... Nie wiedziała kiedy. To mogło być dwa dni wcześniej, a może pięć. Początkowo hałas przypominał delikatny terkot, co zmusiło Anu do sprawdzenia silnika. Ale mechanizm był martwy. Zniszczony jej ślicznymi rękami zbrojnymi w cudowne szpony Vaszyny.

Po kilku godzinach hałas wzrósł i Anu uznała, że to dźwięk pieniącej się wody. Jakby wodospadu albo szybkiego nurtu bijącego o kamienie. Odgłos niósł się przez tunele, a ich dziwaczna akustyka wzmacniała go wielokrotnym echem.

Minęły kolejne godziny i Anu stała się niespokojna, zrozumiała bowiem, co jest źródłem hałasu. Vrekken. Naturalny wir, który z szacunkiem w głosie wspominali poszukiwacze przygód. Nocą przy ogniskach lub w gospodach półgłosem bardowie albo Czarnouści twierdzili, że mają z wielkim wirem jakieś bezbożne przymierze. Jednak nigdy Anu nie słyszała opowieści, według których Vrekken znajdował się pod Czarnymi Grotami. Skutecznie pogrzebany.

Zadrżała wciągana przez ciemność.

Zrozumiała, że siły przekraczające znacznie jej pojęcie przejęły kontrolę nad jej losem.

Zaakceptowała swoje przeznaczenie z westchnieniem głębokiej ulgi.

Powiadano, że jej ojciec, Kradek-ka, był tam, na dole. W mitycznym Nonterrazake leżącym poza Vrekkenem, za słodkimi i słonymi wodami osobliwych rzek, które łączyły się i płynęły pomiędzy bezlitosnymi wieżami z kamienia.

Czekało ją spotkanie z nim albo po prostu śmierć.

Hałas rósł z każdą minutą i Anu zauważyła, że barka porusza się odrobinę szybciej. Dźwięk wzmagał się, aż nie był już hałasem, tylko rykiem. Rykiem wściekłości i nieokiełznanej nienawiści. Rykiem, którego można się bać, który był czystym, skroplonym strachem.

Dziewczyna ścisnęła reling barki tak mocno, że pobielały jej knykcie. Łódź zaczęła się trząść i przez chwilę Anu pożałowała, że nie została z Allorią. Że nie podróżuje teraz po wysokich górskich przełęczach i nie stawia czoła polującym na nią Żniwiarzom.

Ale po chwili zacisnęła szczęki, zmrużyła oczy i wypowiedziała jedno słowo.

Nie.

Nie będzie obawiać się śmierci. Odszuka ojca albo umrze, próbując. Ryk był tak głośny, że mogła krzyczeć najgłośniej jak umiała, a i tak nie miałaby szans usłyszeć własnego wrzasku. Niebezpiecznie wzburzona rzeka kołysała barką, rzucając ją od czasu do czasu na ściany.

I nagle...

Przed Anukis otworzył się świat na pierwszy rzut oka niesamowicie piękny i potwornie niebezpieczny. Był oszałamiający, tak jak oszałamia zbliżający się rekin. Olśniewający jak ogień czarnej magii. Skupił jej całą uwagę i wiedziała, że jeśli przeżyje tę mękę, to niczego i nigdy nie da się porównać z tą chwilą.

Vrekken rozciągał się prawie na pół mili. Wypełniał jaskinię tak niewyobrażalnie ogromną, że nigdy nie uwierzyłaby, że takie coś może się zmieścić w górze. Arena była oświetlona przez grube jak pięść zbitki minerałów zatopione w kamiennych ścianach. Skrzyły się zielono i pomarańczowo. Przypominały Anu nastrój karnawału lub święta. Tylko nie było czego świętować. Chyba że ktoś chciałby świętować swoją śmierć.

Vrekken zaryczał. Ogromny kolisty portal. Pieniąca się, niszczycielska siła wzburzonej wody. Wszystko gwałtownie skręcało się w dzikiej spirali i wpadało coraz głębiej i głębiej w straszną otchłań.

Wzrok Anu był skupiony. W ustach zaschło jej tak, że nie mogła wysunąć języka, aby zwilżyć wargi. Barka została szarpnięta i ciśnięta w wir jak maleńka zabaweczka. Pędziła z dzikim prądem. Uniesiony w powietrze dziób pozostawiał szeroki ślad na wirującej wodzie. Barka zakręciła się dookoła i wtedy Anu zrozumiała, że potężny wir składa się z warstw. Przesuwała się w głąb, warstwa po warstwie tego wodnego makrokosmosu, pełnego wirującej ciemnej energii i żywiołowych prądów. Wybuchającego głośnym i pierwotnym ciśnieniem...

I pomyślała, że nie ma żadnego baśniowego Nonterrazake.

Umrę tu.

Umrę.

Vrekken wyryczał straszliwe potwierdzenie.

Rozdział 15
Ostateczna rozgrywka

Zgnilce nacierały z dzikim wyciem, a dzielni żołnierze Falanoru maszerowali im na spotkanie w pancernych czworobokach. Szeregi wojska posuwały się przez równinę schowane za tarczami. Pełna dywizja podzielona na dwanaście batalionów po czterysta osób. Sześć na środku, w tym dwie dywizje odwodowe i po trzy na każdej flance. Te ostatnie miały za zadanie obejść przeciwnika i zamknąć go w pierścieniu okrążenia.

Gdy armie zbliżyły się do siebie, żołnierze wydali bojowy okrzyk i zwiększyli tempo marszu. Jakby w odpowiedzi zgnilce przyspieszyły i z potworną siłą uderzyły w ścianę tarcz. Tysiąc wypaczonych mechanizmów natarło na oddziały ludzi z potworną siłą, warcząc, gryząc i szarpiąc. Wojska zwarły się, przez chwilę wydawało się nawet, że ich siły są równe, a potem armia Falanoru została odepchnięta. Choć miecze cięły po łbach i szponach, po ramionach i brzuchach, to zgnilce były odporne, cholernie twarde i niewiarygodnie silne. Uderzenia ich łap były tak potężne, że stalowe tarcze Falanorczyków nie mogły ich zatrzymać.

Przy wtórze jęków rozrywanego metalu potwory poczęły sięgać do głów żołnierzy i zrywać je z ramion. Pancerna ściana tarcz załamała się natychmiast. W ciągu kilku chwil armię Leanorica zaczęła ogarniać panika, rozprzestrzeniając się błyskawicznie jak pożar...

Kell przykucnął obok Nienny, która blada jak papier obserwowała masakrę. Terrakon i Lazaluth odjechali do swoich oddziałów, pozostał tylko król. Obserwował bitwę z twarzą ściągniętą strachem. Czuł mdłości.

– Znajdź konia – powiedział łagodnie Kell do wnuczki, starając się odwrócić jej uwagę od bitwy. Złapał ją za podbródek i zmusił, by na niego popatrzyła. – Ukradnij, jeżeli będziesz musiała. Jedź do Saarka. Rozumiesz?

– Nie! Nie mogę cię zostawić. Co masz zamiar zrobić?!

– Muszę pomóc Leanoricowi.

– Nie! Zginiesz!

Uśmiechnął się ponuro.

– Muszę podtrzymać swoją legendę – powiedział i popchnął wnuczkę. – A teraz idź! Słyszysz mnie?

Potrząsnęła głową.

– Idź! – ryknął i dostrzegł, że obok pojawiła się Myriam. Spojrzeli sobie w oczy i porozumieli się bez słów. Kobieta położyła rękę na ramieniu Nienny i kiwnęła głową. Odeszły w kierunku wysokich, pogruchotanych murów Starej Skulkry i uwiązanych za nimi koni.

Kell spojrzał na króla.

– Panie. Nadszedł chyba czas, żebyśmy dołączyli do bitwy. – Uniósł topór i rozluźnił ramię.

Odwrócił się, by ujrzeć, jak główne siły piechoty zostają ponownie odrzucone. Bataliony zabezpieczające flanki, dowodzone przez Terrakona i Lazalutha, zamknęły zgnilce w żelaznym pierścieniu. Bestie zaczęły padać pod uderzeniami mieczy. Lecz żołnierze płacili za to straszliwą cenę.

Potwory zarzynały ich setkami. Nad polem bitwy niósł się warkot i łomot. Wizg szponów rozrywających ciała. Świst mieczy przecinających mięśnie.

Kell dosiadł konia i cmoknął. Leanoric podążył za nim w milczeniu. Kopyta zabębniły o zmarzniętą ziemię, wierzchowce przeszły w galop. Umocnione pozycje zostały za nimi, a Kell poczuł zastrzyk adrenaliny. Dobyli broni. Jak za starych czasów. Jak za najlepszych czasów. Ilanna przemówiła do niego chłodnym, metalicznym głosem...

Mogę ci pomóc. Mogę ci pomóc wygrać. Żadnych zobowiązań. Żadnych warunków. Tylko mnie wpuść.

Kell wysunął się przed piechotę. Widział ich pobladłe ze strachu twarze. Wypełnione przerażeniem oczy zwrócone na niego, kiedy wydał starożytny okrzyk wojenny.

Zrób to, Ilanno – dodał cicho w myślach.

Poczuł gwałtowną falę energii. Krwawą magię pieniącą się w żyłach. Jego myśli przyspieszyły, jakby czas się zatrzymał. Ludzie wokół niego byli tylko wolnym, słabym i żałosnym mięsem. Połączył się z Ilanną. Siłą o wiele potężniejszą i znacznie starszą niż marne mechanizmy Vaszynów.

Wbił się w zgnilce. Uderzył w lewo i przeciął bestię na pół. Zmienił kierunek uderzenia i topór zerwał głowę następnemu potworowi. Ostrze zaświstało, ciągnąc za sobą krople krwi. Wierzchowiec starego wojownika dzielnie posuwał się naprzód. Ilanna zawróciła, kończąc kreślić ósemkę. Każde uderzenie rozrywało mięśnie, kości i spaczony mechanizm. Zgnilce padały wokół niego, cięte i miażdżone. Na splamionej posoką twarzy Kella błąkał się demoniczny uśmiech.

Wielki zgnilec o czarnej skórze stanął dęba. Potężna istota, wysoka jak dwóch ludzi, jednym uderzeniem złamała koński kark. Ale Kell zeskoczył z siodła, zanim jeszcze jego wierzchowiec zwalił się na ziemię. Ogromna bestia wzniosła się nad nim z rykiem. Bitwa jakby się zatrzymała. Tysiące oczu wpatrywało się w szalonego starca, który wbił się głęboko w szeregi potworów, daleko od cofającej się piechoty. Zgnilec zawył i rzucił się na przeciwnika. Ilanna błysnęła czarno w krótkim łuku i przecięła stwora od czaszki do pachwiny. Jedno potężne uderzenie, które, jak się wydawało, wstrząsnęło polem bitwy.

Huknął grzmot. Potwór rozpadł się na dwie części, a przez równinę przetoczył się ryk żołnierzy Falanoru. Czworoboki ruszyły do przodu z nowym wigorem. Miecze wznosiły się i opadały. Potwory, cięte ze wszystkich stron, waliły się w zryte błoto pola bitwy. Członki odcięte od torsów, głowy odcięte od karków wypluwały mechaniczne części.

Wyczyny Kella tchnęły nowego ducha w piechotę. Żołnierze rzucili się do przodu, rąbiąc i tnąc. Ostrza z hukiem waliły o czaszki. Kell ryczał w centrum bitwy. Ilanna waliła na lewo i prawo z niesamowitą łatwością. Każde uderzenie było zabójcze. Każde eliminowało jednego zgnilca. Potwory rzuciły się na niego, warcząc i wyjąc. Otoczyły wojownika. Zaśmiał się jak szaleniec, cały skąpany we krwi. Oblicze w szkarłacie i broda upstrzona fragmentami mechanizmu.

Zakręcił się jak demon, a topór ciął, odrywając nogi od ciała. Broń tętniła miarowo, a gdy Kell uniósł ją nad głowę, zgnilce cofnęły się piszczące i skulone. Ich żądza krwi została brutalnie stłumiona, teraz cofały się, usiłując oddalić się od tego pokrytego posoką mężczyzny. Żołnierze Falanoru zaryczeli, a potwory próbowały zasłaniać uszy, które tryskały krwią i małymi mechanicznymi częściami. Wirujące fragmenty mechanizmów zdawały się uciekać jak najdalej od wibrującego dźwięku.

Łamiąc szyk, piechota uderzyła na unieruchomione zgnilce, które kręciły się w męce, tryskały krwią z uszu, oczu i gardeł. Miecze i topory siekały je bez litości.

Reszta potworów uciekła prawie oślepiona bólem, wycofała się panicznie ku stojącej w ciszy Armii Żelaza. Kell stał w samym środku jatki, ściskając Ilannę. Jego broda ociekała krwią. Wyglądał jak rzeźnik w dzikim, morderczym szale. Rozweseleni żołnierze otoczyli wojownika, skandując jego imię.

– Kell, Kell, Kell, Kell, KELL, KELL, KELL, KELL!

Ktoś krzyknął:

– Legenda żyje!

I okrzyk poniósł się przez pole bitwy w kierunku cichych, stojących bez ruchu szeregów albinosów.

– Legenda, Legenda, LEGENDA, LEGENDA, LEGENDA, LEGENDA!

Sierżanci, kapitanowie i generałowie przegrupowywali jednostki i wprowadzili porządek w szykach wojsk Falanoru. Kell odnalazł Terrakona i Lazalutha. Na twarzy pierwszego z generałów widniała paskudna rana, jakby ktoś przekroił mu gębę od policzka po brodę. Ale mimo to Terrakon się uśmiechał.

– To było niewiarygodne, stary! W życiu czegoś takiego nie widziałem! Odwróciłeś losy bitwy!

Na twarzy zamienionej w krwawą, demoniczną maskę pojawił się uśmiech.

– Gówno prawda. Niczego takiego nie zrobiłem. Po prostu dałem bestiom do myślenia, a piechota zaatakowała i zrobiła resztę.

– Takiej skromności nie można zaufać.

– Takiego rozgoryczenia nie należy ujawniać.

– Jesteś nikczemnym, jęczącym capem, Kell.

Stary wojownik wzruszył ramionami.

– Masz na twarzy paskudne rozcięcie, Kon. Będziesz potrzebował kilku szwów. – Uśmiechnął się znowu.

– Pierdol się, stary draniu.

– Stary? Jestem od ciebie o dziesięć lat młodszy!

– Cóż, Kell, tu chodzi o formę, poza tym wyglądam o dziesięć lat młodziej niż ty.

Stojący wokół nich żołnierze chichotali rozbawieni, ale wkrótce śmiech umilkł.

– Teraz zaatakuje piechota – stwierdził Terrakon. Nagle stracił humor. Przełożył miecz do drugiej ręki i pokręcił nadgarstkiem, aby go rozluźnić.

– Pieprzony, kurewski artretyzm!

– Nadszedł dobry moment, żeby użyć łuczników – przypomniał Kell Lazaluthowi. – Idź i powiedz to królowi.

Albinosi maszerowali w doskonałym szyku. Ich czarne zbroje lśniły. Z chmur o barwie żelaza sypnął śnieg. Pole bitwy rozmazało się, sylwetki żołnierzy były teraz niewyraźnymi konturami. Na wojowników Falanoru padł strach, gdy zrozumieli, jakie ponieśli straty w potyczce ze zgnilcami. Przeciwnik miał teraz przewagę. To będzie ciężka bitwa.

– Głowy w górę, panowie! – ryknął Kell i wysunął się na czoło środkowych batalionów.

Przegrupowali się, większość z tarczami; wszyscy ściskali krótkie miecze w mocnych dłoniach. To byli weterani, świetnie wyszkoleni żołnierze, zawodowcy. Trudni do zabicia, pomyślał Kell, uśmiechając się ponuro. Wykrzywił się do żołnierzy w makabrycznym uśmiechu.

– Kto zabije ze mną kilku cholernych albinosów?!

Od strony żołnierzy Falanoru dobiegł ryk.

– My! – wrzasnęli. Ich żądza krwi rosła, uderzali mieczami o tarcze. Za plecami Kella oddziały albinosów rozciągnęły się w linie.

Kell obrócił się i roześmiał w kierunku zbliżającego się wroga.

– Dawajcie. Wy północni koniojebcy! – ryknął.

Za jego plecami oddziały Falanoru wiwatowały, ryczały i trzaskały mieczami. Stary wojownik cofnął się i zajął swoją pozycję w szeregu. Rozejrzał się i uśmiechnął do żołnierzy stojących przy nim.

– Zabijmy kilku albinosów – powiedział.

W tym czasie przeciwnik rozwinął szyki i zaczął się zbliżać w perfekcyjnie uformowanych czworobokach. Albinosi nie nosili tarcz, tylko krótkie czarne miecze. Każdy miał długie białe włosy związane na karku. Żaden nie nosił hełmu, tylko wiekowe czarne zbroje z wijącymi się runicznymi inskrypcjami.

Śnieg był coraz gęstszy, pokrywał pole bitwy dużymi płatkami.

Mam nadzieję, że rezerwowe dywizje wkrótce się pojawią, pomyślał kwaśno Kell. Śnieg dałby doskonałą osłonę, żeby przeprowadzić uderzenie na tyły przeciwnika. Zgnietliby ich jak pomiędzy młotem a kowadłem. Niestety, w życiu nic nie jest takie łatwe i wygodne, nieprawdaż?

Albinosi nacierali w upiornej ciszy i Kell czuł strach wzbierający w szeregach żołnierzy. To nie była zwykła bitwa. Każdy mógł wyczuć kłębiącą się esencję ukrytej magii. Jak gdyby ziemia została przeklęta.

W oddali zadudniły bębny. Kell starał się przypomnieć sobie dawne szkolenie, ale zrozumiał, że to bezcelowe. Kody zmieniano przed każdą bitwą, żeby zmylić wroga i przy odrobinie szczęścia podać w wątpliwość informacje zdobyte przez szpiegów. Ale Kell wiedział, co się stanie. Król wprowadził go w swój plan. Mieli się wycofać i wciągnąć wroga do zrujnowanej Starej Skulkry. Wykonać fałszywy paniczny odwrót, złamać szyki i uciekać przez starożytne, opuszczone ulice. Tam czekał już tysiąc łuczników, ukrytych w wysokich budynkach i wieżach, by zesłać deszcz zagłady.

Kell uśmiechnął się i wbił wzrok w atakujących albinosów.

Plan był dobry i mógł zadziałać.

Początkowo prawie został zniweczony przez niespodziewany atak zgnilców. Paniczny odwrót zamiast taktycznym wybiegiem prawie stał się faktem. Gdyby odbyło się to zbyt wcześnie i łucznicy nie zdążyliby zająć pozycji, bitwa byłaby przegrana...

Mógł już dostrzec pierwszych atakujących i wybierał cele. Jego motylkowe ostrza wkrótce zakosztują krwi. Oblizał wargi. Pulsowała w nim adrenalina, ale w żyłach burzyło się jeszcze coś. To była Ilanna, jak stary narkotyk, zła choroba. Jej esencja płynęła przez tętnice, dudniła w myślach i sercu. Siostra Duszy. Połączony więzami krwi topór dawał mu siły przekraczające wyobrażenia śmiertelników. Zaśmiał się głośno z gorzką ironią. Będzie cierpiał za złamanie własnych zasad.

Oddziały Falanoru ryknęły, lecz Armia Żelaza nacierała w ciszy. Kell mógł już dostrzec ich oczy, obnażone zęby, pierścienie na palcach, lśnienie butów, błysk czarnych mieczy... Spiął się, przygotowując na potężne zderzenie dwóch armii...

Nagle albinosi stanęli i przyklękli. Szeregi nacierających żołnierzy zatrzymały się z doskonałą mechaniczną precyzją. Ze wzrastającym przerażeniem Kell zrozumiał, że to był podstęp. Piechota wcale nie miała zamiaru atakować. To była gra na zwłokę, by uwolnić... lodowy opar.

Wylewał się ze Żniwiarzy stojących w środku szyków i w ciągu kilku sekund popłynął ku armii Falanoru.

– Cofajcie się! – wrzasnął Kell. – Do tyłu!

Ale oddziały były zbyt ściśnięte, do tego żołnierze nie rozumieli, czemu przyszło im stawiać czoła. Zaczęli się wprawdzie cofać, potykając, ale lodowy dym już rozlał się między nimi. Momentalnie ich spowalniał i sprawiał, że padali na kolana, wykrztuszając zamarzające płuca. Kell ryknął, nie mogąc się cofnąć, i uderzył w pojedynkę na szeregi albinosów. Ci pozostali nieruchomi i wpatrzeni w żołnierzy z Falanoru. W czerwonych oczach płonęła nienawiść.

Ilanna waliła na lewo i prawo. Rozrywała ciała, odcinała kończyny i głowy. Wojownik wrzeszczał na nich. Wrzeszczał na Żniwiarzy. Jednak lodowy opar cały czas płynął. Dłonie przymarzały do mieczy, tarcze do ramion. Odłamki skutych lodem włosów sypały się na ziemię. Ludzie przewracali się w mękach. Wielu umierało, ale większość po prostu zastygała w uścisku czarnej magii.

Topór Kella uderzył w lewo, wbijając się w twarz albinosa na wysokości oczu. Starzec uwolnił broń szarpnięciem i ściął głowę kolejnemu. Nagle dostrzegł skupiających się na nim Żniwiarzy.

– Chodźcie, skurwiele! – ryknął. Zalała go fala magii Ilanny i zrozumiał, że to ona chroni go przed wpływem ich magii. Tak jak robiła to podczas ataku na Jalder.

Zawirował, upajając się wolnością. Brodę plamił szkarłat, a śnieg wokół przesiąknięty był krwią. Patrzył z przerażeniem na padające szeregi żołnierzy Falanoru. Lodowy opar cały czas się rozszerzał. Dopadł główne siły i rezerwy jeszcze przed murami Starej Skulkry. Kell widział, jak jego tłuste macki wślizgują się do miasta. Pomyślał o Niennie i jego twarz wykręciła się w grymasie. Obrócił się. Otaczali go pochylający głowy Żniwiarze. Zamrugał i dostrzegł generała Graala maszerującego ku niemu ze znaczącym uśmiechem.

Kell opuścił ostrza na ziemię, oparł się o rękojeść i utkwił wzrok w generale. Otaczały go rozczłonkowane zwłoki. Graal zatrzymał się i uśmiechnął lekkim uśmiechem pozbawionym humoru.

– Proszę, proszę. Graal tchórz, Graal alfons, używa magicznych sztuczek, żeby zwyciężyć. Miło zobaczyć, że pewne rzeczy nigdy się nie zmieniają.

– To środek do celu – odparł generał, przymykając oczy.

– Pamiętasz, co ci powiedziałem? W Jalder?

Graal nie odpowiedział, ale jego oczy błysnęły.

– Powiedziałem ci, żebyś zapamiętał moje imię, ponieważ wytnę je na twojej dupie. To wygląda na dobrą okazję.

Skoczył szybko jak błyskawica. Graal cofnął się, a Żniwiarze zacisnęli krąg i uderzyli w Kella skoncentrowaną lodową energią. W jednej chwili został oślepiony. Mroźna magia wsiąknęła w jego ciało, serce i kości. Wszystko zmieniło się w jaskrawą biel, został ogłuszony i upadł.

Spadał w głąb zdumiewającego, olśniewającego białego tunelu, który zdawał się ciągnąć... bez końca.

Nienna popędziła konia galopującego przez śnieg. Z boków wierzchowca unosiła się para, kiedy wspinał się na wzgórze, ku drzewom, gdzie czekali Saark, Styx i Jex. Myriam trzymała się blisko za nią. Jej koń był również zlany potem. Kobiety mignęły przez wczesną poranną mgłę. Wokół nich wirował śnieg, zaciemniając świat. Nienna zmusiła zwierzę do cwału i zbliżyła się do linii drzew. Zatrzymała się i rozglądnęła pomiędzy drzewami. Nie mogła niczego dostrzec.

– Saark? – syknęła. – Saark? – powtórzyła głośniej.

Kawałek dalej pojawił się Styx. Uśmiechnął się i ukłonił. Nienna podjechała do niego i zsiadła z konia. Nie spuszczała oczu z jego ust. Czarnych, poplamionych warg, które zarazem były piętnem.

– Gdzie Saark?

– Głębiej w lesie. Rozbiliśmy obóz. Chodź, zanim dostrzegą cię zwiadowcy wroga.

Myriam zeskoczyła z siodła i poprowadziły konie w mrok iglastego lasu. W oddali gruchały gołębie, poza tym panowała cisza. Opadłe sosnowe igły głuszyły ich kroki.

– W górę. – Styx prowadził je starym szlakiem jeleni. Wyszli na małą polanę. Wiekowe drzewa tworzyły nad nią naturalny dach. Przy małym ognisku Jex gotował strawę. Nienna rozejrzała się.

– Gdzie on jest?

Uderzenie w tył głowy rzuciło ją na ziemię, wciskając jej twarz w igły i piach, i nie było już bólu.

Pamiętała zapach sosnowej żywicy, ziemi, starego błota i leśnej pleśni. Kiedy mrugając, powoli wyłaniała się ze świata ciemności, zauważyła, że jest związana i oparta plecami o sosnę. Jęknęła.

– Ktoś tu wciąż żyje – wyszczerzył się Styx i klęknął przed nią.

Nienna plunęła mu w twarz. Uśmiech zniknął i mężczyzna uniósł rękę do uderzenia.

– Starczy – warknęła Myriam ostrym głosem. – Idź i pomóż Jeksowi przy koniach.

Styx oddalił się w ciszy.

Nienna oblizała usta wyschnięte bardziej niż leśna ściółka.

– Dlaczego? – spytała w końcu i spojrzała na Myriam.

– Jesteś moją najlepszą kartą przetargową. Kiedy Kell skończy się bawić w bohatera, przybędzie cię szukać. Zabierając cię na Północ, mam pewność, że podąży za nami.

– Nie wystarczyło, że nas otrułaś? – odwarknęła dziewczyna, mrużąc powieki z nienawiścią.

– Nie wystarczyło. – Oczy błysnęły ostro na wychudłej, zapadniętej twarzy.

Nienna rzuciła okiem na Saarka, który siedział pochylony. Jego twarz nosiła ślady ciężkiego pobicia. Uniósł się odrobinę, z rozbitych ust kapała ślina zmieszana z krwią. Uśmiechnął się do niej. Jedno oko było tak opuchnięte, że nie mógł go otworzyć, a na czarnych lokach błyszczała krew. Ręce miał związane na plecach i krzywił się przy każdym ruchu.

– Co ci się stało, Saark?

– Gnoje mnie zaskoczyły. – Uśmiechnął się do niej. To był koszmarny uśmiech. – Hej, Nienna, chcesz buziaka?

Parsknęła śmiechem i potrząsnęła głową.

– Jak w takiej chwili możesz żartować?

– Albo to, albo pozwolę, żeby mnie złamali. – Jego wzrok spoważniał. – A wolałbym umrzeć. Ostatecznie wolałbym też umrzeć, niż być tak paskudny – spojrzał na Myriam i mrugnął do niej sprawnym okiem – jak ta zdeformowana dziwka.

Kobieta nie odpowiedziała. Wrócili mężczyźni z końmi. Styx chwycił Niennę, która próbowała walczyć i kopać. Uderzył ją mocno w twarz. Padła na ziemię, dysząca, oślepiona. Ponownie pociągnął ją w górę.

– Mogę to zrobić, kiedy będziesz przytomna albo nieprzytomna. Wiem, który sposób wolałbym wybrać – warknął Czarnousty.

Nienna została wsadzona na siodło, a Styx wskoczył za nią. Oparł ręce na jej biodrach i nachylił się do ucha.

– To jest bliskość, kotku. Myślę, że to pierwsza z naszych wspólnych przygód.

– Wyciągnij swojego robaka w pobliżu mnie, to ci go odgryzę – warknęła.

Uśmiech mężczyzny zniknął i ścisnął ją mocno.

– Jak już powiedziałem. Możemy to zrobić, kiedy będziesz przytomna lub kiedy będziesz nieprzytomna.

Myriam podeszła do Saarka i uklękła przy nim.

– Popatrz na mnie.

– Wolałbym nie. Rak zjadł ci twarz. Vaszyni nie mogą nic dla ciebie zrobić, moja kochana.

– Bękarcie! Słuchaj, słuchaj uważnie. Zabieramy Niennę na Północ, na przełęcz Cailleach. Trucizna zabije Kella za trzy tygodnie. Droga zajmie około piętnastu dni. Musi się z nami spotkać na przełęczy Cailleach na północ od Jalder. Tam będę miała przy sobie częściowe antidotum, które przedłuży ich życie. Przynajmniej na tyle długo, żeby przeprowadzili nas przez góry. Zrozumiałeś?

– Zrozumiałem, dziwko.

– Dobrze. – Uśmiechnęła się trupim uśmiechem. – A tu masz mały prezent, żebyś mnie zapamiętał.

Wyciągnęła sztylet i wbiła go między żebra Saarka. Stęknął, czując, jak ciepła krew rozlewa się po wbitym ostrzu. Westchnął, kiedy Myriam je wyciągnęła, i przewrócił się na bok jakby trafiony obuchem.

– Zapewniam cię, że rana nie jest śmiertelna. Dopóki nie ruszysz tyłka i będziesz leżał jak świnia. Minie sporo czasu, zanim znów będziesz władał tym pięknym mieczem, eleganciku. Mistrzu Miecza.

Uklękła i rozcięła więzy krępujące mężczyznę. Potem obróciła się i zwinnie wskoczyła na siodło. Popędzili konie i galopem opuścili leśną polanę.

Zapadła głucha cisza.

Nie czuł bólu i to go martwiło. Nagle zgasły światła.

Król Leanoric klęczał w błocie skuty łańcuchami. Przed nim klęczeli jego generałowie i rozmaici kapitanowie, którzy nie zginęli w bitwie ani w kłębach wściekłego lodowego oparu. Król konał z rozpaczy. Uniósł głowę, a w jego oczach lśniły łzy. Na całej powierzchni pola bitwy widać było zamarznięte szeregi trupów. Jego armia została unicestwiona. Ścięta jak łany pszenicy przez kosy zła. W oddali warczały i porykiwały ocalałe zgnilce, lecz albinosi pozostawali zadziwiająco cisi, jak na takie wielkie zwycięstwo. Nie było słychać wojskowych przyśpiewek ani pijackich hulanek. Po prostu w całkowitej ciszy zaczęli rozbijać obóz. Jak pozbawieni płci robotnicy, jak insekty.

Po policzkach króla pociekły łzy. Zawiódł, chyba że nadciągną oczekiwane dywizje, zaskoczą Armię Żelaza i zniszczą ją w nocy. Na ich czele stali Retger i Strauz, dwaj chytrzy generałowie. Eksperci taktyczni. Strauz nigdy nie przegrał bitwy. Serce króla zabiło mocniej. Jeżeli ich zwiadowcy zrozumieją, co się stało – że ich rodacy zostali rozgromieni, zamrożeni i zarżnięci jak bydło...

Może wtedy zobaczy jeszcze swoją Allorię.

Wróciły łzy, ale tym razem odrzucił wstyd. Nie było nic złego w tym, że mężczyzna płacze. Znalazł się o włos od utraty żony, kraju, armii i ludzi. Co znaczyły banalne łzy, kiedy stawka była tak wysoka?

Leanoric potrzebował cudu.

Zamiast tego dostał Graala.

Generał przeszedł przez obóz i zatrzymał się przed grupą pokonanych. Dobył krótkiego czarnego miecza, z miłością przyjrzał się pokrytej runami klindze, a potem jednym cięciem odciął głowę Terrakonowi.

Głowa starego generała potoczyła się po zmarzniętym błocie. Szare wąsy plamiła krew. Leanoric rzucił mordercy nienawistne spojrzenie.

– Moi ludzie cię zabiją – wypluł. – Obiecuję.

– Naprawdę? – odparł Graal niemalże leniwie.

Przeszedł obok Lazalutha i posłał królowi lekki uśmiech. Podniósł rękę, przeczesał białe włosy i wbił wzrok w klęczącego króla.

– Ciągle słyszę takie groźby. Od Czarnoustych, których zabijam, od przemytników kamieni, od twoich pokonanych ludzi.

Jego miecz uderzył i głowa Lazalutha upadła w błoto, rysy twarzy zastygły w szoku, a bezgłowe ciało osunęło się, tryskając krwią z rozciętych arterii. Leanoric obserwował to z wściekłością, a zarazem chłodną obojętnością. Już zrozumiał, że będzie następny, ale przynajmniej śmierć będzie szybka... Lecz, do diabła, tu nie chodziło o jego śmierć! Chodziło o to, że jego ludzi czeka nieuchronna niewola. Źle było umierać, wiedząc, że się zawiodło tak bardzo.

Leanoric modlił się więc. Modlił się o cud. Bo chyba tylko Bóg mógł powstrzymać Graala.

Generał podszedł do niego i klęknął, wbijając czarne ostrze w zmarzniętą ziemię.

– Jakie to uczucie? – spytał niemal z pogardą. – Twoja armia została zniszczona. Twoja królowa odesłana na Północ, do moich Mechaników. Twoi ludzie zostaną za chwilę – zaśmiał się perliście – naszą kolacją.

– Będziesz się smażył w piekle – odparł Leanoric martwym głosem.

Starał się oszacować, w jakim momencie jego wracające oddziały pojawią się na wzgórzu. Na przykład teraz była najlepsza chwila na odsiecz.

Zaskakujący atak? Król ocalony w ostatniej chwili? Jak w opowieści barda.

Graal spojrzał mu w oczy.

– Rozmyślasz o swojej armii, o dywizjach, o oddziałach kawalerii i łucznikach, którzy w tej chwili maszerują na południe i kierują się tutaj. Mają zamknąć okrążenie i zgnieść najeźdźców jak w kleszczach.

Leanoric milczał.

Graal wstał i przeciągnął się, prostując plecy. Popatrzył na króla jak na niegrzeczne dziecko.

– Oni są martwi, Leanoricu. Wszyscy. Zamrożeni magią Żniwiarzy. Wyssani i zarżnięci na klęczkach. Nie masz już żadnego wojska, królu. Staw czoło faktom. Zostaliście podbici i jesteście rasą niewolników.

– Nie! – krzyknął Leanoric, podrywając się mimo wagi krępujących go łańcuchów. Skryci we mgle i niewidoczni dotąd albinosi jak na komendę dobyli mieczy. Graal powstrzymał ich gestem, zbliżył się do króla i uniósł go w powietrze.

Pokonany król rzucał się i kopał. Widział blask szaleństwa w oczach Graala. Generał zamknął Leanorica w uścisku, ze zgrzytem wysunął kły i ugryzł go, wbijając się głęboko, rozdzierając skórę i mięśnie, póki nie dotarł do tej cudownej pompy tłoczącej krew. Zęby wkłuły się przez mięso do arterii i Graal przymknął oczy, chłepcząc królewską krew. Leanoric wrzeszczał, kopał i walczył, ale generał był zbyt silny. O wiele potężniejszy, niż na to wyglądał. Trzymał Leanorica prawie poziomo, przyciskał usta do jego szyi, ssał. Zamknął oczy, jakby przeżywał objawienie, rozkoszując się ostateczną nagrodą.

Wreszcie stęknął i pozwolił, aby bezwładne i skrwawione ciało króla osunęło się na ziemię. Krew barwiła jego usta i zbroję. Uniósł kły ku niebu, ku mgle, ku magii i zawył. Dźwięk niósł się przez chmury, przez wrzosowiska Valantrium za Starą Skulkrą, przez Wielką Północną Drogę, przez puszczę Vorgeth, i niósł przesłanie.

Ten kraj należy do mnie, mówił. Ci ludzie są moi, oznajmiało gardłowe, pierwotne wycie istoty starszej niż Falanor. Ten świat jest mój.

Saark obudził się. Było potwornie zimno. Zdrowym okiem popatrzył na górujące nad nim srebrne jodły i starał się sobie przypomnieć, co się działo na świecie, szczególnie ostatnimi czasy.

Nagle rzeczywistość i ostatnie wydarzenia zwaliły się nań, jakby ktoś trzasnął go w szczękę. Zamrugał gwałtownie i dłonie natychmiast powędrowały do boku. Gdy na nie spojrzał, lepiły się od krwi.

– Skurwysyny.

Podniósł się ze stęknięciem. Był potwornie spragniony, wszystko tańczyło mu przed oczyma, jakby był pijany. Chwyciły go zawroty głowy. Powoli dźwignął się na klęczki i dostrzegł swego konia. Rosły kasztanowy wałach wciąż stał w miejscu, w którym Saark go uwiązał. Powoli podczołgał się do zwierzęcia. Czuł, jak z zadanej sztyletem rany płynie krew, powoli ściekając na pachwinę. To było ciepłe, mokre i przerażające odczucie.

– Cześć, mały, jak się masz, do cholery?

Saark podciągał się, korzystając ze strzemienia, i chwycił za siodło. Zacisnął zęby, podciągnął się wyżej i stanął na drżących nogach. Przeszył go ból tak silny, że nie zdołał zdusić jęku. Żołądek skręcił się, wywołując falę mdłości, która prawie zwaliła Saarka z nóg.

– Nie – powiedział, kiedy koń szarpnął się lekko, trącając nosem jego rękę. – Nie będzie dziś owsa, mały.

Przez chwilę siłował się z paskami spinającymi juki. Poranione palce odmawiały mu posłuszeństwa. W końcu wydobył manierkę i przechylił ją do ust. Pił łapczywie. Woda moczyła wąsy i płynęła po rozbitym podbródku. Skrzywił się. Miał wrażenie, że zamiast twarzy ma worek wypełniony gównem. Delikatnie zbadał rozcięte usta, złamany nos, pękniętą kość policzkową i zapuchnięte oko. Potrząsnął głową. Kiedy ich, kurwa, dorwę, pomyślał. Kiedy ich dorwę...

Nagle się roześmiał. Przecież to bzdura! Kiedy ich dorwie? Bogowie, przecież ledwie trzymał się na nogach.

Stał przez chwilę, trzymając się siodła, kiwając się, zapatrzony w padający śnieg i wsłuchany w szum drzew. Świat wydawał się przytłumiony, ciemny. Jakby panował tu wieczny świt lub zmierzch.

Skoncentruj się. Znajdź Kella. Uratuj Niennę. Zabij złych ludzi.

Uśmiechnął się, złapał łęk siodła i podciągnął się, stękając. Przy trzeciej próbie udało mu się dosiąść konia. Pochylił się i zorientował, że zapomniał odwiązać wierzchowca. Mruknął pod nosem, wyciągnął przytroczony do siodła rapier i ciął linę. Chybił. Mrugnął zaskoczony i uderzył jeszcze raz, tym razem trafiając.

– Chodź, mały. – Cmoknął, obrócił konia i łagodnie pocwałował przez las.

Cały świat wokół niego wirował, przyprawiając o mdłości. Saark dygotał jak szczur lądowy na pokładzie galeonu podczas sztormu. Miał wrażenie, że wewnątrz czaszki jego mózg obraca się jak młynek. Wstrzymał konia, który teraz szedł spacerowym krokiem, i skupił się, by oddychać głęboko, ale niewiele to pomogło. W ustach znowu czuł suchość. Ból uderzał falami.

Po trwającym wieki, makabrycznym wysiłku Saark dotarł do granicy lasu. Powoli jechał przez ciemność, przez pola, aż wreszcie wspiął się na szczyt najbliższego wzgórza. Rozglądał się po pełnym trupów polu bitwy. Jak okiem sięgnąć widać było jedynie czarne zbroje żołnierzy Armii Żelaza.

Zaklął, spiął konia i zjechał ze szczytu, by żaden z wrogich żołnierzy nie dostrzegł jego sylwetki na tle nocnego nieba. Zsunął się z siodła i oparł o bok zwierzęcia. Kręciło mu się w głowie. Czyżby było już po bitwie? Jak długo w takim razie leżał nieprzytomny? Armia Żelaza wygrała?

Święta Matko Bogów, pomyślał i wyciągnął rapier.

To oznaczało, że wkrótce pojawią się zwiadowcy i patrole. Gdzie podział się Kell? Złapano go? Lub gorzej – nie żył?

Saark obrócił konia i klepnął go w zad, a wierzchowiec zarżał cicho i pokłusował w dół wzgórza. Saark wczołgał się z powrotem na szczyt na brzuchu, pozostawiając na śniegu smugę krwi. Przynajmniej w tej pozycji świat wydawał się bardziej stabilny. Saark przyglądał się obozowi wroga pod zniszczonymi murami Starej Skulkry. Po prawej stronie starożytne opuszczone miasto rozciągało się, jak daleko sięgał wzrok. Kruszejące wieże, pochylone iglice, wiele budynków rozsypało się w proch po... Saark uśmiechnął się sardonicznie. Po kłopotach. Skupił wzrok na czymś, co było granicą między dwoma wojskowymi obozami, a zarazem je łączyło.

Ciała żołnierzy Falanoru zostały ułożone w regularnych liniach. Saark patrzył ponuro, pełen goryczy na te rzędy.

Co oni robią? – pomyślał osłupiały. Dlaczego nie palą zwłok? Albo ich nie pochowają? Na co czekają? Po co ryzykować wybuch zarazy i pojawienie się ścierwojadów? Widok napełnił Saarka niepokojem, dandys przeniósł więc swą uwagę na obóz albinosów. Jeżeli Kell jest wciąż żywy, choć Saark nie wierzył, że to możliwe, będzie właśnie tam.

Mężczyzna przyglądał się namiotom i w końcu jego uwagę przykuła grupa ludzi, wokół których kłębiła się mgła. To byli albinosi z obnażonymi mieczami. Saark zmrużył oczy, żeby przez opary, mrok i mgłę dojrzeć szczegóły. Działo się tam coś okrutnego. Widział uniesionego mężczyznę, który kopał, walczył, a potem został rzucony na powrót w błoto. Dandys zacisnął usta w wąską linię. Rozpoznał Graala. Bardziej po aroganckiej postawie niż po zbroi czy wyglądzie. Było coś w sposobie, w jaki generał się poruszał. Jakaś archaiczna zręczność, wiekowa arogancja, coś o wiele potężniejszego niż królewskość. Jak gdyby świat i wszystkie jego cuda powinny ustąpić generałowi miejsca, kiedy ten się zbliżał.

Saark patrzył, jak Graal schodzi z niewielkiego wzgórza, idąc w kierunku... Oddech zamarł mu w gardle. Klatki. Licznych klatek. Zgnilce. Kurwa.

Sprawne oko Saarka spojrzało w lewo i ujrzał ogromy stos ciał zgnilców. Naprawdę ogromny. Jego serce pęczniało z dumy. Przynajmniej dostaliśmy paru skurwysynów, pomyślał gorzko. Starał się ponownie wypatrzyć Graala, ale ten zniknął w labiryncie klatek i namiotów. Dokąd poszedł? Cholera. Saark rozglądał się metodycznie, przepatrując każdy rząd klatek, w których warczały, pomrukiwały i spały bestie. W końcu go dostrzegł. Graal obserwował... człowieka. Człowieka w klatce. Saark uśmiechnął się. Któż mógł potrzebować klatki takiej jak ta dla oszalałego zgnilca? Przychodził mu do głowy tylko jeden zrzędliwy, stary cap.

Nagle serce Saarka zadrżało. Co jeszcze mu zrobili? Torturowali? Okaleczyli? Poćwiartowali? Saark aż za dobrze – i to z pierwszej ręki – znał potworności bitwy i szaleństwo wojny.

Przynajmniej żyje, pocieszył się w myślach.

Położył się na plecach. Zamknął oczy, aby pozbyć się wrażenia, że świat wokół niego tańczy dziko. Niewiele to jednak pomogło. Zsunął się po zboczu, przeszukał kieszenie i znalazł swój mały zestaw pierwszej pomocy. Czekając długie godziny, aż zapadnie zmierzch, pracował wytrwale mosiężną igłą i długą nicią zrobioną ze świńskich jelit. Zszył się z powrotem do kupy. A następnie zwymiotował i zasnął.

Kell powoli odzyskiwał świadomość. Jakby płynął przez morze czarnego miodu. Leżał na metalowej podłodze i pieścił go zimny wiatr. Był przemarznięty. Otworzył oczy i spojrzał na starą, nierówną metalową podłogę klatki oraz na błoto poza nią, na którym kłębił się śnieg. Zakaszlał, podparł się rękami i uniósł tylko po to, by natychmiast upaść z powrotem. Kręciło mu się w głowie i czuł się skołowany. Poczuł... stratę. Stratę Ilanny.

Poruszył palcami i rozejrzał się dookoła. Znajdował się w klatce o grubych metalowych prętach. Obok stały podobne klatki, więżące wypaczone, szpetne zgnilce. Większość potworów spała, ale kilka siedziało na tyłkach i obserwowało go złymi żółtymi oczami. Serca nierówno tykały zdeformowanymi mechanizmami.

Kell poruszył barkami, a następnie na kolanach podpełzł do rogu klatki i wyjrzał na zewnątrz. Był znów w obozie Leanorica, tylko że teraz nie widział żadnych żołnierzy Falanoru. Wszędzie kręcili się albinosi z czujnymi oczami i rękoma na rękojeściach mieczy. Kell zmarszczył brwi, przyjrzał się otoczeniu i zrozumiał, że teraz dwa obozy tworzyły jedność. Jak zgnilec i jego mechanizm. Armia Żelaza zajęła obóz Falanorczyków.

Wokół panowała ciemność, więc doszedł do wniosku, że był nieprzytomny co najmniej dobę. Wyjrzał przez pręty klatki. Mógł dostrzec zarysy Starej Skulkry z jej uzębionymi kopułami i kruszejącymi murami. Poza nią leżało wrzosowisko Valantrium. Stamtąd wiał wiatr, zwiastując opady śniegu.

Kell zadrżał. Co teraz? Był więźniem. Zamkniętym w klatce jak na wpół obłąkane zgnilce wokół niego.

– Hej – warknął do najbliższego potwora. – Słyszysz mnie?

Bestia nie odpowiedziała, tylko gapiła się lwimi oczyma pełnymi skoncentrowanej nienawiści.

– Zdajesz sobie sprawę, że masz gębę jak końska dupa? – powiedział Kell.

Zgnilec zamrugał, wystawił długi język i oblizał usta rozciągnięte na pół twarzy. Delikatne przekładnie wewnątrz stworzenia wydawały cichutkie klik, klik, klik. Kell zadrżał ponownie i tym razem nie miało to nic wspólnego z zimnem.

– Kell – głos był cichy, niewiele głośniejszy niż szept. Stary wojownik zmrużył oczy i spojrzał w ciemność.

– Tak?

– To ja, Saark. Poczekaj.

– Nigdzie się nie wybieram, młodzieńcze.

Dobiegły go chrząknięcia i pisk zardzewiałego metalu. Bok klatki uchylił się i blady Saark ze spoconym czołem oparł się o otwarte drzwi. Kell wyszedł szybko, stanął z rękoma na biodrach, rozejrzał się, a potem obrócił do towarzysza.

– Myślałem, że zjawisz się wcześniej.

Saark uśmiechnął się złośliwie.

– Wystarczyło powiedzieć dziękuję.

– Dziękuję. Myślałem, że zjawisz się wcześniej. Przy okazji, wyglądasz, jakby koń zatańczył ci na twarzy.

– Miałem trochę problemów. Z Myriam i jej przyjaciółmi.

Kell spochmurniał. Jego wzrok prześlizgnął się po skrwawionym ubraniu Saarka i złagodniał.

– Jesteś ranny?

– Myriam mnie dźgnęła.

– Była z nią Nienna.

– Nadal jest. Przepraszam, Kell. Zabrała Niennę na Północ, do Czarnych Grotów. Powiedziała, że poczeka na ciebie na przełęczy Cailleach. Wie, że przyjdziesz. Przepraszam, Kell. Nie mogłem nic zrobić.

Stary olbrzym milczał, ale mięśnie na karku i ramionach poruszyły się jak na chwilę przed bitką. Jego dłoń sięgnęła do miejsca, w którym trzymał swój sviański sztylet, ale broń zniknęła.

– Skurwiele – mruknął. Rozejrzał się dookoła, a potem obrócił się i ruszył pomiędzy klatkami.

– Poczekaj. – Saark pokuśtykał za nim. – Idziesz w złą stronę. Musimy się kierować do Starej Skulkry. Myślę, że nawet albinosi się tam nie zapuszczą. To cały czas zatruta, piekielna dziura, śmierdząca jak świńskie wnętrzności.

– Zamierzam znaleźć Graala.

– Co?! – Saark złapał Kella za ramię i go zatrzymał. – O czym ty mówisz, człowieku?! – wysyczał. – Jesteśmy otoczeni przez tysiące jego pierdolonych żołnierzy! Chcesz tam pomaszerować i go zabić?

– Nie chcę go zabić – odparł Kell, błyskając oczami. – Chcę Ilannę.

Saark zaśmiał się oschle.

– Możemy ci kupić nowy topór, staruszku.

– Ona... nie jest zwykłym toporem. Łączą nas więzy krwi. Nie mogę jej zostawić. Ciężko to wyjaśnić.

– Masz cholerną rację, ciężko to wyjaśnić! Będziesz teraz narażał życie? Możemy uciec, Kell. Możemy ruszyć za Nienną.

Kell obrócił się plecami do Saarka. Kiedy zaczął mówić, jego głos był niski i pobrzmiewał niepewnością:

– Nie. Muszę odzyskać Ilannę, a potem znajdę Niennę i zabiję Myriam oraz te szumowiny, jej pomocników.

– Jesteś szalony – powiedział Saark.

– Może. Jeśli chcesz, zaczekaj tutaj. Wrócę.

– Nie. – Saark go złapał, a jego rapier lśnił w ciemnościach. – Może krwawię jak zarzynane prosię, ale wciąż mogę walczyć. Jeżeli się teraz rozdzielimy, jest więcej niż pewne, że zostaniemy schwytani i poddani torturom. Niech szlag trafi ciebie i twoje głupie poszukiwania!

– Bądź cicho.

Przeciskali się przez krzewy.

Coś ich obserwowało.

Przekradało się przyciśnięte do ziemi i obserwowało. Kiedy spojrzeli w jego kierunku, ukryło twarz ze wstydem, a po udręczonych policzkach popłynęły wielkie łzy. Przypadło do ziemi, a jego ciało zadrżało wstrząsane szlochem.

Kiedy odeszli, podniosło się znowu, zgrzytnęło zębami i zaczęło podążać za mężczyznami przez pole namiotów...

Tylko raz natknęli się na dwóch strażników. Stary poruszał się tak szybko, że nawet nie dostrzegli, że nadchodzi. Pierwszemu złamał szczękę, a drugiemu kark. Potem siadł na piersi żywego, złapał jego głowę w potężne dłonie i ją przekręcił. Łamane kości trzasnęły ohydnie. Kell podniósł krótki miecz jednego z albinosów, wstał i popatrzył na Saarka.

– Pomóż mi ukryć ciała.

Saark przytaknął. Zdał sobie sprawę, że Kell tańczy na krawędzi szaleństwa. Był inny. Coś się w nim zmieniło. Jakby... stwardniał. Stał się bardziej dziki, brutalny i nieskończenie bezlitosny.

Przemykali przez pole czarnych namiotów, z dala od jarzących się żarem ognisk. Nagle Kell wskazał na jeden z nich. Wcześniej namiot Leanorica. Ten sam, w którym wojownik stał zaledwie kilka godzin temu. Stary wiedział, że arogancja Graala spowoduje, że właśnie tam będzie kwaterował. To było coś, czego dowiedział się o dowódcach w czasach, kiedy był jeszcze szeregowym żołnierzem. Większość myślała, że są bogami.

Zatrzymał się i podniósł pokrytą krwią rękę. Saark stanął, przykucnął i spojrzał na niego. Powoli Kell uniósł połę namiotu i zniknął w środku. Ramiona i kark Saarka pokryły się gęsią skórką. Już miał podążyć za Kellem, gdy nagle zamarł. Rzucił okiem w tył i ujrzał, jak z lodowego oparu wyłania się generał Graal. Za nim maszerował oddział albinosów. Byli dobrze uzbrojeni i opancerzeni. Tym razem nosili czarne hełmy udekorowane poskręcanymi runami.

Graal zatrzymał się i uśmiechnął do Saarka, który poczuł w sercu ukłucie strachu.

– Kell? – szepnął. – Kell! – dodał głośniej, nie spuszczając wzroku z generała.

– O co chodzi? – warknął Kell. Wyszedł z namiotu, a jego błyszczące oczy świdrowały Graala.

– Och, to ty, chłopcze.

– Szukasz tego? – odparł Graal i uniósł Ilannę. Jej motylkowe ostrza mieniły się odbitym światłem księżyca.

– Oddaj mi ją.

Graal wbił topór w ziemię. Stojący za nim żołnierze obnażyli miecze.

– Powiedz, co zrobić, żeby była moja, a pozwolę ci żyć. Powiedz mi, jak rozmawiać ze zjednoczoną.

– Nie – warknął Kell.

Graal zrobił krok w przód, na moment opuścił głowę, a potem spojrzał na wojownika. Niebieskie oczy błyszczały.

– Będę nieszczęśliwy – powiedział cichym głosem.

– Od jakiegoś czasu zastanawia mnie pewna zagadka – powiedział Kell, trzymając się pod boki i patrząc generałowi w oczy. – Jak to jest, chłopcze, że twoja twarz, włosy i skóra są takie jak u tych albinoskich bękartów... a twoje oczy są niebieskie? – Kell potarł wąsy. – Widzę, że masz kły Vaszyny. Ale oni są wysocy i w większości czarnowłosi, nie jak te eunuchy za tobą. Czym jesteś, Graal? Jakimś mieszańcem?

– Wprost przeciwnie – odparł generał i zrobił kolejny krok do przodu. Jego wzrok stwardniał, a z twarzy zniknął kpiący uśmiech. Saark zrozumiał, że słowa Kella dotknęły jakiegoś wrażliwego miejsca. – Jestem czystej krwi – powiedział Graal. – Jestem Mechanikiem. Jestem Zegarmistrzem. Co więcej... – Skoczył i uderzył, ale Kell szybkim ruchem zablokował cios i zrobił krok w tył. – Jestem jednym z pierwszych Vaszynów. Jednym z trzech, od których pochodzą wszyscy pozostali.

Kell wyszczerzył zęby.

– Byłem pewien, że czuję smród zgnilizny.

Graal warknął i ponownie uderzył, ale stary uchylił się przed ciosem. Ruszając się z nieludzką szybkością, wyprowadził cios, który wstrząsnął generałem. Graal zwinął się, ale zdołał złapać przeciwnika za ramię, przerzucił go nad głową i posłał na ziemię. Kell poderwał się błyskawicznie, a but Graala wylądował w błocie, gdzie jeszcze przed chwilą była głowa starego. Olbrzym z przysiadu rzucił się na przeciwnika. Oplótł go ramieniem i przycisnął do ziemi. Siadł na nim i raz za razem walił pięścią. Potężnie, szybko i dokładnie. Trzy uderzenia, cztery, pięć, sześć, siedem. Poranione knykcie krwawiły. Nagle Graal skręcił się gwałtownie i odepchnął Kella, stary z jękiem rąbnął w ziemię.

Obaj poderwali się na nogi. Skoczyli na siebie i zwarli ponownie. Mocowali się, ramię w ramię, głowa w głowę, próbując powalić jeden drugiego. Saark, który starał się trzymać na oku pięciu albinosów jednocześnie, z niepokojem zauważył, że z ust Graala wysuwają się kły.

– Kell, jego zęby! – wrzasnął.

Wojownik wykręcił się z uścisku i potężnym uderzeniem posłał generała na ziemię. Stał i ciężko oddychał. Twarz i pięści krwawiły. Graal podniósł się powoli i jego poranioną twarz wykrzywił uśmiech.

– Twoja siła jest ogromna – stwierdził, mrużąc oczy. – Zbyt ogromna. Nic, co ludzkie, nie może mi się oprzeć, a ty tego dokonałeś.

– Mam spore doświadczenie – odparł Kell. Zacisnął pięści i opuścił głowę. – Swego czasu pracowałem w Czarnych Grotach. Byłem częścią oddziału wysłanego przez króla Searlana, który miał tropić i tępić twój gatunek. Dobrze się sprawiliśmy. Byliśmy tam przez cztery lata... Cztery długie, ciężkie, trudne lata. To była niełatwa lekcja, Graal. Ale wiele się nauczyliśmy. Myślę, że nawet teraz jestem legendą dla twojego zepsutego gatunku.

– Ty! – ryknął generał, otwierając szeroko oczy. – Łowca Vaszynów. To niemożliwe. On został zmasakrowany w Ogniach Karrakesh!

– To jednak ja – odparł Kell. – I dlatego nigdy nie porozmawiasz z moją siostrą, z moją Ilanną... Ponieważ dla twojego gatunku ona jest przekleństwem, trucizną, zaprzysięgłą boginią zemsty.

Rozległ się wysoki, przerażający warkot i coś wystrzeliło z ciemności. Trafiło Graala niczym tornado tnących pazurów i ociekających śliną kłów. Było wielkie, ogromne – dziwaczne połączenie człowieka i lwa. Dziwnie zbudowany zgnilec, różniący się od pozostałych stworów pod komendą generała. Jego głowa była długa i wąska, owinięta niezliczonymi pasmami cienkiego złotego drutu, zza którego widać było jedynie błyszczące oczy i otwory na nos i paszczę. Muskularne, częściowo pokryte futrem ciało pokrywały liczne rozcięcia, przy czym mięśnie, bicepsy, uda i brzuch były także ciasno owinięte złotym drutem. Niektóre części werku pozostawały doskonale widoczne; zagłębione w ciele zaledwie do połowy, kręciły się jak szalone. Jakby ciało potwora toczyło jakąś wewnętrzną walkę z maszynerią, która teraz niewątpliwie utrzymywała go przy życiu...

Walczyli w mroku zajętego przez albinosów obozu. Graal i poskręcany, zgniły koszmar. Mocowali się i wili w błocie. Ziemia drżała od dzikich ciosów. Cięły kły i pazury. Graal używał wszystkich narzędzi dostępnych Vaszynowi. Gryzł i szarpał, a jego twarz ściągnęła się w maskę pełną pierwotnego, surowego okrucieństwa i w niczym nie przypominała już ludzkiej. Kręcili się w błocie, a ich ciosy otwierały głębokie rany w bokach przeciwnika. Rozbijany mechanizm zegarowy krzesał iskry wśród warkotu i zgrzytu.

Pięść zgnilca trafiła w twarz Graala, wgniatając jego głowę w gliniastą ziemię. Potwór uniósł łeb i oczyma zamaskowanymi drutem spojrzał na Saarka, a potem na Kella z czymś na kształt pozdrowienia. Jego niesymetryczne, rozerwane usta, pełne śliny i krwawego oleju, zdawały się uśmiechać. Saark gwałtownie wciągnął powietrze.

– Elias? – syknął z niedowierzaniem.

– Idźcie. Teraz – wydusił zgnilec pokaleczonymi ustami.

W tej chwili Graal złapał go za ramię, skręcił dziko, aż trzasnęły ścięgna, i rzucił na bok. Elias potoczył się, po czym odwrócił i skoczył z powrotem na generała, ponownie wgniatając go w ziemię.

Kell podszedł do Ilanny i chwycił ją w swe mocarne dłonie. Uniósł głowę i popatrzył na albinosów, którzy stali wyraźnie niepewni, z obnażonymi mieczami w rękach. Zaatakował jak błyskawica, a każde uderzenie przecinało przeciwnika na pół. Cofnął się, pokryty świeżą posoką, kawałkami jelit, odpryskami serc i odłamkami albinoskich kości. Patrzył na porąbane ciała z twarzą wykrzywioną zawziętością.

Saark złapał go za ramię.

– Musimy ruszać! Teraz, żołnierzu – nakazał cicho, czyniąc gest w kierunku coraz liczniej gromadzących się albinosów. Wdziewali zbroje i chwytali za miecze.

Saark zatrzymał się nagle i odwrócił. Chciał podziękować bestii, która niegdyś była Eliasem. Podziękować za uratowanie życia. Jednak walczący byli wirującym kłębem ciał, pazurów i kłów.

Pobiegli.

Mijali namioty i końskie zagrody. Saark skinął, otworzyli bramę i dosiedli dwóch kasztanowych wałachów. Chwycili za grzywy, spięli wierzchowce piętami i wyjechali z padoku. Pogalopowali przez obóz, kierując się ku skruszonym murom Starej Skulkry, która wyłaniała się przed nimi. Ogromna, starożytna i ponura.

Mówiono, że Starą Skulkrę zamieszkiwały upiory. Jedno z najstarszych miast Falanoru. Zbudowane ponad tysiąc lat temu. Majestatyczny ciąg strzelistych cudów architektonicznych, niesamowitych wież, mostów, iglic, świątyń, kopuł i gzymsów, zbudowanych w znacznej mierze z czarnego marmuru sprowadzanego z dalekiego Wschodu, zza Podstępnych Bagien. Miasto było ufortyfikowane, a wysokie mury – każdy gruby na czterdzieści stóp – łatwe do obrony. Były w nim liczne maszynownie i fabryki, kiedyś będące domami ogromnych mechanizmów, które, jak twierdzili uczeni, mogły wykonywać skomplikowane zadania. Teraz budynki zmieniły się w ogromne i ciche, zardzewiałe stosy żelastwa. Wypełnione ohydnym czarnym olejem, ramionami, dźwigniami i tłokami, które już nigdy się nie poruszą.

Miasto było opuszczone od wieków. Jego tajemnice zapomniane, a reputacja wystarczająco okrutna, by utrzymać z dala wszystkich, z wyjątkiem może najodważniejszych poszukiwaczy przygód. Mówiono, że w jego sercu gnieździła się zaraza, a ci, którzy się do niego zbliżyli, umierali w ciągu kilku dni. Mówiono, że po wypełnionych mgłą ulicach spacerują duchy i mroczne bękarty magii krwawego oleju żyjące w opuszczonych fabrykach. I tylko czekające na świeżą ofiarę.

Kell i Saark nie mieli wielkiego wyboru. Mogli próbować przedrzeć się przez obóz i stawić czoła tysiącom żołnierzy – albo zmierzyć się z ruinami Starej Skulkry. Nie było nad czym się zastanawiać.

Minęli czterdziestostopowe mury, narożniki i podziurawione filary, niszczejące, kruszące się pod wpływem zawsze zwycięskiego czasu. Olbrzymie zielone i szare przebarwienia plamiły to, co zostało z pięknie rzeźbionych kolumn. Saark rozejrzał się w zachwycie.

– Na Bogów, to miejsce jest ogromne!

– I niebezpieczne – odwarknął Kell.

– Byłeś tu wcześniej?

– Nie z własnego wyboru – uciął stary i zamilkł.

Jechali szeroką główną ulicą, wzdłuż której rosły poczerniałe i poskręcane drzewa z gałęziami chudymi jak ramiona szkieletów. Za nimi widać było ogromne pałace i olbrzymie świątynie. Ściany wszystkich budynków były popękane, naruszone i krzywe. Nawet kamienie były popękane i potrzaskane, jakby Stara Skulkra stanowiła ofiarę gwałtownych trzęsień ziemi i huraganów. Kopyta dzwoniły na stalowoczarnym bruku. Świat pogrążony był w ciszy. W załomach ulic zbierała się mgła. Saark zadrżał i obrócił się, by spojrzeć na rozbitą bramę, przez którą wjechali do miasta. Ciężko było dostrzec cokolwiek przez kłęby białej mgły, ale mógłby niemal przysiąc, że widział przynajmniej setkę albinosów stojących na granicy ruin z wyciągniętymi mieczami... Jednak nie zdecydowali się na wejście do miasta.

Są przerażeni, pomyślał.

Albo wiedzą coś, o czym my nie wiemy.

– Nie przyjdą tu za nami – odezwał się, a jego głos zadzwonił, niosąc się echem przez wiekowe ulice i nieruchome od stuleci powietrze. Odbił się od potrzaskanych budynków i od niegdyś majestatycznych wież, które teraz rozsypywały się w proch.

– Dobrze – rzucił Kell. – Słuchaj. Jeżeli przedostaniemy się przez miasto, będziemy mogli skierować się na północny wschód, przez Las Kamiennego Lwa. Potem wzdłuż rzeki Selenau do Jalder i dalej, w kierunku Czarnych Grotów...

– Jest bezpieczna – powiedział Saark, gapiąc się na Kella. – Nie skrzywdzą jej. Myriam ma zbyt wiele do stracenia, żeby jeszcze bardziej cię złościć. Wie, że Nienna jest jej jedyną kartą przetargową.

Kell przytaknął, ale jego oczy pozostały ciemne i złowieszcze. Czuł, jak trucizna płynie przez jego ciało wraz z esencją Ilanny. To było dziwne uczucie, myśli miał niejasne, a głowę ciężką. Dopadła go słabość. Zgrzytnął zębami i dalej kontynuował wędrówkę przez wyludnione miasto.

Od pół godziny utrzymywali niezłe tempo, mimo że podenerwowane konie kładły uszy po sobie i wywracały oczami. Uspokajanie zwierząt wymagało od nich prawdziwego mistrzostwa. Szczególnie że jechali na oklep. Nagle usłyszeli pomruk. Kell zaklął. Saark zmarszczył brwi.

– Co to jest?

– Skurwysyny nie przyjdą po nas sami. Och, nie.

– Więc co to jest? – dopytywał Saark.

– Zgnilce. Wypuścili zgnilce.

Saark pobladł i wypuścił powietrze. Jego twarz wykrzywiły panika i ból.

– To bardzo niedobrze, przyjacielu – wykrztusił z trudem.

Kell popędził konia i pogalopowali szerokimi ulicami, kierując się na północ i wschód. Mgła gęstniała, a ulice stawały się węższe; dotarli do przemysłowych terenów miasta. Zamiast pałaców i świątyń stały tu fabryki i wieże z kamiennych bloków. Ogromne, zimne, z wybitymi oknami. Czas już dawno pozbawił je drzwi.

Konie ogarniała panika, a sporadyczne pomruki i warknięcia zgnilców stawały się coraz wyraźniejsze.

– Nie uda się nam – jęknął Saark. Oczy miał szeroko otwarte, twarz pobladła z napięcia.

– Zamknij się.

Zwolnili, bo na wystraszonych koniach z trudem udawało im się utrzymać. Nagle wierzchowiec Kella stanął dęba, zarżał z przerażeniem i zrzucił jeźdźca. Wojownik wylądował z głuchym łupnięciem i potoczył się po bruku. Zerwał się, tocząc wokół spojrzeniem, z toporem gotowym do uderzenia, ale poza nimi w uliczce niczego nie było. Zakradały się ku nim ciemności i kłębiła się mgła. Koń pogalopował i zniknął w mroku. Dobiegł ich odległy odgłos uderzenia, pełne męki rżenie, po czym zapadła cisza.

Kell patrzył na otaczające go wysokie ściany. Było zimno. Oddech ulatywał obłoczkami pary. Krew, która zmoczyła mu brodę, teraz zamarzła, tworząc szkarłatne sople.

– Wskakuj za mnie. – Saark wyciągnął do niego rękę. Ale w tej samej chwili jego koń stanął dęba.

Saark wykonał salto do tyłu i wylądował w przysiadzie, trzymając obnażony rapier. Twarz miał białą z bólu. Spłoszony koń zniknął w ciągu kilku sekund pomiędzy wysokimi ścianami ze starego kamienia.

– Niezła sztuczka – warknął Kell, rozmasowując rozbite kolano i bark.

– Kiedyś ci pokażę, jak to robić – skrzywił się Saark.

Odgłosy pościgu zbliżały się nieustannie.

– Niedobrze – stwierdził dandys. Na posiniaczonej twarzy malował się strach, a w oczach udręka. – Musimy znaleźć jakieś miejsce łatwe do obrony. Schody, coś wąskiego.

Kell wskazał Ilanną.

– Tam. Tamta wieża.

Gmach był olbrzymi. Ściany były przemieszczone i pokrzywione. Pełne pęknięć i nierówno ułożonych kamieni. Zimny wiatr wiał przez puste pomieszczenia, niosąc cierpki, siarkowy smród.

– Nie wejdę tam – powiedział Saark.

– Cóż, w takim razie zdychaj tutaj – zirytował się Kell i ruszył do przodu.

Zza rogu wypadły zgnilce. Setka. Warczały wściekle i cięły się nawzajem szponami, jakby nie były w stanie doczekać się ofiary. Ruszyły wąską ulicą, przepychając się i rywalizując o to, aby być tym pierwszym, który dopadnie świeżego, słodkiego mięsa. Kell pobiegł do wieży, przedostał się przez puste wejście i wpadł do szerokiego korytarza. Dookoła walały się szczątki, resztki starych ognisk i powykręcane, zardzewiałe metalowe części.

Zatrzymał się i szybko rozejrzał dokoła.

– Tam – rzucił.

Saark był zaraz za nim. Zbyt blisko.

– Umrzemy – powiedział tonem skazańca.

– Zamknij się, chłopie, albo sam cię zabiję.

Pobiegli, ślizgając się, i zatrzymali się przy stopniach schodów. Kell spojrzał w górę i może z dwadzieścia pięter wyżej dostrzegł niebo. Wieża nie miała dachu i widać było kłębiące się nad nią chmury. Schody wznosiły się spiralą, szerokie na dwóch mężczyzn, ograniczone chwiejącą się, obłupaną i przerdzewiałą balustradą, która nawet jeśli w przeszłości uchroniła kogoś przed upadkiem, teraz nie sprawiała najlepszego wrażenia.

Kell ruszył w górę, w duchu dziękując Bogom, że klatka schodowa została zbudowana z kamienia. Saark deptał mu po piętach. Wspinali się w ponurym nastroju, gonieni rechotem i warknięciami. W pewnym momencie Kell zbliżył się za bardzo do krawędzi, rozległ się trzask i część schodów poleciała w dół. Stary odskoczył do tyłu, ledwie unikając upadku. Saark spojrzał na towarzysza z twarzą mokrą od potu, ale się nie odezwał.

– Trzymaj się ściany – poradził mu Kell.

– Sam już na to wpadłem, stary koniu.

Pod nimi zgnilce znalazły w końcu schody. Zaczęły się wspinać, przepychać i warczeć. Saark spojrzał w dół, ale Kell ani na chwilę nie przerwał wspinaczki. Jego umysł pracował na pełnych obrotach. Zgnilce szybko się zbliżały, skrobiąc pazurami po pokrytych lodem stopniach.

Dysząc ciężko, zanim pojawił się pierwszy zgnilec, zlani potem mężczyźni dotarli do podestu w połowie drogi na szczyt. Wielka, kudłata bestia o zielonych oczach, pokryta kępkami czerwonawego futra. Topór Kella rozłupał mu głowę, a rapier Saarka rozpruł brzuch. Bestia upadła do tyłu, plując krwią i siejąc wokół fragmentami werku. Mężczyźni rzucili się ku dalszej części schodów, a w tym samym momencie na wąską platformę wpadła reszta zgnilców.

– Biegnij! – wrzasnął Kell do Saarka. Zatrzymał się na schodach i obrócił, unosząc topór.

Masa zdeformowanych ciał była zaledwie kilka stóp od niego. Wieża napełniła się trzaskami i hukiem. Kell zamachnął się i uderzył w podest. Potem jeszcze raz i jeszcze. Cała podłoga zatrzęsła się pod naciskiem zgnilców i pod jego ciosami. Już były przy nim, na twarzy czuł ich cuchnące oddechy, kiedy z potwornym trzaskiem, który niósł się echem po wieży, podest się załamał. Pociągnął za sobą całą kondygnację schodów i ze dwadzieścia zgnilców, które zwaliły się w dół spiralnej klatki schodowej.

Kell zachwiał się na krawędzi śmierci. Walczył o odzyskanie równowagi i nagle coś go chwyciło i pociągnęło. Opadł na tyłek, obrócił się i spojrzał na Saarka.

– Dzięki, chłopie.

– Nie ma problemu. Wspinamy się?

– Zaraz za tobą.

Wspinali się, słysząc warknięcia i pomruki, kiedy dwa zgnilce próbowały przeskoczyć przez rozpadlinę. Rozbiły się o ścianę i spadły, drapiąc i warcząc, by ostatecznie zniknąć w unoszącym się tumanie kurzu, lodu i gruzu. Usłyszeli, kiedy uderzyły o ziemię głęboko w dole, stając się częścią plątaniny kończyn swych pobratymców i góry antycznego żelaza. Biegli. Ich mięśnie krzyczały, pot zalewał im oczy, a kończyny płonęły ogniem. Zmęczenie pożerało ich jak kwas. W końcu dotarli do ostatnich stopni i wyszli w śnieżny dzień. Po niebie płynęły sine chmury, ciężkie od śniegu.

Uderzył ich zimny wiatr. Poniżej we wszystkich kierunkach rozciągała się Stara Skulkra. Rozsypująca się, ogromna i przerażająca. Szczyt wieży był zdradzieckim labiryntem kamiennych dźwigarów i kanałów. Wszelkie elementy stolarki dawno zniknęły, co oznaczało, że podłoga była pokryta siecią pęknięć, a nieuważny krok oznaczał długi lot ku niegościnnym kamieniom poniżej. Cały budynek wydawał się kołysać pod gwałtownymi uderzeniami zawodzącego żałobnie wiatru.

Kell przeszedł po belkach do niskiej ściany, która zwieńczała szczyt ogromnej wieży. Spojrzał ponad starożytnym miastem na nieosiągalne, dalekie, otulone całunem śniegu wrzosowisko Valantrium. Saark podszedł do przyjaciela i popatrzył na stojący obok budynek.

– Możemy przeskoczyć?

– Pozwolę ci pierwszemu spróbować – odparł Kell.

– Nie możemy się cofnąć.

Kell przytaknął.

– Widać stąd Las Kamiennego Lwa – mruknął.

– Potrzebujemy planu – powiedział Saark, zmrużywszy oczy. – Jak wydostać się z tej dziury pełnej gówna. No, Kell, jesteś człowiekiem, który zna wszystkie odpowiedzi.

– Nie znam odpowiedzi! – huknął nagle starzec, a przez twarz przebiegł mu grymas wściekłości. Po czym wziął się w garść. – Po prostu staram się utrzymać nas przy życiu na tyle długo, żebyśmy zdążyli coś wymyślić. – Potarł brodę palcami pokrytymi brudem i starą krwią. Dopiero wtedy spojrzał na siebie i gorzko się roześmiał. – Popatrz na mnie, Saark. – Jego oczy były ponure, błyszczące, zwierzęce. – Wyglądam jak za starych czasów. Jak podczas Dni Krwi.

Saark nic nie powiedział. Kell chyba się zatracił, przebiegło mu przez myśl. Powoli staje się... szalony.

– Musi być stąd jakieś zejście – powiedział spokojnie. – Poczekaj tu i popilnuj schodów. Ja sprawdzę, czy uda mi się znaleźć rampę, portal albo jakąś inną drogę na sąsiedni budynek.

Saark poruszał się dookoła zewnętrznej ściany bloku. Ostrożnie i precyzyjnie stawiał każdy krok. Otchłań pod nimi była jak śmierdzące kwaśno gardło. W górę niosło się echo warkotów. Saark zatrzymał się. Spojrzał na ogromną, rozpadającą się Starą Skulkrę. Za murami mógł dostrzec wroga – Armię Żelaza. Poczuł potworny smutek i zacisnął pięści. Dotarła do niego gorzka prawda, że Graal wygrał. Rozbił armię Falanoru, jakby to były dzieci. Unicestwił żołnierzy i... co teraz?

Saark zmarszczył brwi. Ze swego punktu obserwacyjnego widział Wielką Północną Drogę wijącą się na południu i północy. Kręta czarna wstęga biegła przez przysypane śniegiem wzgórza i lasy. Na zachodzie jak okiem sięgnąć rozciągała się puszcza Vorgeth.

Ale tam, na drodze, mógł dostrzec... Saark przetarł oczy. Zapuchnięta powieka uniosła się nieco, lecz nadal nie mógł zrozumieć, co właściwie widzi. Wielkie, czarne, kanciaste obiekty zdawały się wypełniać Wielką Północną Drogę od Starej Skulkry aż po horyzont. Poczuł suchość w ustach. To strach, ciągle obecny i niemile widziany towarzysz.

– Rafinerie Krwi – odezwał się Kell nagle, a Saark aż podskoczył z wrażenia.

– Co?!

– Na drodze. Te obiekty, które widzisz. Vaszyni używają ich, żeby oczyszczać krew. Potrzebują krwawego oleju, żeby przeżyć.

Saark wyciągnął właściwe wnioski.

– Przywieźli swoje fabryki ze sobą?

– Tak – przytaknął Kell.

Był ponury. Poniżej usłyszeli nowe warknięcia, pomruki i dźwięk szukających po omacku szponów. Zgnilce znalazły drogę przez zawaloną platformę i zmierzał na górę.

– Więc wygrali? – spytał Saark.

– Nie! – warknął Kell. – Będziemy z nimi walczyć. Będziemy z nimi walczyć do gorzkiego końca!

– Zmasakrują naszych ludzi – odparł Saark ze łzami w oczach.

– Zgadza się, chłopcze.

– Mężczyzn, kobiety i dzieci z Falanoru.

– Zgadza się. A teraz weź swój miecz. Mamy robotę do wykonania.

Kell podszedł do otworu prowadzącego na klatkę schodową. Zgnilce słychać było coraz bliżej. Było ich wiele, a ich warkot budził prawdziwe przerażenie. Saark stanął przy Kellu z uniesionym mieczem i utkwił wzrok w paszczy otworu.

– Kell?

– Tak, Saark?

– Umrzemy tutaj, prawda?

Kell roześmiał się. Ciepło, z humorem. Klepnął Saarka w plecy, po czym w zamyśleniu targnął swoją brodę. Oczy mu błysnęły.

– Wszyscy kiedyś umrzemy, chłopcze – powiedział.

Pierwsze zgnilce wyskoczyły z otworu w burzy szponów, kłów i z twarzami wykrzywionymi czystą nienawiścią. Kell z rykiem skoczył im na spotkanie.

Legenda Kella

Niegdyś złote progi Kell opuścił znudzony,
Na brzegu piaszczystym wnet stanął zamyślony.
Za dni krwią mierzonych, za dni okrutnej chwały
Zastępy minstreli na jego cześć śpiewały.

I teraz pieśń dźwięczy, morską bryzą niesiona,
Szepcze jego topór, luba broń umilona,
Straszna i wspaniała, tysięcy istnień warta
Piękność doskonała, piękność o duszy czarta.

Obietnicą błogą kuszą jej słodkie pienia
Snu, spokoju, szczęścia, odpoczynku spełnienia:
„Nie troskaj się, miły, przytul mnie, weź w ramiona,
Przy mnie twoja siła obawą niesplamiona".

Lęku Kell nie zaznał, nie cofał się przed niczym –
Czy dziecię, czy rycerz, padł pod ostrzem zbrodniczym.
W bałwanach szkarłatu Valantrium Moor zatopił,
Kołyski i łoża łzami śmierci skropił.

Tak topór, Ilanna, o ostrzach nielitosnych,
Użyła na Kellu zgubnych zaklęć miłosnych,

Wygłodniała śmierci, w żądzy nieposkromiona,
Spragniona zagłady, ofiar nienasycona.

Przez życie swe całe Kell rzeką krwi żeglował,
W wirze bitewnym toporem cnie wiosłował,
Wierząc przeznaczeniu, snami głupiec zmylony,
Bohater ten wielki, bohater ten szalony.

Pod Moonlake i Skulkrą z rycerstwem wojował,
U boku Searlana wkrótce miejsce zajmował.
Bo król, pyszny bogacz, co nie znał, co to litość,
Zapragnął natychmiast mieć taką znakomitość.

Już w Jangir i Black Pike, po polach w krwi skąpanych,
Tańczą korowody żywotów zmarnowanych,
A każdy jeden mord sumienie Kella paczy
Ciąży winą w duszy, serce żałością znaczy.

(Rzadko śpiewana ostatnia zwrotka)

Wreszcie Kell nasz dzielny stanął z toporem w dłoni
Wpatrzony w bałwany szalonej wodnej toni.
Wir odmętów czasu wspomnieniami rozbłysnął,
Sens odkrył legendy, prawdę mu w oczy cisnął.

Kell wzniósł krzyk rozpaczy, w gwiazdy sięgnął po radę.
Tylu zabrał szczęście, tylu przyniósł zagładę.
Kirem świat spowity, śmierć, zniszczenie dokoła.
Czy cokolwiek ten żal, ten ból ugasić zdoła?

Długi czas rządów krwi, nienawiści władanie,
Cierpieniem i grozą dnia za dniem odmierzanie.
Jego tylko barki brzemieniem winy zgniata,
Sznur na jego szyję hańba z porutą splata.

Legendy czar prysnął, krwią honor zaplamiony,
Bohatera etos do szczętu spierdolony.
Każdy czyn bestialski i każdy cios zadany,
Każdy mord okrutny w strzępy świata wpisany.

I z gwiazd zimnej dali odpowiedź przyszła jedna –
Czas śmierci się oddać, więc ze światem się żegna,
Z Ilanną w ramionach wstępuje w tłum demonów
Koniec swój odnaleźć w objęciach strasznych szponów.

Podziękowania

Podziękowania należą się wielu osobom, które służyły mi radą i zachęcały do wysiłku podczas tej długiej drogi, zwłaszcza gdy stawała się wyboista. Dziękuję Ianowi Grahamowi, autorowi Pomnika, *za hardkorową pierwszą redakcję, wnikliwą analizę i wizję zgnilców. Czadowo! Dziękuję Dzikiej Zielonej Soni za stymulowanie mnie do pisania w szalonym tempie, abym nadążył za goniącymi terminami, i za to, że nigdy nie narzekała.*

Dziękuję Joemu Blade'owi i Olliemu Axe za sprawianie, że się śmiałem, kiedy nie było mi do śmiechu.

Podziękowania Marcowi Gascoine'owi, szefowi Angry Robot, za wystrzelenie mnie w świat fantasy. Jestem ci winien kilka kufli miodu!

I wreszcie wielkie dzięki Clarie i Natalie Ralph za natchnienie i za bycie takimi dobrymi małymi wampirami.

O autorze

Andy Remic – urodzony w Manchesterze, brytyjski pisarz fantasy, science fiction i military science fiction. Miłośnik walki mieczem, wspinaczki, kolarstwa górskiego, motocykli, a także gier retro, ze szczególnym uwzględnieniem zx Spectrum (na podstawie fabuły jednej ze swoich książek stworzył nawet grę na tę platformę).
Były nauczyciel języka angielskiego, obecnie zajmuje się pisarstwem w pełnym wymiarze godzin.
Debiutował powieścią ***Spiral*** *(2003), a zawarte w niej wątki kontynuował w dwóch kolejnych tomach:* ***Quake*** *(2004) i* ***Warhead*** *(2005).*
Kolejna powieść, ***War Machine****, także stała się przyczynkiem do stworzenia cyklu (kolejne tomy:* ***BioHell****,* ***Hardcore*** *i* ***Cloneworld****). Wszystkie wymienione pozycje to przykłady znakomitego militarnego science fiction cieszącego się dużą popularnością pośród fanów, jednak prawdziwą sławę przyniósł Andy'emu trzytomowy cykl* ***Kroniki Mechanicznych Wampirów*** *zapoczątkowany* ***Legendą Kella****.*
W 2011 roku Andy Remic założył własne wydawnictwo Anarchy, zajmujące się projektami cyfrowymi – ebookami, materiałami video itp.

Oficjalna strona www.andyremic.com

Spis rzeczy

COPYRIGHT © BY Andy Remic
COPYRIGHT © BY Fabryka Słów sp. z o.o., LUBLIN 2012
COPYRIGHT © FOR TRANSLATION BY Dawid Repeczko, 2012

TYTUŁ ORYGINAŁU Kell's Legend

WYDANIE I

ISBN 978-83-7574-609-9

Wszelkie prawa zastrzeżone
All rights reserved

Książka ani żadna jej część nie może być przedrukowywana ani w jakikolwiek inny sposób reprodukowana czy powielana mechanicznie, fotooptycznie, zapisywana elektronicznie lub magnetycznie, ani odczytywana w środkach publicznego przekazu bez pisemnej zgody wydawcy.

PROJEKT I ADIUSTACJA AUTORSKA WYDANIA Eryk Górski, Robert Łakuta

PROJEKT OKŁADKI Paweł Zaręba

GRAFIKA NA OKŁADCE © Lim Kendrick

REDAKCJA Michał Cetnarowski

KOREKTA Piotr Pawlik, Magdalena Byrska

SKŁAD ORAZ OPRACOWANIE OKŁADKI Dariusz Haponiuk

SPRZEDAŻ INTERNETOWA

fabryka.pl ponad normę

ZAMÓWIENIA HURTOWE

Firma Księgarska Olesiejuk sp. z o.o. S.K.A.
05-850 Ożarów Mazowiecki, ul. Poznańska 91
tel./faks: 22 721 30 00
www.olesiejuk.pl, e-mail: hurt@olesiejuk.pl

WYDAWCA

Fabryka Słów sp. z o.o.
20-834 Lublin, ul. Irysowa 25a
tel.: 81 524 08 88, faks: 81 524 08 91
www.fabrykaslow.com.pl
e-mail: biuro@fabrykaslow.com.pl

DRUK I OPRAWA CPI MORAVIA BOOKS www.cpi-moravia.com